Michael Scharang

DIE GESCHICHTE VOM ESEL, DER SPRECHEN KONNTE

Roman

GEGRÜNDET
1999

Michael Scharang

DIE GESCHICHTE VOM ESEL, DER SPRECHEN KONNTE

Roman

Czernin Verlag, Wien

Gedruckt mit Unterstützung der Stadt Wien, Kultur
und des Landes Steiermark

Scharang, Michael: Die Geschichte vom Esel, der sprechen konnte /
Michael Scharang
Wien: Czernin Verlag 2023
ISBN: 978-3-7076-0791-8

Lektorat: Karin Raschhofer-Hauer
Autorenfoto: Herbert Neubauer, picturedesk.com
Umschlaggestaltung und Satz: Mirjam Riepl
Coverabbildung: wiki commons, Thomas von Nathusius
Druck: Finidr
ISBN Print: 978-3-7076-0791-8
ISBN E-Book: 978-3-7076-0792-5

I

Dieses seltsame Ereignis trug sich im Februar 1945 zu. Moritz, ein Bub von fünf Jahren, stieg mit seiner Großmutter auf den Berg, um vom Bauern Brot und Butter zu holen. Der Krieg, man sprach damals schon vom Zweiten Weltkrieg, dauerte bereits einige Jahre, die Lebensmittel wurden knapp.

Die Großmutter half jeden zweiten Tag auf dem Bauernhof aus, dafür bekam sie für sich und die Familie ihres Sohnes zu essen. Der Bäurin war die Arbeit zu viel, ihr Mann konnte ihr nicht zur Seite stehen, er hatte im Krieg ein Bein eingebüßt. An diesem Tag mistete die Großmutter den Stall aus.

Moritz spielte in der Stube mit dem Bauern Karten. Nachdem der dreimal verloren hatte, fluchte er und behauptete, im Krieg nicht nur ein Bein, sondern auch den Verstand verloren zu haben. Moritz warf die Karten auf den Tisch, ging über den tief verschneiten Hof zum Stall, wollte zur Großmutter, hörte aber hinter dem Stall ein leises Wimmern.

In einem Bretterverschlag stand ein kleiner, dürrer, vor Schmutz starrender Esel. Moritz schob zwei Bretter weg, umfasste den Kopf des Esels und drückte ihn an sich. Der Esel schnaubte vor Freude. Du armer kleiner Esel, sagte der Bub, stehst in der Kälte und im Dreck, bist halb verhungert. Ich nehme dich mit ins Tal und sorge für dich. Der Esel machte einen Schritt zurück, hob den Kopf und sagte: Ich danke dir. Moritz stand da mit offenem Mund. Gib mir die Hand, sagte der Esel und hob einen Vorderfuß. Moritz umfasste mit seiner Hand den Fuß des Esels.

Seit ewiger Zeit, fuhr der Esel fort, kann ein kleiner Esel, dem es schlecht geht, um den sich aber ein kleines Kind kümmert, nicht nur in seiner Sprache, sondern auch in der Sprache der Menschen reden. Seit ewiger Zeit ist das so. Ich weiß das von meiner Mutter.

Hast du auch gewusst, fragte Moritz, dass ich zu dir kommen und dich mit ins Tal nehmen werde? Nein, antwortete der Esel. Ich weiß von meiner Mutter, dass wir Esel anders als die Menschen ohne Hoffnung leben. Wir hoffen nie, dass sich etwas zum Guten wendet. Wir haben aber auch keine Angst, dass etwas Schlimmes passiert. Ich habe nicht damit gerechnet, dass jemand, noch dazu ein Kind, kommen und mich aus diesem Elend erlösen wird.

Moritz befreite den Esel aus dem Verschlag und ging vor ihm her zum großen Tor des Stalls. Der Esel konnte nicht mit ihm Schritt halten, seine Beine waren steif vor Kälte. Hüpf doch, schlug Moritz ihm vor, vielleicht wird dir dabei warm. Der Esel versuchte es, mit Erfolg. Das sah lustig aus. Moritz musste lachen. Er hüpfte neben ihm her. Daran wieder hatte der Esel seinen Spaß, und so hüpften sie um die Wette bis zum großen Tor.

Im Stall schob Moritz Stroh zusammen und sagte zum Esel, er solle sich darauf betten und am Stroh wärmen, er, Moritz, werde Heu bringen, damit der Esel sich sattessen könne. Ja, erwiderte der Esel, und bei der Stalltür sehe ich Rüben. Bekommst du, sagte Moritz. Der Esel kuschelte sich ins Stroh, legte den Kopf auf die Vorderfüße, schaute zufrieden vor sich hin, beobachtete den geschäftigen Moritz, und am Ende des Stalls sah er eine Frau, die Mist auf eine Scheibtruhe lud.

Während der Esel fraß, streichelte Moritz seine Mähne und fragte ihn, warum er in einen Verschlag gesperrt worden sei. Für den Bauern und die Bäurin, antwortete er, aber auch für die Nutztiere gibt es noch genug Nahrung. Ein kleiner Esel hat keinen Nutzen. Die Bauersleute würden mich verhungern lassen. Meine Mutter hat mir heimlich zu essen gebracht, nicht viel, aber es hat gereicht. Esel sind genügsame Tiere.

Glückselig betrachtete Moritz den Esel, der, nachdem er das Heu gefressen hatte, an der Rübe knabberte. Der Esel hielt inne, hob den Kopf und stellte die Ohren auf. Was für schöne lange Ohren, dachte Moritz. Meine Mutter, sagte der Esel, befindet sich auf dem Nachhauseweg. Willst du nicht zu ihr?, fragte Moritz. Sie ist noch weit weg, war die Antwort. Esel haben ein sehr gutes Gehör. Du darfst dich nicht wundern, wenn ich während des Gehens immer wieder stehenbleibe und die Ohren spitze. Ich merke eine Gefahr, ehe du sie siehst.

Wo ist deine Mutter?, fragte Moritz. Im Wald, sagte der Esel. Die Bäurin sammelt Brennholz, meine Mutter trägt es auf dem Rücken zum Bauernhof. Wenn sie hier ist, werde ich mich von ihr verabschieden. Moritz stellte sich vor, er müsste sich, wenn auch nur für einige Zeit, von seiner Mutter verabschieden, und wurde traurig. Was wird sie sagen?, fragte er. Sie wird froh sein, dass du mich mitnimmst, antwortete der Esel. So hat sie eine Sorge weniger.

Du hast recht, sagte Moritz. Außerdem ist es kein Abschied für immer. Ich kehre nicht zurück, erwiderte der Esel. Moritz war überrascht und fragte: Das weißt du? Ja, das weiß ich, antwortete der Esel. Ich bin, musst du wissen, nie ganz getrennt von meiner Mutter. Wir sind über andere Tiere, vor allem über die Krähen, stets in Verbindung. Du wirst sie kennenlernen, ich werde ihnen von dir erzählen. Übrigens, wie heißt du?, fragte er. Moritz, war die Antwort. Und du? Ich heiße Esel.

Du solltest, fuhr er fort, zu deiner Großmutter gehen und ihr sagen, dass du mich mitnimmst. Sie ist mit der Arbeit noch nicht fertig, sagte Moritz, legte sich neben den Esel ins Stroh und streichelte sein weißes Maul. Du bist ein schönes Tier, sagte er. Und du ein kräftiger Bub. Meine Großmutter, sagte Moritz, wird nichts dagegen haben. Sie wird, erwiderte der Esel, sicher nichts dagegen haben. Woher weißt du das?, fragte Moritz. Das sehe ich, antwortete der Esel. Ich sehe, wie sie arbeitet, wie sie die Mistgabel bewegt, wie sie den Mist mit der Scheibtruhe wegkarrt, wie sie geht und wie sie sich niedersetzt, um zu rasten. Daran erkenne ich, was für ein Mensch sie ist.

Wie ist das, fragte Moritz, wenn ich mit meiner Großmutter zu dir komme? Wirst du mit ihr reden wie mit mir? Moritz, sagte der Esel, seit einer Ewigkeit ist es so, dass ein kleiner Esel, der von einem Kind aus seinem Elend erlöst wird, mit diesem Kind sprechen kann. Aber nur mit diesem Kind. Würde ich das Wort an deine Großmutter richten, verlöre ich auf der Stelle die Fähigkeit zu sprechen. Ich rede mit dir auch nur, wenn niemand in der Nähe ist, der sehen oder hören könnte, dass wir miteinander sprechen. Du kannst immer mit mir reden, und ich werde, wenn andere dabei sind, so tun, als würde ich dich nicht verstehen.

Moritz nickte beiläufig, als hätte er, was der Esel gesagt hatte, ohnehin gewusst, ging zu seiner Großmutter, setzte sich auf einen Melkschemel und wartete, bis sie die letzte Scheibtruhe voll Mist aus dem Stall gefahren hatte. Es war schon dämmrig, im Februar wurde es früh dunkel, Zeit, ins Tal zu gehen, ehe die Finsternis hereinbrach und man den

Weg, schon gar im Wald, nicht mehr sehen konnte. Moritz ging mit der Großmutter zum Esel.

Er sieht gar nicht verhungert aus, sagte sie. Er hat sich rasch erholt, erwiderte Moritz, vor einer Stunde hat er sich kaum auf den Beinen halten können. Ich kann ihn nicht hierlassen, fuhr er fort, der Bauer sperrt ihn wieder in den Verschlag, wo er hungert und friert. Ich nehme ihn mit ins Tal.

Wir werden einen Platz für ihn finden, sagte die Großmutter und ging ins Bauernhaus, wo sie beim Eingang die Arbeitsstiefel auszog, in der Stube in die Bergschuhe schlüpfte und Brot und Butter, von der Bäurin bereitgestellt, in den Rucksack packte, nachdem sie zwei Pullover, einen für sich, einen für Moritz, herausgezogen hatte, denn mit Einbruch der Dämmerung war es noch kälter geworden.

Moritz, erschöpft von dem ereignisreichen Tag, streckte sich im Stroh aus und machte ein Schläfchen. Der Esel ging seiner Mutter entgegen, die nicht mehr weit vom Bauernhof entfernt war, und erzählte ihr, was vorgefallen war. Die Mutter freute sich, dass ihr kleiner Esel auf ein mitfühlendes Kind gestoßen war, nun in der Sprache der Menschen reden konnte und von dem Kind ins Tal mitgenommen wurde.

Ihre Sorge war allerdings, dass während der eineinhalb Stunden, welche die drei brauchten, um ins Tal zu kommen, ein Fliegerangriff drohte. Seit dem Sommer war kaum ein Tag ohne mehrere Bombenexplosionen vergangen. Unten im Tal, das wusste die Mutter des Esels aus Erzählungen der Krähen, befand sich eine kleine Stadt mit einer großen Fabrik. Den Krähen zufolge wurde die Fabrik von Flugzeugen angegriffen. Warum ausgerechnet die Fabrik, das wussten die Krähen nicht.

Sehr wohl aber hatten sie berichtet, dass viele Angriffe fehlschlugen, und sie hatten den Grund dafür herausgefunden. Das Tal lag tief eingeschnitten zwischen zwei Bergen, dadurch entstanden starke Luftströmungen. Je nach Wetterlage gab es entweder eine Strömung den einen Berghang oder aber den anderen Berghang hinauf. Nichts machte den Krähen mehr Freude, als sich von diesen Strömungen tragen zu lassen und in den Luftturbulenzen Fangen zu spielen. Sie wurden nicht müde, den anderen Tieren, die sich nicht in die Lüfte erheben konnten, davon zu erzählen.

Immer wieder hatten die Krähen die Flugzeuge beobachtet. Die wagten es nicht, ins schmale Tal zu fliegen, blieben über den Bergrücken, und von dort, viel zu hoch oben, warfen sie die Bomben ab. Nur wenige schlugen in die Fabrik ein, einige in Wohnhäuser, in denen die Fabrikarbeiter lebten, die meisten aber, von der Luftströmung erfasst und seitlich abgetrieben, explodierten in den Bergen.

Das wusste die Mutter des Esels. Sie stieß einen lauten Schrei aus, einen Hilferuf an die Krähen. Ein Dutzend von ihnen kam angeflogen und setzte sich auf die Holzstücke, die auf dem Rücken des Esels festgebunden waren. Die Bäurin, die das Holz abladen wollte, versuchte vergeblich, die Vögel zu verscheuchen, worauf sie verängstigt ins Haus eilte, um ihren Mann zu Hilfe zu rufen.

Die Mutter des Esels trug den Krähen ihr Anliegen vor, die schwärmten aus und informierten andere Krähen, welche dann weiterflogen, um sich bei ihren Artgenossen kundig zu machen. Keine Stunde dauerte es, und die Krähen waren zurück auf dem Bauernhof. Die Bäurin hatte das Holz abgeladen, der Bauer, den sie geholt hatte, damit er die Krähen verscheuche, hatte sie ausgeschimpft, weil keine Krähe zu sehen war. Die Eselin stand mit dem

Eselskind in der Stalltür, hinter ihnen lag Moritz auf einem Strohballen und schlief.

Die älteste Krähe setzte sich auf den Kopf der Eselin und krächzte ihr ins Ohr, dass man bald mit einem Fliegerangriff rechnen müsse. Die Luftströmung sei zurzeit dergestalt, dass die Bomben auf den Berg zugetrieben würden, auf dem der Bauernhof stand. Auf keinen Fall dürfe man nun ins Tal absteigen. Der kleine Esel, der mitgehört hatte, weckte Moritz und schilderte ihm die Lage. Der lief ins Bauernhaus und zog die Großmutter, die dabei war, Brot und Butter in den Rucksack zu verstauen, beiseite.

Wir können, sagte Moritz, jetzt nicht ins Tal gehen. Der Esel steht in der Stalltür und ist zu keinem Schritt zu bewegen. Ich habe meinen Arm um seinen Hals gelegt und versucht, ihn mit mir zu ziehen. Unmöglich. Er, dieser liebe, sanfte Esel, stampft unwirsch mit den Hinterbeinen auf, wirft den Kopf in die Höhe und steht mit gespitzten Ohren da. Ich bin mir sicher, er spürt, dass eine Gefahr droht. Das glaube ich auch, antwortete die Großmutter, nahm den Rucksack, verabschiedete sich von den Bauersleuten, die ihr einen guten Heimweg wünschten, und ging mit Moritz zum Stall, wo sie sich auf Strohballen setzten. Der Esel legte sich zu ihnen und schmiegte sich an Moritz. Die Mutter des Esels hatte ihren Platz im Stall aufgesucht, nicht weit von den Pferden, aber abseits der Rinder, und sich zur Nachtruhe begeben.

Soll ich dir, flüsterte Moritz dem Esel ins Ohr, Heu zum Fressen bringen und vielleicht eine Rübe? O nein, flüsterte der Esel zurück. Du musst wissen, Esel sind gefräßig. Ich bin im Augenblick satt. Brächtest du mir Heu und Rüben, ich fräße sie, als plagte mich der Hunger. So sind wir: äußerst genügsam und äußerst gefräßig.

So wie ich, erwiderte Moritz leise, und zur Großmutter sagte er: Ich bin hungrig, könntest du mir ein Butterbrot richten? Die Großmutter holte Brot und Butter aus dem Rucksack, aus einer Seitentasche des Rucksacks einen Feitel, schnitt eine Scheibe Brot ab und bestrich sie mit Butter.

Moritz hatte noch keine zwei Bissen gegessen, da gab es eine Explosion, gleich darauf eine zweite und dann noch eine. Die Bomben schlugen so nah beim Bauernhof ein, dass der Stall bebte. Moritz, dem der Bissen beinahe im Hals stecken geblieben wäre, umklammerte vor Angst den Kopf des Esels. Die Großmutter rannte aus dem Stall. Da es draußen ruhig blieb, kam sie zurück, schaltete die Taschenlampe ein, suchte Brot und Butter und Messer, die im Stroh lagen, packte alles ein und meinte, man könne nun aufbrechen.

Sie mussten über den Hof und am Bauernhaus vorbei. Dort rannte ihnen die Bäurin entgegen, umarmte die Großmutter und rief: Frau Zaunschirm, Frau Zaunschirm, da sind Sie ja! Und der Bauer, der vor der Tür stand, rief: Herein mit Ihnen! Darauf müssen wir einen Obstler trinken! Die Bauersleute waren der Meinung gewesen, die Großmutter und Moritz seien auf dem Weg ins Tal. Vom Fenster aus hatten sie gesehen, wo die drei Bomben einschlugen – dort, wo der Weg vom Bauernhof hinunter in die Stadt führte. Für die Bauersleute hatte es keinen Zweifel gegeben, dass die beiden umgekommen waren. Und nun standen sie in Begleitung des kleinen Esels vor ihnen. Nein, sagte die Großmutter zum Bauern, es ist jetzt nicht die Zeit, um Schnaps zu trinken. Moritz' Mutter macht sich Sorgen. Wir sollten schon zu Hause sein. Sie hat die Bombeneinschläge gewiss gehört.

Bring die Flasche und drei Stamperln, sagte der Bauer zu seiner Frau, und zur Großmutter: Ich habe schon in der Früh gewusst, dass ein Unglück droht. Wissen Sie, was heute für ein Tag ist, Frau Zaunschirm? Die antwortete: Montag. Nein, rief der Bauer, nahm der Bäurin die Flasche aus der Hand, schenkte dreimal ein, stürzte den Schnaps hinunter und nötigte die Frauen, es ihm gleichzutun. Nein, rief er, heute ist der zwölfte Februar. Vor zehn Jahren – oder waren es elf? – haben die Arbeiter unten in der Fabrik zu den Waffen gegriffen. Diese roten Teufel wollten die Regierung stürzen, unsere christliche Regierung. Viel hat nicht gefehlt, und sie hätten gewonnen. Als Erstes hätten sie unseren Hof angezündet. Im letzten Moment ist das Militär gekommen und hat sie besiegt. Begonnen hat der Aufstand am zwölften Februar. Und heute ist wieder ein zwölfter Februar. In der Früh habe ich schon gewusst, dieser Tag bringt nichts Gutes. Und ich habe recht behalten.

Zur Großmutter sagte er: Ihr müsst den anderen Weg nehmen, das ist ein großer Umweg, ihr braucht zwei Stunden bis in die Stadt. Ich weiß, sagte die Großmutter. Ich gebe euch zwei Petroleumlampen mit, sagte die Bäurin, damit ihr den Weg findet. Eine genügt, erwiderte die Großmutter, ich habe eine Taschenlampe. Und so zogen die drei los. Sie brauchten nicht zwei, sondern drei Stunden, bis sie zu dem Haus kamen, in dem Moritz wohnte, weil viel Schnee auf dem Weg lag.

Sie sahen Moritz' Mutter, umringt von einigen Frauen, welche die von Weinkrämpfen Geschüttelte stützten, damit sie nicht zusammenbrach. Bleib hier, sagte die Großmutter zu Moritz und ging, zaghaft einen Fuß vor den anderen setzend, auf die Frauen zu, erfüllt von der Sorge, ihrer Schwiegertochter könnte der Wechsel der Gefühle – die schmerzliche Trauer um den totgeglaubten Sohn, die plötzliche Freude, dass er noch lebte – derart zusetzen, dass sie die Besinnung verlöre.

Anna!, rief die Großmutter. Wir haben uns verspätet. Dort, wo wir normalerweise gehen, haben Bomben eingeschlagen. Wir mussten einen großen Umweg machen. Du brauchst dich nicht aufzuregen, uns ist nichts passiert. Anna Zaunschirm setzte sich auf eine der Stufen, die zum Haustor führten, Moritz lief zu ihr und sprang auf ihren Schoß. Seine Mutter drückte ihn so fest an sich, dass er keine Luft bekam. Er löste sich aus der Umarmung und sagte: Schau, wen wir mitgebracht haben, und rief: Esel, komm zu uns. Der kam langsam näher und genoss es, von Anna Zaunschirm und den Frauen rund um sie bestaunt zu werden. Der Esel, sagte Moritz, hat uns das Leben gerettet.

Und er erzählte der Mutter, dass er sich auf dem Bauernhof mit dem kleinen Esel, der in einen engen, dreckigen Verschlag gesperrt gewesen sei, angefreundet und sogleich beschlossen habe, das ausgehungerte und durchfrorene Tier mit nach Hause zu nehmen. Als die Zeit gekommen sei, ins Tal abzusteigen, habe der Esel sich nicht von der Stelle gerührt, und als Großmutter und er, Moritz, gedrängt hätten, endlich loszugehen, habe der Esel markdurchdringende Klagelaute ausgestoßen.

Und tatsächlich, fuhr Moritz fort, hätten bald darauf drei Bomben eingeschlagen. Seine Mutter sagte: Es waren gewaltige Explosionen. Ich hatte keine Hoffnung, dass ihr überlebt. Die Frauen streichelten den Esel, den Lebensretter, der es genoss, von den Menschen im Tal freundlich aufgenommen zu werden.

Wo, fragte Moritz' Mutter, wird der Esel wohnen? Bei mir, sagte die Großmutter. Ich begleite euch, sagte Moritz, rutschte vom Schoß der Mutter und fragte: Hast du etwas zu essen für mich? Eine Suppe mit viel Hühnerfleisch, erwiderte die Mutter. Die Großmutter wohnte ein paar Häuser weiter im ersten Stock eines Einfamilienhauses als Untermieterin – auch die Eltern von Moritz lebten in einem Einfamilienhaus zur Untermiete –, der Großmutter stand aber auch eine Holzhütte im Garten zur Verfügung, in der sie Hasen hielt und Hühner, welche in einem abgezäunten Teil des Gartens Auslauf hatten, sonst befanden sich in der Hütte nur ein Leiterwagen und ein Fahrrad.

Großmutter stellte das Zeug hinaus, nun war genug Platz für den Esel. Ich hole ein paar Decken, sagte sie, morgen besorge ich Stroh und etwas zu fressen für ihn. Endlich waren Moritz und der Esel allein. Wie gefällt es dir hier?, fragte Moritz. Ich komme aus dem Staunen nicht heraus, erwiderte der Esel. Du hast deiner Mutter eine schöne Geschichte erzählt. Sie glaubt, dass ich dir das Leben gerettet habe. Das stimmt auch, sagte Moritz. Wir beide, erwiderte der Esel, wissen, wie es wirklich war. Du hast recht, sagte Moritz, wir kennen die wahre Geschichte. Wenn ich die der Mutter erzählte, würde sie glauben, ich rede wirres Zeug. Deshalb habe ich ihr lieber diese schöne Geschichte erzählt. Die hat vor allem den Sinn, dass du hier als mein Lebensretter giltst. Die Nachbarinnen haben die Geschichte gehört, das heißt, dass morgen die ganze Stadt Bescheid weiß. Du wirst ein Held sein.

Ich freue mich, sagte der Esel, dass in der Hütte auch Hasen und Hühner wohnen, ich werde ihnen die wahre Geschichte erzählen. Die beiden verstummten, denn Großmutter kam herein, scheuchte Moritz und den Esel zur Seite und breitete einige Decken auf dem Boden aus. Für heute muss das reichen, sagte sie, und zu Moritz: Es ist spät, du musst nach Haus.

Moritz' Mutter hatte die Hühnersuppe bereits warm gemacht, Moritz fischte mit der Hand die Fleischstücke heraus, die Flügel und den Hals, nagte sie ab und löffelte dann erst die dicke Suppe mit Erdäpfelstücken und Karotten. Der Teller war noch nicht leer, da fielen Moritz vor Müdigkeit die Augen zu. Er war es gewohnt, um acht Uhr ins Bett zu gehen, nun war es schon zehn vorbei. Er konnte aber, obwohl er todmüde war, nicht einschlafen, zu viel ging ihm durch den Kopf.

Er hörte sogar noch, dass sein Vater heimkam. Der hatte in dieser Woche Nachmittagsschicht, die dauerte von zwei bis zehn, manchmal länger. Der Vater war, anders als die Väter seiner Freunde, nicht im Krieg. Soviel Moritz aus den Gesprächen der Eltern herausgehört hatte, arbeitete der Vater in einem Werk, das Getriebe für Panzer erzeugte. Er musste nicht in den Krieg, weil er Dinge herstellte, die notwendig waren, damit der Krieg geführt werden konnte. Von Beruf, auch das wusste Moritz, war der Vater Schlosser.

Davon, wer gegen wen Krieg führte, hatte Moritz keine genaue Vorstellung. Die Flugzeuge kamen aus dem Ausland, daraus schloss er, dass das Ausland Krieg führte. Er fragte sich, warum der Betrieb des Vaters Kriegsmaterial herstellte. Offenbar führte das Land, in dem er lebte, Krieg gegen das Ausland. Die Frage, wie das nun wirklich sei, lag ihm auf der Zunge, er stellte sie aber nicht. Er hätte die Mutter fragen können, den Vater sah er selten. Der musste oft zehn, manchmal zwölf Stunden arbeiten. Die Mutter aber fragte er nicht, weil ihn die Sache in Wahrheit nicht interessierte.

Moritz trieb sich, wenn er nicht gerade mit der Großmutter auf den Berg ging, mit seinen Freunden auf der Straße herum. Bei ihnen etwas zu gelten war ihm wichtig. Und sich Geltung zu verschaffen war nicht leicht gewesen. Als er im Alter von drei Jahren der mütterlichen Obhut entkam und sich unter die Nachbarskinder mischte, verstand er nicht, was sie redeten, und sie verstanden ihn nicht. Sie sprachen obersteirischen Dialekt, er Hochdeutsch. Seine Mutter stammte nicht von hier. Sie war ihrem Mann hierher gefolgt, der vor fünfzehn Jahren in diese Stadt, nach Kapfenberg, gekommen war, weil er hier Arbeit gefunden hatte.

Moritz' Mutter sprach ein holpriges Hochdeutsch und bemühte sich, mit dem Kind hochdeutsch zu sprechen. Moritz setzte seinen ganzen Ehrgeiz darein, die Sprache der Nachbarskinder zu erlernen, das Obersteirische. Er wuchs zweisprachig auf. Anfangs war er ein Außenseiter, die Spielgefährten, allesamt liebenswürdige Kinder, ließen ihn das aber nicht spüren. Sie akzeptierten ihn als einen von ihnen. Moritz wollte mehr. Er äffte ihre Sprache nach, bis er sie beherrschte.

Moritz war längst kein Außenseiter mehr, vergaß aber nie, dass er einer war, und tat alles, um unter den Spielgefährten eine besondere Rolle zu spielen. Er ermunterte die anderen zu Ballspielen, zum Versteckspiel, und er war es, der die Idee hatte, einen Streifzug bis zum Waldrand zu machen. War er allein zu Hause, galten seine Gedanken einem nächsten Plan, mit dem er die Spielgefährten überraschen konnte.

Aus der Küche hörte Moritz wohlvertraute Geräusche. Der Vater war heimgekommen, die Mutter schüttete Wasser, das sie auf dem Herd gewärmt hatte, in ein Lavoir, er begann sich zu waschen. Zuerst schrubbte er mit einer Bürste die ölverschmierten Hände, dann wusch er Gesicht und Oberkörper, und während er sich abtrocknete, wischte die Mutter mit einem großen Fetzen das Wasser, das der Vater verspritzt hatte, vom Boden auf. Noch während dieser Arbeit begann die Mutter zu erzählen, was am Tag vorgefallen war.

Wirklich, rief ihr Mann, der sich zur Suppe gesetzt hatte, ein Esel? Erzähl das noch einmal! Sie wiederholte die

Geschichte. Das ist unglaublich, sagte der Vater, ohne diesen klugen Esel hätten wir unser Kind nicht mehr. So ist es, erwiderte die Mutter. Wo ist er jetzt?, fragte der Vater. Bei deiner Mutter, antwortete die Frau, in der Hütte. In der Hütte, rief der Vater empört, er rettet unserem Kind das Leben, und ihr steckt ihn in diese Hütte! Wir sind froh, erwiderte die Mutter, dass wir diesen Platz gefunden haben.

Eine Zeit lang sagte der Vater nichts, Moritz hörte, wie er die Suppe löffelte. Dann begann er wieder laut wie vorher zu reden: Wir sind froh! Wenn ich das schon höre! Über alles müssen wir froh sein. Dass wir noch am Leben sind. Dass wir noch zu essen haben. Warte nur, wenn der Krieg vorbei ist, und er wird bald vorbei sein, dann baue ich für den Esel ein Schloss! So wird es sein, sagte die Frau leise, denn sie war es müde, ihrem Mann zu widersprechen. Wir leben in der Hölle, fuhr er fort, aber nach der Hölle kommt das Paradies. So steht es geschrieben. Und wo?, fragte sie. Das weiß ich nicht, war die Antwort.

Moritz hörte, wie sein Vater den Löffel in den leeren Teller legte. Hat meine Mutter, fragte der Vater, Brot und Butter mitgebracht? Wir hatten keine Zeit, darüber zu reden, antwortete seine Frau. Ich gehe morgen Abend zu ihr, sagte der Mann, morgen muss ich schon um sechs in der Früh in der Arbeit sein und komme wahrscheinlich erst am späten Nachmittag nach Haus. Ich brauche das Brot und die Butter. Heute während der Schicht sind drei Leute vor Hunger umgefallen. Für die Kriegsgefangenen wird es immer schlimmer. Ich weiß nicht, wie es in den Baracken zugeht, in denen sie hausen. Ich kann sie auch nicht fragen, ich würde sie nicht verstehen, sie sind Franzosen. Und selbst wenn ich Französisch könnte, würde mir das nichts nützen. Die Kriegsgefangenen dürfen nicht reden, nicht miteinander und schon gar nicht mit uns.

Nun bekommen sie auch nicht mehr genug zu essen und brechen während der Arbeit zusammen. Mir sind einige als Helfer zugeteilt, die werden nicht vor Hunger sterben.

Deine Mutter, erwiderte die Frau, arbeitet bei den Bauern, damit sie Brot und Butter für uns bekommt. Ab heute, sagte der Vater, arbeitet sie bei den Bauern, damit auch die Kriegsgefangenen Brot und Butter bekommen. Darfst du ihnen das geben?, fragte seine Frau. Selbstverständlich nicht, antwortete er. Es muss heimlich geschehen. Du weißt doch, bei den Nazis ist alles verboten. Die Nazis sind Teufel. Ja, sagte sie, das sind Teufel. Moritz hörte, wie die Mutter das Geschirr abwusch. Sie reden schon wieder von den Nazis, dachte er. Schon öfter hatte er fragen wollen, was dieses Wort bedeute, hatte aber darauf vergessen. Er stellte sich vor, wie er morgen seine Spielgefährten mit dem Esel bekanntmachen, wie er mit dem neuen Spielgefährten, dem Esel, Eindruck schinden würde, und schlief ein.

Als Moritz am nächsten Vormittag aus dem Haus ging – er hatte lange und tief geschlafen –, stand der Esel vor der Haustür, umringt von Buben und Mädchen, die ihn streichelten, was er sichtlich genoss. Die Kinder waren von ihren Müttern unterrichtet worden, dass der Esel Moritz das Leben gerettet hatte, sie standen um ihn herum und bewunderten ihn dafür, dass er, dieses kleine, liebe Tier, zu einer derart großen Tat fähig gewesen war. Als Moritz sich unter sie mischte, galt ihr Interesse nicht den Ereignissen von gestern, die hatten ihre Eltern ihnen berichtet, sondern dem Augenblick: Was konnte man mit dem Esel unternehmen?

Flüsternd gab Moritz diese Frage an den Esel weiter, der antwortete leise: Wir machen einen Ausflug in den Wald. Und er ging los, die Kinder hinterher. Als sie den Waldrand erreichten, meinte ein Bub, sie dürften nicht weitergehen, im

Wald hause der Siegl-Bauer, ein Unhold, es sei gefährlich, in den Wald zu gehen. Gesehen hatte den Unhold, wie Moritz herausfand, noch niemand. Seine Mutter hatte ihm einmal in strengem Ton, den er von ihr nicht gewohnt war, geradezu befohlen: Du gehst nicht weiter als bis zum Waldrand.

Unter den Spielgefährten ging das Gerücht um, der Siegl-Bauer sei ein versoffener Mann mit langem Bart und zotteligem Haar, seine zehn Kinder würden durch den Wald streunen und mit Drahtschlingen Hasen fangen. Also hatte auch Moritz den Wald gemieden. Damit, den Wald zu meiden, beschied Frau Rakitnik sich nicht. Moritz' Mutter war mit ihr befreundet, auch deshalb, weil er sich mit der Tochter von Frau Rakitnik, Karla, sehr gut verstand. Wenn Frau Rakitnik über den Siegl-Bauern redete, saß Moritz' Mutter regungslos da und zwang sich, nicht aufzustehen und wegzugehen. Umso aufmerksamer hörte Moritz zu.

Ich mache mir große Sorgen um die Welt, hatte Frau Rakitnik gesagt. Wir, die Nationalsozialisten, sind angetreten, die Welt zu erobern, um aus ihr eine schöne, von allem Gesindel gesäuberte Welt zu machen. Es sieht so aus, als würden wir dieses Ziel nicht erreichen. Wir sind selbst schuld. Mehrmals habe ich bei der hiesigen Parteiführung vorgesprochen und sie auf den Skandal aufmerksam gemacht, dass sich vor unserer Haustür ein gefährliches Gesindel herumtreibt, der Siegl-Bauer und seine zehn Kinder. Die Partei hat mustergültig durchgegriffen gegen Juden, Zigeuner, Homosexuelle und Krüppel, warum tut sie nichts gegen den Siegl-Bauern?

Die Parteigenossen haben mich abgewimmelt, hatte Frau Rakitnik gesagt, da ist mir klar geworden, dass eine auf Sauberkeit bedachte Partei, die gegen den Siegl-Bauern, dieses Krebsgeschwür in unserer Stadt, nichts unternimmt, dass diese Partei, die diesen kleinen Krieg nicht führt und gewinnt, auch den großen Krieg nicht gewinnen kann. Schauen Sie sich um, hatte Frau Rakitnik zu seiner Mutter gesagt, der Siegl-Bauer treibt weiter sein Unwesen, und der Feind wirft täglich mehr Bomben auf unsere Stadt.

Der Bub, der gemeint hatte, man müsse hier am Waldrand haltmachen, fand bei den anderen Kindern keine Zustimmung. Sie widersprachen ihm zwar nicht, verständigten sich aber durch zaghaftes Zunicken darauf, dass sie gern in den Wald gehen würden. Eine deutliche Entscheidung brauchten sie nicht zu treffen, da der Esel nicht länger am Waldrand herumstehen wollte und weiterging. Moritz war gleich an seiner Seite, die anderen Kinder gingen hinterdrein, nur der Bub, der vor diesem Ausflug gewarnt hatte, blieb zurück. Er hatte sich auf einen Baumstrunk gesetzt und weinte.

Nach einer Dreiviertelstunde, der Weg wurde immer steiler, sahen sie auf einer Lichtung drei kleine Holzhäuser. Hier musste der Siegl-Bauer wohnen. Wie weit, flüsterte Moritz dem Esel zu, willst du noch gehen? Da kam ihnen ein Bub entgegen, groß gewachsen, mit langem, blondem Haar, er ging auf den Esel zu und streichelte ihm über den Kopf. Wie hast du das gemacht, kleiner Esel?, rief er. Wie bist du den Bauern entkommen? Und zu den Kindern gewandt sagte er: Bei meinen Spaziergängen hinauf auf den Berg hab ich das arme Tier in einem kleinen dreckigen Verschlag entdeckt, hungrig und frierend. Ein paarmal habe ich ihm heimlich Heu zu fressen gebracht.

Warum heimlich?, fragte Moritz. Die Pötschen-Bauern, sagte der blonde Bub, sind geizig und böse. Sie besitzen einen großen Hof und haben alles in Überfülle. Ich habe mich in die Vorratskammer geschlichen, dort hängt in drei langen Reihen der geräucherte Schinken. Und die Scheune geht über von Heu. Aber dem kleinen Esel haben sie nichts zu fressen gegeben, weil er keinen Nutzen hat. Weil er noch zu klein ist, um Lasten zu tragen. Du hast recht, erwiderte Moritz. Meine Großmutter arbeitet für die Bauern, sie bekommt für einen Tag Rackerei einen Laib Brot und ein Viertelkilo Butter. Die Hauptsache, rief der Bub, du bist aus dem Gefängnis ausgebrochen und hast den Weg ins Tal gefunden. Er klopfte dem Esel auf den Rücken. Und an Moritz gewandt: Er sieht nicht mehr so elend aus. Wer kümmert sich um ihn? Meine Großmutter, antwortete Moritz, sie hat ihn in einer Gartenhütte untergebracht, macht ihm ein Bett aus Stroh und füttert ihn.

Und du, fragte Moritz den Buben, wohnst du dort in dem Bauernhof? Ja, antwortete der Bub. Ein kleiner Hof, wie ihr seht – er hatte sich nun auch an die anderen Kinder gewandt –, aber groß genug für uns. Wir haben fünf Kühe, neun Schweine, Hühner, Hasen, Ziegen und sogar vier Gänse. Das ist mehr als genug für vier Personen, meinen Vater, die zwei jüngeren Brüder und mich. Der Vater hat ein Motorrad mit Beiwagen, mit dem liefert er Milch an die Molkerei. Ein anderer Abnehmer ist ein Fleischhauer. Der kommt zu uns, wenn ein Schwein zu schlachten ist.

Warum ist dein Vater nicht im Krieg?, fragte Moritz. Der Esel spitzte die Ohren. Er ist von Geburt an bucklig, antwortete der Bub, und taugt nicht für den Krieg. Er ist bucklig, klein und schwach. Die schwere Arbeit hat sein Vater gemacht. Doch der ist nicht mehr hier. Ist er gestorben?, fragte Moritz. Er ist ausgewandert, erwiderte der Bub. Was heißt das?, fragte Moritz. Er hatte dieses Wort noch nie gehört. Der Großvater hat das Land verlassen, erklärte ihm der Bub. Als die Nazis in Österreich einmarschierten, ist er mit der Eisenbahn nach Genua und von dort mit dem Schiff nach New York gefahren. Er schreibt uns jeden

Monat einen Brief und steckt ein paar Ansichtskarten in das Kuvert. Anfangs hat er nur Arbeit als Reinigungskraft gefunden, da er kein Englisch konnte. Nun arbeitet er als Gärtner im Central Park, einem Park, so groß, dass ganz Kapfenberg darin Platz hätte. Und in der Nähe des Parks, das sieht man auf den Ansichtskarten, Hochhäuser, die bis in den Himmel ragen.

Hat dein Großvater Angst vor den Nazis gehabt?, fragte Moritz. Der Großvater, erwiderte der Bub, war ein frommer Mann. Er ist nicht in die Kirche gegangen, hat nicht gebetet, so hat uns der Vater erzählt, aber hin und wieder, wenn er mit seinem Sohn und meiner Mutter über die Vorgänge in der Welt gesprochen hat, hat er gesagt: Ich glaube an Gott und den Frieden. Die Nazis glauben an den Krieg, deshalb kennen sie keinen Gott. Großvater wollte, dass Mutter, Vater und ich mit ihm gehen. Der Vater hat erzählt, dass er abgewunken hätte. Von Amerika wusste er nur, dass die Männer, die aus Europa kommen, in die Wälder geschickt werden, um Bäume zu fällen – eine solche Arbeit wäre zu schwer für ihn gewesen. Mutter hat nur den Kopf geschüttelt. Mit einem dreijährigen Kind ins Ungewisse aufbrechen – nein. Ich, der Dreijährige, bin nicht gefragt worden. Ich wäre sofort mitgegangen.

Man redet merkwürdiges Zeug über euch, sagte Moritz, es heißt, dass ihr im tiefsten Elend lebt. Ich sehe aber, dass Strommasten bis zu eurem Haus führen. Wir wissen, erwiderte der Bub, dass man sich den Mund über uns zerreißt. Sollen sie. Die Hauptsache ist, sie lassen uns in Ruhe. Wir haben auch die Stromleitung zum Haus selber bezahlt. Also haben wir Strom. Aber – er lachte – wir haben kein Radio. Der Vater ist dagegen. Der Großvater und die Mutter sind gegen die Nazis, der Vater ist gegen das Radio. Wir haben nur ein Leben, sagt er, deshalb müssen wir die Zeit nutzen. Wenn wir das Radio einschalten, bestimmen nicht wir, was wir hören. Irgendetwas kommt aus dem Apparat, es kann Unsinn sein, es kann interessant sein, meist ist es interessanter Unsinn. Das Radio ist eine Zeitvernichtungsmaschine. Wenn wir davorsitzen, hören wir nicht, was wir hören wollen, also nutzen wir nicht unsere Zeit. Deshalb sitzen wir abends in der Küche um den Tisch, und der Vater liest vor.

Wie schön, rief Moritz, und was liest er euch vor? Das kennst du nicht, erwiderte der Bub. Es sind uralte Geschichten, mehr als tausend Jahre alt, sie spielen in Griechenland. Zwei Geschichten sind von dem Dichter Homer, man weiß nicht einmal, wer er war und wann er gelebt hat, so lange ist das her. Eine Geschichte heißt »Ilias«, die andere »Odyssee«. Die Griechen kommen auf eine Insel, dort leben Riesen, die Zyklopen, die haben nur ein Auge. Ein Grieche sticht einem Riesen das Auge aus. Ich war empört und habe ihn einen Unmenschen geschimpft. Der Vater und die Brüder haben gemeint, nur so hätten die Griechen sich vor dem Riesen retten können. Ich bin nicht dieser Ansicht gewesen, ein Streit ist entbrannt. Der Vater hat das Buch zugeschlagen und gerufen: Schluss! Als alle geschwiegen haben, hat er gemeint, nun wäre es nicht schlecht, ein Radio zu haben.

Zurzeit, fuhr der Bub fort, beschäftigen wir uns mit einem Theaterstück, es ist auch sehr alt, stammt von dem griechischen Dichter Sophokles, von dem weiß man aber, wann er gelebt hat, und das Stück heißt »Antigone«. Der König und Antigone haben einen Konflikt, der nicht aufzulösen ist. Der Vater sagt, Antigone ist im Recht, sie will ihren Bruder, der im Kampf gegen den König gefallen ist, begraben, das verlangen ihre Religion und die Familientradition. Mein sechsjähriger Bruder ist der Meinung des Vaters, er sagt, sie ist im

Recht, weil sie so schön ist. Der achtjährige Bruder steht auf der Seite des Königs. Der Bruder der Antigone, sagt er, hat gegen den König Krieg geführt, er ist gefallen, er liegt vor den Toren der Stadt, er hat das Recht verwirkt, bestattet zu werden.

Und für wen bist du?, fragte Moritz. Weder für Antigone noch für den König, erwiderte der Bub. In diesem Stück gibt es eine weitere Person, Theresias, den blinden Seher. Er geht zum König und sagt: Adler reißen dem verwesenden Leichnam vor der Stadt die Eingeweide aus dem Leib, sie fliegen damit über die Stadt und verlieren Stücke der stinkenden Gedärme. In mehreren Teilen der Stadt sind bereits Krankheiten ausgebrochen. Ihr seht, fuhr der Bub an die umstehenden Kinder gewandt fort, dass der Leichnam aus praktischen Gründen begraben werden muss. Die Rechthaberei der Antigone und des Königs ist idiotisch.

Du bist wohl der älteste der drei Buben, sagte Moritz. Ich bin zehn, war die Antwort. Warum, fragte Moritz, bist du nicht in der Schule? Vorige Woche, erwiderte der Bub, hat eine Bombe in die Volksschule eingeschlagen. Ein Teil der Schule ist kaputt, im andern Teil versucht man, die Wände zu sichern. Nächste Woche geht der Unterricht weiter, in der Hauptschule. Ich freue mich schon sehr darauf. Karla Rakitnik mischte sich ein. Wieso?, fragte sie. Die Hauptschule, antwortete der Bub, ist das schönste Gebäude weit und breit. Sie wurde vor zwanzig Jahren gebaut, ist offen, vom Erdgeschoß bis ins letzte Stockwerk.

Was heißt das?, fragte Karla. Der Eingang besteht aus drei riesigen Glastüren, erwiderte der Bub, sie reichen hinauf bis in den ersten Stock. Man steht draußen und ist auch schon drinnen. Als ich dieses Gebäude gesehen habe, habe ich beschlossen, Architekt zu werden und auch so schöne Häuser zu bauen. Und du? Er wandte sich an Moritz. Was willst du werden? Karla antwortete: Ich werde Schneiderin. Und ich, sagte Moritz, werde Rauchfangkehrer. Das weißt du jetzt schon?, fragte der Bub. Ja, sagte Moritz.

Kommt ins Haus, sagte der Bub, jeder bekommt ein Glas frische Milch. Und der Esel frisches Heu. Schade, dass die Mutter nicht mehr hier ist, sonst würde es auch Kuchen geben. Wo ist deine Mutter?, fragte Moritz. Sie ist, sagte der Bub, Kommunistin. Ihr wisst nicht, was das ist. Die Kommunisten sind die Todfeinde der Nazis. Die Mutter will gegen die Nazis kämpfen, damit sie den Krieg endlich verlieren. Sie hat zu mir gesagt: Du bist groß und stark und kannst die schwere Arbeit machen. Ich muss jetzt gehen. Auf geheimen Wegen bekommen wir Nachricht von ihr. Zuerst ist sie nach Donawitz gegangen, wo sich im Stahlwerk eine Gruppe von Widerstandskämpfern gebildet hat. Die ist von der Gestapo, das heißt Geheime Staatspolizei, entdeckt worden. Sie ist in die Berge geflüchtet, in die südliche Steiermark auf die Koralm gelangt, ist auch dort entdeckt worden und nach Jugoslawien geflüchtet, wo sie sich den dortigen Partisanen angeschlossen hat.

Aus der Stadt hörte man die Fabrikssirenen. Das bedeutete Fliegeralarm. Die Kinder sprangen auf, die Mütter hatten ihnen eingebläut, bei Fliegeralarm sofort nach Hause zu kommen. Im Weggehen rief Moritz: Ich bin der Moritz. Der Bub erwiderte: Ich bin der Hans. Vor dem Haus von Moritz hatten sich bereits die Mütter versammelt, um mit den Kindern in den Luftschutzbunker zu eilen. Und du, fragte Moritz den Esel, was machst du? Ich gehe in meine Hütte, erwiderte der Esel, dort gibt es frisches Heu und saftige Rüben. Auf dem Weg zum Bunker zog Moritz Karla zur Seite und sagte: Du darfst deiner Mutter nicht erzählen, dass wir beim Siegl-Bauern waren. Sie schaute ihn empört an. Ich bin doch nicht blöd, sagte sie.

Im Bunker zeichneten die Kinder mit einem Stein Quadrate in den Erdboden und spielten Tempelhüpfen. Nach einer Stunde gab es Entwarnung. Die Erwachsenen verließen den Bunker, die Kinder spielten weiter. Als sie des Tempelhüpfens überdrüssig waren, brachen auch sie auf. Vor dem Haus von Moritz hatte sich eine Menschenmenge gebildet, mittendrin der Esel. Moritz traute seinen Augen nicht. Eine Mauer des Hauses war eingestürzt. Eine Bombe hatte in das Nebenhaus eingeschlagen. Man sah im ersten Stock in das Schlafzimmer von Moritz' Eltern. Im Bett lag Moritz' Vater und schlief. Nach zwölf Stunden Arbeit in der Fabrik war er ohnmächtig ins Bett gefallen.

Die Nacht verbrachten Moritz und seine Eltern bei der Großmutter. Vor dem Schlafengehen hatte Moritz sich in die Hütte zum Esel gestohlen. Wie wird das weitergehen?, fragte Moritz. Der Esel räkelte sich auf seinem Strohlager und sagte: Es wird weitergehen. Machst du dir keine Gedanken?, fragte Moritz. Der Esel schmiegte seinen Kopf an ihn und sagte: Ich mache mir nie Gedanken. Daran musst du dich gewöhnen. Das beruhigte Moritz und er ging in die kleine Wohnung der Großmutter, wo der Vater in der Küche auf einem Diwan lag und schlief, als wäre nichts passiert. Im Zimmer daneben hatte sich die Mutter auf drei Matratzen auf dem Boden zur Ruhe gebettet und plauderte mit der Großmutter, die im Ehebett lag. Als Moritz hereinkam und von der Mutter gefragt wurde, wo er so lange gewesen sei, antwortete er, er habe sich um den Esel gekümmert.

Als Moritz am späten Vormittag erwachte, war niemand in der Wohnung. Er ging in die Hütte, auch der Esel war nicht da. Also lief er weiter zum beschädigten Haus, dort standen der Esel, Großmutter, Mutter und Frau Rakitnik zusammen mit zwei Beamten der Stadtverwaltung. Moritz erfuhr, man sei übereingekommen, dass die Zaunschirms in dem Pfarrhaus auf dem Frauenberg untergebracht würden. Moritz wusste, dass das ein Berg nahe der Stadt war mit einer Wallfahrtskirche. In dem weitläufigen Pfarrhaus, so erläuterte einer der Beamten, lebe nur ein Pfarrer. Frau Rakitnik, die mit den Nazibeamten auf gutem Fuß stand, erwirkte, dass auch sie mit ihrer Tochter und eine mit ihr befreundete Frau mit ihren zwei kleinen Kindern aus der bombengefährdeten Stadt hinauf ins Pfarrhaus ziehen konnten. Am Nachmittag, so beschieden die Beamten den Frauen, würde auf dem Hauptplatz ein Bauer mit einem Pferdefuhrwerk auf sie warten, damit sie ihre Habseligkeiten auf den Berg bringen könnten. Was für ein Glück, dachte Moritz, Karla kommt mit uns. Er zog den Esel zur Seite und fragte ihn, was er von der Übersiedlung halte. Ich freue mich, war die Antwort.

2

Der Leiterwagen der Großmutter stand immerfort im Weg. Wozu braucht sie den?, hatte Moritz sich schon oft gefragt. Stand er in der Hütte, musste man um ihn herumgehen, um zu den Hasenställen zu gelangen. Nun, nachdem Großmutter ihn endlich hinausbefördert hatte, um Platz für den Esel zu schaffen, war der Leiterwagen so blödsinnig zwischen Hüttentür und Kirschbaum platziert, dass der Esel sich vorbeizwängen musste. Moritz hatte ihn gefragt, ob er den Leiterwagen anderswo hinstellen solle, der Esel hatte geantwortet, das dürfe Moritz auf keinen Fall, dies sei das Reich der Großmutter, das gelte es zu respektieren. Moritz konnte sich nicht erinnern, auch nur ein einziges Mal gesehen zu haben, dass Großmutter den Leiterwagen verwendete.

An diesem Tag aber zog sie ihn auf der Straße hinter sich her bis zu dem Haus, in dem Moritz mit seinen Eltern wohnte. Der Esel, der schneller war als die Großmutter, stand schon dort und beobachtete, womit die Mutter, die Großmutter und Moritz den Leiterwagen vollluden – mit Bettwäsche, Handtüchern, Kleidung und Geschirr. Moritz trug vorsichtig etwas aus dem Haus, es war eingeschlagen in einen Polsterüberzug. Als die beiden Frauen im Haus waren, um weitere Sachen zu holen, zeigte Moritz dem Esel, was sich in dem Überzug befand. Das ist mein Teddybär, sagte er. Hier an seinem Rücken siehst du eine Naht, die hat sich gelockert, sodass die Gefahr besteht, dass die Sägespäne aus seinem Körper rieseln. Meine Mutter wollte heute die Naht reparieren, sie wird es morgen tun, auf dem Frauenberg.

Die beiden Frauen kamen aus dem Haus, jede hatte eine Tuchent in den Armen, nun standen sie ratlos vor dem Leiterwagen, auf dem die Sachen sich türmten, unmöglich, auch noch die großen Federbetten unterzubringen. Moritz flüsterte dem Esel ins Ohr: Kannst du die Tuchenten auf dem Rücken tragen? Sie sind nicht schwer. Sicher kann ich das, flüsterte der Esel. Moritz nahm die Tuchenten, legte sie dem Esel auf den Rücken, lief in die Wohnung um eine Schnur und band die Tuchenten fest. Endlich konnten die vier aufbrechen.

Frau Rakitnik hatte ihre Sachen bereits aufs Pferdefuhrwerk geladen, sie stellte Moritz' Mutter ihre Freundin vor: Das ist die Frau Schwarz. Die wiederum deutete auf ihre Kinder: Und das ist der Toni und das die Lisa. Moritz schätzte, dass Toni in seinem Alter, Lisa aber jünger war. Toni und Karla schienen befreundet zu sein, sie standen beisammen und unterhielten sich eifrig miteinander. Moritz passte das gar nicht. Wie werde ich diesen Kerl los?, fragte er sich, fand aber keine Antwort. Bald hatte man auch Moritz' Sachen und die seiner Mutter mitsamt den Tuchenten aufs Fuhrwerk geworfen – selbstverständlich nicht den Teddybären, den legte Moritz sorgsam auf eines der Federbetten. Er wollte sich von Großmutter verabschieden, die winkte ab, gab ihm einen Kuss und sagte, sie werde bald auf den Frauenberg zu Besuch kommen.

Anders als angekündigt war nicht der Bauer, sondern ein alter, wortkarger Knecht gekommen. Der setzte sich nun langsam in Bewegung und mit ihm das Pferd und das Fuhrwerk. Er ging rechts neben dem Pferd, links vom Pferd der Esel und hinter dem Fuhrwerk die Frauen und die Kinder. Moritz drängte sich zwischen Toni und Karla, tat so, als würde er stolpern, ließ sich fallen, suchte Halt bei Toni und riss ihn mit zu Boden. Toni lag auf der Straße und weinte. Ist doch nichts passiert!, fuhr Karla ihn an, wandte sich von ihm ab und unterhielt sich während des langen Wegs auf den Frauenberg nur mehr mit Moritz.

Vom Hauptplatz war es nicht weit bis zu der Schotterstraße, die hinauf auf den Schlossberg führte und dann überging in einen Hohlweg, auf dem man den Frauenberg erreichte. Der Esel fragte das Pferd, warum es derart langsam dahinlatsche. Das liegt nicht an mir, antwortete das Pferd, ich passe mich dem Tempo des Knechts an. Der alte Mann lässt sich absichtlich Zeit. Außerdem ist der verschneite Weg stellenweise vereist. Kommt der alte Mann spät zurück zum Bauern, braucht er heute nicht mehr zu arbeiten, setzt sich zum Abendessen und fällt dann todmüde ins Bett.

Was, fragte der Esel, gibt es auf dem Frauenberg außer dem Pfarrhaus noch? Eine kleine Schule, erwiderte das Pferd, mit nur einem Lehrer. Der Pfarrer und der Lehrer, das sind lustige junge Leute, der Pfarrer spielt gern auf der Ziehharmonika, der Lehrer auf der Geige. An lauen Abenden musizieren sie unter der großen Linde, die vor dem Gasthaus des Lindenwirts steht. Außerdem haben sie einen Chor gegründet, der singt in der Kirche und im Festsaal vom Lindenwirt. Die Männer haben sich daran gewöhnt, dass auch Frauen im Chor singen. Die Bauern waren bisher abends im Wirtshaus unter sich. Nun, nach der Chorprobe, sitzen, ermuntert vom Pfarrer und vom Lehrer, auch die Frauen beim Wirten.

Woher weißt du das?, fragte der Esel. Ich weiß alles, antwortete das Pferd. Erzähl mir, fuhr der Esel fort, was es sonst noch auf dem Frauenberg gibt. Nicht viel, sagte das Pferd. Der Lindenwirt hat das größte Wirtshaus und ist der größte

Bauer. Der Hirschenwirt, zu dem gehören wir, der Knecht und ich, hat eine kleine Landwirtschaft und ein kleines Wirtshaus. Es liegt neben dem Pfarrhaus und hat eine schöne Terrasse. Im Sommer, wenn die Leute zur Wallfahrtskirche pilgern – vor allem Frauen, die zur Jungfrau Maria beten, damit ihre Männer nicht im Krieg sterben –, bevölkern sie nach dem Bittgottesdienst die Terrasse, und das Geschäft blüht. Am Abend, wenn niemand mehr da ist, wendet sich der Hirschenwirt zur Kirche, kniet nieder und bittet die Jungfrau Maria, dass der Krieg noch lange dauern möge.

Verstreut über den Frauenberg, sagte das Pferd, gibt es einige kleine Bauern, das ist alles. Glaubst du, dass ich bei dir im Stall unterkommen kann?, fragte der Esel. Platz ist genug, antwortete das Pferd. Die Leute hinter dem Fuhrwerk, sagte der Esel, werden im Pfarrhaus untergebracht, darunter sind eine Frau und ein Bub, die mich mitgenommen haben. Soll ich dir erzählen, wie ich zu den beiden gekommen bin? Nein, erwiderte das Pferd.

Das Fuhrwerk hielt vor dem Pfarrhaus, der Pfarrer kam, begrüßte die Ankömmlinge und wies ihnen die Zimmer zu. Frau Rakitnik und ihre Freundin bekamen je ein Zimmer im ersten Stock, Moritz und seine Mutter wurden im Parterre untergebracht. Über eine kleine Stufe beim Eingangstor ging man vom Vorplatz ins Pfarrhaus und weiter ebenerdig ins Zimmer, in dem Moritz und seine Mutter untergebracht waren. Moritz legte einen Arm um den Hals des Esels und spazierte mit ihm ins Zimmer. Wohnt der bei euch?, fragte der Pfarrer. Die Mutter wusste keine Antwort. Ich habe nichts dagegen, sagte der Pfarrer, Esel sind für mich heilige Tiere. Jesus, der König der Juden, ist auf einem Esel in Jerusalem eingeritten. Der einzige König, der auf einem Esel ritt und nicht auf einem Pferd.

Der Esel stupste Moritz an der Schulter, ging hinaus ins Freie, Moritz folgte ihm. Ich schlafe beim Pferd im Stall, sagte der Esel. Was wird der Bauer sagen?, erwiderte Moritz. Das werden wir morgen hören, antwortete der Esel, Platz ist genug, hat das Pferd gesagt. Und woher nehmen wir das Futter für dich?, fragte Moritz. Das wird sich weisen, war die Antwort, am Abend gibt mir das Pferd etwas von seinem Heu. Wenn ich heute zu fressen habe, brauche ich mich nicht zu fragen, was es morgen gibt. Das muss ich noch lernen, sagte Moritz: nicht immer zu fragen, was morgen sein wird.

Der nächste Tag war mild, es schien sogar die Sonne, kein Wetter für düstere Gedanken, und doch musste Moritz, der auf der Bank vor dem Pfarrhaus saß, darüber nachdenken, wie es mit dem Esel auf dem Frauenberg weitergehen würde. Er sah den Esel mit dem Pferd an der Kirche vorbeispazieren, den Pfarrer aus der Kirche treten, er sah, wie der Esel sich zutraulich zum Pfarrer wandte, wie der den Kopf des Esels streichelte, wohingegen das Pferd den Pfarrer keines Blickes würdigte. Der Pfarrer genoss das Wetter, schlenderte auf das Pfarrhaus zu, setzte sich neben Moritz und fragte ihn, ob er sich hier wohlfühle.

Moritz antwortete, es gefalle ihm gut hier. Der Esel allerdings habe ein unsicheres Quartier. Er, Moritz, sei beim Bauern gewesen, um ihn zu fragen, ob er Heu und hin und wieder ein paar Rüben für den Esel erübrigen könne. Der habe gemeint, Heu und Rüben gebe es bei ihm genug, aber man müsse selbstverständlich dafür bezahlen. Außerdem könne der Esel nicht gratis im Stall leben. Woher, fragte Moritz den Pfarrer, soll meine Mutter das Geld nehmen? Der Vater bekommt wenig Lohn von der Fabrik, die Werksleitung sagt, man brauche das Geld für den Krieg. Und die Großmutter lebt von einer kleinen Witwenrente.

Zerbrich dir darüber nicht den Kopf, sagte der Pfarrer. Für den Platz im Stall zahlen wir selbstverständlich nichts, nur für das Futter. Der Lehrer und ich, fuhr er fort, leiten einen Chor, zweimal in der Woche proben wir. Nach der Probe gehen wir zum Lindenwirt. Das werden wir ändern, wir gehen einmal zum Lindenwirt, einmal zum Hirschenwirt. Er braucht eine Kellnerin. Das wird deine Mutter sein. Ich werde dafür sorgen, dass sie ordentlich bezahlt wird. Einen Teil des Geldes gibt sie dem Hirschenwirt für die Versorgung des Esels, einen Teil braucht ihr, um hier zu leben.

Ich werde euch übrigens einen Vorschlag machen, sagte der Pfarrer. Ihr seid drei Familien mit je einem Zimmer und einem Ofen. Ich habe nicht nur ein Zimmer, sondern auch eine Küche, die ich selten benütze. Meistens esse ich im Gasthaus. Wir könnten doch gemeinsam in meiner Küche kochen, und wir werden den Lehrer einladen, sich an den Mahlzeiten zu beteiligen. Einmal in der Woche fährt der Hirschenwirt oder sein Knecht mit dem Pferdefuhrwerk in die Stadt und bringt uns die Lebensmittel, die wir brauchen. Was hältst du davon? Moritz dachte nach, dann nickte er.

Er lief zum Esel, der in ein Gespräch mit dem Pferd vertieft war, zog ihn zur Seite und berichtete von der Unterredung mit dem Pfarrer. Tüchtiger Bub, sagte der Esel, du kümmerst dich um mich und lernst dabei, mit dem Leben zurechtzukommen. Das ist kein Kunststück, sagte Moritz, alles ergibt sich wie von selbst. Du erzählst noch einmal, wie das mit dem Hirschenwirt sein wird, sagte der Esel, damit ich dem Pferd nichts Falsches berichte. Und sie spazierten zum Pfarrhaus, wo Moritz sich wieder auf die Bank setzte. Der Esel machte es sich auf dem Boden gemütlich.

Moritz wollte eben Punkt für Punkt wiederholen, was er mit dem Pfarrer besprochen hatte, da kam ein Mädchen des

Wegs, nahm die Schultasche vom Rücken und setzte sich auf die Bank. Ich bin die Gretel Reitbauer, sagte sie, wer bist du? Ich, antwortete der Bub, der sich überrumpelt fühlte, ich, ich bin der Moritz Zaunschirm. Und das, fuhr er fort, ist mein Esel. Der Lehrer, sagte Gretel, hat uns erzählt, dass Frauen mit Kindern ins Pfarrhaus eingezogen sind. Warum, das müsse sie erst vom Pfarrer erfragen.

Das kann ich dir sagen, erwiderte Moritz und erzählte ihr, dass das Haus, neben dem er gewohnt hatte, von einer Bombe getroffen und dadurch eine Wand seines Hauses zerstört worden war. Dann schmückte er die Geschichte aus, wie man seinen Vater von der Straße aus im ersten Stock im Bett liegen gesehen hatte, tief schlafend, denn er sei von der vielen Arbeit in der Fabrik völlig erschöpft gewesen. Gretel musste herzlich lachen, dann sagte sie: Ihr habt es lustig unten in der Stadt. Moritz dachte nach. Du hast recht, sagte er. Hier ist es langweilig, erwiderte Gretel, ich muss nun eine Dreiviertelstunde durch den Wald gehen bis zu unserem Bauernhof. Weißt du was, sagte Moritz, wir begleiten dich. Der Esel, als würde er den Weg kennen, ging voran.

Nach einer Weile rief Gretel: Schau nach rechts. Der Wunderbaum! Moritz sah eine Fichte, die nicht in die Höhe, sondern den Boden entlanggewachsen war. Aus diesem langen, kräftigen Stamm sprossen sieben Fichten empor, so hoch wie die umstehenden Bäume. Moritz ging zu dem Wunderbaum, umfasste einige der aufstrebenden Stämme, um sich zu vergewissern, dass sie tatsächlich hier wuchsen und nicht von Menschenhand befestigt hier standen, um die auf den Frauenberg wallfahrenden Leute zu beeindrucken.

Um den Wunderbaum, sagte Gretel, ranken sich allerlei Geschichten. Die blödeste stammt vom früheren Pfarrer. Der hat behauptet, dass die zwölf Apostel vor vielen

Jahrhunderten auf den Frauenberg gingen, um dort zu Ehren der Jungfrau Maria eine Kirche zu errichten. Es war Winter, sieben der Apostel konnten vor Erschöpfung nicht weitergehen, sie lehnten sich an den Stamm einer Fichte, die den Boden entlangwuchs, und erfroren. Am Tag darauf verwandelten die Sonnenstrahlen die Erfrorenen in Bäume, die aus dem alten Fichtenstamm emporwuchsen. An ebendiesem Tag begannen die fünf überlebenden Apostel die Kirche zu bauen, hat der frühere Pfarrer behauptet.

Die Wahrheit ist, sagte Gretel, –. Sie unterbrach sich. Wir müssen weiter, fuhr sie fort, die Mutter wartet mit dem Essen, und sie ging mit dem Esel voran, streichelte seinen Kopf und sagte, er sei ein allerliebstes Tier. Moritz lief ihnen nach. Was ist die Wahrheit?, fragte er. Die Wahrheit ist, sagte Gretel, während sie weit ausschritt, dass vor gar nicht langer Zeit Schneewittchen, der Prinz und die sieben Zwerge hier vorbeigekommen sind. Schneewittchen, dem von der bösen Schwiegermutter ein vergifteter Apfel gereicht worden war, schien tot zu sein. Der Prinz, der das Schneewittchen getragen hat, ist über die auf dem Boden wachsende Fichte gestolpert, da hat sich der Apfel aus Schneewittchens Hals gelöst und Schneewittchen ist wieder lebendig gewesen.

Die Schultasche ist schwer, sagte Gretel, kannst du sie tragen? Moritz hängte sich die Tasche über eine Schulter, woraufhin Gretel fortfuhr: Der Prinz hat den Zwergen für alles gedankt, was sie dem Schneewittchen Gutes getan hatten, und gesagt, er gehe nun über die nächsten sieben Berge zu seinem Schloss, werde aber zurückkommen und die Zwerge reich beschenken. Das sei nicht nötig, haben die Zwerge geantwortet, sie würden ohnedies in der Nähe des Prinzen und des Schneewittchens sein. Nachdem die beiden gegangen waren, verwandelten sich die Zwerge in sieben

Fichten, die aus dem alten Stamm emporwuchsen, und von oben beobachten sie, was auf dem Schloss vor sich geht.

Also kann auch ich, sagte Moritz, wenn ich auf eine der Fichten klettere, das Schloss sehen. Ein fürwitziger Bauernbursch, erwiderte Gretel, hat sich einmal hinaufgewagt, aber der Baum hat ihn abgeworfen, und der Bursch ist tot auf dem Boden gelegen. Niemand wagt seither mehr, auf einen der Bäume zu klettern. Was, fragte Moritz, sagt deine Mutter dazu? Die Mutter, antwortete Gretel, ist froh, dass ich diese Geschichte weitererzähle. Wo erzählst du sie? In der Schule, erwiderte Gretel, als Redeübung. Dem Lehrer hat sie gefallen. Endlich eine schöne Geschichte über den Wunderbaum, hat er gesagt und über die Legende mit den Aposteln geschimpft. Er hat vorgeschlagen, dass ich als Schulaufgabe einen Aufsatz schreibe. Ich habe als Titel gewählt: Die wahre Geschichte vom Wunderbaum. Der Lehrer hat die Arbeit dem Pfarrer gegeben. Der hat sie von der Kanzel vorgelesen.

Die drei erreichten den Bauernhof. Gretel erzählte der Mutter, warum Moritz im Pfarrhof lebte und dass der Esel und Moritz unzertrennliche Freunde seien. Frau Reitbauer lud Moritz ein, mit ihnen zu essen. Es gab eine Suppe mit Erdäpfeln und Karotten, darüber war getrocknete Petersilie gestreut worden. Nach der Suppe wurden faschierter Braten, Erdäpfelpüree und Endiviensalat aufgetischt. Ich habe eine Frage, sagte Moritz zu Frau Reitbauer, hätten Sie für den Esel vielleicht ein Büschel Heu und eine Rübe?

Gretel lief in den Stall, dann zum Esel, der vor dem Küchenfenster lag, bat um Entschuldigung dafür, dass sie ihn vergessen hatte, legte ein Büschel Heu und zwei Rüben neben seinen Kopf und eilte zurück in die Küche. Frau Reitbauer erklärte Moritz, dass das Fleisch von einem ihrer Schweine stamme, dass sie eine Maschine besitze, mit der sie das Fleisch faschiere, und dass sie das Faschierte an andere Bauern verkaufe. Sie backe übrigens auch selber Brot und mache die beste Butter – sie werde Moritz einen Butterstriezel mitgeben.

Moritz schilderte Frau Reitbauer die Situation im Pfarrhof. Dort würden, zusammen mit dem Pfarrer, acht Personen leben, also auch kochen. Die Lebensmittel bringe der Hirschenwirt einmal in der Woche mit dem Fuhrwerk aus der Stadt. Ob es nicht gescheiter wäre, Brot, Milch, Fleisch, Kartoffeln und Butter bei ihr, Frau Reitbauer, zu kaufen? Hinter dem Haus, erwiderte Frau Reitbauer, gibt es drei Gruben, abgedeckt mit Brettern, Stroh und Erde. Darunter befinden sich Salat und Gemüse, die bleiben frisch bis in den Frühsommer. Dort liegt mehr, als Gretel und ich brauchen. Ich würde gern einiges verkaufen. Doch daraus wird nichts. Der Hirschenwirt, der euch die Lebensmittel bringt, wird auf dieses Geschäft nicht verzichten.

Keine Angst, antwortete Moritz, der Hirschenwirt hat nichts zu sagen. Ich bespreche das mit dem Pfarrer, der ist mein Verbündeter. Ab nächster Woche geht er nach der Chorprobe mit den Sängerinnen und Sängern zum Hirschenwirt, meine Mutter wird an dem Abend als Kellnerin arbeiten, wir brauchen Geld, um dem Hirschenwirt das Futter für den Esel zu bezahlen. Zu essen wird es faschierten Braten geben, mindestens zwanzig Portionen. Erdäpfel hat der Hirschenwirt vielleicht selber. Der Endiviensalat aber kommt von Ihnen, Frau Reitbauer. Sie können morgen schon anfangen, das Fleisch durch die Maschine zu drehen. Und machen Sie einen guten Preis, auch für die Sachen, die wir im Pfarrhof brauchen. Der Pfarrer wird den Preis überprüfen, denn ich fürchte, dass Sie zu wenig verlangen.

Du bist ein guter Geschäftsmann, sagte Frau Reitbauer, was bekommst du für deine Arbeit? Wenn ich, antwortete Moritz, hin und wieder hier sitzen darf, ist das Lohn genug. Ich mache einen Pudding für uns, mit Ribiselmarmelade, erwiderte Frau Reitbauer. Beeil dich, sagte Gretel, ich muss meine Hausaufgaben machen. Ist das viel Arbeit?, fragte Moritz. Für mich schon, antwortete Gretel, ich bin im Rechnen und Schreiben die Beste und will das bleiben. Wir sind vier Klassen in einem Raum und mit einem Lehrer.

Du wirst einmal eine Wissenschaftlerin werden, sagte Moritz. Du hast recht, erwiderte Gretel, ich werde zuerst Lehrerin an einer Volksschule, dann an einem Gymnasium, und dann werde ich Professorin an einer Universität. Was wirst du dort machen?, fragte Moritz. Ich erforsche das Universum. Was ist das?, fragte er. Das Weltall, antwortete sie. Wenn du hinaufschaust in den Himmel, siehst du Sonne, Mond und Sterne. Dahinter aber geht es weiter. Der Lehrer hat mir zwei Bücher über das Universum geborgt. Warum interessiert dich das?, fragte er. Die Erde, sagte sie, auf der wir leben, ist langweilig. In der Früh vom Bauernhof in die Schule, nach der Schule zurück zum Bauernhof. Und was willst *du* einmal werden? Ich werde Rauchfangkehrer, antwortete Moritz. Gretel dachte nach, dann sagte sie: Das ist ein guter Beruf. Wenn du auf die Dächer steigst, um die Kamine zu reinigen, bist du vom Weltall gar nicht weit entfernt.

Frau Reitbauer servierte den Pudding. Wie bringen wir die Lebensmittel zum Pfarrhof?, fragte sie. Mit dem Esel, antwortete Moritz. Im Stall, sagte Frau Reitbauer, liegt ein alter Sattel, wir befestigen ihn auf dem Rücken des Esels, auf den Sattel binden wir eine Holzkiste, in die geben wir die Lebensmittel. Aber nicht zu viel auf einmal, erwiderte Moritz, der Esel ist noch jung, ich will nicht, dass er eine schwere Last tragen muss. Gretel, sagte Frau Reitbauer, will zu ihren Hausaufgaben. Hier ist ein Leinensack, ich gebe dir einen Laib frisches Brot und einen Butterstriezel mit.

Auf dem Weg zurück zum Pfarrhof fragte Moritz den Esel, ob er bereit sei, auf seinem Rücken Lebensmittel von der Frau Reitbauer zum Pfarrhof, aber auch zum Hirschenwirt zu tragen. Nein, war die Antwort. Damit hatte Moritz nicht gerechnet. Er überlegte, den Pfarrer zu fragen, ob man sich von jemandem einen Leiterwagen, wie die Großmutter einen hatte, borgen könnte. Ich bin, sagte der Esel, zum Nichtstun auf der Welt. Ich werde nicht so enden wie meine Mutter, die Tag für Tag Unmengen Holz schleppen muss. Recht so, erwiderte Moritz, ich werde die Sachen mit einem Leiterwagen zum Pfarrhof hinaufziehen. Das wirst du nicht, sagte der Esel, ich werde die Lebensmittel tragen. Du hast, erwiderte Moritz, deine Meinung rasch geändert. Nein, war die Antwort.

Schweigend gingen sie weiter. Als sie beim Wunderbaum vorbeikamen, sagte der Esel, ich kann mich nicht entscheiden, ist mir die Gretel lieber oder die Karla? Das habe ich mich auch gefragt, erwiderte Moritz. Und deine Antwort?, fragte der Esel. Es gibt keine, sagte Moritz. Warum soll ich mich für die eine oder die andere entscheiden? Du bist ein kluger Bub, sagte der Esel.

Moritz' Mutter konnte es nicht fassen, dass ihr Sohn Brot und Butter brachte. Sie war hungrig – der Knecht des Hirschenwirts würde erst am nächsten Tag Lebensmittel aus der Stadt bringen –, machte sich ein Butterbrot und fragte Moritz, ob sie auch für ihn eine Scheibe vom Brotlaib abschneiden sollte. Ich habe ausgiebig gegessen, antwortete Moritz. Wo?, fragte sie. Bei der Frau Reitbauer, sagte Moritz, von ihr sind auch das Brot und die Butter. Du wirst sie kennenlernen. Sie hat eine Tochter, die Gretel, sie geht hier zur Schule, der Esel und ich haben sie nach Hause begleitet.

Karla stürmte ins Zimmer. Moritz, rief sie, es ist höchste Zeit, die andern sind schon auf dem Hügel. Moritz lief mit ihr weg. Hinter dem Pfarrhof erhob sich ein Hügel, von dem aus man einen Blick auf die Stadt hatte. Auf einer Bank, die nur aus einem Brett bestand, das auf zwei Felsbrocken lag, saßen bereits die Kinder von Frau Schwarz. Karla und Moritz setzten sich zu ihnen. Nun saßen sie zu viert da und warteten. Sie kommen!, rief Toni. Man hörte das Geräusch von Flugzeugen. Der Pfarrer spazierte den Hügel hinauf und setzte sich zu den Kindern.

So viele Flugzeuge wie heute, sagte er, habe ich bisher noch nie gesehen. Er zählte fünf. Sie flogen hoch und warfen nun, da sie über der Stadt waren, eine Unmenge silberglitzernder dünner Streifen ab. Langsam flatterten die Streifen talwärts. Bevor dieses Lametta zu Boden fällt, erklärte der Pfarrer, kommen die Bomber, geschützt vom Lametta. Sie können dann von den Fliegerabwehrgeschützen nicht erkannt werden und fliegen sehr tief, in der Hoffnung, endlich die Fabrikshallen zu treffen. Tatsächlich donnerten drei Bomber durchs Tal, es folgten unzählige Detonationen. Der Krieg, sagte der Pfarrer, wird bald zu Ende sein. Und dann?, fragte Moritz. Im Krieg geht es drunter und drüber, antwortete der Pfarrer, und nach dem Krieg wird es erst recht drunter und drüber gehen.

Moritz bat den Pfarrer, mit ihm zur Mutter zu gehen, er wolle den beiden von seinem Gespräch mit Frau Reitbauer berichten. Die Mutter und der Pfarrer fanden es gut, den Großteil der Lebensmittel von Frau Reitbauer zu beziehen und nicht aus der Stadt. Dann redeten die beiden über den Krieg und darüber, was nach dem Krieg kommen werde. Das langweilte Moritz, er ging hinaus zum Esel und konnte ihn überreden, einen Spaziergang mit ihm zu machen.

Interessiert dich, fragte Moritz, was nach dem Krieg sein wird? Nein, antwortete der Esel. Ich verstehe die Erwachsenen nicht, sagte Moritz. Wir beide sorgen dafür, dass sie mitten im Krieg die besten Lebensmittel bekommen, dass es beim Hirschenwirt für die Sängerinnen und Sänger faschierten Braten gibt, und die Mutter und der Pfarrer zerbrechen sich den Kopf darüber, was nach dem Krieg sein wird. Ich verstehe die Menschen auch nicht, erwiderte der Esel. Sie sind nicht froh, dass sie am Leben sind, reden vom Gestern und vom Morgen und vergessen das Heute. Und da ihnen das Leben nichts bedeutet, führen sie Krieg und bringen einander um. Was tun wir dagegen?, fragte Moritz. Wir machen einen Spaziergang, war die Antwort.

Es war dämmrig geworden. Als sie zurück zum Pfarrhof gingen, trafen sie auf die Großmutter, die aus der Stadt zu Besuch kam. Sie umarmte Moritz und begann bitterlich zu weinen. Der Esel schüttelte den Kopf und ging weiter zum Stall des Hirschenwirts, wo das Pferd schon auf ihn wartete. Moritz hatte die Großmutter an der Hand genommen und ging mit ihr in den Pfarrhof, wo sie Moritz und seiner Mutter unter Schluchzen versicherte, sie bringe zwar keine schlechten Nachrichten, sei jedoch sehr besorgt.

Dein Mann, sagte sie, ist wieder in eure Wohnung gezogen, nachdem man die von der Bombe weggerissene Mauer neu aufgestellt hat. Gestern Abend bin ich zu ihm gegangen, um Brot und Butter zu bringen, die er für die französischen Kriegsgefangenen braucht. Es war schon elf Uhr, er war nicht zu Hause. Ich habe es in der Nacht noch einmal versucht und dann am Vormittag. Er war nicht da. Also bin ich in die Fabrik gegangen. Der Meister hat gesagt, er kann mir keine Auskunft geben, er weiß nur, dass Herr Zaunschirm am Tag zuvor während der Arbeit von zwei Männern abgeholt worden ist. Frau Zaunschirm soll morgen kommen, da ist der Betriebsleiter anwesend, der weiß sicher mehr.

Ich gehe morgen zu ihm, sagte die Großmutter, ich vermute, dein Mann ist dabei ertappt worden, wie er den Kriegsgefangenen Essen zugesteckt hat. Wir wissen, dass das verboten ist. Ich hoffe aber, dass man dafür nicht hart bestraft wird. Ich wollte euch das nicht erzählen, fuhr die Großmutter fort und begann wieder zu schluchzen, aber wenn man allein mit diesen Gedanken ist, wird man verrückt.

Die Mutter machte Tee und richtete für die Großmutter ein Butterbrot, dann stieg die Großmutter, mit der Taschenlampe den Weg ausleuchtend, ins Tal. Die Nacht war unruhig für Moritz, zweimal schreckte er auf, weil die Mutter laut schluchzte. Am Morgen erkannte er sie nicht wieder. Diese schöne, stets fröhliche Frau hatte ein verschwollenes Gesicht und wirkte erstarrt. Moritz flüchtete aus dem Pfarrhof ins Freie, wo der Esel wartete. Du hast noch nicht gefrühstückt, sagte der Esel, geh und hol dir ein Stück Brot. Moritz tat, wie ihm geheißen. Dann setzte er sich auf die Bank und erzählte dem Esel, was vorgefallen war.

Hast du bemerkt, fragte der Esel, dass die Menschen es lieben, Angst zu haben? Was weiß man von deinem Vater? Dass er von zwei Männern abgeholt wurde, erwiderte Moritz, sonst weiß man nichts. Hast du Angst um ihn?, fragte der Esel. Nein, antwortete Moritz, ich mache mir Sorgen um die Mutter. Ihr seid merkwürdige Wesen, sagte der Esel, die Mutter macht sich Sorgen um den Vater, du machst dir Sorgen um die Mutter, fehlt noch, dass ich mir Sorgen um dich mache. Moritz musste lachen. Du sorgst dich um mich, sagte er, das sehe ich an der Sorgenfalte auf deiner Stirn. Falsch, antwortete der Esel, ich sorge mich um niemanden, stattdessen habe ich eine Sorgenfalte. Ihr Esel, erwiderte Moritz, seid seltsame Wesen. Ich gehe zum Pferd, sagte der Esel, und du gehst zur Mutter, und ihr macht eine Liste der Lebensmittel, die wir am Nachmittag bei Frau Reitbauer einkaufen. Wir treffen uns wieder hier.

Moritz' Mutter war froh über die Abwechslung, mit ihrem Sohn über Lebensmitteleinkäufe sprechen zu können, Moritz sah, wie ihre Gesichtszüge sich entspannten, und als die Einkaufsliste fertig war, ging er unter dem Vorwand, es könnte etwas vergessen worden sein, die Liste noch einmal durch, nur um die Mutter abzulenken. Sie dankte es ihm, indem sie, ohne ihn anzusehen, mit der Hand über seinen Kopf strich, dann zog sie sich in eine Ecke des Zimmers zurück.

Der Esel wartete schon. Nun wissen wir mehr, sagte er. Das Pferd hat erzählt, es habe einiges von den beiden Pferden des Lindenwirts erfahren, die kommen öfter in die Stadt. Der alte Bäcker, bei dem der Lindenwirt das Brot kauft, hat in seinem Geschäft über den Krieg geschimpft. Bald darauf ist er von zwei Männern abgeholt worden. Es sind immer zwei Männer, wie auch im Fall von Moritz' Vater. Sogar beim Lindenwirt sind zwei alte Männer, ein Knecht und ein Bauer, verhaftet worden, sie hätten über die Nazis geschimpft. Die Zeit sei gefährlich. Nun ja, sagte der Esel, eine Verhaftung muss nichts Schlimmes bedeuten. Du hast recht, erwiderte Moritz. Mein Vater hat Brot und Butter mit in die Fabrik genommen, weil er nicht mitansehen konnte, wie Kriegsgefangene, die ihm als Zwangsarbeiter zugeteilt waren, vor Hunger umgefallen sind. Ihnen zu essen zu geben ist verboten. Vater hat sich an das Verbot nicht gehalten. Deshalb, sagte der Esel, wird man ihn nicht erschießen.

Als Gretel nach der Schule am Pfarrhof vorbeikam, schlossen sich Moritz und der Esel ihr wieder an, um sie nach Hause zu begleiten. Moritz wurde auch an diesem Tag von Frau Reitbauer zum Essen eingeladen, der Esel bekam zwei Rüben, schließlich musste er die Lebensmittel zurück zum Pfarrhof tragen. Moritz brachte die Sachen ins Haus, und als er den Sattel vom Rücken des Esels hob, kam die Großmutter. Sie grüßte nicht einmal, ging hinein und setzte sich zur Mutter an den Tisch. Moritz folgte ihr. Er solle draußen warten, sagte die Großmutter. Ich bleibe hier, erwiderte Moritz. Er bleibt hier, sagte die Mutter. Die Großmutter schaute an den beiden vorbei aus dem Fenster und begann dann zu sprechen, als redete sie aus dem Grab.

Der Meister, sagte sie, hat den Betriebsleiter geholt, der hat mich in sein Büro gebeten. Ich habe gesagt, dass mein Sohn wahrscheinlich den Kriegsgefangenen zu essen gegeben hat und deshalb verhaftet worden ist. Der Betriebsleiter hat abgewinkt. Frau Zaunschirm, hat er gesagt, es ist uns nicht entgangen, dass Ihr Sohn den Zwangsarbeitern Essen zugesteckt hat. Doch darum geht es nicht. Ihr Sohn ist ein sehr guter Facharbeiter. Wir produzieren Getriebe für Panzer. Viele Arbeitsgruppen sind damit beschäftigt. Die Arbeitsgruppe, die Ihr Sohn leitet, bekommt das fast fertige Getriebe, kontrolliert es, nimmt Korrekturen vor und garantiert schließlich, dass das Getriebe in Ordnung ist und im Panzerwerk eingebaut werden kann.

Nun ist, hat der Betriebsleiter gesagt, Folgendes passiert. Ein Panzer kommt an der Front zum Einsatz und bleibt nach wenigen Hundert Metern mit Getriebeschaden liegen. Das kann passieren. Doch nicht nur ein Panzer, sondern viele sind ausgefallen. Alle mit Getriebeschaden. Und alle diese Getriebe kommen aus meinem Werk. Ihr Sohn hätte den

Fehler bemerken müssen. Ob er selbst am Getriebe manipuliert hat oder nicht, wird untersucht. Er hat jedenfalls ein fehlerhaftes Getriebe zur Montage freigegeben. Frau Zaunschirm, versetzen Sie sich in die Lage eines Panzerfahrers. Er fährt auf den Feind zu, der Panzer fällt aus. Ihr Sohn wurde von der Gestapo verhaftet. Ich habe gefragt, sagte die Großmutter, in welchem Gefängnis mein Sohn sich befindet. In keinem Gefängnis, war die Antwort, sondern bei der Gestapo. Und wo? – In Leoben.

Nachdenklich ging Moritz hinaus und berichtete dem Esel, was er eben gehört hatte. Der bat Moritz, auf der Bank auf ihn zu warten, ging hinüber zum Stall des Hirschenwirts und kam bald wieder. Das Pferd, sagte der Esel, hat mir erklärt, wo Leoben liegt. Von Kapfenberg aus folgt man der Mürz, und dort, wo die Mürz in die Mur mündet, befindet sich Bruck, von dort folgt man der Mur flussaufwärts und gelangt nach Leoben. Wo das Haus der Gestapo ist, weiß das Pferd natürlich nicht. Das macht nichts.

Ich muss wissen, fuhr der Esel fort, wie dein Vater aussieht. Ich habe ihn leider nie gesehen. – Er ist einen Kopf größer als die Mutter. – Weiter. – Er hat dunkles Haar, das Haar ist leicht gewellt. Er hat eine hohe Stirn. Vom Mittelfinger der rechten Hand fehlt das vorderste Glied. Mehr wusste Moritz nicht zu sagen. Der Esel nickte langsam und prägte sich ein, was er gehört hatte.

Dann ging er hinüber zur Kirche, stieß einige Schreie aus und legte sich auf den Boden. Aus dem Wald flogen drei Krähen herbei und setzten sich vor den Esel. Der erklärte ihnen, worum es ging. Hierauf flogen die Krähen Richtung Tal, dann verlor Moritz sie aus den Augen. Er lief zum Esel, um ihn auszufragen, der aber hatte keine Lust zu reden. Moritz ließ nicht locker. Was sagen die Krähen?, fragte er. Sie haben die Aufgabe, deinen Vater ausfindig zu machen, war die Antwort. Werden sie das schaffen? – Die Krähen haben, seit es Krähen gibt, jede Aufgabe gelöst, sofern sie lösbar ist. Die Sonne vom Himmel holen können sie nicht.

Am nächsten Nachmittag kam die Großmutter mit der Nachricht, sie sei in Leoben gewesen und habe mit Müh und Not das Haus der Gestapo gefunden. Nachdem die Leute, die sie um Auskunft gebeten hatte, zu Boden geblickt und sich von ihr abgewandt hätten, habe eine Frau in ihrem Alter sich erbarmt und ihr das Haus gezeigt. Dort sei ihr gleich am Eingang beschieden worden, dass es über nichts und niemanden Informationen gebe.

Moritz saß auf der Bank vor dem Pfarrhaus und wartete gespannt. Endlich hörte er die drei Krähen krächzen, sie saßen oben auf dem Kirchturm. Der Esel traf sie beim Eingang der Kirche. Dann kehrte er zu Moritz zurück und erstattete Bericht: Die Krähen wären ins Tal geflogen und auf der anderen Seite hinauf auf die Pötschen, wo sie sich mit anderen Krähen beraten hätten. Die älteste hätte es übernommen, das Unterfangen zu organisieren, da sie einige Krähen in der Gegend von Leoben gut kenne. Ihnen wäre es ein Leichtes gewesen, auszukundschaften, wo sich das Haus der Gestapo befindet. Sie hätten sich aufgeteilt, wären von Fenster zu Fenster geflogen, um jenen Mann zu finden, auf den die Beschreibung, die sie von der alten Krähe erhalten hatten, zutrifft. Eine Krähe wäre der Meinung gewesen, den Mann erkannt zu haben.

Die Krähen hätten sich in einem Park getroffen und beraten. Die alte Krähe hätte sich an einen Schwarm Meisen gewandt, sie instruiert und um Hilfe gebeten. Die Meisen hätten sich vor das Fenster gesetzt, das ihnen gezeigt worden sei. Eine wäre vor der Fensterscheibe geflattert, hätte sich auf die Fensterbank gesetzt, und die nächste wäre aufgeflattert. So wäre das weitergegangen, bis der Mann sie bemerkt hätte. Dann wären mehrere aufgeflattert, hätten mit den Schnäbeln gegen die Scheibe geklopft. Da hätte der Mann die rechte Hand gehoben und ihnen zugewinkt. Sie hätten gesehen, dass dem Mann ein Stück des Mittelfingers fehlt.

Wir wissen, sagte der Esel, dass dein Vater lebt. Die Meisen, aber auch die Krähen halten vor dem Fenster Wache. Bisher haben sie nur gesehen, dass dein Vater hin und wieder zu essen bekommt. Niemand sitzt bei ihm, niemand redet mit ihm. Das sei, hat die alte Krähe gesagt, ein gutes Zeichen. Wir wissen, sagte Moritz, dass der Vater lebt. Mutter und Großmutter wissen es nicht. Sie rechnen damit, dass Vater wegen Sabotage zum Tod verurteilt wird. Sie rechnen damit, dass sie erst Nachricht bekommen, nachdem er gehängt worden ist. Wir wissen, sagte der Esel, was deine Mutter und deine Großmutter nicht wissen. Das lässt sich nicht ändern. Moritz dachte nach, und auch er kam zu dem Schluss, dass sich das nicht ändern ließ. Er konnte nicht preisgeben, dass er mit dem Esel sprach und der wiederum mit den Krähen. Das stimmte ihn traurig.

Der Esel versuchte Moritz auf andere Gedanken zu bringen, und überredete ihn, schon am Vormittag zu Frau Reitbauer zu gehen und ihr bei der Arbeit zu helfen, er werde Gretel nach Hause begleiten. Großmutter ließ sich nicht blicken. Für die Mutter war es eine Ablenkung, dass der Pfarrer mit ihr zum Hirschenwirt ging, wo sie den ganzen Nachmittag mit dem Hirschenwirt in der Küche stand und das Essen vorbereitete – faschierten Braten, Erdäpfel und Endiviensalat –, sodann den Tisch, genauer: vier Tische zusammengestellt zu einer großen Tafel, festlich deckte, denn am Abend nach der Probe würden die Sängerinnen und Sänger zum

Essen kommen. Sie hatte in einem Schrank weiße Tischtücher gefunden, die, wie der Hirschenwirt gestand, noch nie verwendet worden waren. Am Abend servierte sie Essen und Getränke, sie musste aber nicht abkassieren, das besorgte der Pfarrer, der das Geld jedoch nicht dem Hirschenwirt aushändigte, sondern es mit den Worten, er werde sich am nächsten Tag mit dem Wirt und Frau Zaunschirm zusammensetzen und das Geld gerecht aufteilen, bei sich behielt. Moritz' Mutter musste noch das Geschirr in die Küche bringen und abwaschen. Todmüde fiel sie ins Bett, und zum ersten Mal nach der Verhaftung ihres Mannes schlief sie die ganze Nacht, ohne von Weinkrämpfen geschüttelt zu werden.

Am nächsten Morgen – das Tor stand wie immer offen – ging der Esel in den Pfarrhof und schlug mit dem Huf gegen die Tür des Zimmers, in dem Moritz und seine Mutter wohnten. Moritz öffnete. Zieh dich an, sagte der Esel, und komm mit. Draußen wartete das alte Pferd, und in einiger Entfernung stand ein Fuhrwerk, dem zwei Pferde vorgespannt waren. Moritz, sagte der Esel, der Krieg ist vorbei. Das Pferd hat mir berichtet, dass die beiden Pferde dort aus Russland kommen. Die Nazis haben Krieg gegen Russland geführt und verloren. Vier russische Soldaten sind mit dem Fuhrwerk gekommen, sie sind zum Hirschenwirt gegangen. Die Pferde aus Russland haben unserem Pferd erzählt, dass die Soldaten betrunken sind und dass sie sich wohl beim Wirten weiter betrinken. Aus Freude, dass der Krieg vorbei ist, schießen sie wild um sich. Unten in der Stadt haben sie etliche Menschen erschossen. Die Soldaten, so die Pferde, haben grauenvolle Jahre hinter sich, Millionen Russen sind von den Nazis umgebracht worden. Die Soldaten wissen, dass sie sich einem Befehl zufolge nicht rächen dürfen. Sie wissen aber auch, dass sie, wenn sie hier jemanden erschießen, nicht belangt werden. Du, haben die Pferde zu dem alten Pferd gesagt, brauchst keine Angst zu haben, Tieren tun die Soldaten nichts zuleide, Tieren und Kindern. Im Übrigen, wir sind nur die Vorhut. Einige Panzer durchstreifen den Wald auf der Suche nach Soldaten der deutschen Wehrmacht.

Das alte Pferd ging zurück zum Stall, der Esel gesellte sich zu den Pferden aus Russland, um sie zu begrüßen. Er lief zurück zu Moritz und bat ihn, aus dem Stall Futter für die Pferde zu holen. Der beeilte sich, fütterte die Pferde und streichelte ihre Köpfe, zum Zeichen, dass er sie als Friedensbringer willkommen hieß. Da sah er, dass ein Soldat mit unsicheren Schritten vom Hirschenwirt auf den Pfarrhof zusteuerte und hineinging. Er lief ihm nach, der Esel hinterdrein.

Der Soldat war in das Zimmer im Erdgeschoß eingedrungen, er zog Moritz' Mutter aus dem Sessel, umarmte sie und versuchte sie zu küssen. Der Pfarrer warf sich auf die Knie und bat den Soldaten mit gefalteten Händen, von der Frau abzulassen. Moritz und der Esel stürzten in das Zimmer. Der Esel flüsterte Moritz zu: Reiß ihn weg. Moritz packte den Soldaten und zog ihn von seiner Mutter weg. Der Soldat und Moritz standen sich gegenüber und schauten einander lange an. Der Soldat nahm seine Maschinenpistole von der Schulter und legte sie auf den Tisch. Dann nahm er den Sessel, auf dem Moritz' Mutter gesessen war, zog ihn zum Tisch, setzte sich und betrachtete seine Waffe.

Der Pfarrer fachte das Feuer im Herd an, wärmte einen faschierten Braten, der von dem Abendessen beim Hirschenwirt übriggeblieben war, und tischte ihn dem Soldaten auf. Der griff zu, es schien ihm zu schmecken. Dann bedeutete er dem Pfarrer, dass er etwas trinken wollte. Moritz' Mutter brachte Wasser und Milch. Der Soldat lehnte ab. Der Pfarrer lief zum Hirschenwirt und kam mit einer Flasche Wein zurück. Der Soldat lehnte ab. Der Pfarrer lief weg und brachte eine Flasche Schnaps. Der Soldat schenkte sich ganz wenig in ein Glas, rührte es aber nicht an. Lieber nahm er noch eine Portion Braten.

Von draußen ertönte gewaltiger Lärm. Der Soldat nickte zufrieden. Moritz und der Esel gingen hinaus. Vier kleine Panzer hielten vor dem Pfarrhof. Ein Mann kletterte heraus, seine Uniform zierten etliche Auszeichnungen. Er wandte sich an Moritz und fragte in makellosem Deutsch, wo die vier Soldaten seien. Drei, sagte Moritz, sind drüben beim Hirschenwirt, einer im Pfarrhof, er wird von meiner Mutter verköstigt. Der Mann ging in den Pfarrhof, Moritz und der Esel folgten ihm. Der Soldat, er schmauste noch immer, sprang auf, salutierte, der Mann grüßte lässig zurück, der Soldat setzte sich und aß weiter. Die beiden wechselten einige Worte, dann nahm der Mann, offenbar ein Offizier, das Glas des Soldaten, füllte es mit Schnaps und trank es in einem Zug leer.

Zaghaft wandte Moritz sich an den Offizier. Sie sprechen Deutsch, sagte er. Leider, antwortete der Offizier. Hätte ich geahnt, was die Deutschen uns antun, hätte ich nicht Deutsch studiert. Er setzte sich. Was macht der Esel hier im Zimmer?, fragte er. Er ist mein Freund, erwiderte Moritz. Das ist gut, sagte der Offizier. Es ist nicht leicht, in einem Land von Kriegsverbrechern zu leben. Er lachte. Aber mit einem Esel als Freund, fuhr er fort, ist es möglich.

Ich habe eine Bitte, sagte Moritz. Der Offizier nickte ihm zu. Ich habe eine Freundin, die Gretel, fuhr Moritz fort, sie ist die beste Schülerin in der Schule am Frauenberg, sie wird einmal eine Wissenschaftlerin werden, die das Universum erforscht. Ich bin in Sorge um sie. Sie lebt in einem

Bauernhof in der Nähe. Können wir zu ihr fahren? Universum, erwiderte der Offizier, interessant. Da kann ich ja einiges von ihr lernen. Fahren wir.

Moritz zwängte sich in den Panzer, und los ging es. Vor dem kleinen Bauernhof stiegen alle aus. Die Tür war nicht versperrt, doch es war niemand zu Hause. Was Moritz vermutet hatte, war geschehen: Gretel hatte die Panzer vor dem Pfarrhof gesehen, war nach Hause gelaufen, hatte die Mutter alarmiert, woraufhin die beiden sich im Wald versteckt hatten. Moritz bat die Soldaten, in der Küche Platz zu nehmen, legte einen Laib Brot auf den Tisch und einen Butterstriezel, brachte einen Krug Milch, Teller, Messer und Gläser, dann lief er zum Waldrand und rief, so laut er konnte: Gretel, Gretel. Erst nach einigen Minuten wagten das Mädchen und seine Mutter sich aus dem Versteck. Als sie den Panzer sahen, wollten sie zurück in den Wald. Moritz hielt sie zurück.

Ich bin mit dem Panzer gekommen, sagte Moritz. Gretel und ihre Mutter schienen ihm nicht zu glauben. Die vier Soldaten, fuhr er fort, der Kommandeur, er spricht übrigens Deutsch, der Fahrer und zwei einfache Soldaten sitzen in der Küche und essen Butterbrote. Gretel und ihre Mutter blieben skeptisch, sie pirschten sich an das Bauernhaus heran und schauten durchs Küchenfenster, ohne dass sie gesehen werden konnten. Sie nickten Moritz zu, gingen ins Haus und setzen sich zu den Soldaten, Frau Reitbauer brachte einen neuen Krug Milch. Der Offizier und die Soldaten hatten genug gegessen, sie rauchten.

Du beschäftigst dich mit dem Universum, sagte der Offizier zu Gretel. Die stand auf und holte aus ihrer Schultasche ein großes Blatt Papier. Das habe ich heute in der Schule gezeichnet, sagte sie. Dieser große Kreis ist das Universum.

An diesen Kreis schließen mehrere kleine Kreise an, das sind andere Universen. Man glaubt, fuhr Gretel fort, das Universum sei unendlich, weil man kein Ende sieht. Nichts ist unendlich. Man sieht kein Ende, weil das Universum, das wir kennen, sich in anderen Universen fortsetzt. Bis in alle Unendlichkeit?, fragte der Offizier. Nein, antwortete Gretel. Der Kreis, den Sie hier sehen, unser Universum, ist umgeben von anderen Kreisen, anderen Universen. Das gesamte Universum besteht aus Kreisen, die ineinander übergehen. Also ist das Universum endlich. Nur Gott ist unendlich. Du hast recht, erwiderte der Offizier. Schade nur, dass es keinen Gott gibt. Woher wissen Sie das?, fragte Gretel. Aus Erfahrung, war die Antwort.

Dein Freund!, rief der Offizier Moritz zu und deutete auf den Esel, der es sich, nachdem er im Stall eine Rübe gefunden hatte, vor dem Küchenfenster gemütlich machte und die Rübe verspeiste. Er lässt mich nie im Stich, erwiderte Moritz. Er ist gekommen, um mich daran zu erinnern, dass eine Reihe von Fragen offen ist. Moritz wandte sich an den Offizier und sagte: Sie haben den Krieg gewonnen. Das bringt einige Probleme mit sich. Kann einer Ihrer Soldaten im Pfarrhof bleiben und für die Sicherheit der Bewohner sorgen, und kann ein anderer hier auf dem Bauernhof bleiben?

Der Offizier fragte die beiden einfachen Soldaten, wer von ihnen sich zum Schutz der Frau und des Mädchens einquartieren wolle. Einer meldete sich. Moritz erklärte Frau Reitbauer, was hier vorging, sie stand auf, nahm den Soldaten an der Hand, zog ihn mit sich und zeigte ihm eine Schlafkammer. Offensichtlich entzückt über solchen Luxus ging dieser zurück in die Küche. Der Soldat, sagte der Offizier zu Moritz, der im Pfarrhof in eurem Zimmer sitzt, der bleibt bei euch. Wo wird er wohnen? Beim Pfarrer, antwortete Moritz, der hat genug Zimmer. Damit, fuhr der Offizier fort, haben wir einen Teil der Probleme gelöst. Immerhin einen Teil, erwiderte Moritz. Wo aber, fragte er, werden Sie und Ihre Leute wohnen, und wie lange werden Sie auf dem Frauenberg bleiben?

Der Offizier lachte. Dann sagte er: Wir sind hier nicht auf Urlaub. Die kommende Nacht verbringen wir beim Hirschenwirt. Moritz unterbrach ihn: Ihr habt jetzt Butterbrote gehabt, was aber esst ihr am Abend? Frau Reitbauer könnte euch Faschiertes mitgeben und Erdäpfel als Entgelt für den Schutz, den sie nun genießt. Und meine Mutter wird beim Hirschenwirt als Dank für den wachhabenden Soldaten ein Abendessen für euch zubereiten. Womit wir, sagte der Offizier, einen weiteren Teil der Probleme gelöst haben. Wärst du unser General gewesen, hätten wir den Krieg einen Tag früher gewonnen.

Wie lange bleiben Sie?, fragte Moritz. Wenn ich, antwortete der Offizier, in der nächsten Sekunde einen Funkspruch bekomme, dass wir ins Tal müssen oder nach Bruck an der Mur oder nach Leoben, brechen wir sofort auf. Sie sollten, sagte Moritz, mit Ihren vier Panzern nach Leoben fahren. – Und warum? Mein Vater, antwortete Moritz, sitzt dort in einem Gefängnis der Gestapo. Nein, erwiderte der Offizier, die Menschen aus den Folterkellern der Gestapo sind, sofern sie die Folter überlebt haben, frei. Warum war dein Vater in Haft? Moritz berichtete dem Offizier, was er aus der Erzählung über Sabotage und Panzergetriebe aufgeschnappt hatte. Ich werde, sagte der Offizier, deinen Vater mitnehmen in die Sowjetunion, dort wird er als Held gefeiert werden. Und wer, fragte Moritz, geht in die Fabrik und bringt Geld nach Hause? Das, sagte der Offizier, steht in den Sternen. Moritz schaute Gretel fragend an. Die setzte eine fröhliche Miene auf und sagte: Eines versichere ich euch: Das Einzige, was in den Sternen geschrieben steht, ist, dass in den Sternen nichts geschrieben steht. Der Offizier klatschte in die Hände und sagte: Ich kapituliere.

Man brach auf. Nachdem sie beim Pfarrhof angekommen waren, trug Moritz das Faschierte und die Erdäpfel zum Hirschenwirt. Die Soldaten, sagte Moritz, werden hier zu Abend essen und bei Ihnen übernachten. Wer bezahlt das?, fragte der Hirschenwirt. Wer soll was bezahlen?, fragte Moritz zuruck, die Lebensmittel hat Frau Reitbauer den Soldaten geschenkt. Und wer bezahlt dafür, dass sie hier übernachten?, erwiderte der Hirschenwirt. Bitte, sagte Moritz, verlangen Sie von den Soldaten, dass sie für das Quartier bezahlen. Ich würde gern sehen, wie Sie erschossen werden. In normalen Zeiten, antwortete der Mann, würde ich dir rechts und links eine Watschen geben. Und ich Ihnen einen Tritt in den Arsch, erwiderte Moritz.

Auf dem Weg zum Pfarrhof überholte ihn die Großmutter, ohne ihm einen Gruß zuzurufen. Nachricht vom Vater, dachte Moritz und lief der Großmutter nach. Die lag in den Armen von Moritz' Mutter und rief: Er lebt! Er ist zu Haus. Er lebt. Und sie weinten vor Freude. Moritz beobachtete die beiden. Merkwürdig, dachte er, sie finden es nicht der Mühe wert, mir zu sagen, dass mein Vater am Leben ist. Er verließ das Zimmer, überlegte, ob er dem Esel die Neuigkeit mitteilen sollte, verzichtete aber darauf, in der Meinung, den Esel würde die Nachricht nicht sonderlich interessieren, ging in das Zimmer nebenan, setzte sich zu Karla an den Tisch und spielte eine Partie »Mensch ärgere dich nicht« mit ihr.

Moritz war der Einzige, mit dem Karla bereit war, dieses Spiel, das für sie keines war, zu spielen. Sie konnte nicht verlieren, weshalb sie schamlos schwindelte. Würfelte sie eine Drei, hätte aber mit einer Vier die Figur des Gegners schlagen können, behauptete sie, eine Vier gewürfelt zu haben. Diese Unverfrorenheit akzeptierte außer Moritz niemand. Da ihn dieses Spiel zu Tode langweilte, war das einzig Interessante Karlas Verhalten. Nebenbei beobachtete er Karlas Mutter, die am Fenster saß und strickte.

Moritz' Mutter kam herein. Frau Rakitnik, sagte sie, der Krieg ist vorbei, wir gehen zurück in die Stadt. Frau Zaunschirm, erwiderte die Angesprochene, der Krieg ist nicht vorbei. Wir haben den Krieg verloren. Ich habe, wenn Sie sich erinnern, vorhergesagt, dass wir den Krieg verlieren werden. Die Frage ist, sagte Moritz' Mutter, wie wir unsere Sachen in die Stadt bringen. Den Transport auf den Frauenberg hat die Stadtverwaltung organisiert. Ich glaube nicht, dass diese Nazis noch im Amt sind. Irgendjemand, warf Frau Rakitnik ein, muss doch im Amt sein. Da bin ich mir nicht sicher, erwiderte Moritz' Mutter. Die Nazis sind auf der Flucht vor den Russen. Falls es Leute gibt, die mit den Nazis nichts zu tun hatten und die Verwaltung übernehmen könnten, haben sie andere Sorgen, als unser Zeug in die Stadt zu bringen.

Ach Gott, sagte Frau Rakitnik, um unsere Sorgen kümmert sich niemand. Ein schreckliches Zeitalter bricht an. Vorher aber, erwiderte Moritz' Mutter, bringen wir unsere Sachen in die Stadt. Wir werden den Hirschenwirt fragen, ob er uns sein Fuhrwerk zur Verfügung stellt – gegen Bezahlung selbstverständlich. Er wird mir, sagte Frau Rakitnik, das letzte Geld abknöpfen. Ganz sicher, redete Moritz dazwischen. Wie kommst du darauf?, fragte ihn die Mutter. Der Hirschenwirt ist ein Gauner, antwortete Moritz. So redet man nicht über andere, wies die Mutter ihn zurecht. Karla mischte sich ein.

Der Moritz, sagte sie, redet so grauslich, seit er mit der Gretel Reitbauer zusammen ist. Ich bin mit niemandem zusammen, erwiderte Moritz. Ich weiß es besser, sagte sie.

Moritz wandte sich an seine Mutter. Ich werde, sagte er, den Pfarrer bitten, dass er mit dem Hirschenwirt verhandelt, und er ging in den ersten Stock, wo er den Pfarrer beim Kartenspiel mit dem russischen Soldaten antraf. Moritz sagte dem Pfarrer, dass seine Mutter und Frau Rakitnik sich mit ihm beraten wollten. Schnurstracks ging er ins Erdgeschoß und ließ sich berichten, dass es darum ging, mit dem Hirschenwirt ein Entgelt für den Transport in die Stadt auszuhandeln. Der Pfarrer sagte zu Moritz, er solle den Hirschenwirt holen. Moritz lehnte ab; er habe mit dem Hirschenwirt Streit gehabt. Also ging Karla.

Der Hirschenwirt setzte sich und schlug mit der Faust auf den Tisch. Herr Pfarrer, sagte er, diese Leute kommen und diese Leute gehen. Sie haben mit uns nichts zu schaffen und wir nichts mit ihnen. Und nun, da sie vom Frauenberg verschwinden, wollen sie dafür, dass ich ihre Sachen mit meinem Fuhrwerk in die Stadt bringe, nichts zahlen. Mein Sohn, erwiderte der Pfarrer, diese Leute wollen durchaus etwas zahlen, sie haben aber, ich weiß es, wenig Geld. Man sollte sich auf einen angemessenen Betrag einigen. Der Hirschenwirt machte einen Vorschlag. Frau Rakitnik stieß einen Schrei aus und verdrehte die Augen.

Mein Sohn, sagte der Pfarrer noch einmal, du bist ein gottesfürchtiger Mann. Gott liebt es nicht, wenn ein Mensch einen anderen übervorteilt. Ich schlage vor, du reduzierst den Betrag um die Hälfte. Ich werde dich dafür in meine Gebete einschließen. Gott verlangt viel von mir, erwiderte der Hirschenwirt. Er gibt dir aber auch viel, sagte der Pfarrer, er gibt dir ein gutes Gewissen. Wird man davon satt?, fragte der Hirschenwirt. Das liegt an dir, mein Sohn, antwortete der Pfarrer.

Am nächsten Tag, als das Fuhrwerk auf dem Hauptplatz von Kapfenberg ankam, wartete bereits die Großmutter mit dem Leiterwagen. Dem Esel wurden wieder die Tuchenten auf den Rücken gebunden. Auf dem Nachhauseweg sagte Moritz: Das war eine schöne Zeit auf dem Frauenberg. Sehnst du dich danach? Nein, antwortete der Esel, im Tal ist es lustiger.

3

Der Esel, erschöpft von dem langen Weg, hatte nicht mehr die Kraft, sich von Moritz zu verabschieden, er ging schnaubend zu Großmutters Hütte, warf sich aufs Stroh, betrachtete, hungrig wie er war, eine Zeit lang die Rübe, welche Großmutter für ihn hingelegt hatte, dabei fielen ihm die Augen zu, und er versank in einen tiefen Schlaf, aus dem er erst am nächsten Vormittag erwachte.

Er war froh, am Vorabend die Rübe nicht gefressen zu haben, so hatte er nun ein gutes Frühstück. Danach hätte er gern weitergeschlafen, doch die Neugierde trieb ihn an, sich aufzurappeln und zu Moritz' Haus zu gehen. Der saß barfuß und in kurzer Hose auf der Stiege. Der Esel betrachtete das Haus. Die von dem Bombenangriff beschädigte Wand war wiedererrichtet worden, aber noch nicht verputzt. In der Wohnung, sagte Moritz, sieht es anders aus. Der Vater hat, bevor er verhaftet worden ist, die Wand des Schlafzimmers weiß gestrichen. Wie geht es deinem Vater?, fragte der Esel. Ich muss dir etwas erzählen, erwiderte Moritz, gehen wir zum Waldrand. Dort setzte er sich auf einen Baumstrunk, der Esel tat sich am frischen Gras gütlich und spitzte die Ohren.

Der Vater, sagte Moritz, hat bis drei Uhr Nachmittag in der Fabrik gearbeitet. Was macht dein Vater in der Fabrik?, fragte der Esel, es werden doch keine Panzergetriebe mehr produziert? Darüber reden wir später, antwortete Moritz.

Die Großmutter hat einen Topf Gulasch gebracht und ist wieder gegangen. Die Mutter hat das Gulasch gewärmt, wir haben gegessen, und der Vater hat zu erzählen begonnen. Im Gefängnis der Gestapo, hat er gesagt, bin ich in ein Zimmer gesperrt worden, am Nachmittag habe ich zu essen bekommen, am Abend ist das Licht abgedreht worden und ich bin schlafen gegangen. Am Morgen ein Frühstück, dann wieder stundenlang nichts. Gegen Mittag ist die Tür aufgesperrt worden – wer ist hereingekommen? Der Zwangsleitner.

Ich muss euch erklären, hat der Vater gesagt, wer das ist. Im Jahr 1934, im Februar, bin ich zur Arbeit gegangen, zur Nachmittagsschicht. Viele Arbeiter sind mir entgegengelaufen. Auf meine Frage, was los sei, haben sie geantwortet, in Linz habe die Gendarmerie das Arbeiterheim gestürmt und auf Arbeiter geschossen. In Wien schieße das Militär auf Arbeiterwohnungen. Unser Schutzbund werde nun bewaffnet, er werde den Kampf gegen das Militär und die Heimwehr aufnehmen. Koloman Wallisch, der Parteisekretär aus Graz, sei auf dem Weg nach Bruck, um von dort aus den Kampf zu organisieren. Komm mit uns, Zaunschirm, haben sie gesagt, und ich bin mitgegangen.

In Bruck, hat der Vater erzählt, haben wir uns vor der Gendarmeriekaserne versammelt. Es hat geheißen, wir würden die Kaserne stürmen und Waffen erbeuten, noch wären wir ja unbewaffnet – ein unhaltbarer Zustand. Das Einzige, was wir hatten, war eine Kiste Handgranaten. Jemand warf zwei Granaten gegen das Kasernentor, um es zu sprengen. Er verfehlte das Tor. Da lief jemand auf mich zu, ich kannte ihn, er war Funktionär des Arbeitersportvereins: der Zwangsleitner.

Zaunschirm, hat er gerufen, du bist der beste Diskuswerfer weit und breit, wirf du die Granaten! Ich hab dreimal geworfen, dreimal getroffen, und das Eisentor ist auf dem Boden gelegen. Unser Plan war, dass ich hinter einem Mauerpfeiler in der Kaserne in Deckung gehe, von dort aus Granaten werfe, und die anderen im Schutz des Granatfeuers in die Kaserne eindringen und die Gendarmen überwältigen. Doch dazu ist es nicht gekommen. Noch während wir beraten haben, ist das Militär eingetroffen, und wir sind davongerannt.

Danach hab ich den Zwangsleitner erst wieder als Mitglied der Geheimen Staatspolizei gesehen. Er ist auf mich zugegangen, hat mir die Hand gegeben und gesagt: Servus, Zaunschirm!, und hat sich zu mir an den Tisch gesetzt. Ich habe, hat er ausgeführt, deinen Fall an mich gezogen. Das war nicht einfach, du warst schon jemand anderem zugeteilt. Mein Argument: Das Verbrechen mit den Panzergetrieben hat sich in Kapfenberg zugetragen, ich komme aus Kapfenberg, ich bin für den Fall zuständig. Nun liegt dein Akt bei mir. Meinem Vorgesetzten habe ich berichtet, du seist geständig, ich würde aber herausfinden wollen, wer noch an der Sabotage beteiligt war. Folter sei nicht erforderlich, alle paar Tage würdest du einen Mittäter nennen.

Ewig, hat Zwangsleitner gesagt, kann ich das Verfahren nicht hinauszögern. Zum Glück mehren sich Meldungen, dass die Russen näher rücken. Das beschäftigt meine Vorgesetzten mehr als dein Fall. Es macht sie aber nicht nachsichtig, im Gegenteil, sie wollen, dass noch möglichst viele Gefangene hingerichtet werden. Das wiederum hilft unserer Sache. Ich habe zu ihnen gesagt: Ihr könnt den Zaunschirm zum Tod verurteilen. Wenn er aber weiterhin einen Komplizen nach dem anderen preisgibt, könnt ihr ein Dutzend zum Tod verurteilen. Und so, hat der Vater gesagt, ist es dem Zwangsleitner gelungen, das Verfahren gegen mich so lange zu verschleppen, bis die Russen Leoben eingenommen und uns befreit haben.

Damit, hat der Vater gesagt, ist die Geschichte aber noch nicht zu Ende. Nicht nur ich bin nach Kapfenberg zurückgekehrt, auch der Zwangsleitner. Er hat sich im Lokal der sozialdemokratischen Partei gemeldet und den Genossen erklärt, warum er nach dem Einmarsch Hitlers zu den Nazis, ja sogar zur Gestapo gegangen ist: um seinen Genossen zu helfen. Seine letzte Großtat: Er hat mir das Leben gerettet. Bald danach ist der Parteiobmann von Kapfenberg, ein alter Freund von mir, vor der Haustür gestanden und hat mich gefragt, was dran sei an Zwangsleitners Behauptung, und ich habe gesagt: Ja, er hat mir das Leben gerettet. Die Partei, die die Stadtverwaltung übernommen hat, hat ihn zum Vizebürgermeister ernannt.

Der Esel schüttelte den Kopf. Was sagst du dazu?, fragte Moritz. Nichts, erwiderte der Esel. Das ist nicht viel, sagte Moritz. Mich geht das alles nichts an, fuhr der Esel fort, du aber tust mir leid. Mit solchen Menschen zusammenleben zu müssen. Zuerst Sozialist, dann Nazi, dann wieder Sozialist und gleich auch noch Vizebürgermeister. Dieser Zwangsleitner wird nicht der Einzige in diesem Land mit einer solchen Karriere sein. Damit, sagte Moritz, muss mein Vater zurechtkommen. Ich habe ein anderes Problem: Mir fehlt die Gretel. Und ich, sagte der Esel, möchte wissen, wie es meiner Mutter geht.

Die beiden schmiedeten einen Plan. Am nächsten Tag würden sie auf die Pötschen gehen, um die Mutter des Esels zu besuchen. Heute noch würde Moritz mit der Großmutter reden, dass sie die schlecht bezahlte Arbeit beim Pötschenbauern aufgeben solle. Moritz würde ihr von Frau Reitbauer erzählen. Die habe zwar nur einen kleinen Bauernhof auf dem Frauenberg, brauche aber gewiss Hilfe. Ihr Mann sei in den Krieg gezogen, er gelte, so viel habe Moritz in Erfahrung bringen können, als vermisst, Frau Reitbauer habe ungern darüber gesprochen, ihre Tochter Gretel habe sich, wenn Moritz sie nach dem Vater gefragt habe, taub gestellt.

Wäre die Großmutter bereit, bei Frau Reitbauer auszuhelfen, so Moritz' Plan, würden er und der Esel sie begleiten. Das wäre ein guter Grund, bei den Reitbauers aufzutauchen. Moritz würde dann auch hin und wieder den Pfarrer, den er liebgewonnen hatte, besuchen, während der Esel zum alten Pferd gehen und es ausfragen würde, wie die Lage nun nach dem Ende des Krieges auf dem Frauenberg sei. Das Pferd hatte es sich zu eigen gemacht, von der Lage auf dem Frauenberg auf den Zustand der restlichen Welt zu schließen, was der Esel äußerst reizvoll fand.

Nachdem sie ihre Pläne ausgeheckt hatten, gingen sie hinüber zum Haus der Großmutter. Sie trafen sie im Garten an. Mit einem Setznagel schlug sie ein Loch in die Erde, dahinein steckte sie eine zweieinhalb Meter lange Bohnenstange und trat die Erde fest. Fünf Stangen hatte sie bereits in den Boden getrieben. Als die beiden kamen, warf sie das Werkzeug hin und setzte sich auf die Gartenbank. Moritz nahm neben ihr Platz, der Esel legte sich ihnen zu Füßen, damit ihm ja kein Wort entgehe.

Ich mache, erklärte sie Moritz, ein Geviert aus zwanzig Bohnenstangen, dann setze ich Bohnen, die ranken sich die Stangen hinauf, und die vielen Blätter und Blüten bilden eine grüne Wand, genauer, vier grüne Wände, sodass man von außen nicht sieht, was drinnen vorgeht. Man sieht nicht, dass ich Tabak pflanze. In Österreich darf nur der Staat Tabak pflanzen und zu Zigaretten verarbeiten. Zigaretten sind teuer. Das ist ein Problem für deinen Vater, der, wie du weißt, ein starker Raucher ist. Bevor die Deutschen in Österreich einmarschiert sind, habe ich Tabak gepflanzt, die Blätter auf dem Dachboden getrocknet und danach zerrieben, sodass dein Vater sich daraus Zigaretten drehen konnte – wuzeln, wie er sagt. Während der Naziherrschaft habe ich es nicht gewagt, Tabak zu pflanzen. Mit diesen Leuten war nicht zu spaßen, wegen jeder Bagatelle gab es drakonische Strafen. Nun aber lege ich wieder eine Tabakplantage an.

Moritz interessierten die Ausführungen der Großmutter nicht sonderlich, er musste sich aber interessiert zeigen, um sie für seine Pläne gewogen zu stimmen. Sie wollte zurück zu ihrer Arbeit, Moritz bat sie, noch ein wenig zu bleiben, und erzählte ihr von Frau Reitbauer. Großmutter war dem Plan, auf dem kleinen Bauernhof auszuhelfen, nicht abgeneigt, zumal sie die schlechte Bezahlung und die herablassende Art, mit der die Bauersleute ihr begegneten, satthatte. Doch war sie in Sorge, wie sie der Bäurin sagen sollte, dass sie nicht mehr zur Arbeit kommen würde. Das überlass mir, sagte Moritz, ich gehe morgen mit dem Esel auf die Pötschen und sage der Bäurin, dass du nicht mehr kommst. Aus gesundheitlichen Gründen. Wer hat dir das Lügen beigebracht?, fragte die Großmutter. Ich selber, erwiderte Moritz.

Das Erste, was Moritz und der Esel am nächsten Tag auf der Pötschen in Augenschein nahmen, war jener kleine Verschlag, aus dem Moritz den Esel befreit hatte. Du bist gewachsen, sagte Moritz, heute hättest du nicht mehr Platz darin. Wie alt bist du? Ein Jahr oder zwei, antwortete der Esel. Ich bin fünf, sagte Moritz. Wie alt ist deine Mutter? Keine Ahnung, erwiderte der Esel. Meine Großmutter, sagte Moritz, ist über siebzig. Wie alt wird ein Esel? Ich weiß es nicht, war die Antwort. Ich weiß nur, dass es seit ewigen Zeiten so ist, dass ein Esel, der von einem Kind aus seinem

Elend befreit wird und dann mit diesem Kind sprechen kann, so lange lebt wie dieses Kind. Und wenn ich neunzig werde?, fragte Moritz. Dann werde auch ich neunzig, antwortete der Esel. Du wirst mich nicht los und ich dich auch nicht.

Der Esel ging durch den Stall und weiter in den Wald, um seine Mutter zu suchen, Moritz klopfte an die Tür des Bauernhofs. Der Bauer wies ihn an, sich zu setzen und mit ihm Karten zu spielen. Meine Großmutter, sagte Moritz, ist krank, sie kann nicht kommen. Der Bauer schlug mit der Hand auf den Tisch und rief: Das trifft sich gut. Wir brauchen sie nicht mehr. Sie hat literweise Milch und kiloweise Butter davongetragen, und gearbeitet hat sie kaum, den ganzen Tag ist sie im Stall herumgelungert. Nun haben wir zwei junge Frauen aus der Stadt, die sind fleißig und rauben uns nicht aus. Sie soll sich zum Teufel scheren, sag ihr das. Moritz hörte ihn noch fluchen, als er schon beim Stall war. Dort schob er Heu auf einen Haufen zusammen, legte sich nieder, dachte, schade, dass ich zu Hause nicht so einen duftenden Heuhaufen statt des Betts habe, und schlief ein.

Der Esel stupste ihn mit der Schnauze. Im Halbtraum sah Moritz, wie Gretel sich zu ihm beugte und ihm einen Kuss auf die Stirn gab. Selig drehte er sich zur Seite. Erst als der Esel ihm mit dem Vorderfuß gegen den Rücken trat, erwachte er. Sie gingen zurück ins Tal. Die Pötschenbauern, sagte der Esel, werden reich. Die Leute in der Stadt, hat meine Mutter mir erzählt – sie weiß es von den Krähen –, bekommen angesichts der Nahrungsknappheit von der Stadtverwaltung Lebensmittelkarten: Jedem Kind, jedem Erwachsenen steht eine bestimmte Menge an Milch, Butter, Brot, Mehl und Zucker zu. Das ist nicht viel, für Mütter mit mehreren Kindern ist es zu wenig. Die Frauen gehen hinauf auf die Pötschen, und die Bauern, diese Teufel, erhöhen den

Preis für die Milch jeden Tag. Meine Mutter, fuhr der Esel fort, hat junge Mütter gesehen, die sich vor die Bäurin hingeworfen und gebettelt haben, ihnen für die Milch nicht so viel Geld abzupressen, sie hätten gerade noch so viel, um die Kinder zwei Tage ernähren zu können, was sollte dann aus ihnen werden? Die Bäurin hat die Frauen angeschrien: Und was soll aus uns werden? Das interessiert keinen Menschen. Wenn ihr kein Geld habt, bleibt unten im Tal und jammert mich nicht an. Uns schenkt auch niemand etwas.

Am Tag darauf gingen Moritz, der Esel und die Großmutter auf den Frauenberg zu Frau Reitbauer. Moritz flüsterte dem Esel ins Ohr, er wolle mit ihm reden, sie sollten schneller gehen, damit die Großmutter, die stets im gleichen Tempo dahinschritt, ob im Flachen oder bergauf, zurückbleibe. Längst waren sie außer Hörweite der Großmutter, als der Esel fragte: Warum redest du nicht? Mich plagt das schlechte Gewissen, antwortete Moritz. Ich habe den Pötschenbauern gesagt, dass Großmutter nicht mehr bei ihnen arbeitet, aber ich habe keine Zusage von Frau Reitbauer.

Überleg doch, sagte der Esel, der Pfarrer wird weiterhin einmal in der Woche mit den Sängerinnen und Sängern beim Hirschenwirt einkehren, Frau Reitbauer wird den Wirt weiterhin mit Lebensmitteln beliefern. Wie kommen die Sachen hinauf auf den Frauenberg? Da wir nicht mehr dort leben, muss Frau Reitbauer das selbst bewerkstelligen. Vielleicht hilft ihr der Pfarrer, in Gretel hat sie keine Hilfe, die muss ihre Schulaufgaben machen und sich darauf vorbereiten, eine berühmte Wissenschaftlerin zu werden. Frau Reitbauer hat also mehr als genug zu tun und braucht dringend Unterstützung. Großmutter ist für sie ein Geschenk des Himmels.

Du bist klüger als ich, sagte Moritz. Dazu gehört nicht viel, antwortete der Esel. Du wirst dich, fuhr er fort, in das

Gespräch der beiden Frauen einmischen und auf Großmutters Leiterwagen zu sprechen kommen. Der sei, wirst du sagen, ideal für den Transport der Lebensmittel. Du würdest mit meiner Unterstützung den Leiterwagen am nächsten Tag zu Frau Reitbauer bringen. Die wird dich umarmen.

Genau so geschah es. Frau Reitbauer sagte, sie hätte sich ohne Großmutters Hilfe zerreißen müssen, das Fleisch durch die Faschiermaschine drehen, den Stall ausmisten und am Abend auch noch die Lebensmittel zum Hirschenwirt bringen. Kommen Sie, sagte sie zur Großmutter. Nein!, rief sie, ihr seid zwei Stunden von der Stadt zu uns heraufgegangen, ihr seid sicher hungrig. Sie tischte Brot, Butter und Milch auf, Moritz kümmerte sich darum, dass auch der Esel zu fressen hatte. Nach der Jause zeigte Frau Reitbauer der Großmutter, wie die Faschiermaschine zu bedienen war. Moritz und der Esel brachen auf, um zuerst den Pfarrer auf dem Frauenberg zu besuchen und dann Gretel von der Schule abzuholen.

Der Pfarrer freute sich, die beiden wiederzusehen. Moritz, der den russischen Soldaten vermisste, fragte, was dieser den ganzen Tag mache. Unser Soldat, antwortete der Pfarrer, aber auch der, der bei den Reitbauers einquartiert war, wurden ins Tal beordert. Es ist ruhig geworden hier, keine Soldaten, keine Panzer. Umso turbulenter geht es im Chor zu. Einer der Sänger, ein pensionierter Förster und eifriger Nazi, hat in den vergangenen Jahren darauf geachtet, dass nur Werke einstudiert werden, die vom Hitler-Regime erlaubt worden sind. Als der Lehrer und ich Noten von Schubert verteilt haben, ist der Förster eingeschritten. Schubert, hat er behauptet, sei ein Jude gewesen. Unseren Einspruch hat er weggewischt und jemanden von der Parteileitung in Bruck zu uns heraufgeholt, damit der nach dem Rechten sehe. Der

Parteigenosse hat dem Förster nicht recht geben können, um diesen aber nicht blamiert zurückzulassen, hat er angeordnet, auf Schubert zu verzichten und uns auf geistliche Musik zu beschränken, schließlich befinde man sich hier in Frauenberg, einem Wallfahrtsort.

Nun, fuhr der Pfarrer fort, hat der Förster schon wieder zu stänkern angefangen. Nach einer Probe hat der Lehrer beim Hirschenwirt erzählt, dass er sich zu erinnern glaubt, während des Studiums in Graz Chormusik von Gustav Mahler gehört zu haben. Also habe er sich brieflich an eine Musikalienhandlung in Wien gewandt mit der Bitte, in ihren Beständen Nachschau zu halten und ihm gegebenenfalls Notenmaterial zu schicken. Der Förster hat geschrien, Mahler sei ebenso Jude gewesen wie Schubert.

Daraufhin hat der Lehrer ihn gefragt, ob er nicht mitbekommen habe, dass der Naziterror zu Ende sei. Oho, hat der Förster gesagt, da muss ich widersprechen. Es hat keinen Naziterror gegeben, sehr wohl aber wird von dem Herrn Lehrer Terror ausgeübt. Ich bin, sagte der Pfarrer, mit dem Förster vor das Gasthaus gegangen. Er war ein gottesfürchtiger Mann, jedenfalls ein fleißiger Kirchgänger. Und so habe ich zu ihm gesagt, wir seien es Gott schuldig, in Frieden miteinander zu leben. Wenn er das nicht wolle, müsste ich ihn im Namen Gottes aus dem Chor hinauswerfen. Er solle nun nach Hause gehen. Er ist nicht wiedergekommen. Nicht nur den Chor hat er gemieden, auch am Gottesdienst hat er nicht mehr teilgenommen.

Lieber Moritz, sagte der Pfarrer, die Nazizeit ist schlimm genug gewesen. Und nun? Mit welchen Leuten wir zusammenleben! Er bückte sich, griff nach einer etwa einen Meter langen Holzlatte, legte sie auf seine Oberschenkel, nahm einen Hobel und bearbeitete die raue Latte, bis sie hell und glatt war. Moritz überlegte, ob er dem Pfarrer die Geschichte von dem Zwangsleitner erzählen sollte. Aus Rücksicht auf den Esel, der die Geschichte schon kannte, tat er es nicht. Er bückte sich nach einer anderen noch unbearbeiteten Holzlatte und sagte: Das könnte ein Kreuz werden.

Die Kirchturmuhr verkündete mit drei kurzen Schlägen, dass es drei viertel zwölf war. Der Esel stand auf und ging Richtung Schule, Moritz lief ihm hinterher. Todlangweilig hier, sagte der Esel, das alte Pferd ist zu faul, um aus dem Stall herauszukommen, keine Flugzeuge, die über das Tal fliegen, keine Panzer, die Krach machen. Ist dir der Krieg lieber als der Frieden?, fragte Moritz. Nein, antwortete der Esel, ich beklage mich nicht über den Frieden, sondern über die Langeweile. Der Krieg ist laut und tödlich. Der Frieden sollte nicht stumm sein, sondern fröhlich. Die Leute, erwiderte Moritz, sind mit dem Überleben beschäftigt.

Und wo, fragte der Esel, bleibt die Freude über den Frieden? Ich habe gedacht, im Frieden werden die Menschen musizieren und tanzen. Aber was tun sie? Sie führen einen Ersatzkrieg, den nennen sie Überleben. Ich habe in Kapfenberg noch niemanden gesehen, der hungert. Die Gemeinde stellt unbebaute Grundstücke zur Verfügung, wo die Leute Gärten anlegen können. Sie ernten, ich habe es in der Nähe deines Hauses gesehen, schon den ersten Salat. Leider noch keine Rüben. Ach, lieber Esel, sagte Moritz, du bist vergnügungssüchtig. Mag sein, erwiderte der Esel, jedenfalls ist ein Leben ohne Vergnügen kein Leben.

Gretel kam ihnen entgegen, sie warf Moritz die Schultasche zu, der fing sie auf und fiel, als würde er unter der Last zusammenbrechen, zu Boden. Gretel lachte. Sie gingen weiter, schließlich setzten sie sich neben den Pfarrer auf die Bank, der Esel ließ sich auf dem Hügel hinter dem Pfarrhof das frische Gras schmecken. Der Pfarrer legte die kurze Latte quer über die lange und schraubte sie fest. Wird das ein Kreuz?, fragte Gretel. Das ist ein Kreuz für deinen Vater, antwortete der Pfarrer. Kannst du dich an ihn erinnern? Nein, erwiderte Gretel, ich war drei Jahre alt, als er in den Krieg ziehen musste.

Er gilt als vermisst, fuhr der Pfarrer fort. Was heißt das – vermisst? Man zieht in den Krieg und verschwindet dort. Ich will nicht, dass jemand aus der Pfarrgemeinde Frauenberg einfach verschwindet. Deshalb – er wandte sich an Gretel – fertige ich ein Kreuz für deinen Vater an und schreibe auf das Kreuz: Isidor Reitbauer, geboren 1910 – vermisst 1945. Ich habe einen schönen Platz auf dem Friedhof ausgesucht, dort stelle ich das Kreuz auf und davor pflanze ich eine kleine Föhre, ein Föhrchen.

Das ist sehr lieb von Ihnen, sagte Gretel. Ich habe deinen Vater gemocht, erwiderte der Pfarrer. Er hat mir gestanden, dass er nicht an Gott glaubt und dass er das außer mir niemandem sagt, schon gar nicht seiner Frau. Und er hat mich gefragt, warum ich an Gott glaube. Weil ich, habe ich geantwortet, außer dem Glauben an Gott nichts habe, woran ich mich halten kann. Das verstehe ich, hat dein Vater geantwortet, ich habe es leichter, ich habe den Bauernhof. Ich würde mich freuen, sagte der Pfarrer, wenn dein Vater eines Tages doch zurückkommt. Ich würde ihm sein Kreuz auf dem Friedhof zeigen und es dann entfernen. Meine Mutter, erwiderte Gretel, hat die Hoffnung, dass der Vater zurückkommt, aufgegeben. Und du?, fragte der Pfarrer. Ich habe nie gehofft, dass er zurückkommt. Der Pfarrer schwieg betreten.

Gehen wir, sagte Gretel. Moritz rief dem Esel zu: Wir gehen zur Frau Reitbauer. Doch der graste gemächlich weiter. Versteht der Esel, was du sagst?, fragte Gretel. Der ist doch kein Trottel, erwiderte Moritz. Gretel, als wäre sie zu Unrecht kritisiert worden, schaute beleidigt zu Boden. Moritz wollte sich für seinen schroffen Ton entschuldigen, er fand aber nicht die passenden Worte. Also fragte er, ob sie den Russen, der bei ihnen einquartiert gewesen war, vermisse. Der Russe ist weg, antwortete Gretel, es gibt auch keine Pferdefuhrwerke und Panzer mehr, die durch die Wälder fahren und flüchtende Nazis suchen. Sie finden keine. Die Nazis, hat meine Mutter gesagt, haben gewaltige Verbrechen verübt und den Krieg verloren. Nun sind sie verschwunden. Achtzig Prozent der Österreicher waren Nazis. Sie sind unauffindbar.

Was Gretel eben erzählt hatte, interessierte Moritz so wenig wie die Geschichte seines Vaters über die Gestapo und den Herrn Zwangsleitner. Deshalb fragte er Gretel, wie es ihr in der Schule ergehe. Sie langweile sich, war die Antwort. Der Lehrer, das verstehe sie ja, könne sich nicht nur mit ihr beschäftigen. Und so stehe sie oft allein vor Problemen, insbesondere mathematischen, und wisse nicht weiter. Sie freue sich schon auf das Gymnasium. Allerdings komme das nächstgelegene Gymnasium in Bruck an der Mur für sie nicht infrage. Sie müsste um fünf Uhr früh aufbrechen, hinauf auf den Frauenberg marschieren, dann hinunter nach Kapfenberg und dann mit dem O-Bus nach Bruck fahren. Sie werde in ein Internat nach Graz gehen, das sei geschaffen worden für Kinder wie sie, ein weltliches Internat, zum Glück mit kirchlichem Einfluss. Der Pfarrer habe versprochen, dafür zu sorgen, dass sie im Internat einen Freiplatz erhalte.

Ich könnte niemals nach Graz in die Schule gehen, sagte Moritz, denn ich würde mich nicht von meinem Esel trennen. Unsinn, erwiderte Gretel, der Esel würde mitkommen. Esel sind kluge Tiere, die können überall leben, auf dem Frauenberg, in Kapfenberg, in Graz, in Wien und in

Amerika. Du hast mit dem Esel kein Problem. Ein Problem hat meine Mutter. Zurzeit beliefert sie den Hirschenwirt. Der Pfarrer ist gerade dabei, dieses Geschäft auszuweiten. Die Mutter wird auch den Lindenwirt beliefern. Der Pfarrer sagt, die Mutter braucht Geld für die Tochter. Das Internat wäre zwar kostenlos, ich solle aber abends ins Theater, ins Konzert, in die Oper gehen, sonst könnte ich ja gleich auf dem Frauenberg bleiben. Hirschenwirt und Lindenwirt, fuhr Gretel fort, das schafft meine Mutter allein nicht. Der Pfarrer ist dabei, auch dafür eine Lösung zu finden. Der Förster hat sich erschossen. Seine Frau bekommt eine sehr kleine Witwenrente. Sie werde froh sein, hat der Pfarrer gesagt, wenn sie meiner Mutter gegen gutes Geld zur Hand gehen kann.

Die drei erreichten den Bauernhof. Der Esel stellte sich vor die Stalltür, Gretel begriff sofort, was er wollte. Er hatte sich zwar am frischen Gras gelabt, das war für ihn aber nur der Ersatz für Heu und konnte seine geliebte Rübe nicht ersetzen. Gretel brachte ihm eine Rübe, er legte sich damit nahe ans Küchenfenster und freute sich darüber, dass nun im Sommer das Fenster offen stand und er mithören konnte, was drinnen gesprochen wurde. Den Menschen zuzuhören war seine Passion. Mit jedem Wort, das er aufschnappte, verstand er die Welt, in der Moritz lebte, besser. Er wollte, dass Moritz an der Welt keinen Schaden nahm, und trachtete, das Seine dazu beizutragen, damit Moritz, der ihn aus dem Elend befreit hatte, nicht im Elend landete.

In der Küche aßen Frau Reitbauer, die Großmutter, Gretel und Moritz zu Mittag. Ihr Enkelkind, der Moritz, ist ein gescheites Kind, sagte Gretel. Das kann schon sein, erwiderte die Großmutter, was mir aber Sorge macht, ist, dass er ständig mit dem Esel zusammensteckt, anstatt sich mit anderen Kindern abzugeben. Bin ich niemand?, fragte Gretel. Hab ich das gesagt?, fragte die Großmutter und schaute hilfesuchend zu Frau Reitbauer, die resigniert den Kopf schüttelte – wie oft hatte sie ihre Tochter gebeten, nicht so schnippisch zu sein!

Um das betretene Schweigen der beiden Frauen zu durchbrechen, brachte Moritz die Rede darauf, was in nächster Zeit zu tun sei. Der Esel und er würden die Lebensmittel zum Hirschenwirt liefern und dann ins Tal gehen. Morgen würden sie den Leiterwagen bringen. Großmutter solle hier übernachten. Bald werde der Pfarrer mit der Frau des Försters hier erscheinen, die werde dann den Transport der Lebensmittel zu den beiden Wirten übernehmen. Großmutter würde zweimal, höchstens dreimal in der Woche kommen, um Frau Reitbauer zur Hand zu gehen. Mehr sei ihr nicht zuzumuten. Bravo!, rief Gretel, nahm ihre Schultasche und ging grußlos auf ihr Zimmer.

Es war schon Abend, als Moritz und der Esel zurück nach Kapfenberg kamen. Auf dem Weg zu Moritz' Wohnung sahen sie auf einer Wiese eine Menge Soldaten, die im Scheinwerferlicht große Zelte errichteten. Das möchte ich sehen, sagte der Esel. Ich auch, erwiderte Moritz, vorher aber melde ich mich bei meiner Mutter. Sie macht sich sonst Sorgen. Er irrte sich. Moritz' Mutter genügte es zu wissen, dass ihr Sohn in Begleitung des Esels war. Fragte der Vater oder sonst jemand, wo Moritz sich aufhielt, war die Antwort der Mutter, der sei mit dem Esel unterwegs, und jeder war mit dieser Antwort vollends zufrieden – es hatte den Anschein, als hielten sie den Esel für Moritz' Schutzengel. Ich komme bald, rief Moritz hinauf in den ersten Stock. Die Mutter erschien im Fenster. Wir gehen hinüber zur großen Wiese, Soldaten bauen dort eine Zeltstadt auf.

Als Moritz und der Esel hinkamen, standen bereits drei große Zelte. Einige Soldaten errichteten einen Zaun. Holzpflöcke wurden in den Boden geschlagen, je zwei Pflöcke wurden mit langen, schlanken Baumstämmen verbunden, die den Zaun bildeten. Ehe man die Stämme mit Nägeln an den Pflöcken befestigte, wurden sie entrindet und mit roter und blauer Farbe bemalt. Moritz sah auf den beiden Baumstämmen, vor denen er stand, verschiedene Muster, es überwogen blaue Dreiecke, darin befanden sich rote Kreise. Schön, sagte Moritz. Sehr schön, erwiderte der Esel und fragte: Siehst du dort hinten die Pferde? Moritz nickte und fragte: Siehst du neben dem Zelt die beiden weißen Berge? Was ist das?, fragte der Esel. Das müssen wir erkunden, erwiderte Moritz, und sie gingen zu den weißen Bergen, die Moritz beträchtlich überragten. Er befeuchtete einen Finger, steckte ihn in einen Berg und kostete. Zucker, sagte er. Dann steckte er den Finger in den anderen Berg. Mehl, teilte er dem Esel mit und bat ihn, nun mit ihm nach Hause zu gehen. Morgen früh, sagte er, bekommst du eine Rübe, dann bringen wir den Leiterwagen auf den Frauenberg. Und danach, erwiderte der Esel, eilen wir zurück in die Stadt. Ich will mit den Pferden sprechen. Wir warten, sagte Moritz, bis Gretel von der Schule nach Hause kommt. Ach, du mit deiner Gretel, erwiderte der Esel und legte seinen Kopf an den Kopf des Buben.

Als sie am nächsten Tag zum Bauernhof der Frau Reitbauer kamen, saß Gretel schon beim Mittagessen. Sie lief in den Stall, um den Esel zu füttern, danach saßen sie alle, Frau Reitbauer, Großmutter, Gretel und Moritz, um den Tisch. Moritz führte das große Wort, erzählte von der Zeltstadt, dem schönen Zaun, den Bergen von Zucker und Mehl und kündigte an, sich auf die Suche nach dem Offizier zu machen, den sie hier kennengelernt hatten, um von ihm zu erfragen, was die Errichtung der Zeltstadt zu bedeuten habe und ob die Soldaten länger bleiben würden.

Frau Reitbauer dankte für den Leiterwagen, Großmutter sagte, sie würde noch eine Nacht hier verbringen, dann aber nach Hause zurückkehren, sie müsse sich um ihre Tabakplantage kümmern. Moritz wandte sich an Gretel. Er werde die neue Situation in der Stadt erkunden. Sobald er sich einen Überblick verschafft habe, werde er Gretel bitten, in die Stadt zu kommen. Er werde sie an einem Samstag mit dem Esel vom Frauenberg abholen, sie könne bei der Großmutter übernachten, am Sonntag würden er und der Esel sie nach Hause bringen. Das sei, sagte Gretel zu ihrer Mutter, eine gute Idee. Frau Reitbauer schüttelte langsam und nachsichtig den Kopf.

Wieder im Tal, ging der Esel sofort in das Zeltlager zu den Pferden, begrüßte sie, stellte sich vor und wurde von ihnen eingeladen, das Futter mit ihnen zu teilen. Moritz hatte mit dem Esel vereinbart, ihm zu folgen, vorher aber meldete er sich bei der Mutter und erkundigte sich nach seinem Vater, den er schon lange nicht gesehen hatte. Der Vater, erfuhr er, werde in der Fabrik gebraucht, die Soldaten würden die Maschinen demontieren, an denen er früher gearbeitet habe, die Demontage erfolge unter der fachkundigen Anleitung des Vaters. Sodann erzählte die Mutter, dass die Soldaten von Wohnung zu Wohnung gingen und die Herausgabe von Lebensmitteln forderten. Sie hätten ihren, Mutters, kargen Vorrat an Mehl und Zucker konfisziert. Nicht so schlimm, sagte Moritz und nahm unter dem Vorwand, sie der Großmutter zu bringen, zwei Töpfe mit, Großmutter würde sie mit Faschiertem von Frau Reitbauer füllen. Er würde die Töpfe in der Behausung des Esels lagern, mit dem er morgen auf den Frauenberg aufbrechen wollte.

Tatsächlich aber ging er mit den Töpfen in die Zeltstadt zu den zwei weißen Bergen. Wissend, dass die russischen Soldaten Kinder gewähren ließen, was immer diese auch taten, füllte er einen Topf mit Mehl, einen mit Zucker, teilnahmslos beobachtet von den Soldaten. Er brachte Zucker und Mehl der Mutter, der er erzählte, den Offizier vom Frauenberg in der Zeltstadt getroffen und von ihm die Erlaubnis erhalten zu haben, die Lebensmittel nach Hause zu tragen. Wenn du willst, sagte Moritz, kann ich noch mehr bringen, und wir können den Leuten das Mehl und den Zucker, die ihnen weggenommen worden sind, verkaufen. Das wäre, erwiderte die Mutter, ein abscheuliches Geschäft. Moritz, den die Empörung der Mutter verwunderte, sagte: Auf jeden Fall wäre es ein gutes Geschäft. Ich muss, fuhr er fort, noch einmal in die Zeltstadt, um den Esel zu holen.

Der stand allein da mit hängendem Kopf. Was ist mit dir?, fragte Moritz. Es ist entsetzlich, antwortete der Esel. Moritz wartete, doch der Esel sprach nicht weiter. Hat es dir die Rede verschlagen?, fragte Moritz. Der Esel nickte. Na gut, sagte Moritz, dann gehen wir nach Hause. Der Esel rührte sich nicht von der Stelle. Na gut, sagte Moritz noch einmal, dann bleiben wir hier. Er setzte sich auf einen der bemalten Querbalken des Zauns und beobachtete, wie die Soldaten aus allen Ecken und Enden der Zeltstadt zusammenströmten, ihre Uniformjacken anzogen, die Kappen auf die geschorenen Köpfe setzten und sich zu einer Kolonne formierten, in welcher Reihe für Reihe je vier Soldaten standen. An ihre Spitze stellte sich, man sah das an den Spangen seiner Uniform, ein Offizier, der gab den Befehl, loszumarschieren, und mit dem ersten Schritt begann die Kolonne zu singen. Wie schön, rief Moritz, da gehen wir mit. Der Esel schüttelte den Kopf.

Bist du krank?, fragte Moritz. Der Esel schüttelte den Kopf. Und endlich begann er zu sprechen. Die Soldaten, sagte er, die du hier siehst, gehören zu den wenigen Überlebenden. Ich habe mit den Pferden gesprochen, die haben mir erzählt, dass Hunderttausende, wenn nicht Millionen im Krieg gefallen sind. Die Pferde sind von den Soldaten vor dem Feind immer in Sicherheit gebracht worden. Vor fünf Jahren sind sie eine Kompanie von dreißig Pferden gewesen, nur drei sind im Krieg umgekommen. Warum nur Pferde, fragte Moritz, warum keine Esel? Weil wir, antwortete der Esel, nicht so blöd sind wie die Pferde. Die gehorchen den Menschen. Ein Hü-Hott und schon setzen sie sich in Bewegung. Uns können sie hundertmal Hü-Hott! zurufen, wenn wir nicht wollen, gehen wir keinen Schritt weiter. Wir sind für den Krieg ungeeignet.

Wie ist das, fragte Moritz, wenn du mit den Pferden sprichst? Sehr einfach, antwortete der Esel, das Pferd fühlt sich, weil es dem Menschen gehorcht, dem Esel überlegen. Der Esel hingegen, weil er dem Menschen nur bedingt gehorcht und deshalb als störrisch gescholten wird, fühlt sich dem Pferd überlegen. So hat jeder sein Vorurteil, und damit kommen wir gut zurecht. Wäre das, fragte Moritz, nicht auch für die Menschen eine Möglichkeit, miteinander umzugehen? Indem die einen das Vorurteil, das die anderen gegen sie haben, akzeptieren? Nein, erwiderte der Esel, der Mensch ist ein beschränktes Wesen, ihn spornt das Vorurteil, das er gegen den anderen hat, dazu an, diesen vernichten zu wollen. Du hast aber keine gute Meinung von mir, sagte Moritz. Du hast *mich*, erwiderte der Esel, ich lehre dich, wie beschränkt der Mensch ist. Und so kannst du, wenn du dich anstrengst, diese Beschränkung erkennen. Moritz nickte, wiewohl er, was der Esel gesagt hatte, nicht verstand.

Die Soldaten kamen singend zurück, begaben sich in die Zelte, die Scheinwerfer wurden abgeschaltet, man ging schlafen. Auch ich bin müde, sagte der Esel und schritt voran, Moritz folgte ihm. Ich muss morgen, erwiderte er, den Offizier vom Frauenberg ausfindig machen. Und so streifte er am nächsten Vormittag durch die Zeltstadt und sprach Soldaten an in der Hoffnung, jemanden zu finden, der so viel Deutsch beherrschte, dass er ihm den Weg zu dem Offizier weisen konnte. Nach vergeblichem Fragen suchte Moritz den Esel, der sich unter die russischen Pferde gemischt hatte und sich das saftige Gras schmecken ließ. Moritz klagte ihm sein Leid. Der Esel versammelte ein paar Pferde um sich und fragte, ob sie jemanden in der Zeltstadt kannten, der Deutsch verstand. Ein Pferd nickte und forderte den Esel auf, ihm zu folgen. Sie gingen an den Rand der Zeltstadt, wo auf einer Wiese ein Netz gespannt worden war und Soldaten Volleyball spielten. Das Pferd deutete mit dem Kopf auf einen jungen Mann, der gerade aufschlug. Der Esel holte Moritz, der wandte sich an den Soldaten, der verließ sogleich das Spielfeld und winkte einen anderen Soldaten herbei, der dann für ihn einsprang.

Das Gespräch war mühselig. Moritz sagte: Offizier. Der Soldat wiederholte: Offizier. Moritz sagte: Sehr gut Deutsch. Der Soldat wiederholte: Sehr gut Deutsch. So ging das einige Male hin und her. Plötzlich schlug der Soldat sich gegen die Stirn, nahm Moritz an der Hand und zog ihn mit sich fort. Als sie vor einem Motorrad mit Beiwagen standen, wies der Soldat Moritz an, in den Beiwagen zu steigen, er selbst stieg auf das Motorrad, startete es und fuhr los. Beim Eingang in die Zeltstadt sah Moritz den Siegl Hans, der mit beiden Armen aufgeregt fuchtelte, Moritz hatte den Eindruck, Hans wollte ihm bedeuten, doch um Himmels willen stehenzubleiben. Deshalb rief er dem Soldaten zu:

Stopp, stopp, stopp! Doch der fuhr ungerührt weiter, die Mariazeller Straße in Richtung Stadtzentrum, vorbei am Verwaltungsgebäude der Fabrik, und bog dann links ab, reduzierte endlich das Tempo – bis hierher war er gefahren, als hätte der Teufel ihn geritten –, die Beiwagenmaschine rollte durch ein offenes schmiedeeisernes Tor über einen Kiesweg zu einem im Barockstil errichteten dreigeschoßigen Bau, auf dem zu lesen stand: Privathotel. Die Direktion der Fabrik brachte hier – das war stadtbekannt – wichtige Geschäftspartner unter. Der Soldat stieg vom Motorrad und ging ins Gebäude, Moritz blieb im Beiwagen sitzen. Wenig später kam der Soldat mit dem Offizier zurück, der sah Moritz, umarmte ihn und ging mit ihm in den Prachtbau. Der Soldat legte sich in den Schatten einer Buchsbaumhecke und zündete sich eine Zigarette an.

Was willst du essen, fragte der Offizier, was willst du trinken? Köstlichkeiten wie bei Frau Reitbauer, fuhr er fort, gibt es hier natürlich nicht. Ich habe, sagte Moritz, nachdem er sich umgeschaut hatte, noch nie so einen prachtvollen Raum gesehen. Das ist keine Pracht, erwiderte der Offizier, das ist Kitsch. 1910, fuhr er fort, hat man dieses Haus erbaut. Damals stand Österreich mit Otto Wagner und Adolf Loos in der Architektur an der Spitze der Moderne. Und was machen sie hier? Sie täfeln die Wände mit weiß lackiertem Holz und verzieren sie mit Gold. Moritz stand auf und betrachtete die Wände aus der Nähe. Der Offizier rief nach einem Soldaten und orderte zwei Paar Würstel. Stell dir diesen Raum vor ohne Täfelung, sagte der Offizier, es wäre kein prachtvoller, sondern ein schöner Raum. Den Menschen gelüstet es nicht nach Pracht, sondern nach Schönheit. Wer, wenn nicht Menschen, fragte Moritz, gibt solchen Kitsch, wie Sie sagen, in Auftrag? Unmenschen, antwortete der Offizier.

Die Würstel wurden serviert. Wo ist der Esel?, fragte der Offizier. Er hat im Beiwagen keinen Platz gefunden, erwiderte Moritz, er ist in der Zeltstadt und unterhält sich mit euren Pferden. Die reden miteinander?, fragte der Offizier. Selbstverständlich, sagte Moritz. In welcher Sprache, fragte der Offizier, Russisch oder Deutsch? Sie haben, antwortete Moritz, eine eigene Sprache, die gilt weltweit, und zwar für alle Tiere. Mein Esel kann sich auch mit Krähen unterhalten. Bist du dir sicher?, fragte der Offizier. Ganz sicher, war die Antwort. Moritz verschlang die Würstel. So etwas Gutes, sagte er, habe ich noch nie gegessen. Ich komme öfter zu Ihnen. Bleiben Sie noch länger?

Nein, antwortete der Offizier, wir müssen bald weg von hier, spätestens Ende des Sommers. Die vier Siegermächte haben sich Österreich aufgeteilt. Wo wir sind, in der Steiermark, sollten die Engländer stationiert sein. Ihnen ist auch Kärnten zugeteilt worden. Dort sind sie zuerst einmarschiert. Man hat mir gesagt, in Kärnten gibt es schöne Seen. Wahrscheinlich machen sie dort Badeurlaub. Im Herbst wirst du dann in Kapfenberg statt russischer Soldaten englische antreffen. Genau genommen, fuhr der Offizier fort, dürften wir gar nicht hier sein. Unser Gebiet ist Niederösterreich, auf dem Semmering, dem Grenzpass zwischen Niederösterreich und der Steiermark, hätten wir haltmachen müssen. Wir aber sind vom Süden gekommen, über den Wechsel, haben den Semmering verfehlt und sind in Kapfenberg gelandet. Zu unserem Glück. In den Werkshallen stoßen wir auf Maschinen, die wir in der Sowjetunion dringend brauchen. Die Deutschen haben bei uns sehr viel zerstört.

Mein Vater, sagte Moritz, ist damit beschäftigt, die Maschinen zu demontieren. Heißt dein Vater Zaunschirm?, fragte der Offizier. Moritz nickte. Dann bist du also, fragte der Offizier weiter, der Moritz Zaunschirm? Der nickte. Weißt du was, sagte der Offizier, wir fahren in die Fabrik und besuchen deinen Vater. Er rief nach dem Soldaten, der die Würstel serviert hatte, dieser holte den Fahrer, Moritz setzte sich in den Beiwagen, der Offizier auf den Sozius, und los ging's. Sie fuhren durch das offene Tor der Werkshalle, eine große Drehbank war an vier Ketten befestigt, Moritz' Vater wies den Kranfahrer mit Handzeichen an, die Drehbank zu einem Lastwagen zu hieven, mit dem sie abtransportiert werden sollte. Der Offizier fuhr mit dem Motorrad durch die Halle und hielt knapp vor Zaunschirm, stieg ab, Moritz sprang aus dem Beiwagen. Sein Vater stand da mit offenem Mund. Der Offizier klopfte ihm auf die Schulter.

Moritz und ich, sagte er, sind alte Freunde. Wir haben uns auf dem Frauenberg kennengelernt. Moritz hat mir erzählt, dass Sie wegen Sabotage von der Gestapo verhaftet worden sind. Es ist um Getriebe von Panzern gegangen. Wer weiß, wie vielen unserer Soldaten Sie das Leben gerettet haben. Was haben Sie an den Getrieben verändert? Moritz' Vater schaute hinauf zur Drehbank, dann auf den Boden, schließlich sagte er: Darüber will ich nicht sprechen. Der Offizier atmete tief durch. Das verstehe ich, sagte er, auch mir widerstrebt es, über den Krieg zu reden. Zaunschirm erwiderte: Wir müssen weiterarbeiten, ihr steht im Weg herum. Man verabschiedete sich, und die drei fuhren zurück ins Privathotel. Ich hätte gern noch ein Paar Würstel, sagte Moritz. – Dann komm mit.

Während Moritz die Würstel aß, erzählte der Offizier, dass er von hier aus den Abtransport der Maschinen organisiere, sie würden mit der Bahn über den Semmering nach Wiener Neustadt gebracht, von dort in die Sowjetunion. Die Verständigung unserer Soldaten mit den Leuten von der Eisenbahn ist schwierig. Infolge von Kriegsschäden muss einmal ein Stück Schiene ersetzt werden, dann wieder ist eine Weiche kaputt. Unsere Soldaten sind misstrauisch, vermuten Boykott und bedrohen die Bahnarbeiter mit Waffen, was deren Arbeitseifer nicht eben fördert. Neulich haben ein paar das Werkzeug weggeworfen und sich ins Gras gesetzt. Dann werde ich gerufen, um den Streit zu schlichten. Gestern habe ich nach Mürzzuschlag fahren müssen, weil russische und steirische Hitzköpfe aneinandergeraten sind. In Wien gibt es genug Leute der Roten Armee, die Deutsch können, ich habe einige angefordert, doch die denken nicht daran, sich von Wien wegzubewegen, was ich verstehen kann.

Sind Sie unglücklich hier?, fragte Moritz. Keineswegs, erwiderte der Offizier. Ein Soldat brachte Moritz ein Glas Milch. Wir haben Mangel an Milch, sagte der Offizier. Moritz dachte nach. Frau Reitbauer, sagte er, verarbeitet die Milch zu Butter, die kann nichts abgeben. Aber ich werde mit Hans reden und sage Ihnen morgen Bescheid. Wer ist Hans?, fragte der Offizier. Hans ist der älteste Sohn des Siegl-Bauern, antwortete Moritz, wenn er mit der Schule fertig ist, geht er nach New York und wird ein berühmter Architekt. Ach, sagte der Offizier, was für eine Ansammlung von Berühmtheiten in dem kleinen Kapfenberg, ein berühmter Architekt, Gretel, die berühmte Wissenschaftlerin, und du wirst ein berühmter Rauchfangkehrer. Gibt es so etwas überhaupt, fragte Moritz, einen berühmten Rauchfangkehrer? Bisher nicht, sagte der Offizier, du wirst der erste sein.

Moritz stand auf. Eines noch!, rief er, Gretel kommt zu uns in die Stadt. Großartig, erwiderte der Offizier, und wann? In nächster Zeit, sagte Moritz, der Esel und ich holen sie an einem Samstag ab, sie übernachtet bei der Großmutter, am Sonntag bringen wir sie zurück. Sie soll spätestens in zwei Wochen kommen, erwiderte der Offizier, ich weiß nicht, ob wir nachher noch hier sind. Wir machen ein Fest für Gretel. Singend marschieren wir durch den Ort, dann wird in der Zeltstadt das Beste aufgetischt, was wir haben. Auch Würstel?, fragte Moritz. Für uns drei, antwortete der Offizier, wird es auch Würstel geben.

Hans sprang vom Zaun, als die Beiwagenmaschine in die Zeltstadt fuhr, lief ihr hinterher, und als sie hielt, beugte er sich zu Moritz und sagte: Du musst uns helfen. Was ist passiert?, fragte Moritz. Das ist die Beiwagenmaschine meines Vaters, erwiderte Hans, dieser Soldat hat den Vater angehalten, ihn aufgefordert, abzusteigen, und ist mit der Maschine davongefahren. Der Soldat hörte aufmerksam zu, er ahnte, wovon die Rede war. Die Molkerei, fuhr Hans fort, zu der mein Vater die Milch unserer Kühe gebracht hat, ist bombardiert worden. Deshalb hat er die Milchkannen in den Beiwagen gestellt, ist auf den Hauptplatz gefahren und hat die Milch dort angeboten. Im Nu war alles verkauft, und wir hatten genug Geld, um Lebensmittel einzukaufen – wir sind, wie du weißt, vier Personen. Nun hat dieser Soldat uns das Motorrad weggenommen, der Vater kann die Milch nicht transportieren. Wir haben kein Geld mehr. Kannst du uns helfen? Ja, sagte Moritz, setz dich auf den Sozius. Hans schwang sich auf den Sitz. Moritz gab dem Soldaten Anweisung, zurück ins Privathotel zu fahren.

Dort verwehrten ihnen zwei bewaffnete Soldaten den Eintritt, also bat Moritz den Fahrer um Hilfe. Dieser durfte ohne Weiteres in das Gebäude und kam mit dem Offizier wieder. Ich habe, rief Moritz, für alle Probleme eine Lösung. Sie gingen in die Empfangshalle und nahmen auf Fauteuils Platz. Würstel?, fragte der Offizier. Moritz schüttelte den Kopf. Das ist Hans, sagte er, ich habe Ihnen von ihm erzählt, er wird einmal ein berühmter Architekt sein, im Augenblick aber hat er kein Geld, seine Brüder und sein Vater auch nicht. Der Vater hat einige Kühe, kann aber die Milch nicht verkaufen, weil er keine Transportmöglichkeit hat. Der Soldat draußen hat ihm die Beiwagenmaschine weggenommen.

Der Offizier unterbrach ihn. Du hast behauptet, sagte er, für alle Probleme eine Lösung zu haben. So ist es, erwiderte Moritz. Ich erinnere mich, fuhr er fort, dass Sie gesagt haben, es gebe zu wenig Milch für die Soldaten. Hans' Vater bekommt die Beiwagenmaschine zurück und bringt Tag für Tag seine Milch in die Zeltstadt. Am Vormittag benützt der Bauer das Motorrad, am Nachmittag steht es dem Soldaten zur Verfügung. Können die Soldaten, fragte Moritz, machen, was sie wollen? Theoretisch nicht, erwiderte der Offizier, praktisch aber schon. Du musst dir vorstellen, fuhr er fort, in den langen Kriegsjahren hatte strengste Disziplin zu herrschen. Nun ist der Krieg vorbei. Ich bin für die Disziplin in der Zeltstadt verantwortlich. Aber ich habe keine Lust, sie einzufordern.

Während sie hinausgingen, redeten sie von dem Fest zu Gretels Ehren, das in zwei Wochen stattfinden sollte. Der Siegl-Bauer, sagte Moritz, hat einige Schweine im Stall, ihr könntet sie ihm abkaufen. Dann gäbe es Schweinsbraten auf dem Fest. Gute Idee, sagte der Offizier und wies den Soldaten, der auf dem Motorrad saß, an, fortan die Beiwagenmaschine mit ihrem Besitzer zu teilen. Während sie zurückfuhren, dachte Moritz, er werde auch Karla und ihre Mutter, die beide aus Angst vor den Russen kaum aus dem Haus gingen, zu dem Fest einladen. Er wollte die Freundschaft mit Karla nicht beenden, wenngleich er sich Gretel verbunden fühlte. Gretel, dachte er, wird nach Graz in ein

Internat gehen. Und was dann? Er würde dieses Problem jedenfalls mit dem Esel besprechen, wiewohl der sich für diese Art von Problemen nicht interessierte.

Der Soldat fuhr in den Hof des Siegl-Bauern, der seinen Augen nicht traute, als er seine Beiwagenmaschine vor der Haustür stehen und den Soldaten weggehen sah. Hans informierte seinen Vater kurz, lief dann Moritz und dem Soldaten hinterher und ging mit ihnen in die Zeltstadt. Moritz sagte, er müsse zuerst den Esel begrüßen. Er fand ihn inmitten der russischen Pferde. Moritz streichelte seinen Kopf, und zu Hans sagte er: Ohne den Esel hätte ich dich nicht kennengelernt. Er ist damals schnurstracks vom Waldrand zu eurem Bauernhof gegangen, und wir hinter ihm drein. Wenn du einmal ein berühmter Architekt in New York bist, kommen wir dich besuchen. Du baust dem Esel mitten in New York einen Stall aus Glas und Stahl. Ich habe den Plan schon im Kopf, sagte Hans.

Zwei Wochen später war es so weit. Moritz und der Esel holten Gretel von zu Hause ab, nachdem der Esel das alte Pferd und Moritz den jungen Pfarrer besucht hatte, sie gingen zum Haus der Großmutter, wo der Esel sogleich seinen Stall aufsuchte und eine Rübe verzehrte. Großmutter zeigte Gretel ihre Schlafstatt und bat sie, nicht allzu spät heimzukommen, da sie, die Großmutter, zwischen zehn und elf Uhr abends zu Bett gehe. Danach schauten sie bei Moritz' Mutter vorbei, die wollte Gretel auf eine Jause einladen. Doch Moritz drängte zum Aufbruch, Gretel und er würden von Hans erwartet, dann müssten sie in die Zeltstadt, am frühen Nachmittag wolle der Offizier mit allen Soldaten Gretel zu Ehren von der Zeltstadt singend in die Stadt bis auf den Hauptplatz und wieder zurück marschieren, woraufhin das Fest in der Zeltstadt beginnen würde.

Als Moritz und Gretel bei Hans ankamen, begrüßte dieser sie überschwänglich. Der Offizier, sagte Hans, hat bei uns drei Schweine gekauft. Sie sind bei uns geschlachtet und dann zur Zeltstadt gebracht worden. Der Esel schlich sich von hinten her an und stupste Moritz. Der tat, als wäre er überrascht. Hans starrte Gretel an und sagte, er habe noch nie ein so schönes Mädchen gesehen. Wäre der Kerl nicht größer und stärker, dachte Moritz, ich würde ihm eine Ohrfeige geben. Hans lud die beiden ins Haus auf ein Glas Milch ein. Gretel stimmte sofort zu, Moritz hatte den Eindruck, Hans' Kompliment hatte sie gefreut.

Moritz allerdings rief: Nein! Ich habe daheim etwas vergessen, und ging rasch weg. Der Esel folgte ihm, Gretel nicht. Soll die dumme Kuh, dachte er, doch bei Hans bleiben. Dann aber lief Gretel den beiden nach. Ist dir der Hans, fragte sie, auf die Nerven gegangen? Moritz schaute mürrisch zu Boden. Ja, sagte er. Mir auch, erwiderte sie. Moritz fiel ein Stein vom Herzen. Am liebsten hätte er Gretel in die Arme genommen.

Am Eingang in die Zeltstadt wurden sie vom Offizier empfangen. Gretel, rief er, was für eine Freude! In einer Stunde marschieren wir in die Stadt. Kommt weiter. Moritz hat zur Feier des Tages Würstel bestellt. Würstel?, fragte Gretel. Der Offizier nickte. Meine Mutter, fuhr sie fort, hat mir erzählt, Würstel seien ein Leckerbissen, vor dem Krieg habe sie hin und wieder welche gekauft. Wo, fragte Gretel, haben Sie die Würstel hergezaubert? Die kommen vom Fleischhauer Kolland, antwortete der Offizier. Der ist eines Tages mit blutverschmierter Schürze hier aufgetaucht und hat mich gefragt, ob wir interessiert wären an Würsteln – Frankfurter Würsteln –, und er hat in die große Tasche seiner Schürze gegriffen, drei Paar herausgeholt, mich ersucht, Feuer zu machen, einen Topf darüber zu hängen und die Würstel in leicht wallendem Salzwasser ziehen zu lassen.

Ich habe mir das gemerkt, sagte der Offizier: Man kocht die Würstel nicht, sondern lässt sie in leicht wallendem Salzwasser eine Viertelstunde lang ziehen. Herr Kolland hat mir die Zubereitung von Würsteln mit einer Inbrunst erklärt, als würde er der Welt den Frieden für die nächsten hundert Jahre verkünden. Der Fleischhauer, dessen Geschäft sich in der Nähe der Zeltstadt befindet, hat mir angeboten, gegen gutes Geld Würstel in großer Zahl zu produzieren. Die Leute hätten kein Geld, um welche zu kaufen, er aber verfüge über alle Ingredienzien und brenne darauf, endlich wieder Würstel herzustellen. Der Offizier rief einem Soldaten etwas zu und sagte zu Gretel: Bald gehen wir zu Tisch.

Besuchen wir den Esel, sagte Moritz, und die drei gingen hinter das Zelt auf die Wiese, wo der Esel inmitten der Pferde stand, in ein Gespräch vertieft. Gretel streichelte den Kopf des Esels, der gab die Liebkosung an ein Pferd weiter, indem er mit der Schnauze über die Stirn des Pferdes strich. Hans kam angelaufen, er zog Moritz beiseite. Du warst verärgert, sagte Hans, als ich meinte, Gretel sei ein schönes Mädchen. Das verstehe ich nicht. Ich war nicht verärgert, erwiderte Moritz. Und um seiner Lüge Nachdruck zu verleihen, wiederholte er: Ich war ganz sicher nicht verärgert. Dann ist es gut, sagte Hans.

Und noch etwas, fuhr er fort, auf dem Weg hierher bin ich Karla begegnet. Sie war außer Rand und Band. Stell dir vor, hat sie gesagt, die Frau Reitbauer und Moritz' Mutter sammeln von allen Bauern die Milch ein und verkaufen sie den Russen. In der ganzen Stadt gibt es keinen Tropfen Milch mehr. Machst du einen Witz?, fragte Moritz. Hans schüttelte den Kopf und fragte seinerseits: Warum erzählt

Karla so eine gemeine Lüge überall herum? Moritz dachte nach. Sie kann nichts dafür, sagte er, ihre Mutter redet oft widerliches Zeug daher, und Karla redet es nach. Sie kann nichts dafür?, erwiderte Hans, dieser Ansicht bin ich nicht. Moritz klopfte Hans auf die Schulter, sagte: Wir lassen uns von diesem Gerede nicht den Tag verderben, und sie folgten Gretel und dem Offizier ins Zelt.

Nach dem Würstelessen formierten sich vor der Zeltstadt die Soldaten, vorne der Offizier, hinter der Zeltstadt stieg Rauch auf, ein großes Feuer war entfacht worden, um die Schweine zu braten. Ein Lied wurde angestimmt, und die Soldaten marschierten Richtung Stadt, neben ihnen der Esel, Gretel, Hans und Moritz. Der blieb bald mit dem Esel zurück und berichtete ihm von den Lügen, die Karla über seine Mutter und Frau Reitbauer verbreitete. Was soll ich dazu sagen?, fragte der Esel. Moritz antwortete nicht. Karla, fuhr der Esel fort, bestraft dich dafür, dass du Gretel in die Stadt eingeladen hast. Sie will, dass du nur mit ihr befreundet bist. Ist das so?, fragte Moritz. Das ist so, antwortete der Esel. Und sie versucht, fuhr er fort, ihren Willen mit allen Mitteln durchzusetzen. Was soll ich tun, fragte Moritz, weißt du einen Rat? Nein, antwortete der Esel. Wolltest du etwas tun, wärst du nicht hier, sondern würdest Karla suchen und sie zur Rede stellen. Der Esel schaute sich um, spitzte die Ohren, dann sagte er: Nun ist Schluss mit dem Gerede, hör doch, wie schön die Soldaten singen.

Als sie zurück in der Zeltstadt waren, verabschiedete sich Hans; es gebe noch Arbeit im Stall. Der Esel postierte sich beim Eingang eines großen Zeltes und betrachtete, was sich hier in den letzten Stunden verändert hatte. Zahlreiche Tische und Bänke waren aufgestellt, die Tische mit weißem Papier bedeckt worden, auf den Tischen standen übereinandergestapelt Teller, daneben lag Besteck, über die Tische verteilt waren Karaffen mit Wein und Wasser. Die Soldaten – sie hatten nach dem Marsch in die Stadt die Uniformjacken ausgezogen, es war ein sehr warmer Sommernachmittag, und kamen in Unterhemden ins Zelt –, griffen nach den Tellern, gingen hinaus, kehrten mit Schweinsbraten und Bratkartoffeln zurück und ließen es sich schmecken. Der Esel wollte schon zu den Pferden gehen, da entdeckte er neben dem Hinterausgang ein Podium. Aus Neugierde, wozu das denn dienen sollte, blieb er.

Nachdem die Soldaten gegessen hatten, wurden die Tische und Bänke in der Nähe des Podiums entfernt, zwei Soldaten sprangen auf das Podium, der eine mit einer Ziehharmonika, der andere mit einer Geige, und spielten zum Tanz auf. Der Offizier nahm Gretel bei der Hand, führte sie auf die Tanzfläche, und die beiden begannen unter den Beifallsrufen der Soldaten zu tanzen. Nach und nach kamen auch die Soldaten auf die Tanzfläche, gruppierten sich in Kreisen, hakten sich unter und wirbelten wie wild herum.

Der Soldat, der das Motorrad gefahren hatte, zog Moritz mit sich, sie fügten sich in eine Gruppe von Tanzenden ein, der Soldat packte Moritz bei den Hüften, warf ihn in die Höhe, ein anderer fing ihn auf und warf ihn einem anderen Soldaten zu, der nicht geschickt genug war und Moritz zu Boden fallen ließ, worüber dieser froh war, denn ihn schwindelte schon, und er konnte nun den Tanzenden entfliehen. Er lief zum Podium, wo er zu seiner Überraschung den Esel vorfand, der sich zwischen den Tischen und Bänken bis hierher durchgezwängt hatte. Bald gesellte sich auch Gretel zu ihnen, sie war verschwitzt und erschöpft. Moritz holte eine Karaffe Wasser und ein Glas.

Der Offizier kam mit einem Kübel Wasser und stellte ihn neben den Esel, der das Wasser gierig trank. Der Offizier ging weiter, ohne Gretel und Moritz zu beachten, er ging von Tisch zu Tisch und prostete den Soldaten zu. Moritz deutete auf den Offizier und sagte: Er ist anders als sonst. Gretel nickte und sagte: Ganz anders. Sie weinte. Irgendetwas bedrückt ihn, fuhr sie fort, er wird es uns aber nicht sagen. Der Esel schob Moritz zur Seite. Das Geigenspiel von dem Soldaten, flüsterte er, ist es nicht himmlisch? Die Ziehharmonika bildet den festen Boden, über dem die Geige sich erhebt. Moritz versuchte, sich auf die Musik zu konzentrieren, und nickte. Es war dunkel geworden, sie gingen nach Hause, ohne sich vom Offizier zu verabschieden. Sie würden ihn ja morgen wiedersehen.

Am nächsten Vormittag, einem Sonntag, einem strahlenden Sommertag, wie man ihn in diesem Tal, das von Bergen umgeben war, welche die Wolken anzogen, selten erlebte, waren die Großmutter und Gretel bei Moritz' Eltern zum Frühstück eingeladen. Zuerst bekam jeder ein weiches Ei, dann wurden Brot und Butter, dazu Schinken vom Kolland gereicht. Moritz' Vater griff nach einer Flasche Bier und rief in die Runde: Was für ein Festtag! Dann erzählte er, wie eine Bombe, ohne dass er es gehört hatte, ins Nebenhaus eingeschlagen hatte – und er flocht ein: Wir, die Nachbarn, haben uns zusammengetan und helfen dem alten Herrn Lammer, sein Haus wiederaufzubauen, den Schutt haben wir schon beseitigt, zum Glück ist der Keller noch intakt. – Dann erzählte er weiter, wie er, als er später erwacht war, vom Bett aus ins Freie geblickt und unten auf der Straße die gaffenden Leute gesehen hatte. Er erzählte das so komisch, dass Gretel sich vor Lachen kugelte.

Nach dem Frühstück sagte der Vater: Nun gehen wir ins Waldcafé. Der Esel geht natürlich mit, der Wirt vom Waldcafé hat auch einen Esel, die beiden werden sich gut vertragen. Doch der Esel war nicht auffindbar. Moritz vermutete, dass er bei den Pferden war. Den Umweg dorthin machten sie nicht, sie gingen direkt ins Waldcafé, das im Kapfenberger Stadtteil Winkl lag, dort, wo die Hallen des Werks endeten und das Tal so schmal wurde, dass nur mehr vereinzelt Häuser neben dem Thörlbach standen. Sie waren zu viert, Großmutter musste nach Hause, Gretel hatte ihre Näharbeiten mitgebracht, die bis zum Abend erledigt sein sollten.

Während sie dahingingen, sagte Gretel zu Moritz: So einen lustigen Vater wie du hätte ich auch gern. Und meine Mutter, fragte Moritz, gefällt dir nicht? Doch, antwortete Gretel, aber sie wirkt so besorgt und streng. Sie korrigierte sich: Ein bisschen streng. Schade, sagte Moritz, dass der Vater so wenig zu Hause ist, ich kenne ihn kaum.

Das Waldcafé bestand aus einem gemauerten Trakt, dem Wirtshaus, welches das ganze Jahr über in Betrieb war, daran schloss ein großer ebenerdiger Holzbau an mit großen Fenstern, die an diesem Tag allesamt offen standen, da hinein war ein Podium für Musiker gebaut, davor standen Tische und Sessel für die Gäste, und in der Mitte war Platz zum Tanzen. Der Wirt empfing die Zaunschirms wie alte Freunde, geleitete sie zu einem Tisch, der für sie reserviert war, und wollte Speisekarten auf den Tisch legen, was Moritz' Vater aber zurückwies. Er fragte Gretel, ob sie ein Wiener Schnitzel mit Reis und Gurkensalat wolle. Sie bejahte. Viermal, sagte der Vater zum Wirt, wandte sich an Gretel und deutete auf das Podium, wo einige Musiker aufspielten und einige Paare zu tanzen begannen.

Der Ziehharmonikaspieler, sagte der Vater, hat die kleine Bauernkapelle geleitet. Er ist im Krieg gefallen. Der Trompeter ebenfalls, er ist ein Meister seines Fachs gewesen. Nun sind zwei uralte Bauern eingesprungen, der eine spielt Posaune, er bläst drei Töne, mehr kann er nicht, der andere spielt Zither, und das nicht schlecht, und die Jungen spielen, wie du siehst, Gitarre, sehr viel können sie nicht, aber wir brauchen ja nur ein bisschen Tanzmusik. Nach dem Essen bat der Vater die Mutter auf die Tanzfläche, Moritz ergriff Gretels Hand, und sie gingen hinter das Tanzcafé, wo sich eine Kegelbahn und daneben ein Kegelgalgen befanden.

Moritz sagte zu Gretel, er habe hier schon oft gekegelt, er sei einigermaßen geübt, aber sie werde bald herausgefunden haben, wie dieses Spiel funktioniere, es bedürfe keiner großen Geschicklichkeit, hingegen müsse man einiges Glück haben. Das bezweifle sie, erwiderte Gretel. Moritz schaute sie groß an. Sie wandte sich dem Galgen zu. Von dem hing ein Seil, an dem eine Holzkugel befestigt war. Daneben standen quadratisch angeordnet acht Kegel, in der Mitte noch einer, also neun insgesamt. Es galt, die Kugel in Schwingung zu versetzen, sie durfte einmal nach vorn pendeln, einmal zurück. Dann wurde gezählt, wie viele Kegel zu Fall gebracht worden waren. Darf ich beginnen?, fragte Gretel. Sie hob die Kugel in die Höhe, stellte sich seitlich von den Kegeln hin, überlegte und sagte: Das ist ein mathematisches Problem. Schließlich ließ sie die Kugel los, beim Hinpendeln brachte sie drei Kegel zu Fall, beim Zurückpendeln zwei, fünf insgesamt. Moritz war sprachlos, er hatte noch nie mehr als drei Kegel getroffen, wahrscheinlich, dachte er, weil er es noch nie aus seitlicher Position versucht hatte. Gretel reichte ihm die Kugel. Er versuche, sagte er, es ihr gleichzutun, stellte sich seitlich und ließ die Kugel los, immerhin fielen vier Kegel um. Er solle sich nicht kränken, sagte Gretel, sie verrate ihm den Trick später, es komme auf den Winkel an. Sie würde nun gern die Kegelbahn daneben ausprobieren.

Die war fünf Meter lang, am Beginn ein Holzbalken, hinter dem man Aufstellung nahm, die Bahn, auf der die Kugeln dahinrollten – es waren drei Holzkugeln –, bestand aus gestampftem Lehm, am Ende der Bahn waren Bretter in den Boden eingelassen, darauf standen zwölf Kegel. Ich fange an, sagte Moritz, und nach drei Würfen waren sieben Kegel umgefallen. Gretel schaffte nur fünf. Moritz' Vater brachte jedem Kind eine Flasche Himbeerkracherl. In einer Stunde, sagte er, gibt's eine Jause. Ich muss aufbrechen, erwiderte Gretel, ich habe einen weiten Heimweg. Der Esel und ich, sagte Moritz, begleiten sie. Du musst mir versprechen, sagte Moritz' Vater, dass du bald wiederkommst, und er ging auf Gretel zu und umarmte sie. Hat mein Vater, fragte sich Moritz, mich schon einmal in die Arme genommen?

Die beiden kamen zu einem Bächlein, das vom Emberg herunterschoss und ein paar Hundert Meter weiter in den Thörlbach mündete. Einige Mädchen und Buben sprangen im Wasser umher und bespritzten einander. Die Eltern dieser Kinder, sagte Moritz, sind im Tanzcafé, die Kinder gehen erst später zu den Kegelbahnen, wenn es nicht mehr so heiß ist. Ich hätte noch gerne gekegelt, erwiderte Gretel. Beim nächsten Mal, sagte Moritz, du hast meinem Vater versprochen, dass du bald wiederkommst. Nein, erwiderte Gretel, das habe ich nicht. Aber ich verspreche es dir.

Sie näherten sich der Zeltstadt – und blieben erschrocken stehen. Es gab keine Zeltstadt mehr. Die Zelte waren abgebaut, die Zäune aus dem Boden gerissen und wie die Zelte abtransportiert worden. Einzig der Esel war noch hier. Ich gehe zu deiner Großmutter, sagte Gretel, und hole die

Sachen ab, die ich ihr zum Nähen gebracht habe. Nachdem Moritz sich auf die Wiese gesetzt hatte, legte sich auch der Esel nieder. Du hast gewusst, sagte Moritz, dass die Russen weggehen. Die Pferde haben es mir verraten, erwiderte der Esel, deshalb bin ich nicht mit euch gegangen. Ich habe dir nichts gesagt, ich wollte euch nicht den Tag verderben.

Es ist traurig gewesen, fuhr der Esel fort, der Offizier ist zu mir gekommen, hat meinen Kopf gestreichelt und hat, nicht wissend, dass ich ihn verstehe, gesagt: Ich habe mich nicht von Gretel und Moritz verabschiedet. Es hätte wehgetan. Gretel kam zurück mit einer Tasche, in der sie ihre Sachen verstaut hatte, Moritz nahm ihr die Tasche ab, und die drei brachen auf Richtung Frauenberg. Während des ganzen Weges wurde kein einziges Wort gesprochen.

4

Der Hochsommer neigte sich dem Ende zu, die russischen Soldaten waren abgezogen, an ihrer Stelle rückten englische Soldaten ein, in Kapfenberg sah man sie allerdings selten, die meisten, hieß es, hätten in Graz Quartier bezogen, ein paar Hundert, munkelte man, seien in der Gendarmeriekaserne im benachbarten Bruck an der Mur stationiert, einige Dutzend erschienen einmal in der Woche, es war, hatte der Esel herausgefunden, immer am Donnerstag zur Mittagszeit, auf dem Kapfenberger Hauptplatz, wo sie, in eleganten Uniformen und weißen Gamaschen, eine Stunde lang ihre bescheidenen Künste zeigten, indem sie auf dem kleinen Hauptplatz im Stechschritt hin- und hermarschierten, innehielten, die Gewehre von der Schulter nahmen, auf den Boden stellten und sodann, den lauten Befehlen eines Vorgesetzten gehorchend, in die Höhe rissen.

Dreimal hintereinander hatten Moritz und der Esel diese Vorführungen besucht. Beim dritten Mal – die beiden hatten beschlossen, nicht mehr hierherzukommen, da die Soldaten stets das Gleiche vorexerzierten – fragte der Esel Moritz, ob ihm etwas auffalle. Gar nichts, antwortete der. Heute, sagte der Esel, kommandiert ein anderer Vorgesetzter, er trägt weiße Handschuhe. Ein General?, fragte Moritz. Nein, antwortete der Esel, ein General verirrt sich nicht hierher. Ein Oberst wahrscheinlich. Weiße Handschuhe, brummte er vor sich hin und schüttelte den Kopf. Dir entgeht nichts, sagte

Moritz. So ist es, erwiderte der Esel. Mir entgeht nur, was ich nicht sehe. So weiß ich nicht, wie weit du mit deinen Versuchen bist, das Schreiben und das Lesen zu lernen.

Am Ende des Sommers hatte die Mutter zu Moritz gesagt, in einem Jahr würde er in die Schule kommen, dann würde der Ernst des Lebens beginnen. Darauf müsse er vorbereitet sein. Die Zeit, in der er mit dem Esel und den Nachbarskindern den ganzen Tag herumgetollt sei, gehe ein für alle Mal zu Ende. Er müsse vormittags und nachmittags ein, zwei Stunden üben, wie man Buchstaben schreibe, wie man sie zu einem Wort zusammensetze, und die Wörter müsse er dann laut lesen. Dazu kämen die Ziffern. Jedes Mal, wenn die Mutter Moritz ins Haus rief und er sich an den Küchentisch setzte, war sein Widerwille so groß, dass er am liebsten das Blatt Papier vor ihm zerrissen, seinen Feind, den Bleistift, zerbrochen hätte. Doch dann begann er mit der Arbeit, zeichnete die Buchstaben und Ziffern nach, die seine Mutter in die oberste Zeile geschrieben hatte, wobei er den Ehrgeiz entwickelte, alles gut zu erledigen, die Buchstaben und Ziffern so schön wie möglich zu schreiben. In seinem Eifer übersah er manchmal die Zeit, seine Mutter sagte dann, er habe für diesen Vormittag genug getan, am Nachmittag gehe es weiter.

Moritz erklärte dem Esel, während sie vom Hauptplatz nach Hause gingen, wie weit er es schon gebracht hatte. Heute Vormittag, sagte er, habe er das M erreicht. Alle Buchstaben zusammen – das hat mir der Vater gesagt, die Mutter hat das nicht gewusst – nennt man Alphabet. Insgesamt gibt es über zwanzig Buchstaben. Das M liegt in der Mitte. Ach so, erwiderte der Esel verständnislos. Und wozu ist es gut, das Schreiben? Das habe ich mich, antwortete Moritz, anfangs auch gefragt. Seit heute weiß ich es. Ach!, rief der Esel. Heute, fuhr

Moritz fort, bevor ich mich zu meiner Aufgabe gesetzt habe, ist die Postkutsche gekommen. (So nannten die Leute den Frächter, der mit seinem Pferdegespann im Auftrag der Post Pakete zustellte.) Wir haben ein großes Paket bekommen, sagte Moritz, und zwar vom Bruder meiner Mutter, meinem Onkel. Darin waren Sardinen in Dosen, Nudeln, getrocknete Feigen, Schokolade, Kekse. Und ein Brief. Die Mutter hat ihn mir vorgelesen: Meine Lieben! Mir geht es sehr gut, euch hoffentlich auch. Hier ein paar Kleinigkeiten, damit ihr nicht verhungert. Bald mehr. Euer Heinrich

Ich habe die Mutter fragend angeschaut. Sie ist auf und ab gegangen und hat gesagt: Ich verstehe das nicht. Soviel ich aus den Gesprächen der Eltern mitbekommen habe, sagte Moritz, befindet sich Onkel Heinrich in Jugoslawien in Kriegsgefangenschaft. Also habe ich die Mutter gefragt, wo das Paket abgeschickt worden ist. In Jugoslawien, war die Antwort. Nun stell dir vor, sagte Moritz zum Esel, es gäbe das Schreiben nicht. Onkel Heinrich hätte unseren Namen und die Adresse nicht aufs Paket und uns keinen Brief schreiben können, und wir wüssten nicht, wie es ihm geht.

Der Esel schüttelte den Kopf. Der Onkel Heinrich, sagte er, hätte das Paket jemandem anvertrauen können, mit der Bitte, es zu den Zaunschirms in Kapfenberg zu bringen. Wo ist Jugoslawien?, fragte der Esel. Moritz wusste es auch nicht. Es wird nicht weit weg sein von hier, fuhr der Esel fort. Jemand hätte sich also mit dem Paket und mit der Nachricht, dass es dem Onkel gut geht, auf den Weg gemacht, er wäre hier angekommen, ihr hättet das Paket geöffnet und dem Überbringer gesagt, er möge dem Onkel ausrichten, auch euch gehe es gut, ihr würdet ihm herzlich danken und ihm alles Gute wünschen, und ihr würdet hoffen, dass er bald nach Hause komme, Moritz gehe nächstes Jahr zur Schule, er habe viele Freunde, doch sein bester Freund sei ein Esel. Du siehst, sagte er, es geht auch ohne Schreiben. Du magst recht haben, erwiderte Moritz, aber ich muss in einem Jahr in die Schule, und dort lernt man Schreiben und Rechnen. Das bringt nur Unglück, sagte der Esel. Wieso?, fragte Moritz. Nimm uns beide, antwortete der Esel, brauchen wir das Schreiben und das Rechnen? Oder Gretel, redest du mit ihr oder schreibst du ihr? Moritz dachte: Wenn Gretel in Graz im Internat sein wird, werde ich ihr Briefe schreiben. Er behielt diese Überlegung für sich, um den Esel nicht zu ärgern.

Die beiden waren nicht mehr weit entfernt von Moritz' Haus, da sagte der Esel: Du begibst dich an den Küchentisch zu deinen blöden Buchstaben, ich gehe Richtung Stadt und dann die Mürz flussaufwärts, dort ist ein Bauer mit einer großen Landwirtschaft und einigen Pferden, die er vermietet, eines zum Beispiel an die Post, dieses Pferd zieht den Karren mit den Postpaketen, ein anderes an die Gösser Bierbrauerei, die im Winter von einem Teich, sobald er zugefroren ist, Eisstücke von ungefähr einem Meter Länge und einem halben Meter Breite heraushackt, welche dann in einem alten Stollen tief im Schlossberg gelagert und in der warmen Jahreszeit auf einen Karren geladen und vom Pferd von Wirtshaus zu Wirtshaus gezogen werden, wo das Eis das Bier kühlt.

Woher weißt du das?, fragte Moritz. Vom ältesten Pferd, antwortete der Esel. Es arbeitet nicht mehr, wird aber auch nicht geschlachtet, denn es teilt die jüngeren Pferde zur Arbeit ein. Der Bauer weiß das zu schätzen. Das Pferd, das die Pakete zustellt, ist nicht geeignet für den Transport der Eisblöcke und völlig ungeeignet für die Arbeit bei einem Baumeister, der auf einem Karren den Erdaushub wegbringen lässt. Und nun, sagte der Esel, gehst du zu deinen

Buchstaben und ich zum alten Pferd. Er drehte sich um und trabte davon.

Am Abend lag der Esel vor Moritz' Haus, er war müde von dem langen Weg, hatte den Kopf auf die Vorderbeine gelegt und döste vor sich hin. Als Moritz sich auf seinen Rücken setzte, schreckte er hoch. Komm, sagte er, gehen wir in den Garten deiner Großmutter, dort sind wir ungestört. Ehe sie sich niederließen, holte der Esel aus seiner Hütte eine Rübe und verspeiste sie langsam. Ich kann schon die Zahlen 1 bis 20 schreiben, sagte Moritz. Was nützt dir das?, fragte der Esel. Moritz dachte nach. Dann sagte er: Ich könnte die Zahlen auf ein Blatt Papier schreiben und das Papier vergraben, sodass die Wühlmäuse etwas zu lesen hätten. Nach und nach, erwiderte der Esel, begreifst du den Sinn des Schreibens. Er seufzte tief.

Hattest du Ärger mit dem alten Pferd?, fragte Moritz. Nein, war die Antwort, viel schlimmer. Das alte Pferd hat Nachricht von den Krähen bekommen, dass sich am Ufer der Mürz Schreckliches ereignet. Also sind wir dorthin geeilt. Englische Soldaten, wie ich sie vom Hauptplatz kenne, in eleganter Uniform und weißen Gamaschen, sind auf der Wiese neben dem Fluss herumgelungert, und hin und wieder hat einer eine Handgranate genommen, sie entsichert und ins Wasser des Flusses geworfen. Hundert Meter flussabwärts sind andere Soldaten gestanden, die mit Netzen die toten Forellen, denen von den Explosionen die Schwimmblasen zerrissen worden sind, aus dem Wasser geholt haben.

Auf Jahre hinaus, hat das alte Pferd gesagt, wird es in der Mürz jetzt keinen Fisch mehr geben. Warum tun die Soldaten das?, habe ich gefragt. Die russischen Soldaten, hat das Pferd geantwortet, sind am Fluss gesessen, haben gefischt und die Fische über offenem Feuer gebraten. Die englischen werfen

Handgranaten in die Mürz. Ist das der Unterschied zwischen Russen und Engländern? Wir haben es beide nicht gewusst. Der Esel war müde, die Augen fielen ihm zu. Moritz stupste ihn, damit er aufstehe, und führte ihn in die Hütte, wo der Esel sich aufs Stroh fallen ließ.

Am nächsten Morgen spazierte der Esel allein – Moritz musste von neun bis zehn das Schreiben üben – zum Waldrand und weiter zum Hof des Siegl-Bauern. Eine Frau kam ihm entgegen, beide blieben stehen. Sie rief Richtung Bauernhaus: Hans, ein junger Herr kommt zu Besuch. Kennst du ihn? Eine charmante Dame, dachte der Esel. Hans kam heraus und jubelte: Da ist er ja! Ich habe dich lange nicht gesehen und sehr vermisst. Und zur Frau gewandt: Ich habe dir von dem Esel erzählt, er ist ein Freund von Moritz, Moritz Zaunschirm, der uns so sehr geholfen hat. Ohne ihn hätte der Vater kein Motorrad mehr. Wo ist Moritz? Meine Mutter möchte ihn unbedingt kennenlernen.

Der Esel nickte. Siehst du, rief Hans, er hat mich verstanden. Der Esel scharrte mit dem Vorderfuß. Ich weiß schon, sagte Hans, du bist nicht nur zum Plaudern gekommen, du willst auch was zu fressen, und er ging in den Stall, um eine Rübe zu holen. Die Frau streichelte den Kopf des Esels und sagte: Du bist ein schönes Tier. Der Esel genoss die Liebkosung, doch die Rübe, die Hans brachte, war ihm mindestens ebenso willkommen. Er fraß sie auf, stupste Hans und dessen Mutter mit dem Kopf und ging zurück zu Moritz' Haus. Moritz wartete schon.

Stell dir vor, sagte der Esel, Hans' Mutter ist zurückgekommen. Es hat geheißen, erwiderte Moritz, dass sie bei den Partisanen in Jugoslawien gewesen ist. Der Esel nickte. In Jugoslawien!, rief Moritz. Onkel Heinrich hat uns ein Paket aus Jugoslawien geschickt. Vielleicht kennt Hans' Mutter den Onkel Heinrich. Geh hinauf, sagte der Esel, und frag, wo das Paket aufgegeben worden ist und wie der Onkel mit Familiennamen heißt. Moritz lief in die Wohnung und kam mit der Nachricht zurück, das Paket sei in Belgrad aufgegeben worden, der Onkel heiße Leibner. Merk dir das, sagte er zum Esel: Belgrad, Leibner. Sie machten sich auf den Weg zu den Siegls.

Hans sah die beiden kommen und ging ihnen entgegen. Gut, dass deine Mutter wieder hier ist, sagte Moritz, ich muss sie etwas fragen. Ich hole sie, erwiderte Hans, setz dich! Neben dem Eingang ins Bauernhaus standen ein roh gezimmerter Tisch und zwei Bänke, Moritz nahm Platz und musterte neugierig zwei Bücher und ein Heft, der Esel hatte es sich auf dem Boden gemütlich gemacht. Frau Siegl kam heraus mit einem Tablett voll Zwetschkenkuchen und stellte es auf den Tisch, Hans brachte einen Krug Apfelsaft und drei Gläser. Moritz stand auf, um Frau Siegl die Hand zu schütteln, doch die umarmte ihn und drückte ihn an sich. Genau so, dachte Moritz, hat mein Vater die Gretel umarmt.

Fein, sagte Moritz, es gibt Apfelsaft, ich habe erwartet, dass Hans eine Kanne Milch bringt. Ich trinke nicht gern Milch. Da sind wir schon zwei, erwiderte Frau Siegl und lachte. Ich trinke niemals Milch, also bin ich hier, auf dem Hof eines Milchbauern, am richtigen Platz. Was für eine herzliche und witzige Frau, dachte Moritz. Der Esel scharrte mit dem Vorderfuß. Entschuldige, rief Frau Siegl, und sie eilte in den Stall, um eine Rübe zu holen. Moritz deutete auf die beiden Bücher und fragte Hans, ob er für die Schule lerne. Nein, war die Antwort, ich lerne Englisch. Ein Jahr gehe ich noch hier in die Hauptschule, dann fahre ich zu meinem Großvater nach New York. Der hat für mich schon eine Schule ausgesucht, dort werde ich bis achtzehn sein, eine technische Schule. Danach studiere ich Architektur.

Frau Siegl, fragte Moritz, werden Sie Ihren Sohn vermissen? Nein, antwortete sie. Ich bin froh, dass er in die Welt hinausgeht, so wie ich zu den Partisanen gegangen bin. Während ich weg war, hat Hans meine Arbeit gemacht und meinem Mann sehr geholfen. Ich würde Herrn Siegl gern kennenlernen, sagte Moritz, warum kommt er nicht zu uns? Er hat sich aufs Motorrad gesetzt und ist in die Molkerei gefahren, antwortete die Frau, er will mehr verkaufen als bisher, außerdem streitet er um den Preis. Er ist ein guter Geschäftsmann. Ohne ihn wären wir schon zugrunde gegangen.

Und er ist, sagte Moritz, das weiß ich von Hans, ein guter Vorleser und Geschichtenerzähler. Für die Kinder mag das lehrreich sein, erwiderte die Frau, er tut das aber auch für sich. Denn er kann nicht leise lesen. Manchmal steht er in der Nacht in der Küche und liest mit lauter Stimme. Ich glaube, er versteht die Wörter erst, wenn er sie hört. Setzen Sie sich dazu, fragte Moritz, wenn er den Kindern vorliest? Nein, antwortete sie, ich bekomme mit der Post Berge von Schriften aus Jugoslawien, auf Deutsch. Dort wird die Gesellschaft umgestaltet, im Zentrum steht die sogenannte Arbeiterselbstverwaltung. Dieser Prozess befindet sich am Anfang, und man hat mich eingeladen, dabei mitzuwirken. Einmal in der Woche schreibe ich einen seitenlangen Brief. Wenn dann noch Zeit bleibt – schließlich gibt es auch noch genug Arbeit auf dem Hof –, lese ich Bertolt Brecht. Mein Mann liest den Kindern gerade Shakespeare vor.

Gibt es etwas, fragte Moritz, das alle fünf, die ganze Familie, gemeinsam machen? Die Frau lachte. Nein, antwortete sie, außer dass wir gemeinsam essen. Jeder ist anders und drängt den anderen seine Eigenheiten und Ansichten nicht auf. Deshalb mögen wir uns. Eine glückliche Familie, erwiderte Moritz. Ich würde sagen, antwortete die Frau, wir sind keine unglücklichen Menschen. Hans stand auf. Ich begleite euch nach Haus, sagte er.

Der Esel stupste Moritz gegen das Bein. Ach, rief der, Frau Siegl, beinahe hätte ich das Wichtigste vergessen. Sie waren doch in Jugoslawien und sind immer noch in Kontakt mit den Leuten dort. Ich habe einen Onkel, er heißt Heinrich Leibner, er befindet sich in Jugoslawien in Kriegsgefangenschaft. Heute haben wir von ihm ein großes Paket mit Lebensmitteln bekommen, aus der Kriegsgefangenschaft. Verstehen Sie das? Nein, antwortete sie. Und fragte, wo das Paket aufgegeben worden sei. In Belgrad, sagte Moritz. Das liegt in Serbien, ich kenne nur Slowenien, zuletzt war ich in Ljubljana. Wo liegt Serbien?, fragte Moritz. Weit weg, erwiderte sie, vielleicht tausend Kilometer. Slowenien hingegen ist nah, es grenzt an Österreich. Vielleicht, sagte Moritz, kennen Sie jemanden in Ljubljana, der jemanden in Belgrad kennt, der herausfinden kann, was Onkel Heinrich dort treibt. Ein Lebensmittelpaket aus der Kriegsgefangenschaft, erwiderte die Frau, wie der das macht, interessiert mich. Leibner, hast du gesagt, Heinrich Leibner. Moritz nickte.

Hans, der sich nicht mehr gesetzt hatte, ging voran. Moritz wunderte sich, dass Hans es so eilig hatte, widerwillig stand er auf und folgte ihm. Der Esel, der sich in der Nähe von Frau Siegl wohlfühlte, war verärgert, dass die beiden Buben jetzt schon aufbrachen. Zögernd erhob er sich und lief ihnen nach. Vielleicht, dachte er, haben sie Wichtiges zu besprechen. Da wollte er dabei sein. Bald hatte er sie eingeholt. Wir gehen nicht weit, sagte Hans, als sie den Waldrand erreichten, wir können uns hier in die

Wiese setzen. Ich wollte neben meiner Mutter nichts sagen. Moritz war neugierig, was er zu hören bekommen würde. Doch Hans sagte nichts. Endlich machte er den Mund auf. Ich weiß nicht, sagte er langsam, was gar nicht seine Art war, ich weiß nicht, wie ich anfangen soll. Und nach einer Pause: Seit Wochen trage ich ein Geheimnis mit mir herum. Nun habe ich mich entschieden: Wenn ich jemanden einweihe, dann dich. Sollte ich überhaupt jemandem davon erzählen. Wieder folgte eine Pause. Moritz fragte: Worum geht es? Das kann ich dir nicht sagen, antwortete Hans. Ich überlege noch, ob ich darüber sprechen oder ob ich das Ganze vergessen soll. Jedenfalls bin ich froh, dass du mir zugehört hast. Nun ist mir leichter. Ich habe einen Mitwisser. Moritz musste lachen. Ein Mitwisser, sagte er, der nichts weiß. Ja und nein, erwiderte Hans. Sie standen auf, Hans eilte zurück zum Bauernhof, Moritz und der Esel gingen in die Gegenrichtung, langsam setzte der Esel ein Bein vor das andere.

Ahnst du, fragte der Esel, was Hans' Geheimnis sein könnte? Moritz schüttelte den Kopf. Ich werde es herausfinden, fuhr der Esel fort. Und wie? – Mithilfe der Krähen. Ich gehe in den Garten der Großmutter und rufe die alte Krähe herbei, während du dich zu deinen Buchstaben setzt. Moritz' Mutter wartete schon. Das Üben, sagte sie, verschieben wir auf den Abend. Wir gehen in die Stadt, du brauchst Schuhe. Es wird Herbst, du kannst nicht ewig barfuß herumlaufen. Auf dem Weg in die Stadt erzählte Moritz seiner Mutter von Frau Siegl. Die sei als Partisanin in Jugoslawien gewesen, er habe ihr von Onkel Heinrich und dessen Lebensmittelpaket berichtet. Die Siegls, sagte die Mutter, sind merkwürdige Leute. O nein, erwiderte Moritz, das sind sehr liebe Menschen.

Da fiel, sie waren bereits in der Stadt, neben ihnen eine Frau zu Boden. Die Mutter bückte sich zu ihr und sagte: Ich rufe die Rettung. Die Frau schlug die Augen auf und erwiderte: Nein. Was fehlt Ihnen?, fragte die Mutter. Ich bin nicht krank, antwortete die Frau, ich habe Hunger. Wenn es sonst nichts ist, erwiderte die Mutter. Und zu ihrem Sohn sagte sie: Komm, Moritz, wir setzen die Frau auf die Bank dort drüben. Und sie hoben sie hoch, stellten sie auf die Beine, stützten sie, und so gingen die drei mit sehr kleinen Schritten zur Bank. Ich bringe Sie zu uns nach Haus, sagte die Mutter, ich weiß nur noch nicht, wie. Mit der Postkutsche, rief Moritz, und er lief auf die andere Seite der Straße, winkte dem Kutscher, er solle stehenbleiben, und erklärte ihm, worum es gehe. Ich habe alle Pakete ausgeliefert, sagte der Kutscher, heute ist nichts mehr zu tun. Wo wollt ihr hin? Ins Redfeld. – Gut, fuhr der Mann fort, dann kutschiere ich euch ins Redfeld. Ich bin neulich dort gewesen, gestern oder vorgestern. Wie heißt du? Moritz Zaunschirm. Der Kutscher nickte. Zaunschirm, sagte er. Ich habe euch ein Paket zugestellt, aus Belgrad. Das erste Paket aus Belgrad, das jemals nach Kapfenberg gekommen ist. Belgrad, das liegt in Jugoslawien, dort herrschen jetzt die Kommunisten. Wer hat euch das Paket geschickt? Mein Onkel. – Oh, rief der Kutscher, und was ist dein Onkel dort? Mein Onkel, sagte Moritz, ist dort der Oberkommunist. Ich verstehe, erwiderte der Kutscher, als Oberkommunist geht es ihm gut, da kann er euch was schicken. Hoffentlich gute Sachen. Lauter Köstlichkeiten, sagte Moritz. Meine Mutter winkt mir. Ich helfe ihr, die Frau herzubringen.

Die Mutter und Moritz gingen mit der Frau zur Kutsche, die Mutter nahm neben der Frau Platz, Moritz setzte sich dorthin, wo sonst die Pakete lagen, schließlich kletterte der

Kutscher hinauf, und los ging es. Als sie ankamen, wollte die Mutter dem Kutscher einen Geldschein geben, doch der lehnte ab: Kaufen Sie der Frau um das Geld etwas zu essen. Wir wohnen im ersten Stock, sagte die Mutter zur Frau, das Stiegensteigen ist für Sie zu mühsam, Moritz bringt Sie in den Garten. Ich wärme Ihnen ein Gulasch. Moritz hakte sich bei der Frau unter, so gingen sie langsam in den Garten, wo die Frau auf einer Bank Platz nahm. Moritz setzte sich ihr gegenüber. Wer ist denn das?, rief die Frau. Der Esel, der an der Hausmauer in der Sonne gelegen war und die beiden Rüben, die ihm von der Großmutter hingelegt worden waren, verdaut hatte, wunderte sich, Moritz in Begleitung einer fremden Frau zu sehen, und kam neugierig näher. Das ist mein Freund, der Esel, sagte Moritz und streichelte zur Begrüßung dessen Kopf.

Mein Name ist Markel, Christl Markel, sagte die Frau. Ich heiße Moritz Zaunschirm, erwiderte der Bub. Zaunschirm, sagte die Frau, was für ein schöner Name. Finde ich nicht, erwiderte Moritz, was hat der Zaun mit dem Schirm, was hat der Schirm mit dem Zaun zu tun? Sehr viel, wandte die Frau ein, der Moritz spannt den Schirm auf und balanciert, mit dem Schirm als Balancestange, auf dem Zaun entlang. Moritz dachte nach, dann sagte er: Sie sind eine lustige Frau. Sie erwiderte: Das hat noch niemand zu mir gesagt. Vielleicht hast du recht. Leider habe ich schon lange keinen Anlass mehr, lustig zu sein. Sie sprechen, sagte Moritz, ein Deutsch, das so ähnlich klingt wie das meiner Mutter. Woher kommt deine Mutter?, fragte Frau Markel. Die Mutter meiner Mutter kommt aus Slowenien, antwortete Moritz. Ich komme von der anderen Seite, erklärte die Frau. Slowenien grenzt im Süden an Österreich, die Tschechoslowakei im Norden. Dort spricht man Deutsch?, fragte

Moritz. Nein, antwortete die Frau, aber in einigen Städten leben dort seit alters her Menschen, die, wenn sie unter sich sind, Deutsch sprechen, ansonsten Tschechisch. Warum, fragte Moritz, leben Sie nicht mehr dort?

Der Frau liefen Tränen über die Wangen. Habe ich, fragte Moritz mit leiser Stimme, etwas Falsches gesagt? Sie wischte die Tränen weg, holte tief Atem und erwiderte: Du und deine Mutter sind die Einzigen, die mich wie einen Menschen behandeln. Das verstehe ich nicht, sagte Moritz. Sei froh, antwortete die Frau. Eines Tages wird man dir die Geschichte von uns Vertriebenen erzählen. Warum, fragte Moritz, erzählen Sie mir diese Geschichte nicht jetzt? Warum eigentlich nicht, sagte die Frau und richtete sich auf. Moritz' Mutter brachte der Frau zwei Butterbrote und einen Krug Milch und eilte mit den Worten, das Essen sei bald fertig, davon. Die Frau nahm einen großen Schluck Milch und aß die Hälfte eines Butterbrots.

Dann sagte sie: Das war so. Die Nazis sind in die Tschechoslowakei einmarschiert. Das sind sie in Österreich auch. Wie alt bist du? – Fünf. – Zwei Jahre bevor du zur Welt gekommen bist, sind sie einmarschiert. In Österreich waren die meisten für Hitler. In der Tschechoslowakei hat das anders ausgesehen, dort haben sich viele Tschechen gegen die Nazis gestellt, nicht wenige haben Widerstand geleistet. Die meisten Deutschen aber haben Hitler freudig begrüßt. Als der Krieg zu Ende war, kam die Rache. Die Tschechen haben die Deutschen aus dem Land geworfen. Viele sind in Bayern, wir in Österreich gestrandet.

Auf welcher Seite sind Sie gestanden?, fragte Moritz. Ich habe geahnt, was kommen wird, antwortete die Frau. Ich habe nie an den Sieg der Nazis geglaubt. Sie haben gegen den Rest der Welt gekämpft. Dieser Krieg konnte zum Glück nicht gewonnen werden. Mir war klar, dass die Tschechen sich an den Deutschen rächen würden. Meinem Mann war das nicht klar, er hatte den Einmarsch der Nazis begrüßt. Wo ist Ihr Mann?, fragte Moritz. Er liegt von Hunger entkräftet im Bett, antwortete die Frau. Ich bin in die Stadt gegangen, um zu betteln. Das habe ich nicht geschafft. Du hast es erlebt. Wo wohnen Sie?, fragte Moritz. Man hat uns in einer Baracke am Rand der Stadt einen Raum zugewiesen, erwiderte die Frau. Ich kenne diese Baracken, sagte Moritz, dort waren französische Kriegsgefangene untergebracht. Sie mussten in der Fabrik arbeiten. Einige waren meinem Vater zugeteilt.

War dein Vater nicht im Krieg?, fragte die Frau. Er musste Bestandteile für Panzer herstellen, sagte Moritz. Dabei hat er, so ist ihm vorgeworfen worden, Fehler eingebaut. Viel hat nicht gefehlt, und die Nazis hätten ihn umgebracht. Das werde ich meinem Mann erzählen, erwiderte die Frau. Wäre es ihm lieber gewesen, fragte Moritz, wenn nicht die Russen den Krieg gewonnen hätten, sondern die Nazis? Er wäre lieber in der Tschechoslowakei geblieben, sagte die Frau. Und Sie?, fragte Moritz. Mir war klar, antwortete sie, dass wir gehen müssen. Ich bin froh, hier zu sein. Da haben Sie recht, sagte Moritz, meine Mutter wird Sie und Ihren Mann nicht verhungern lassen. Moritz' Mutter war mit einem großen Tablett zum Tisch gekommen. Was erzählst du über mich?, fragte sie. Frau Markel antwortete: Nur Gutes.

Das Gulasch, sagte die Mutter, brauchte ich nur zu wärmen, die Nockerln aber habe ich frisch gemacht, und der Salat ist aus dem Garten. Bitte, fuhr sie zur Frau gewandt fort, essen Sie langsam, sonst rebelliert der leere Magen. Ich kann gar nicht anders, als langsam zu essen, erwiderte die Frau, von den zwei Butterbroten, die Sie gebracht haben, liegen eineinhalb noch auf dem Teller – wohl auch deshalb, weil Moritz und ich einander so viel zu erzählen hatten. Nun essen Sie in Ruhe, sagte die Mutter. Danach überlegen wir, wie Sie nach Hause kommen, ob Sie den Heimweg zu Fuß schaffen. Die Frau aß und nickte. Von hier bis in die Stadt, fuhr die Mutter fort, gibt es keine Bank, auf der Sie sich ausruhen könnten.

Sie dachte nach. Dann sagte sie: Die Mutter meines Mannes wohnt ein paar Häuser weiter. Sie besitzt einen kleinen, leichten Klappsessel ohne Lehne. Wir nennen ihn Tombolasessel. Wissen Sie, was eine Tombola ist? Die Frau schüttelte den Kopf. Eine Tombola, fuhr Frau Zaunschirm fort, findet in Kapfenberg einmal im Frühjahr, einmal im Herbst auf dem Fußballplatz statt. Die Besucher kaufen Lose, auf jedem Los stehen zwanzig Zahlen. Auf der Schmalseite des Fußballplatzes wird ein großes Gestell errichtet, darin ein Gerüst aus Holzlatten mit zwanzig Quadraten. Vor dem Gestell auf einem Tisch steht eine große blecherne Trommel, darin befinden sich zusammengerollt Zettel mit Zahlen darauf. Ein Mädchen dreht die Trommel, ein anderes zieht einen Zettel heraus, auf dem eine Zahl steht. Ein Mann gibt die Zahl über Lautsprecher bekannt, dann sucht er in einer Kiste ein Täfelchen mit dieser Zahl und befestigt es in einem der Holzquadrate. Die Besucher schauen, ob sich diese Zahl auf ihrem Los befindet, wenn ja, machen sie mit dem Bleistift ein Kreuz über der Zahl. Derjenige, der zum Schluss alle Zahlen, die auf dem Gestell aufscheinen, angekreuzt hat, ist der Gewinner des Hauptpreises, der ist meist ein großer Karton Waschpulver. Während der Auslosung spielt eine Blaskapelle, und Männer eilen hin und her, sie bieten Zuckerln für die Kinder an und Bier für die Erwachsenen. Etwa die Hälfte der Besucher sitzt auf Tombolasesseln.

Moritz, fuhr seine Mutter fort, geh zur Großmutter und bitte sie, uns ihren Tombolasessel zu borgen. Moritz stand auf, nickte dem Esel zu, der erhob sich ebenfalls, und sie gingen los. Hast du, fragte Moritz, Nachricht von der alten Krähe? Ja, antwortete der Esel, die jungen Krähen beobachten Hans auf Schritt und Tritt. Er geht jeden Tag tief hinein in den Wald bis zu einer Stelle, wo ein mannshoher Haufen Äste liegt. Die räumt er zur Seite, dann steht er vor drei großen metallenen Kisten. Eine davon öffnet er, immer dieselbe. Er nimmt etwas heraus. Die jungen Krähen behaupten, es sei eine Pistole. Wir werden das feststellen. Sie berichten, dass Hans eine Pistole zerlegt, dann aus seiner Jackentasche eine kleine Blechdose nimmt, in der sich Öl befindet, welches er auf die Teile der Pistole träufelt und mit den Fingern verteilt, worauf er die Pistole wieder zusammenbaut. Das macht er jedes Mal mit drei Pistolen.

Die beiden kamen langsam voran, da der Esel während des Sprechens immer öfter stehenblieb. Morgen Vormittag, fuhr der Esel nach einer Verschnaufpause fort, wenn du Schreiben übst, zeigt mir die Krähe das Versteck, und am Nachmittag, wenn du mit dem Üben fertig bist, gehen wir beide dorthin. Pistolen, sagte Moritz, das klingt interessant. Was, fragte der Esel, ist in den beiden anderen Kisten? Munition vielleicht, erwiderte Moritz. Das könnte gut sein, sagte der Esel. Was werden wir damit tun?, fragte Moritz. Das, antwortete der Esel, müssen wir mit Hans ausmachen. Wenn wir schon Pistolen haben, würde ich damit schießen. Im Wald, fragte Moritz, auf Eichhörnchen? Nein, erwiderte der Esel, auf Zielscheiben. Wo stellen wir die auf? – Das kann ich dir noch nicht sagen.

Moritz traf die Großmutter im Garten an. Er überbrachte ihr den Wunsch seiner Mutter, sich den Tombolasessel für einige Tage ausleihen zu dürfen, die Großmutter schüttelte erstaunt den Kopf, fragte, wozu die Mutter den Tombolasessel brauche, die Frage richtete sie aber an sich und nicht an Moritz. Sie ging in die Hütte, wo der Esel wohnte, kam mit dem Sessel zurück, gab ihn Moritz und machte sich sogleich wieder an die Gartenarbeit. Moritz und der Esel gingen eilends zurück, beide in der Meinung, Frau Markel warte bereits auf den Sessel. Doch die hatte noch nicht aufgegessen, zwei Fleischstücke lagen noch auf dem Teller. Moritz' Mutter hatte auf dem Tisch für Frau Markel Butter, Brot, Wurst, Schmalz, Paradeiser, Salat und Karfiol bereitgelegt und begann, die Sachen in einem Rucksack zu verstauen. Den Tombolasessel binde ich auf den Rucksack, sagte sie, damit Sie die Hände frei haben. Ich hoffe, Sie kommen mit den Dingen, die ich einpacke, ein paar Tage aus. Heute ist Dienstag. Kommen Sie bitte am Freitag wieder und bringen Sie den Sessel zurück, die Großmutter braucht ihn am Sonntag, da ist Tombola. Ich freue mich schon, rief Moritz, diesmal ist auch der Esel dabei. Der nickte, als er sich unbemerkt wusste.

Man brach auf. Der Esel flüsterte Moritz zu: Ich habe noch viel zu tun. Moritz sagte zu seiner Mutter: Ich wiederhole, was ich gestern geübt habe. Er setzte sich an den Küchentisch, vor sich ein Heft, in das er alle Großbuchstaben von A bis Z geschrieben hatte. Diese Schrift, hatte seine Mutter gesagt, sei die Druckschrift. Wieder und wieder hatte er sie geübt. Die Kleinbuchstaben konnte er noch nicht, schon gar nicht die lateinischen Buchstaben. Er schrieb mit dem Bleistift: LIBE GRETEL. Dann: AN GRETEL REITBAUER. Der Mutter, die nachschaute, was er tat, erklärte er, dass Gretel im September nach Graz in ein Internat kommen und nur einmal pro Monat heimfahren würde. Er würde ihr gern hin und wieder einen Brief schreiben. Die Mutter blätterte in einem Wörterbuch. Liebe, sagte sie, schreibt man mit ie. Moritz schrieb das Wort noch einmal.

Am Abend traf er den Esel in Großmutters Garten. Die Krähe, sagte der Esel, hat mich zum Versteck geführt. Vorsichtig, sagte der Esel, habe ich die Äste mit der Schnauze beiseitegeschoben. Hans darf ja nicht merken, dass wir da gewesen sind. Drei Metallkisten liegen unter dem Gestrüpp – wie die jungen Krähen berichtet haben. Ich werde dich morgen hinbringen. Was sagst du zu Frau Markel?, fragte Moritz. Neben uns verhungern Leute. Wie man sieht, antwortete der Esel, verhungern sie nicht. Der Krieg ist zu Ende. Übrigens: Was macht dein Vater, nachdem die Russen abgezogen sind? Er erzählt, erwiderte Moritz, dass man mit den wenigen Maschinen, die noch da sind, versucht, die Arbeit wieder aufzunehmen, die man vor dem Krieg getan hat. Leider, fuhr er fort, ist der Vater selten zu Hause. Ich sehe ihn nur beim Essen. Er arbeitet immer. Vom Ederbauern auf dem Emberg hat er zwei Bäume gekauft, die fällt er und zersägt sie in meterlange Stücke. Um sie ins Tal zu transportieren, hat er aus der Fabrik Gestänge heimgeschleppt und zu einem Karren zusammengeschweißt. Die Räder hat er von dem kaputten Karren des Nachbarn, des alten Lammer, abmontiert und an seinem Karren befestigt. Mit diesem Holz, hat der Vater gesagt, werden wir über den Winter kommen. Und wenn er nicht arbeitet, an zwei Nachmittagen, geht er in den Arbeiter-Sportverein. Am liebsten trainiert er das Diskus- und Hammerwerfen. Er freut sich schon auf den Winter, wenn er in der Halle auf dem Reck und an den Ringen turnen kann.

Aber auch die Mutter, fuhr Moritz fort, arbeitet immer. Jeden zweiten Tag schrubbt sie die ölverschmierte Arbeitskleidung des Vaters, ein Tag ist für die übrige Wäsche vorgesehen.

Daneben die zwei Gärten, einer hinter dem Haus, der andere auf einem kleinen Grundstück, das die Eltern gepachtet haben. Als wäre das nicht genug, muss sie auch noch kochen und mit mir Schreiben, Lesen und Rechnen üben. Daran gemessen, sagte Moritz, haben wir beide es gut.

Du hast recht, sagte der Esel, wir leben einfach in den Tag hinein. Ich darf gar nicht an meine Mutter denken, die Tag für Tag Holz aus dem Wald schleppen muss. Wenn ich erwachsen bin, erwiderte Moritz, ergeht es mir vielleicht wie meinem Vater. Nein, sagte der Esel, uns wird es besser gehen. Darum kümmere ich mich. Moritz schaute ihn groß an. Und wie machst du das?, fragte er. Ich habe gesagt, wiederholte der Esel, darum kümmere ich mich. Sprach's, gähnte und ging, da es zu nieseln begann, in seine Hütte.

Die nächsten Tage regnete es, deshalb machten die beiden sich nicht auf den Weg zu dem Versteck. Am Freitag war zwar schönes Wetter, doch Moritz wollte nicht weggehen, er wusste, dass Frau Markel kommen würde, er war neugierig, wie es ihr ging. Moritz' Mutter erwartete die Frau zu Mittag, also kochte sie nicht für drei, sondern für vier Personen, eine Rindsuppe mit Leberknödeln und Reisfleisch mit Steinpilzen.

Und wirklich, pünktlich um zwölf kam Frau Markel, sie ging gleich in den Garten, wo die Mutter saß und in den Heften kontrollierte, was Moritz am Vormittag an Wörtern geschrieben und an Rechnungen – er war bereits beim großen Einmaleins – zustande gebracht hatte. Moritz begrüßte Frau Markel, die den Rucksack, auf den sie den Tombolasessel gebunden hatte, auf den Boden stellte und zwei Geigenkästen, einen kleinen und einen großen, auf den Tisch legte. Diese beiden Geigen, sagte sie, und eine andere, auf der ich selbst spiele, sind das Einzige, was ich aus der

Tschechoslowakei mitgebracht habe. Moritz' Mutter schaute die Frau entgeistert an. Nach einer Weile sagte sie: Ich habe eine Leberknödelsuppe für uns gekocht. Sie hoffte, die Frau würde die Geigenkästen zum Rucksack auf den Boden legen, damit der Tisch frei sei und die Suppe serviert werden könne. Doch Frau Markel sagte: Ich habe mir gedacht, vielleicht hat Moritz Lust, Geige zu lernen. Der rief außer sich vor Freude: Ja, das will ich unbedingt! Die Mutter maß ihn skeptisch und fragte: Wie kommst du auf diese Idee? Auf dem Abschiedsfest der russischen Soldaten, sagte Moritz, haben zwei zum Tanz aufgespielt, einer auf der Ziehharmonika, einer auf der Geige. Das Geigenspiel war so himmlisch, dass ich beschlossen habe, Geige zu lernen.

Dann fügt sich ja alles zum Besten, meinte Frau Markel. Ich schenke Moritz die beiden Geigen. Er beginnt auf der kleinen, in ein paar Jahren wechselt er zur großen. Ich unterrichte ihn, er kommt Dienstag und Freitag zu mir in die Baracke, ich schlage vor, am Nachmittag um zwei. Der Unterricht dauert ungefähr eine Dreiviertelstunde. Ich bin so froh, Frau Zaunschirm, fuhr sie fort, dass ich mich erkenntlich zeigen kann für Ihre großherzige Hilfe. Moritz' Mutter nickte, dann schüttelte sie den Kopf, schließlich schaute sie auf den Tisch. Zwei Geigen, Geigenunterricht für Moritz ab der nächsten Woche, das war zu viel auf einmal. Jetzt hole ich die Suppe, sagte sie.

Nachdem auch das Reisfleisch aufgegessen war, begann sie, den Rucksack mit Lebensmitteln zu füllen. Moritz verabschiedete sich unter dem Vorwand, der Großmutter den Tombolasessel bringen zu müssen, in ihrem Garten waren er und der Esel endlich allein. Ist das nicht großartig, rief er, ich kann bald Geige spielen! Für uns beide, wandte der Esel ein, bleibt immer weniger Zeit. Unsinn, erwiderte Moritz, du begleitest mich zur Geigenstunde. Spiele ich dort auf der Geige, muss ich daheim nicht schreiben und rechnen. Für uns beide wird immer Zeit sein.

5

Sonntag war Tombolatag. Nach dem Mittagessen spazierten Moritz und der Esel zur Großmutter. Ich habe zugeschaut, sagte der Esel, wie du und dein Vater am Vormittag einen Hasen getötet habt. Wir haben, erwiderte Moritz, den Hasen nicht getötet, sondern geschlachtet. Wo ist der Unterschied?, fragte der Esel. Du hast nicht gesehen, antwortete Moritz, was der Vater in der Gartenhütte getan hat. Er hat den Hasen an den Ohren gepackt und aus dem Stall gezogen, dann hat er ihm mit einem Stock einen Schlag auf den Hinterkopf versetzt, sodass der Hase betäubt war. Dann sind wir aus der Hütte gegangen, wo du uns beobachtet hast. Ich habe den Hasen an den Hinterfüßen gehalten, der Vater hat ihm die Kehle aufgeschnitten, und das Blut ist in einen Weidling geronnen.

Wichtig ist, fuhr Moritz fort, dass das Blut aus dem Körper rinnt. Würde man den Hasen nicht schlachten, sondern töten, indem man ihn zum Beispiel erschlägt und ihm dann das Fell abzieht – es gibt Leute, hat der Vater mir erzählt, die tun das –, würde das Blut im Körper stocken und das Fleisch verfärben. Ebenso wichtig ist, das Fell von den Hinterfüßen beginnend abzuziehen, den Bauch sofort aufzuschneiden und die Gedärme, ehe sie platzen, zu entfernen, damit die stinkenden Säfte nicht das Fleisch verderben.

In der Hütte, in der ich wohne, sagte der Esel, sind einige Hasenställe. Wem gehören die Hasen? Der Großmutter, antwortete Moritz. – Die werden von ihr geschlachtet? Hin und wieder schlachtet sie einen, sagte Moritz. Sie tut das allein. Außen an der Hüttenwand hat sie zwei Haken befestigt, an denen hängt sie den betäubten Hasen mit den Hinterfüßen auf. Sie schlachtet einen Hasen nur, wenn du nicht im Garten bist, hat sie zu mir gesagt. Sie will nicht, dass du das siehst. Solche Rücksicht lasst ihr nicht walten, sagte der Esel. Ich finde, erwiderte Moritz, dass du ohne Weiteres zuschauen kannst, wie ein Hase geschlachtet wird. Esel werden ja nicht geschlachtet. Pferde schon. Kühe, Schweine, Schafe züchtet man, um sie zu schlachten. Rehe, Hirsche, Wildschweine, das weiß ich von der Großmutter, werden geschossen. Esel aber bleiben unbehelligt. Das wird seinen Grund haben, sagte der Esel.

Und zwar welchen?, wollte Moritz fragen. Doch da sah er die Großmutter, die ihnen entgegenkam, in der einen Hand eine Tasche, in der anderen den Tombolasessel. Moritz nahm ihn ihr ab. Ist die Tasche schwer?, fragte er. Nein, antwortete die Großmutter, da ist nur eine Rübe drin.

Längst war der Esel stadtbekannt, und so wunderte sich niemand, dass er auf dem Fußballplatz, wo die Tombola stattfand, herumspazierte. Er hatte sich von der Großmutter und Moritz entfernt und ging an den Rand des Platzes, wo eine Musikkapelle spielte. Er legte sich nieder und hörte zu. Die Basstuba hatte es ihm angetan. Sie gab den Takt vor, an den die anderen sich zu halten hatten, den Viervierteltakt. Die Eins wurde besonders laut geblasen, die folgenden drei Töne jeweils leiser. Der Esel empfand das als beschwingten Rhythmus und wiegte den Kopf hin und her.

Moritz begab sich, nachdem die Großmutter auf dem Tombolasessel Platz genommen hatte, nach vorn zur großen Tafel, wo auch der Tisch mit der Trommel stand, die halbvoll war mit zusammengerollten Zettelchen, auf deren Innenseite, jetzt verborgen, die Zahlen geschrieben waren. Moritz stellte sich neben den Tisch. Ein Mädchen setzte die Trommel in Schwung, und als diese stehenblieb, nahm ein anderes Mädchen einen Zettel heraus und reichte ihn einem Mann, der die Zahl ablas und sie dann mittels eines Trichters verlautbarte, woraufhin er aus einer Kiste ein Täfelchen zog, auf dem ebendiese Zahl geschrieben stand, und es auf dem großen Holzgestell platzierte. Moritz lief zur Großmutter, um zu sehen, ob sich auf ihrem Los die ausgerufene Zahl befand. Nein. Er war enttäuscht, Großmutter nicht, sie schien nichts anderes erwartet zu haben. Erst als die fünfte Zahl aufgerufen wurde, konnte Großmutter diese auf ihrem Los finden und ankreuzen. Den Hauptpreis, dachte Moritz, kann sie nicht mehr gewinnen.

Der Esel war immer noch im Bann des Basstubaspielers. Er stand auf und machte, dem Rhythmus der Tuba folgend, ein paar Tanzschritte, und er wollte damit fortfahren, hätten sich nicht ein paar Leute um ihn gruppiert und ihn mit Klatschen und Zurufen angefeuert. Das war ihm zuwider, und er ging, da er sich erinnerte, dass Großmutter eine Rübe in ihrer Tasche hatte, zurück ins Zentrum des Tomobolageschehens und legte sich neben Großmutters Tasche. Großmutter, von der Tombola sichtlich gelangweilt, freute sich, Gesellschaft zu haben, streichelte den Kopf des Esels und rückte mit der Rübe heraus. Dass er der Blasmusik lauschen und dabei an der Rübe knabbern konnte, empfand der Esel als doppelten Genuss.

Großmutter winkte einen Mann herbei, kaufte ihm eine Flasche Bier ab und ein Säckchen Pfefferminzzuckerln. Flugs war Moritz zur Stelle. Er nannte der Großmutter, nachdem er sein Lieblingszuckerl in den Mund gesteckt hatte, die aktuelle Tombolazahl. Was für ein Glück! Auch diese Zahl befand sich auf Großmutters Los. Es sieht nicht schlecht aus, sagte sie, denn außer dem Hauptpreis gibt es zehn Nebenpreise. Der Hauptpreis ist bekannt, ein Karton Waschpulver, die Nebenpreise nicht. Ich bin neugierig, was das sein wird. Die übernächste Zahl, die ausgerufen wurde, befand sich ebenfalls auf Großmutters Los. Ein Nebenpreis, sagte sie zu Moritz, ist uns sicher.

Nachdem noch zwei Zahlen ausgerufen wurden, war die Tombola zu Ende, ein junger Mann lief, sein Los schwingend, nach vorn und nahm den Hauptpreis entgegen, die Blaskapelle spielte einen Tusch, es wurde applaudiert, der Mann mit dem Trichter rief jene Zahlenkombinationen auf, für die es Nebenpreise gab. Großmutter eilte nach vorn, sie war die Erste, die anderen neun stellten sich hinter ihr an, der Mann gratulierte, schüttelte ihre Hand, überreichte ihr feierlich einen Schraubenzieher, ein Tusch wurde gespielt, die Großmutter ging zurück zu ihrem Sessel, ließ sich darauf fallen und streckte Moritz den Schraubenzieher entgegen. Bei der letzten Tombola vor dem Krieg, sagte sie, habe ich einen Schraubenzieher gewonnen, bei der ersten Tombola nach dem Krieg gewinne ich einen Schraubenzieher. Es hat sich nichts geändert.

Am nächsten Tag, Moritz hatte die vormittägliche Schreib- und Rechenarbeit hinter sich, ging er mit dem Esel zu Hans und fragte ihn, ob er am späten Nachmittag Zeit habe, er, Moritz, habe im Wald etwas entdeckt, das würde er ihm gern zeigen. Was hast du entdeckt?, fragte Hans. Das wirst du sehen, antwortete Moritz. Sie verabredeten sich für vier Uhr. Moritz holte den Esel von seiner Hütte ab. Vor Freude über den Streich, den sie Hans spielen würden, rieb Moritz sich die Hände und klopfte dem Esel übermütig auf den

Rücken. Hans wartete schon auf die beiden, und so zogen sie los, immer tiefer in den Wald hinein, bis sie an die Stelle kamen, wo Äste übereinandergetürmt lagen. Hier ist es, sagte Moritz.

Wie hast du die Kisten gefunden?, fragte Hans. Durch Zufall, erwiderte Moritz. Dann habe ich, sagte Hans, kein Geheimnis mehr. Was machen wir mit dem Zeug?, fragte Moritz. Hast du einen Vorschlag?, fragte Hans zurück. Auf keinen Fall, antwortete Moritz, lassen wir die Kisten hier. Wir werden einen besseren Platz für sie finden.

Dienstag, die erste Geigenstunde. Moritz, den Geigenkasten in der Hand, ging in seiner Gasse auf und ab, er traf einige seiner Freunde und auch Karla und er hoffte, gefragt zu werden, wie er denn zu dem Geigenkasten komme und was er damit vorhabe. Doch niemand fragte ihn. Moritz war enttäuscht. Diese Deppen, dachte er, haben noch nie einen Geigenkasten gesehen und fragen nicht einmal, was das ist. Das sagte er auch dem Esel, der ihm entgegenkam, um ihn zu den Baracken zu begleiten. Der meinte, Moritz solle mit seinen Freunden nicht so hart ins Gericht gehen.

Die Holzbaracken standen in zwei Reihen, in jeder Reihe vier, jede Baracke hatte sechs Eingangstüren, neben jeder Tür befand sich ein Fenster. In der ersten Reihe, gleich bei der ersten Baracke, saß Frau Markel auf einem Sessel vor der Tür, neben ihr ein Mann, älter und kleiner als sie, mit zerrauftem, grauem Haar und dicken Brillengläsern. Frau Markel stellte Moritz ihrem Mann vor, der gab Moritz, ohne dabei aufzuschauen, die Hand. Und das, sagte sie, ist Moritz' Freund, der Esel. Der Mann nickte teilnahmslos.

Frau Markel führte Moritz ins Innere der Baracke. Wir haben, sagte sie, zwei kleine Zimmer, hier, das erste, ist unser Wohnraum mit dem Tisch und zwei Sesseln – die stehen jetzt draußen. Vor zwei Wochen haben wir von der Stadtgemeinde diesen kleinen Ofen bekommen, dazu Koch- und Essgeschirr. Sie nahm Moritz den Geigenkasten aus der Hand, legte ihn auf den Tisch und nahm die Geige heraus. Moritz sah, dass Herr Markel einen Sessel vor das offene Fenster stellte, vermutlich wollte er hören, was drinnen vor sich ging.

Frau Markel, sagte Moritz, ich habe eine Bitte. Der Esel ist sehr neugierig, er möchte sich ans Fenster stellen und sehen, was ich mache. Nun sitzt aber Ihr Mann dort. Frau Markel seufzte tief. Dann ging sie zum Fenster und bat ihren Mann, wegzurücken, denn der Esel wolle Moritz zuschauen. Das darf doch nicht wahr sein, sagte Herr Markel, nahm seinen Sessel und setzte sich weit abseits. Ein mürrischer Mann, sagte Frau Markel und nahm die kleine Geige unter ihr Kinn, um Moritz zu zeigen, wie sie zu halten sei. Dann versuchte Moritz, es ihr gleichzutun. Das war nicht leicht. Der linke Arm musste den Hals der Geige so umfassen, dass die Hand auf dem Griffbrett zu liegen kam. Frau Markel korrigierte die Haltung von Arm und Hand, Moritz verharrte einige Zeit in dieser Stellung, dann wies Frau Markel ihn an, die Geige auf den Tisch zu legen, den linken Arm, damit er sich nicht verkrampfe, auszuschütteln und die Übung von vorn zu beginnen. Das wurde einige Male wiederholt.

Frau Markel lobte Moritz als sehr anstellig. Du siehst, sagte sie, die Geige hat vier Saiten. Die werden mit dem Geigenbogen gestrichen. Die Führung des Geigenbogens ist eine große Kunst. Wir üben heute die Bewegung des rechten Arms ohne Bogen. Sie nahm die Geige an sich und zeigte Moritz, was zu tun sei. Nun, sagte sie, ist mein Arm ganz oben auf dem Steg der Geige, das Handgelenk zeigt nach oben. Nun bewege ich den Arm, als hielte ich den

Bogen in der Hand, langsam abwärts, dabei drücke ich das Handgelenk nach unten. Das wurde eine Dreiviertelstunde lang geübt. Zwischendurch ließ Moritz die Geige hängen. Anstrengend?, fragte Frau Markel. Moritz wollte das nicht zugeben, doch dann nickte er.

Auf dem Nachhauseweg sagte der Esel: Frau Markel ist eine gute Lehrerin. Moritz schien nicht dieser Ansicht zu sein, er zögerte mit der Antwort. Dann fragte er: Wieso? Sie legt großen Wert auf die Technik des Geigenspiels, antwortete der Esel. Ich habe gehofft, erwiderte Moritz, dass ich ein paar Töne spielen kann. Ach, Moritz, sagte der Esel, wie willst du spielen, wenn du den Bogen nicht führen und keinen Finger richtig auf die Geige setzen kannst? Wenn du weiterkommen willst, solltest du jeden Nachmittag eine Stunde das üben, was Frau Markel dir beigebracht hat. Allein das Halten der Geige, fuhr er fort, verlangt dem Körper einiges ab, ganz zu schweigen von der Bogenführung. Du musst deiner Mutter klarmachen, dass das Geigenspiel ebenso wichtig ist wie das Lesen, Schreiben und Rechnen. Meiner Ansicht nach ist es wichtiger. Du bist ein Komplize von Frau Markel, sagte Moritz. Nein, antwortete der Esel, ich bin ihr Assistent.

Am nächsten Tag streifte der Esel auf der Suche nach einem Versteck für die Pistolen und die Munition durch die Gegend. Am Nachmittag wurde er fündig. Er entdeckte einen kleinen Luftschutzbunker, dessen Eingang zugewachsen war. Er trampelte das Gestrüpp nieder und ging hinein. Nach etwa fünfzig Metern gab es kein Weiterkommen, die Decke des Bunkers war eingestürzt. Macht nichts, dachte der Esel, Platz genug für das Zeug und tief genug, um Schießübungen zu machen. Er eilte zu Moritz, gemeinsam gingen sie zu Hans, dann zu dritt zum Bunker. Hans war begeistert, er beglückwünschte Moritz zu dieser Entdeckung.

Sie schmiedeten einen Plan. Hans würde eine Obststeige bringen, man würde einen Teil der Pistolen gut getarnt hineinlegen, die Steige auf den Rücken des Esels hieven und in das Versteck bringen. Bis alles, auch die zwei Metallkisten, dorthin gebracht wäre, würde es Tage dauern.

Moritz übte täglich im Garten der Großmutter auf der Geige. Der Esel zeigte sich mit dem, was Moritz bot, nicht zufrieden, seiner Ansicht nach war die Art und Weise, wie Moritz mit dem rechten Arm die Bogenführung simulierte, nicht gut genug. Wäre ich dein Lehrer, sagte er, ich wäre strenger als Frau Markel. Moritz übte daher auf Drängen des Esels fortan nicht eine, sondern zwei Stunden. Am Dienstag, in der nächsten Geigenstunde, war Frau Markel entzückt über den Fortschritt, den Moritz gemacht hatte. Nun, sagte sie, kannst du den Bogen in die Hand nehmen.

Am Sonntag, wieder sollten Pistolen ins Versteck gebracht werden, sagte Hans, seine Mutter habe Nachricht aus Jugoslawien, sie wolle mit Moritz sprechen. Sie saßen am Tisch vor dem Haus, Herr Siegl servierte Zwetschkenkuchen und Apfelsaft, brachte dem Esel eine Rübe, dann zog er sich zurück, er arbeite an der Steuererklärung. Frau Siegl sortierte die Aufzeichnungen, die vor ihr lagen. Dein Onkel Heinrich Leibner, sagte sie, hat als Soldat der Deutschen Wehrmacht in Griechenland gedient. Er wurde als Fahrer einem Major zugeteilt, mit dem war er in einem Geländewagen unterwegs, als er auf eine Mine fuhr, die griechische Partisanen vergraben hatten. Das Fahrzeug flog in die Luft, der Major war tot, dein Onkel verletzt. Er verlor das linke Auge und wurde in ein Militärspital gebracht.

Sie blätterte weiter. In dem Spital teilte er mit zwei anderen ein Zimmer, der eine, ein Deutscher aus Aachen, war regionaler Schachmeister, der andere, ein Österreicher, war

Intarsienschnitzer. Die Vormittage verbrachte dein Onkel mit Schachspiel, die Nachmittage mit Schnitzen. Nach zwei Monaten, man hatte dem Onkel ein Glasauge eingesetzt, verließ er das Spital und kam zu einer militärischen Einheit, die sich in Richtung Jugoslawien in Bewegung setzte. Er war nun nicht mehr Fahrer, sondern Sanitäter. Die ganze Gruppe, der er angehörte, wurde von jugoslawischen Partisanen gefangen genommen. Bald darauf war der Krieg zu Ende, und dein Onkel kam in der Nähe von Belgrad in ein Gefangenenlager, wo er sich heute noch befindet.

Einige Blatt Papier hatte Frau Siegl noch vor sich liegen, sie las darin und lachte. In diesem Lager, sagte sie, begann die glanzvolle Karriere des Heinrich Leibner. Er erwies sich als genialer Automechaniker. In Belgrad herrschte großer Mangel an funktionstüchtigen Personenwagen, selbst höchste Regierungsmitglieder fuhren mit dem Fahrrad ins Ministerium. Hatten sie aber im Umland zu tun, mussten sie Lastkraftwagen des Militärs in Anspruch nehmen, was ihnen nun, in Friedenszeiten, widerstrebte. Dein Onkel, fuhr Frau Siegl fort, hatte in Erfahrung gebracht, dass außerhalb Belgrads auf einem großen Areal kaputte Autos vor sich hin rosteten. Er ließ sich dorthin bringen und gab Order, welche Autos mit einem Kran auf einen Lastkraftwagen gehoben und ins Lager gebracht werden sollten. Dort bastelte er aus drei kaputten Autos ein fahrtaugliches. So ging das dahin. Der Ruhm deines Onkels wuchs. Er errichtete mithilfe anderer im Lager eine Autowerkstätte.

Auf dem Heimweg sagte Moritz: Ich freue mich darauf, den Onkel Heinrich kennenzulernen. Da wirst du lange warten müssen, erwiderte der Esel, deinem Onkel geht es gut in Belgrad, warum sollte er zurückkehren? Beim Abendessen erzählte Moritz den Eltern, was er von Frau

Siegl in Erfahrung gebracht hatte. Seine Mutter war sehr interessiert und fragte immer wieder nach. Sein Vater hingegen zeigte sich gelangweilt und sagte schließlich: Das ist nett, dass er uns ein Paket schickt, aber wir brauchen diese Sachen nicht. Soll ich ihm das schreiben? Nein, rief die Mutter, das würde ihn beleidigen. Er meint es doch gut. Ich weiß, erwiderte der Vater, dein lieber Bruder meint es immer gut. Was er in dem Gefangenenlager macht, ist aber schon merkwürdig. Er war und ist ein echter Hallodri. Der Abend endete in Missstimmung. Ich glaube, dachte Moritz, der Vater kann den Onkel nicht leiden. Was Moritz aber nicht weiter kümmerte.

In den folgenden Tagen brachten Moritz und Hans mithilfe des Esels zuerst die Pistolen, dann die Munition und schließlich die drei Metallkisten in den Bunker. Dann zeichnete Hans auf mehreren Blatt Papier Zielscheiben, befestigte eine an einem Holzpfosten, zündete daneben zwei Kerzen an, und die Schießübungen konnten beginnen. Hans hatte fünf Schuss, dann wurde die Zielscheibe gewechselt und Moritz war an der Reihe. Das wiederholte sich dreimal. Nun, sagte Moritz, zeigen wir dem Esel die Zielscheiben. Versteht der Esel, fragte Hans, was wir hier machen? Der versteht mehr, als du glaubst, antwortete Moritz. Diesen Eindruck, sagte Hans, habe ich allmählich auch.

Sie gingen nach draußen, wo der Esel Wache hielt, denn der Lärm der Schüsse war weithin zu hören. Sollte sich jemand dem Bunker nähern, so hatte der Esel mit Moritz vereinbart, würde er in den Bunker eilen und durch lautes Schnauben auf die Gefahr aufmerksam machen. Beide zeigten dem Esel ihre Zielscheiben. Hans hatte dreimal getroffen, Moritz nur einmal, dafür fast in die Mitte. Sie löschten die Kerzen im Bunker und gingen nach Hause.

Im Garten der Großmutter sagte Moritz: Gretel ist in Graz im Internat. Ich glaube, dass sie nach dem ersten Monat über das Wochenende nach Hause kommt. Ich möchte ihr dann etwas auf der Geige vorspielen. Der Esel schüttelte den Kopf. Du kannst, erwiderte er, zwar schon die leeren Saiten streichen, aber die Finger auf die Saiten setzen, um eine Melodie zu spielen, kannst du noch nicht. Ich werde es lernen, sagte Moritz, ich werde mit Frau Markel reden. In der nächsten Geigenstunde trug Moritz sein Anliegen vor. Ist das wirklich so wichtig?, fragte Frau Markel. Ja, antwortete Moritz, es ist sehr wichtig.

Frau Markel nahm ihre Geige, probierte einige Melodien, dann hatte sie einen Entschluss gefasst. Kennst du Franz Schubert?, fragte sie. Moritz schaute sie ratlos an. Schubert, fuhr sie fort, war ein Komponist, er hat vor mehr als hundert Jahren in Wien gelebt und wunderbare Melodien geschrieben. Zum Beispiel ein Lied über die Forelle. Es geht so:

In einem Bächlein helle,
Da schoss in froher Eil
Die launische Forelle
Vorüber wie ein Pfeil

Sie sang Moritz das Lied sehr langsam vor. Dann nahm sie die Geige und spielte ebenso langsam die erste Zeile des Lieds. Du beginnst auf der D-Saite, sagte sie. Moritz strich diese Saite. Nun setzt du den ersten Finger drauf, fuhr sie fort. Moritz tat, wie ihm geheißen, und strich die Saite. Es klang fürchterlich. Der Esel, der am Fenster stand und zuhörte, wandte sich schnaubend ab. Ich habe, dachte er, das Debakel kommen sehen. Doch Moritz ließ es sich nicht verdrießen, wieder und wieder korrigierte er die Position des ersten Fingers, bis ein reiner Ton erklang.

Nun, sagte Frau Markel, setzt du neben den ersten den zweiten Finger. Dieser Ton gelang auf Anhieb. Frau Markel nahm ihre Geige, strich die D-Saite, setzte den ersten Finger auf die Saite und strich sie zweimal. Hörst du, sagte sie, schon entsteht die Melodie. Moritz tat es ihr nach. Er war entzückt. Frau Markel, rief er, ich werde Gretel etwas vorspielen können. Heute, sagte Frau Markel, üben wir nur die erste Zeile, das nächste Mal die zweite. Am Ende der Stunde war Moritz erschöpft und glücklich. Noch nie, sagte Frau Markel, habe ich einen so eifrigen Schüler gehabt.

Auf dem Heimweg sagte Moritz: Nun bist du aber überrascht. Nein, erwiderte der Esel, ich habe immer gesagt, das Geigenspielen ist sinnvoller als das Lesen und Schreiben, zu dem deine Mutter dich nötigt. Außerdem: Wir sollten schneller gehen, Hans wartet schon auf die Schießübungen. Ihr macht beide gute Fortschritte. Hans saß bereits vor dem Eingang des Bunkers. An diesem Tag hatte er für jeden zwanzig Zielscheiben vorbereitet. Nachdem sie geschossen hatten, zeigten sie dem Esel das Ergebnis. Keiner hatte das Ziel verfehlt. Sie waren zufrieden und gingen nach Hause, der Esel aber blieb zurück, Moritz wusste nicht, warum.

Gedankenvoll spazierte der Esel durch die Gegend. Ich würde gern sehen, dachte er, was die beiden wirklich können, und er hielt Ausschau nach möglichen Zielen. Die Plakatwand dort? Nein, entschied der Esel, darauf steht allerhand geschrieben, was ich nicht lesen kann. Und daneben das Vogelhäuschen an dem Baum? Kommt nicht infrage, das brauchen die Vögel. Aber was sehe ich da? Unweit des Baumes stand ein Strommast, ganz oben waren die Leitungen befestigt, und zwar an kleinen, weißen Keramikisolatoren.

Ideale Ziele, dachte der Esel und ging, den Strommasten folgend, stadtauswärts, und nachdem er die letzten Häuser hinter sich gelassen hatte, entschied er, dass hier der beste Ort für eine Schießübung wäre. Er legte sich neben einen Mast, um die Dämmerung abzuwarten. Endlich wurde die Straßenbeleuchtung eingeschaltet. Der Esel hatte richtig spekuliert: Das Licht der großen Glühbirne strahlte nicht nur auf die Straße, sondern auch hinauf zu den Isolatoren, die man nun besser sah als bei Tag. Zufrieden ging er nach Hause und warf sich mit dem Empfinden, Großes geleistet zu haben, auf das frische Stroh.

Am nächsten Tag weihte er Moritz in seinen Plan ein und führte ihn zum Strommast. Moritz war von der Idee, auf die Isolatoren zu schießen, begeistert. Das wäre mir niemals eingefallen, sagte er. Dafür hast du ja mich, erwiderte der Esel. Sie gingen zu Hans, auch er war einverstanden. Am Tag darauf trafen sich die drei beim Bunker, Hans und Moritz versorgten sich mit Munition, jeder steckte eine Pistole ein, und nach Einbruch der Dunkelheit gingen sie zu dem Strommast am Rand der Stadt.

Hans feuerte zwei Schüsse ab und verfehlte das Ziel. Moritz erging es nicht besser. Dann wieder Hans. Sein zweiter Schuss traf einen Isolator, die Keramik zersplitterte. Der Esel stampfte auf und schnaubte vor Vergnügen. Moritz war an der Reihe. Sein erster Schuss traf. Der Esel stupste ihn so heftig an der Schulter, dass er beiseite taumelte. Nun wieder Hans. Und wieder traf sein zweiter Schuss. Doch man sah die Keramik nicht zersplittern, denn die Glühbirne erlosch. So auch die Glühbirnen an den benachbarten Masten. Der Esel drängte Moritz beiseite und flüsterte ihm zu: Lauft zum Bunker, werft Pistolen und Munition hinein, dann lauft ihr in den Garten der Großmutter, dort wartet ihr auf mich.

Der Esel legte sich in der Nähe des Strommasten hinter ein Gebüsch. Es dauerte nicht lange, da sah er dort, wo die letzten Häuser standen, das Blaulicht von zwei Fahrzeugen der Gendarmerie. Die kamen, da sie bei jedem Strommast hielten, nur langsam näher. Nun sah der Esel noch ein drittes Auto, es war ein Fahrzeug der Kapfenberger Elektrizitätswerke. Jemand richtete einen starken Scheinwerfer hinauf zum oberen Teil des Strommastes. Offenbar vermutete man, dass die Ursache des Stromausfalls eine Beschädigung der Isolatoren war.

Als die Fahrzeuge den Strommast in der Nähe des Esels erreicht hatten, fand man anhand der Keramiksplitter auf dem Boden heraus, dass die Isolatoren zerschossen worden waren. Die Elektriker machten sich ans Werk, um den Schaden zu reparieren, ein Auto der Gendarmerie fuhr weg. Der Gendarm, der das Auto lenkte, sagte zu seinem Kollegen: Du hast recht. Der Siegl wohnt in der Nähe. Der kommt als Täter infrage. Wenn ich jemandem dieses Verbrechen zutraue, erwiderte der Kollege, dann dem Siegl. Der erzählt in der Stadt herum, dass er in ein paar Jahren, wenn er die Hauptschule hinter sich hat, Kapfenberg verlassen und zu seinem Großvater nach New York übersiedeln will. Und dass er sich sehr darauf freut. Das ist eine Beleidigung unserer Stadt. So ist es, sagte der Lenker, die ganze Siegl-Bagage ist eine Beleidigung unserer Stadt. Am besten wäre es, sie gingen alle miteinander nach New York. So ist es, sagte der Kollege. Damit waren die beiden beim Hof des Siegl-Bauern angekommen. Einer der beiden Gendarmen stieg aus und ging zum Bauernhaus. Frau Siegl kam ihm entgegen. Er wolle den Hans sprechen, sagte der Gendarm. Der sei nicht zu Hause, antwortete Frau Siegl, wahrscheinlich halte er sich bei Moritz auf. Bei welchem Moritz?, fragte der Gendarm. – Bei Moritz Zaunschirm.

Also fuhren sie dorthin. Frau Zaunschirm erschrak, als sie den Gendarmen vor der Tür stehen sah. Nein, sagte sie, der Moritz ist nicht zu Hause, den Hans habe ich heute noch nicht gesehen. Vielleicht sind die beiden bei der Großmutter. Den kurzen Weg dorthin ging der Gendarm nicht zu Fuß, sondern fuhr mit dem Auto. Im Garten traf er Hans, Moritz und die Großmutter an. In der Nähe, sagte der Gendarm, sind Isolatoren von einem Strommast geschossen worden, wir suchen den oder die Täter. Das ist löblich, erwiderte die Großmutter, und nun sind Sie von der Suche erschöpft und wollen ein Glas Wein. Nein, antwortete der Gendarm, ich möchte den Siegl Hans fragen, wo er sich in den letzten Stunden aufgehalten hat. Das kann ich Ihnen sagen, erwiderte die Großmutter, der Moritz hat Schreiben und Rechnen geübt, der Hans hat ihm dabei geholfen, und ich bin daneben gesessen und habe gestrickt. Ich hoffe, Frau Zaunschirm, sagte der Gendarm, dass Sie mich nicht anlügen. Wenn Sie mich noch einmal der Lüge bezichtigen, drohte die Großmutter, haue ich Ihnen eine herunter. Der Gendarm suchte das Weite.

Der Esel, der hinter der Hausecke gelauscht hatte, ging ganz leise, um nicht bemerkt zu werden, in seine Hütte und verkroch sich dort. Moritz musste lachen. Was hat der Esel?, fragte die Großmutter. Wahrscheinlich ist er müde, antwortete Moritz. Ich glaube, er hat das Pferd am anderen Ende der Stadt besucht. Und ich glaube, sagte die Großmutter, dass ihr beide die Isolatoren heruntergeschossen habt. Ich halte das nicht für unmöglich, erwiderte Moritz. Tüchtig, sagte die Großmutter und ging schlafen. Glück gehabt, sagte Hans und verabschiedete sich. Moritz ging in die Hütte und kraulte den Esel am Kopf. Du brauchst dich nicht schlafend zu stellen, sagte Moritz. Ich bin überrascht, sagte der Esel, wie gut ihr schießen könnt. Und ich bin glücklich, erwiderte Moritz, dass du für uns so ein tolles Ziel ausgesucht hast. Der Esel schwieg. Dann sagte er: Ich konnte die Folgen nicht abschätzen, ich bin kein Elektroingenieur. Und warum, fragte Moritz, bist du kein Elektroingenieur? Weil du nicht rechnen kannst. Der Esel machte die Augen zu und sagte nichts mehr.

Die Schüsse auf die Keramikisolatoren waren die letzte Schießübung der beiden. Moritz hätte dafür ohnedies keine Zeit mehr gehabt, er musste sich ganz aufs Geigenspiel konzentrieren. Er ging davon aus, dass Gretel Ende des Monats an einem Samstag nach Hause kommen würde, um die Mutter zu besuchen. Er würde dann ins Haus treten, die Geige auspacken und seine Kunst präsentieren. Unverdrossen übte er im Garten der Großmutter unter der strengen Aufsicht des Esels – der stupste ihn bei jedem falschen Ton.

Frau Markel war sehr zufrieden. Und nun, sagte sie, die zweite Zeile: Da schoss in froher Eil. Sie sang die Melodie, dann spielte sie diese auf der Geige. Wenn du die zweite Zeile kannst, sagte sie, hast du das Schwierigste geschafft. Ton für Ton arbeitete Moritz sich voran, er musste sich sehr konzentrieren, immer wieder setzte er einen falschen Finger auf die Saite, weil er die Melodie der ersten Zeile mit jener der zweiten verwechselte. Am Ende der Stunde sagte Frau Markel: Nun sing die zweite Zeile. Moritz sang fehlerfrei. Vor jedem Üben, fuhr Frau Markel fort, singst du die Melodie ganz langsam und dann spielst du sie Ton für Ton nach.

Moritz übte jeden Nachmittag wie besessen. Der Esel war zufrieden. Nun kommt das Schwierigste, sagte er. Du kannst die erste Zeile und auch die zweite. Du willst aber das ganze Lied spielen. Du musst nun üben, die zweite Zeile sofort an die erste anzuschließen. Versuche, die beiden Zeilen langsam zu singen. Das war nicht leicht. Moritz hatte sich so in die zweite Zeile verbissen, dass er sich nicht mehr genau an die erste erinnern konnte. Schon der vierte Ton war falsch, der Esel stupste ihn. Nach einer Weile konnte Moritz beide Zeilen singen und sie dann auch auf der Geige spielen. Jetzt erst, sagte der Esel, glaube ich, dass du es schaffen wirst.

In der nächsten Geigenstunde überraschte Moritz Frau Markel mit der Nachricht, er könne beide Zeilen hintereinander spielen. Er führte ihr das gleich vor. Sie war begeistert. Die dritte Zeile – Die launische Forelle – unterscheidet sich in nichts von der ersten. Nach einigen Anläufen gelang es Moritz, alle drei Zeilen hintereinander zu spielen. Wir haben, sagte Frau Markel, das Lied bisher sehr langsam vorgetragen. Es handelt aber von einer Forelle, die eilig dahinflitzt. Es gehört also mit einem gewissen Schwung interpretiert. Sie griff zur Geige und spielte das Lied hinreißend schön. So schnell spielen, sagte sie, kannst du noch nicht, aber etwas schneller. Am Donnerstag kam die vierte Zeile dazu, Moritz trug das ganze Lied geradezu tänzerisch vor. Gretel wird hingerissen sein, sagte Frau Markel.

Am Samstagvormittag machten Moritz und der Esel sich auf den Weg, um zu Mittag auf dem Frauenberg zu sein. Frau Reitbauer freute sich, die beiden zu sehen, sie eilte sofort in den Stall, um für den Esel eine Rübe zu holen. Ist Gretel in ihrem Zimmer?, fragte Moritz. Sie hat mir geschrieben, antwortete Frau Reitbauer, dass sie erst in zwei Wochen kommt. Moritz setzte sich auf die Bank vor dem Haus und weinte. Er drückte den Geigenkasten fest an sich, als befürchtete er, jemand könnte ihm seine Geige wegnehmen.

Ich bin auch traurig, sagte Frau Reitbauer, dass sie nicht gekommen ist. Du sollst nicht weinen, Moritz, wir sehen sie ja bald. Sag, was hast du in dem Kasten? Ich wollte Gretel meine Geige zeigen, erwiderte er und stand auf. Ich mache dir etwas zu essen, sagte Frau Reitbauer. Danke, das nächste Mal, sagte Moritz und verabschiedete sich. Der Esel verspeiste gemächlich die Rübe, dann lief er Moritz nach. Stumm gingen sie nebeneinander, nach einer Weile sagte der Esel: Du hast in letzter Zeit große Fortschritte auf der Geige gemacht, das ist das Wichtigste. Wie immer hast du recht, erwiderte Moritz.

6

Am nächsten Samstagabend fragte Moritz' Vater seine Frau, wo Moritz wäre. Der ist, antwortete sie, vor zwei Stunden mit dem Esel weggegangen, er hat die Geige mitgenommen, wahrscheinlich übt er im Garten deiner Mutter. Der Vater stand auf und sagte: Ich hole ihn. Seine Frau schaute ihn erstaunt an. Moritz, erwiderte sie, wird pünktlich um sechs zum Essen hier sein. Ich hole ihn, sagte der Vater und ging.

Lass dich nicht stören, rief der Vater Moritz zu und setzte sich im Garten der Großmutter auf die Bank. Moritz stand neben dem Tisch, ihm zu Füßen lag der Esel. Moritz spielte die C-Dur-Tonleiter, beginnend mit dem tiefen C auf der G-Saite bis zum C auf der A-Saite. Hatte er dieses erreicht, ging es wieder hinunter, dann wieder hinauf. Wunderschön, sagte der Vater, spiel das bitte noch ein paarmal. Moritz versuchte zu variieren, indem er zwei Töne langsam, die nächsten zwei schneller spielte, wodurch zu seiner Überraschung eine Art Melodie entstand. Danach legte er die Geige in den Geigenkasten.

Großartig, sagte der Vater und zündete sich eine Zigarette an. Es freut mich, dass du so schön spielen kannst. Das habe ich dem Esel zu verdanken, erwiderte Moritz, bei jedem falschen Ton gibt er mir einen Tritt. Ach, sagte der Vater, wenn wir den Esel nicht hätten! Er wird übrigens nicht mehr lange in dieser Hütte hausen. Wir übersiedeln noch in diesem Monat. Dann wird der Esel ein schönes Zimmer bekommen. Wir übersiedeln?, fragte Moritz. – Das erzähle ich dir beim Abendessen. Sie brachen auf.

Es ist so, sagte der Vater, während er die Gemüsesuppe löffelte: Am anderen Ende der Stadt gibt es einen Sportplatz, und dort steht ein ziemlich großes Haus mit Umkleideräumen für die Sportler, mit einem großen Keller für Sportgeräte, und im ersten Stock befindet sich eine Wohnung. Sportplatz samt Haus haben den Nazis gehört, das Ganze wird nun als deutsches Eigentum bezeichnet und von der Stadtgemeinde verwaltet. Der Sportplatz soll von einem neuen Verein namens KSV, Kapfenberger Sportverein, genutzt werden. Der Arbeiter-Sportverein, bei dem ich seit meiner Jugend tätig war, wird Teil des KSV.

Nun kommen wir zur Sache, fuhr der Vater fort. Man hat mich als erfahrenen Arbeitersportler gefragt, ob ich in das Haus einziehen will. Ich könnte dort kostenlos wohnen, müsste aber den Sportplatz pflegen, also das Gras mähen und mich um die Laufbahn kümmern. Ich war dort. Die Wohnräume sind renoviert, es gibt eine große Küche und ein großes Wohnzimmer, dann ein kleines Büro für den Verein, das auf einen schönen Balkon hinausführt, und daran anschließend ein Schlafzimmer und ein Zimmer für dich, Moritz. Und ein Klo.

Der Keller, sagte der Vater, ist sehr weitläufig. Eine betonierte Schräge führt in den Geräteraum. Im Anschluss befindet sich ein heller Raum, der sich ideal für den Esel eignet, daneben eine Waschküche, dann noch ein großer Raum, in dem Platz für Hasenställe, aber auch für Hühner ist, und die können ohne Probleme durch ein Kellerfenster auf die Wiese gelangen.

Der Vater stand auf und öffnete eine Flasche Wein. Ich habe zugesagt, fuhr er fort, ohne euch zu fragen. Ich konnte das guten Gewissens tun, denn wir werden es dort besser haben als hier. Er schenkte seiner Frau und sich Wein ein. Darauf wollen wir trinken, sagte er. Bevor die Mutter das Glas erhob, fragte sie, ob man dort auch einen Garten haben könne, um etwas anzubauen. Ich habe mir ausbedungen, antwortete der Vater, dass wir neben dem Haus einen großen Garten anlegen können.

Vater und Mutter prosteten einander zu. Der Vater wandte sich an Moritz. Was sagst du, fragte er, zu dieser Neuigkeit? Der Esel wird sich freuen, antwortete Moritz, er hat es von dort nicht mehr so weit zu seinem Freund. In der Nähe ist ein Bauer, der hat mehrere Pferde, darunter ein sehr altes Pferd, das der Esel gern besucht. Am Tag darauf begann der Vater, Möbelstück für Möbelstück auf einen zweirädrigen Karren zu verladen und in die neue Wohnung zu bringen. Moritz half ihm dabei, der Esel ging mit und war von seinem neuen Quartier so begeistert, dass er am liebsten gleich geblieben wäre. Doch es gab noch kein Stroh hier, auf das er sich hätte betten können. Moritz gefiel die neue Wohnung, begeistert war er nicht, hatte es ihm doch in der alten an nichts gemangelt. Anders die Mutter, sie war entzückt, weil die Wohnung größer war. Wir zahlen keine Miete, sagte sie zu ihrem Mann, also haben wir mehr Geld. Wir können neue Vorhänge kaufen und einen großen Teppich. Ende September verließen Moritz, seine Eltern und der Esel das Redfeld und zogen in die neue Wohnung in der Au ein.

Nächsten Samstag, sagte der Esel, kommt Gretel nach Hause, du solltest das Lied vorher noch üben. Nein, sagte Moritz, ich spiele es nicht mehr. Du wirst es ihr doch vorspielen, erwiderte der Esel. Nein, antwortete Moritz, ich gehe auch nicht auf den Frauenberg, um sie zu sehen. Der Esel schaute ihn fassungslos an. Und warum nicht?, fragte er.

Wir haben es einmal versucht, antwortete Moritz, wir versuchen es kein zweites Mal. Das verstehe ich nicht, erwiderte der Esel. Das ist nicht schwer zu verstehen, sagte Moritz. Der Esel schüttelte den Kopf. Bist du unglücklich hier in der Au?, fragte er. Nein, antwortete Moritz, drückte seinen Kopf an den des Esels und kämpfte gegen die Tränen an. Sei nicht traurig, sagte der Esel, es ist hier ganz anders als im Redfeld. Aber wir werden uns zurechtfinden.

Das war leichter gesagt als getan. Die Au war ein kleines Areal mit einer Straße, die beim Sportplatz endete, ein Einfamilienhaus stand neben dem anderen, und mittendrin ein Lebensmittelgeschäft. Moritz begegnete nur Erwachsenen, meist älteren Leuten, kein Kind weit und breit, mit dem er hätte spielen können. Der Esel besuchte – wenn er Moritz nicht gerade zur Geigenstunde begleitete, wo er missmutig feststellen musste, dass Moritz nur das Notwendigste zum Besten gab; von dem Übereifer, den er beim Einstudieren des Liedes von der Forelle an den Tag gelegt hatte, keine Spur –, der Esel besuchte also seinen Freund, das alte Pferd, und Moritz spielte, nachdem er Rechnen, Lesen, Schreiben und Geige geübt hatte, im Umkleideraum der Sportler, wo ein Tischtennistisch stand, einmal mit einem, einmal mit einem anderen jungen Mann Tischtennis und konnte seinen Partnern bald Paroli bieten.

Im Winter ging er zu einem nahe gelegenen Teich, um eiszulaufen. Der Esel begleitete ihn. Bevor Moritz den ersten Versuch machte, beobachtete er, wie die Erwachsenen, die dort eisliefen, sich anstellten. So konnte er bald nicht nur geradeaus, sondern auch rückwärtsfahren. Der Esel gratulierte ihm. Als das Frühjahr kam, baute Moritz sich mit Holzlatten ein Baumhaus auf einer Linde, in dem er sich dann oft aufhielt. Das irritierte den Esel. Er, der stundenlang irgendwo liegen konnte, ohne dass ihm langweilig wurde, ertrug es nicht, dass Moritz sich in das Baumhaus zurückzog. Was machst du da oben?, fragte der Esel. Nichts, war die Antwort.

Komm herunter, sagte der Esel, wir gehen auf den Schlossberg. Dort oben befand sich die Ruine einer Ritterburg. Sie gingen durch die Trümmer und kamen zu einem Platz, von dem aus sie einen wunderbaren Blick auf die Stadt hatten. Wir werden uns einen Raum herrichten, sagte der Esel, hier ist es schöner als in dem Baumhaus. Während des Abstiegs ins Tal sagte er: Wir sollten einen Spaziergang ins Redfeld machen und deine Freunde besuchen. Und schauen, was der Hans macht. Und meinetwegen auch die Karla treffen. Das war einmal, erwiderte Moritz. Der Esel schwieg lange. Dann sagte er: Ich habe Angst, dass du so wirst wie ich. Mich interessiert auch nicht, was gewesen ist.

Im Herbst kam Moritz in die Volksschule. Der Esel begleitete ihn morgens hin und holte ihn zu Mittag ab. Nach der Schule umringten ihn die Kinder, die meisten kannten ihn vom Sehen, nun konnten sie ihn liebkosen. Nach einer Weile gesellte sich die Lehrerin dazu. Sie war entzückt von dem Esel und streichelte ihn. Das ist mein Freund, erklärte Moritz, er holt mich von der Schule ab. Auf dem Nachhauseweg fragte Moritz: Hast du jemals eine so schöne Frau gesehen? Sie ist die schönste Frau in dieser Stadt, antwortete der Esel. Nach einer Woche fragte er Moritz, wie es ihm in der Schule ergehe. Dank der Mutter, antwortete Moritz, kann ich schon viel. Ich bin der beste Schüler.

In der dritten Klasse bekam Moritz einen Lehrer, einen freundlichen jungen Mann. Moritz war immer noch der beste Schüler. Die Geigenstunde am Nachmittag fand nun nicht mehr in der Baracke statt. Herrn Markel war es gelungen, die Stadtverwaltung zu überzeugen, dass Kapfenberg eine Musikschule haben sollte. Die Gemeinde brauche nur die Räume zur Verfügung zu stellen, er sei aufgrund seiner Ausbildung in der Lage, eine Musikschule aufzubauen. Frau Markel bekam dort ein Zimmer, in dem fortan der Unterricht stattfand. Der Esel hatte keinen Zutritt, was ihn nicht störte, da Moritz seinem Urteil nach nur mehr bescheidene Fortschritte machte. Seinem Geigenspiel zuzuhören, diesen ewigen Tonleitern, langweilte ihn zunehmend. Frau Markel erzählte Moritz, dass sie und ihr Mann endlich eine Wohnung bekommen hätten, wenn auch nur eine kleine.

Am Ende der vierten Klasse war Moritz immer noch der beste Schüler, weshalb der Lehrer Moritz' Mutter empfahl, Moritz im Realgymnasium in Bruck an der Mur, der Nachbarstadt, die Aufnahmsprüfung machen zu lassen. Also fuhr die Mutter mit Moritz nach Bruck, er bestand die Aufnahmsprüfung ohne Probleme. Kennst du die Stadt?, fragte der Esel. Nein, erwiderte Moritz, wir sind vom O-Bus zum Gymnasium gegangen und wieder zurück. Warum, fragte der Esel, heißt die Schule Gymnasium? Genau genommen, sagte Moritz, heißt sie Realgymnasium, ich weiß nicht, was das Wort bedeutet. In unserer Stadt gibt es eine Volksschule und eine Hauptschule, beide besucht man vier Jahre. Ins Gymnasium geht man acht Jahre lang, schließt es ab mit einer Prüfung, die Matura heißt, danach kann man studieren. Wo?, fragte der Esel. – Keine Ahnung.

Der Esel blieb bei seinem Thema. Wenn du Bruck nicht kennst, fuhr er fort, sollten wir die Stadt besuchen, ich würde auch gern das Gymnasium sehen. Wie, fragte Moritz, kommen wir dorthin? – Darum kümmere ich mich. Der Esel ging zum Waldrand, stieß einen Schrei aus, und im Nu war die alte Krähe in Begleitung einiger junger Krähen zur Stelle.

Der Esel trug ihr sein Anliegen vor, die alte Krähe beschied ihm, sich mit Moritz morgen am frühen Nachmittag hier einzufinden, die jungen Krähen würden ihnen den Weg weisen. Daraus wurde allerdings nichts. Am nächsten Mittag erschütterte eine Nachricht die Stadt: Zwei Kinder, ein Bub und ein Mädchen, beide gingen noch nicht zur Volksschule, waren ermordet aufgefunden worden. Der Vater, ein Uhrmachermeister, hatte zu Mittag sein Geschäft zugesperrt, es befand sich am Fuß des Schlossbergs, war ein paar Hundert Meter gegangen, um die Kinder zu holen, und hatte sie tot unter einem Gebüsch gefunden.

Der Esel trabte trotzdem zum Waldrand, die alte Krähe wartete schon auf ihn. Habt ihr etwas bemerkt?, fragte er. Es ist unverzeihlich, antwortete die Krähe. Wir sind über die Wälder der Umgebung verteilt, damit uns nichts entgeht. Unsere Aufgabe ist es, wie du weißt, die anderen Tiere vor herannahenden Menschen zu warnen. Auf dem ganzen Schlossberg sitzen Krähen auf den höchsten Bäumen und überblicken alles. Heute aber war ein herrlicher Aufwind, und die Krähen ließen sich hochtragen bis zur Ruine, spielten Fangen, und ich, die Alte, saß dort auf einer Mauer und feuerte die Jungen noch an. Bis ich Polizeiautos mit Blaulicht die Straße auf den Schlossberg hinauffahren sah. Ich flog hinunter und sah, was geschehen war. Niemand von euch, fragte der Esel, hat etwas gesehen? – Niemand.

Der Ausflug nach Bruck fand am nächsten Tag statt. Von dem Mörder fehlte jede Spur. Er wurde übrigens nie gefasst. Die jungen Krähen zeigten Moritz und dem Esel den Weg über den Emberg hinunter ins Lamingtal, hinauf auf den Kreker und hinunter nach Bruck. Dort verabschiedeten sie sich mit lautem Krächzen, der Esel nickte ihnen zu. Da vorne, rief Moritz, steht das Gymnasium. Der Esel hatte noch nie ein so großes Gebäude gesehen. Sehr hässlich, sagte er. Sieht aus wie ein Gefängnis, erwiderte Moritz. Wozu braucht man heute noch ein Gefängnis?, fragte der Esel. Um Verbrecher zu bestrafen, antwortete Moritz. Hätte man den Mörder der beiden Kinder gefasst, säße er schon in einem Gefängnis. Interessant, erwiderte der Esel. Und was würde er dort tun? Nichts, sagte Moritz, wahrscheinlich nichts. Und das ist eine Strafe?, fragte der Esel. Gewiss, antwortete Moritz. Wer eingesperrt ist, kann nicht wie wir umherspazieren. Für Menschen ist das eine Strafe. Man lernt nie aus, sagte der Esel.

Die beiden gingen das dunkle Gebäude entlang und sahen, dass ein Teil bombardiert worden war. Moritz fiel auf, dass die Leute sich nach dem Esel umdrehten, sie wirkten neugierig, aber nicht unfreundlich. Das bewog Moritz, dem Esel vorzuschlagen – das Gymnasium lag am Rand der Stadt –, ins Zentrum von Bruck an der Mur zu gehen. Der Esel, stets begierig, Neues zu sehen, war einverstanden. Sie kamen an einer Kirche vorbei, dann ging es eine schmale Gasse hinab, die führte auf einen riesigen Platz, den Hauptplatz. Sie sahen einen kunstvoll gearbeiteten schmiedeeisernen Brunnen. Schau nach links, sagte der Esel. Was für ein Haus!, rief Moritz. So etwas hatten die beiden noch nie gesehen. Das Erdgeschoß bestand aus Arkaden, die nach oben in Spitzbögen zuliefen, darüber zwei Stockwerke mit reich verziertem Mauerwerk. Über den Arkaden stand in goldenen Buchstaben: Kornmesserhaus. Kornmesser, erklärte Moritz dem Esel: Wahrscheinlich hat das Haus früher einem Getreidehändler gehört.

Wir haben noch Zeit, sagte der Esel, gehen wir weiter. Sie bogen in eine Straße, sie hieß Mittergasse, hier reihte sich ein nobles Geschäft an das andere, mittendrin eine große Konditorei. Was sagst du dazu?, fragte Moritz. Diese Stadt ist ganz anders als Kapfenberg, sagte der Esel. Nicht weit entfernt und doch ganz anders. Und warum? Im Zentrum von Bruck befindet sich ein großer Hauptplatz mit Brunnen und Kornmesserhaus, im Zentrum von Kapfenberg steht das Stahlwerk. Wir sollten umkehren, ehe es dunkel wird, erwiderte Moritz. Auf dem Heimweg sagte er: Du erinnerst dich an das, was Hans erzählt hat. Sein Vater hat den Kindern vorgelesen. In der Familie Siegl gibt es offenbar viele Bücher. Meine Eltern besitzen kein einziges. Ich würde gern ein Buch lesen. Deine Eltern sind kluge Leute, erwiderte der Esel. Mag sein, sagte Moritz und wandte sich enttäuscht vom Esel ab. Der versuchte einzulenken. Frag doch deine Großmutter, sagte er, vielleicht hat die ein Buch oder sogar zwei.

Das tat Moritz am nächsten Tag. Großmutter unterbrach die Gartenarbeit und ging mit Moritz in die Stadt zum Eberharter. Der hatte ein kleines Geschäft, im Schaufenster sah man Noten für Ziehharmonika, daneben Schreibhefte, Bleistifte und Füllfedern. Der Verkaufsraum war so klein, dass kaum zwei Menschen Platz fanden. Ich suche ein Buch für meinen Enkel, sagte Großmutter. Wie alt bist du?, fragte Eberharter. Zehn, war die Antwort. Eberharter ging den beiden voran in den hinteren Raum, wo sich die Leihbibliothek befand. Zehn Jahre, sagte Eberharter, das ist das richtige Alter für Karl May. Hier ist »Winnetou«, der erste Band, versuch das. Moritz nahm das Buch, Großmutter legte ein paar Groschen auf den Tisch.

In den nächsten Tagen zog Moritz sich in sein Baumhaus zurück und las. Als der Esel ihn fragte, was in dem Buch stehe, sagte Moritz, er habe das Buch noch nicht zu Ende gelesen, der Esel solle sich gedulden. Nach einer Woche brachte

Moritz das Buch zurück, Eberharter gab ihm den zweiten Band von »Winnetou«. Diesen Band las Moritz nicht zu Ende. So ein Blödsinn, sagte er zum Esel. Diese Geschichte spielt in Amerika bei den Indianern. Das könnte interessant sein, würde in dem Roman erzählt werden, wie die Indianer leben, was sie essen, wie sie wohnen, wie die Kinder aufwachsen. Davon hätte ich dir gerne berichtet. Doch es wird vor allem gekämpft, ein Stamm gegen den anderen. Moritz brachte das Buch zurück und sagte gleich, von »Winnetou« habe er genug gelesen, das interessiere ihn nicht.

Eberharter empfahl ihm »Die Mammutjäger«. Die Mammuts, längst ausgestorben, seien gewaltige Tiere gewesen. In dem Buch werde geschildert, wie die Menschen mit primitivsten Mitteln Mammuts gejagt hätten. Moritz las das Buch nicht zu Ende. Eberharter war ungehalten. Hier, sagte er, habe ich etwas, das wird dich interessieren. Das Buch hieß »Robinson Crusoe«. Das sei, so Eberharter, ein weltberühmter Roman. Moritz las ihn zu Ende, schließlich handelte es sich um ein weltberühmtes Buch, trug es zurück, nahm unter dem Vorwand, in einer Woche beginne die Schule, kein weiteres Buch mit und betrat Eberharters Leihbibliothek nie wieder.

Der Esel sah sich in seiner Meinung, Bücher seien unnützes Zeug, bestätigt. Moritz widersprach ihm heftig. Seit Jahrhunderten, sagte er, werden in vielen Ländern in vielen Sprachen Bücher geschrieben. Ich kenne sie nicht. Ich kenne nur die Abenteuerromane, die Eberharter mir in die Hand gedrückt hat. Wir sollten doch den Siegl Hans besuchen und ihn fragen, aus welchen Büchern sein Vater zurzeit vorliest. Also brachen sie auf. Sie wurden von Frau Siegl empfangen, die es bedauerte, dass Moritz und der Esel so lange nicht zu Besuch gekommen waren. Moritz sagte, er wolle sich mit Hans über die Bücher unterhalten, die Herr Siegl den Kindern vorlese.

Der Hans, sagte Frau Siegl, hat die Hauptschule abgeschlossen und ist nach New York zu seinem Großvater gefahren, der ihn in einem College angemeldet hat. Das wird er drei Jahre lang besuchen und dann Architektur studieren. Hast du, fragte sie, Nachricht von deinem Onkel Heinrich? Er hat, erwiderte Moritz, meiner Mutter geschrieben, dass das Gefangenenlager leider geschlossen wird und er nach Österreich zurückkehren muss. Der Arme, sagte Frau Siegl und lachte. Er wird, erwiderte Moritz, hier eine Autoreparaturwerkstatt aufmachen.

Auf dem Rückweg in die Au sagte der Esel: Ich würde auch gern nach Amerika fahren. Bist du verrückt, fragte Moritz, wie willst du dorthin kommen? Mit dem Schiff natürlich, erwiderte der Esel, die Krähen würden mir den Weg weisen. Du würdest ohne mich nach Amerika fahren?, fragte Moritz. Niemals, antwortete der Esel. Du besuchst das Realgymnasium, mit achtzehn machst du die Matura, dann beginnst du eine Rauchfangkehrerlehre, und bald bist du der beste Rauchfangkehrer Österreichs. Also wirst du zur Rauchfangkehrer-Weltmeisterschaft nach New York eingeladen. Dann sind wir beide in Amerika. Und danach?, fragte Moritz. Wenn du die Weltmeisterschaft gewinnst, sagte der Esel, bist du ein berühmter Mann, und ich, dein Freund, bin ein berühmter Esel. Wir bleiben selbstverständlich in New York, treffen dort den Siegl Hans, und du kannst ihn fragen, ob er von zu Hause Bücher mitgenommen hat, und wenn ja, ob er dir das eine oder andere borgt. Vielleicht findest du dann endlich ein Buch, das dich interessiert.

Inzwischen waren sie ins Stadtzentrum gelangt, sie gingen weiter zur Brücke, die über die Mürz führte. Was passiert, fragte Moritz, wenn ich die Weltmeisterschaft nicht gewinne? Dann fahren wir zurück, erwiderte der Esel, und beraten, was zu tun ist. Du hast einmal behauptet, sagte Moritz, dass du dich nicht dafür interessierst, was die Zukunft bringt – und redest davon, dass du nach Amerika fahren wirst. Das hat nichts mit Zukunft zu tun, sagte der Esel, es ist ganz gewiss, dass ich nach Amerika fahre. Was der Hans kann, kann ich auch. Übrigens, fuhr er fort, du hast schon lange nicht mehr über Gretel und Karla gesprochen. Das ist Vergangenheit, sagte Moritz. Ach, rief der Esel und blieb stehen. Moritz ging weiter.

Die Schule begann nicht an einem Montag, sondern am Mittwoch. Um ein Uhr kam Moritz mit dem O-Bus – O stand für Oberleitung, der Bus war durch zwei Stangen mit zwei elektrischen Leitungen verbunden – nach Kapfenberg zurück, der Esel holte ihn ab. Erzähl, sagte er. Es gibt so viel zu erzählen, erwiderte Moritz, gehen wir nach Haus und setzen wir uns unter die Linde.

Dort nahm Moritz ein Heft aus der Schultasche. Das Unwichtige zuerst, sagte er. Wir haben keine Lehrer, sondern Professoren, und zwar jede Stunde einen anderen. Hier ist der Stundenplan. Morgen in der ersten Stunde Naturgeschichte, dann Geografie, es folgt Deutsch, dann kommt Mathematik und in der letzten Stunde Religion. Was ist Religion?, fragte der Esel. In Religion, antwortete Moritz, wird von Gott geredet, der wohnt im Himmel, aber noch nie hat ihn jemand gesehen. Er ist allmächtig, er kann alles tun, was er will, und er ist allwissend. Wenn ich zum Beispiel lüge oder etwas stehle, dann weiß er das.

Ich habe einmal, fuhr Moritz fort, beim Abendessen meine Eltern gefragt, was es mit Gott auf sich hat. Quatsch, hat der Vater gesagt. Unsinn, hat die Mutter gesagt. Dann habe ich die Großmutter gefragt, sie hat gesagt, dass sie auf Gott vertraue, er sei allmächtig und werde dafür sorgen, dass sie eines Tages bei der Tombola den Hauptpreis gewinnt.

Und nun das Wichtige, sagte Moritz. Wir haben wie jede andere Klasse auch einen Klassenvorstand. Er heißt Stelzhammer. Er unterrichtet uns in der ersten und zweiten Klasse in Deutsch, ab der dritten in Latein. Er hat uns mit den Worten begrüßt, wir seien achtundvierzig Schüler in der Klasse. Er habe von der Direktion den Auftrag, diese Schülerzahl bis zum Ende der vierten Klasse auf achtzehn zu reduzieren. Auf achtzehn!, wiederholte Moritz. Dreißig fliegen hinaus. Das kann ja lustig werden.

Der Esel dachte nach. Dann sagte er: Der Stelzhammer ist ein guter Mann. Er hätte euch den Auftrag, den er von der Direktion erhalten hat, nicht mitteilen müssen. Nun weißt du immerhin, woran du bist. Du warst ein guter Schüler. Von nun an geht es darum, so gut zu sein, dass sie dich nicht hinauswerfen können. Und solltest du, fügte er hinzu, einmal Probleme haben, lerne ich mit dir. Moritz lachte. Auf keinen Fall, fuhr der Esel fort, darfst du deiner Mutter davon erzählen. Sie würde sich nur unnötig Sorgen machen.

Schon in der ersten Woche gab es ein Diktat. Langsam las Stelzhammer einen Satz nach dem anderen, die Schüler schrieben mit. Nach zwanzig Minuten sammelte der Professor die Hefte ein. Am Tag darauf verteilte er die benoteten Arbeiten. Die Schüler wurden einzeln aufgerufen, zuerst diejenigen, die ein Nicht genügend hatten. Es waren nicht wenige. Nur vier Schüler bekamen ein Gut, unter ihnen Moritz. Stolz erzählte er dem Esel, der ihn wie jeden Tag vom O-Bus abholte, von seinem Erfolg. Ein Gut?, sagte der Esel, was für eine Schande. Stelzhammer hat mit einem einfachen Diktat begonnen und bereits großen Erfolg gehabt: viele

Nicht genügend. Die nächsten Diktate werden schwieriger. Stelzhammers Ziel ist, dass es wenige Befriedigend, aber viele Genügend und Nicht genügend gibt. So schafft er einen Grundstock von Schülern, die er am Ende des Schuljahrs aus der Klasse werfen kann. Der Direktor wird ihn loben. Die Diktate müssen so schwierig sein, dass es kein Gut und kein Sehr gut gibt. Denn niemand soll sich sicher fühlen. Mit einem Wort: Du musst in Deutsch mehr lernen.

Klingt vernünftig, erwiderte Moritz und ging hinauf in die Wohnung. Die Mutter schlug das Heft auf, sah das Gut, drückte Moritz an sich und rief: Du hast es geschafft! Zum Glück, dachte Moritz, habe ich den Esel. Die Mutter erzählte, dass Frau Markel hier gewesen war, um sich zu verabschieden. Sie gehe mit ihrem Mann nach Graz, der sei eingeladen worden, dort eine Musikakademie zu gründen. Sie hoffe sehr, dass Moritz mehr übe, er habe das Zeug zu einem guten Geiger. Nächste Woche bekomme er einen neuen Lehrer.

Als Moritz am Dienstag in das Zimmer trat, in dem er bislang die Geigenstunde bei Frau Markel gehabt hatte, wurde er von zwei Männern mit Handschlag begrüßt. Der eine, um die vierzig, mit schütterem, schulterlangem Haar, einem Sakko in Fischgrätmuster und mit greller Krawatte, stellte sich als der neue Geigenlehrer vor, der andere, noch keine dreißig, sehr schlank, eine Haarsträhne hing ihm ins Gesicht, nervös streifte er sie immer wieder zurück, im dezenten grauen Anzug mit unauffälliger Krawatte, sagte, er sei der neue Musikschuldirektor. Zu dritt nahm man an einem Tisch Platz.

Hier wird sich viel ändern, sagte der Geigenlehrer zu Moritz. Außer mir unterrichten noch drei Geigenlehrerinnen, wir haben insgesamt an die fünfzig Schüler, merkwürdigerweise lauter Buben. Ich habe vor, ein Jugendorchester zu gründen. Du spielst nun schon einige Jahre, du wirst im Orchester ganz vorne sitzen bei den Ersten Geigen. In zwei Wochen fangen wir an. In der Geigenstunde werden wir weiterhin Etüden üben, aber auch die Stücke, die wir im Orchester spielen. Auch habe ich eine Sonate von Händel für dich mitgebracht, auf den ersten Satz, den langsamen, werden wir uns in den nächsten Monaten konzentrieren. Mitte Dezember wirst du ihn öffentlich vorspielen. Die nächste Vorspielstunde wird im Mai sein. Dann spielst du nicht nur den ersten Satz, sondern die ganze Sonate. Du siehst, wir haben viel zu tun.

So ist es, sagte der Musikschuldirektor. Der Herr Kollege, er kommt wie ich aus Graz, gründet ein Jugendorchester, und ich versuche, ein Orchester zusammenzustellen, in dem die Lehrer der Musikschule, die besten Schüler – ich bin mir sicher, du wirst dabei sein –, aber auch Leute aus der Stadt, die ein Instrument spielen, mitwirken sollen. Ich habe die Kellnerin in der Konditorei Hanecker gefragt, ob sie Leute kennt, die einigermaßen gut Geige spielen können. Sie hat sich zu mir gesetzt und gesagt: Jeder in der Stadt kennt ihn, den Doktor Preiner. Er ist der Direktor des Stahlwerks. Jeden Samstag zu Mittag sieht man ihn mit dem Geigenkasten in der Hand zum Bahnhof gehen. Er fährt nach Graz und nimmt dort Privatstunden beim Konzertmeister der Grazer Philharmoniker. Ich weiß das von seiner Frau, die jeden zweiten Tag mit ihrer Freundin hierherkommt.

Ich habe, fuhr der Musikschuldirektor fort, den Doktor Preiner angerufen, er hat mich an einem Sonntagnachmittag zu sich zum Kaffee eingeladen, die Geige genommen und aufs Brillanteste ein Stück vorgetragen, das Bach für Violine allein geschrieben hat. Ein Stahlwerksdirektor als glänzender Geiger – ich war sehr überrascht. Ob er, habe ich gefragt, nach der Arbeit zur Geige greift, um sich zu entspannen. Mich entspannen?, hat er unwirsch geantwortet. Im Gegenteil. Sehr freundlich allerdings ist er meiner Bitte nachgekommen, in dem zu gründenden Orchester die Stelle des Konzertmeisters zu übernehmen. Auch gab er mir den Rat, den Architekten Schuster aufzusuchen, der soll angeblich Cello spielen. Und in der Lohnverrechnung der Firma Böhler arbeite ein Mann namens Erika, der spiele ebenfalls Geige.

Moritz hatte dem Esel auf dem Weg von der Musikschule in die Au viel zu erzählen. Ich habe geglaubt, sagte der Esel, in dieser Stadt arbeitet fast jeder – wie ja auch dein Vater – im Stahlwerk. Doch schon der Direktor des Stahlwerks ist auch ein ausgezeichneter Geiger. Vielleicht nimmt er nur Leute auf, die auch Geige spielen können. Ich freue mich schon auf das Jugendorchester, erwiderte Moritz, mehr aber noch auf das Orchester des Musikschuldirektors. Die merkwürdigsten Menschen werden da zusammenkommen. Vielleicht ist der Architekt, der Cello spielt, derselbe, der in der Stadt ein Hallenbad bauen soll. Ich werde die Mutter fragen. Sie ist gestern Abend wieder nach Haus gekommen.

Wo war sie?, fragte der Esel. Ach, sagte Moritz, ich hab dir das nicht erzählt. Es ist ärgerlich gewesen. Vorgestern ist der Onkel Heinrich aus der Kriegsgefangenschaft zurückgekommen. Die Mutter ist nach Wiener Neustadt gefahren, um ihren Bruder vom Bahnhof abzuholen. Dem Vater war das nicht recht. Dein Bruder hat doch eine Frau, die wird ihn abholen, hat er gesagt, was hast du dort verloren? Erinnerst du dich?, fragte Moritz den Esel, ich habe dir erzählt, dass der Vater den Onkel nicht leiden kann. Gestern Abend, fuhr Moritz fort, der Vater war in der Nachmittagsschicht, hat mir die Mutter von ihrer Reise berichtet.

Mein Bruder hat sich sehr gefreut, hat sie gesagt, dass ich ihn abgeholt habe. Seine Frau ist nicht auf dem Bahnhof gewesen. Er hat sich, seit ich ihn vor zwölf Jahren gesehen habe, nicht verändert. Er ist immer noch wohlgenährt und ebenso elegant wie früher. Er hat einen hellen Anzug getragen und zwei Lederkoffer bei sich gehabt. Wir sind in einen Zug eingestiegen, der hat uns nach Neurißhof gebracht, wo mein Bruder zu Hause ist, und auch meine Mutter, deine zweite Großmutter. Du hast zwei Großmütter, sagte der Esel, und keine Großväter. Die sind beide im Ersten Weltkrieg gefallen, erwiderte Moritz.

Mein Bruder, hat die Mutter erzählt, wollte nicht in seine Wohnung, sondern wir sind zu unserer Mutter gegangen. Die hat ihn kurz umarmt, die panierten Schnitzel in die Pfanne gelegt und meinem Bruder mitgeteilt, seine Frau – sie ist beim praktischen Arzt, dem einzigen weit und breit, als Krankenschwester beschäftigt – habe in der Ordination viel zu tun, sie komme erst am Abend heim. Mein Bruder hat von einem Laib Brot eine Schnitte abgeschnitten, sie dick mit Butter bestrichen und es sich schmecken lassen. Dann hat er die Flasche Rotwein, die auf dem Tisch gestanden ist, geöffnet, zwei Glas hintereinander getrunken und sich eine Zigarette angezündet. Es hat an der Tür geklopft, und wer ist hereingekommen? Der Hantak. Als ich noch in Neurißhof gewohnt habe, ist mir der Hantak nachgestiegen. Mein Bruder hat damals gesagt: Ich bitte dich, lass dich nicht mit dem Hantak ein, der ist ein Gauner. Nun ist er in der Küche gestanden. Er wolle nicht stören. Er habe Heinrich auf der Straße gesehen. Der komme zur rechten Zeit aus der Gefangenschaft zurück. Er, der Hantak, mache gute Geschäfte, Heinrich könne bei ihm einsteigen.

Zwei Wochen später fand am Nachmittag die erste Probe des Jugendorchesters statt. Der Probensaal lag im Erdgeschoß, die Fenster standen offen, der Esel hatte ein sonniges Plätzchen gefunden und lauschte der Musik. Als Moritz nach der Probe aus der Musikschule kam, bemerkte der Esel ihn nicht, verträumt schaute er vor sich hin. Haben wir schön gespielt?, fragte Moritz. Der Esel nickte bedächtig. Was für ein Glück, sagte er, dass der neue Geigenlehrer dieses Orchester gegründet hat. Gefällt dir jede Musik?, fragte Moritz. Nein, antwortete der Esel. Mir gefällt, wenn eine Geige und eine Ziehharmonika miteinander spielen. Mir gefällt Blasmusik. Aber besonders gefällt mir, wenn viele Geigen miteinander spielen.

Auf dem Nachhauseweg erzählte der Esel, dass er am Vormittag das alte Pferd besucht hätte. Es ist sehr verbittert, sagte er. Es hat behauptet, dass schlechte Zeiten kommen. Seit ich denken kann, hat das alte Pferd gesagt, hat der Kohlenhändler sich von dem Bauern, bei dem die anderen Pferde und ich zu Hause sind, ein Pferd gegen Bezahlung ausgeborgt, es vor den Karren gespannt und seinen Kunden die Kohle zugestellt. Nun aber hat der Kohlenhändler gesagt, er schaffe sich einen Lastkraftwagen an und werde das Pferd nicht mehr brauchen. Wenn das so weitergeht, hat das alte Pferd gesagt, wenn auch die Pakete, wenn auch das Eis für die Wirtshäuser von Lastkraftwagen ausgeliefert werden, dann bricht alles zusammen.

Siehst du das auch so?, fragte Moritz. Es ist sinnlos, erwiderte der Esel, in einer kleinen Stadt die Kohle mit einem Lastkraftwagen zuzustellen. Die Menschen nennen das Fortschritt. Und wie nennst du das?, fragte Moritz. Ich mische mich in die Angelegenheiten der Menschen nicht ein, war die Antwort. Das ist mir neu, sagte Moritz. Das ist so, erwiderte der Esel und stampfte mit dem Fuß auf. Schnell wechselte Moritz das Thema. Wir haben schon wieder ein Diktat gehabt, sagte er. Aha, erwiderte der Esel, und was hast du bekommen? – Ein Sehr gut. Das nenne ich Fortschritt!, rief der Esel. Diese Teufel in Bruck können dich nicht umbringen.

7

Es war so, wie Moritz befürchtet hatte: Die drei großen Fenster des Proberaums waren geschlossen. Am letzten Freitag im Oktober fand um 18 Uhr die erste Probe des großen Orchesters statt. Der Musikschuldirektor, der das Orchester zusammengestellt hatte und es nun leitete, verteilte die Noten. Moritz trug den Part, der ihm zugedacht war, bei sich, denn der gehörte zu den Aufgaben, die er in der Geigenstunde und daheim zu bewältigen hatte.

Ohne Scheu ging er auf den Direktor, diesen stets freundlichen Mann, zu und trug ihm seine Bitte vor. Ich habe einen Esel als Freund, sagte er, der ist sehr musikbegeistert. Er steht draußen, in Erwartung, dass er hören kann, was wir hier spielen. Nun sind aber alle Fenster geschlossen. Ach Moritz, erwiderte der Musikschuldirektor, das ist doch kein Problem, und er ging zum mittleren der drei Fenster, öffnete einen Flügel, winkte dem Esel zu und rief: Ich hoffe, es gefällt dir, was wir musizieren.

Gleich nach der Probe wollte der Esel seinem Freund erzählen, wie begeistert er von der Musik war, und er wollte in Erfahrung bringen, wie Moritz sich in dem großen Orchester zurechtgefunden hatte. Moritz sagte, der Abend ist kühl, mich fröstelt, ich habe nur ein Hemd an. Ist dir nicht kalt? Nein, antwortete der Esel, es ist noch nicht Winter. Außerdem: Wenn ich genug Rüben zu fressen habe, ist mir nicht kalt. Soll ich es, fragte Moritz, auch mit Rüben versuchen? Wir gehen nach Haus, entschied der Esel.

Moritz holte sich einen warmen Pullover aus der Wohnung, ging in den Keller und setzte sich auf einen Strohballen. Frisches Stroh, sagte er zum Esel, frisches Heu, frische Rüben. Wer bringt dir das? Die Großmutter, erwiderte der Esel, sie kommt einmal in der Woche mit dem Leiterwagen in die Au. Heute am Vormittag ist sie hier gewesen. Deine Mutter ist in den Keller gekommen und hat die Großmutter gedrängt, doch hinauf in die Küche zu gehen, es gebe Kaffee und Apfelkuchen.

Doch die Großmutter hat geantwortet: Ich bin zurzeit sehr beschäftigt. Die Tabakblätter sind zu ernten. Danach muss ich auf dem Dachboden Zeitungspapier auflegen, darauf verteile ich die Tabakblätter. Die Zeitungen nehmen die Feuchtigkeit der Blätter auf, so trocknet der Tabak schneller. Wenn ich nächste Woche komme, habe ich diese Arbeit hinter mir, heb mir bis dahin ein Stück von dem Apfelkuchen auf. Deine Mutter hat wissen wollen, woher die Großmutter Stroh, Heu und Rüben bezieht. Vom Ederbauer, hat die Großmutter geantwortet, der hat auf dem Emberg eine Landwirtschaft und ein gut gehendes Gasthaus. Und ein Sohn lernt Geige in der Musikschule und spielt im Jugendorchester. Der Bub hat dem Vater vom Esel erzählt, der vor dem Fenster steht und zuhört. Das hat dem Ederbauer so gefallen, dass er uns alles, was der Esel braucht, schenkt.

Doch nun, fuhr der Esel fort, erzähl mir von der Probe. Ich habe gehört, wie der Musikschuldirektor euch erklärt hat, dass nun eine Symphonie von Carl Philipp Stamitz gespielt wird. Stamitz habe zur Zeit von Mozart gelebt, aber nicht in Österreich. Eine Mozart-Symphonie könne man nicht spielen, dazu brauche man Bläser. Ein Lehrer für Klarinette, Oboe, Flöte und Querflöte sei bereits engagiert, es gebe auch schon ein paar Schüler, doch bis die im Orchester spielen können, werde es einige Zeit dauern.

Moritz unterbrach den Esel. Carl Philipp, sagte er, es ist schön, zwei Vornamen zu haben. Such dir einen zweiten aus, erwiderte der Esel. Moritz dachte nach, dann sagte er: Ich heiße Moritz Esel Zaunschirm. Und ich, war die Antwort, heiße Esel Esel Esel. Das ist noch schöner, erwiderte Moritz. Nun erzähl endlich von der Probe, drängte der Esel. Der Konzertmeister, der Doktor Preiner, sagte Moritz, ist ein großer, schlanker Mann mit dichtem grauen Haar. Er ist freundlich, aber nicht redselig. Er spielt wunderbar. Nicht, dass er sich hervortun will – er passt sich den anderen Ersten Geigen an, und doch ist sein Ton stets hörbar. Einen besseren Konzertmeister kann man sich nicht wünschen.

Neben ihm sitzt eine junge Geigenlehrerin. Dahinter an zwei Notenpulten vier Musikschüler, alle ein paar Jahre älter als ich. Daneben kommen wir, die Zweiten Geigen, am ersten Pult eine Geigenlehrerin und ich, hinter uns der Herr Frei und ein junger Arbeiter, den der Herr Frei mitgebracht hat. Ich bin der Schütz – so hat er sich mir vorgestellt. In der Mitte, dem Dirigenten gegenüber, sind die beiden Bratschisten platziert: mein Geigenlehrer und eine Kollegin von ihm. Rechts vom Dirigenten die beiden Cellisten, der eine unterrichtet an der Musikschule, der andere ist der Architekt Schuster. Der hat mir sofort gefallen, groß, schlank, kurzes, schütteres Haar, elegant und gleichzeitig leger, nicht so steif wie der Preiner. Er spielt nicht brillant, aber mit großer Freude, sein Körper schwingt mit der Musik, und diese Spielfreude überträgt sich auf das ganze Orchester.

Mir scheint, sagte der Esel, dass du in der Musikschule ein zweites Zuhause gefunden hast. Das ist gut für dich. Die Schule in Bruck ist ein Zwang, die Musikschule in Kapfenberg eine Freude. Moritz dachte nach. Dann erwiderte er: So habe ich das noch gar nicht gesehen. Die Musikschule ist die helle Welt, die mir die dunkle, das Gymnasium, erträglich macht. Mir geht es nicht schlecht. Du hast ein schönes Leben, sagte der Esel. Und ich sorge dafür. Warum tust du das?, fragte Moritz. Weil ich nichts anderes zu tun habe, war die Antwort. Und nun, fuhr der Esel fort, geh hinauf in die Wohnung und bereite dich für das nächste Diktat vor. Und zum Zeichen, dass er keine Lust hatte, weiterzureden, streckte er sich auf dem Stroh aus und stellte sich schlafend.

An einem kalten Morgen ging Moritz zum O-Bus, da sah er, er traute seinen Augen nicht, in einiger Entfernung den Esel die Straße entlangwandern. Er lief ihm nach. Was machst du um diese Zeit auf der Straße? Du schläfst doch sonst bis in den späten Vormittag. Ich gehe auf den Frauenberg, antwortete der Esel. Was sagst du?, rief Moritz, auf den Frauenberg? Ich bin neugierig, erwiderte der Esel, wie es dem Pferd geht, das beim Hirschenwirt lebt. Auf dem Heimweg besuche ich den Pfarrer und Frau Reitbauer. Wir sehen uns am Abend bei dir im Keller, sagte Moritz. Die Wege der beiden trennten sich, der Esel ging nach rechts Richtung Frauenberg, Moritz nach links zum O-Bus.

Am Abend wartete er ungeduldig auf den Esel. Es war schon dunkel draußen. Moritz holte den Weltatlas, den ihm die Mutter am Tag zuvor gekauft hatte, aus der Wohnung. Er schaltete im Keller das Licht ein, setzte sich auf einen Strohballen und blätterte im Atlas. Er wollte herausfinden, wie groß die Entfernung von Kapfenberg bis New York ist. Da kam endlich der Esel. Er grüßte kurz und ließ sich auf das Strohbett fallen. Bist du müde, fragte Moritz, oder hungrig? Der Esel schüttelte den Kopf. Ich bin schläfrig, sagte er, den ganzen Winter bin ich schläfrig.

Wie geht's dem Pferd?, fragte Moritz. Der Esel dachte nach. Schließlich sagte er: Es ist merkwürdig. Die alten Pferde, ob es nun das beim Bauern am Ende der Au ist oder das vom Hirschenwirt, lassen kein gutes Haar am Zustand der Welt. Das Pferd vom Hirschenwirt hat gesagt, die Welt sei keine Welt mehr, sondern eine Scheinwelt. Das habe ich nicht verstanden. Begonnen hat es damit, hat das Pferd gesagt, dass der Fuhrweg, auf dem ich Hunderte Male den Karren auf den Frauenberg gezogen habe, zu einer Schotterstraße verbreitert wurde, auf der nun Autos fahren. Die brachten etliche Gäste. Dem Hirschenwirt war das bald zu viel Arbeit. Die Gäste murrten, weil sie lange warten mussten, bis sie etwas zu trinken bekamen, zu essen gab es außer Schmalzbroten nichts.

Eines Tages, hat das Pferd erzählt, ist ein Mann vorgefahren, er hat dem Hirschenwirt angeboten, das Wirtshaus zu pachten, er verfüge über viel Erfahrung, er besitze ein Gasthaus in Kapfenberg und ein Restaurant in Bruck, er biete dem Hirschenwirt 15.000 Schilling für ein Jahr. Er hat einen Pachtvertrag und eine Füllfeder auf den Tisch gelegt. Der Hirschenwirt hat den Kopf geschüttelt, sich niedergesetzt, den Pachtvertrag gelesen und wieder den Kopf geschüttelt. Schließlich hat er die Füllfeder in die Hand genommen. Da hat der Mann 15.000 Schilling auf den Tisch geblättert. Der Hirschenwirt hat es nicht gewagt, nach den Scheinen zu greifen, noch nie hat er so viel Geld gesehen.

Schon am Tag darauf sind zwei Lastkraftwagen gekommen, hat das Pferd gesagt, in dem einen waren neue Tische und Sessel für den Gastraum, im anderen eine moderne Kücheneinrichtung. Zwei Tage später hat ein Lieferwagen vor dem Wirtshaus gehalten, zwei Männer sind ausgestiegen und haben Lebensmittel in die Küche getragen, der eine hat sich als Koch erwiesen, der andere als dessen Gehilfe. Nach einer Stunde hat das ganze Haus nach Rindsuppe geduftet. Am nächsten Tag ist das Wirtshaus eröffnet worden, zwei Kellnerinnen haben auf die Gäste gewartet, die Leute haben die Speisekarte gelesen, gesehen, dass alles, vom Schnitzel bis zum Tafelspitz, billiger war als beim Lindenwirt, und sind eingekehrt.

Der alte Hirschenwirt ist den ganzen Tag an einem kleinen Tisch neben der Schank gesessen, hat abwechselnd Bier und Schnaps getrunken, und wenn er etwas gegessen hat, dann ein Schmalzbrot. Die drei Kühe und fünf Schweine, die er noch besessen hat, sind nach und nach geschlachtet und in der Küche verarbeitet worden. Seine zwei Äcker hat er um einen Spottpreis verkauft. Ich habe das alte Pferd gefragt, sagte der Esel, ob Frau Reitbauer nun Butter, Brot und Faschiertes an den neuen Pächter liefert. Das Pferd hat den Kopf geschüttelt.

Das Gehöft der Frau Reitbauer, hat das alte Pferd gesagt, liegt an der neuen Straße. Zweimal in der Woche kommt ein Auto und bringt die Sachen, die Frau Reitbauer herstellt, hinunter nach Kapfenberg. Du siehst, unsere kleine Welt auf dem Frauenberg gibt es nicht mehr. Ich habe dem Pferd versichert, sagte der Esel, dass ich es bald wieder besuche, zunächst aber beim Pfarrer vorbeischauen werde. Der ist nicht hier, hat das Pferd erwidert, er ist zur Weiterbildung im Stift Seckau. Zur Weiterbildung! Niemand auf dem ganzen Frauenberg weiß so viel wie der Pfarrer, auch der Lehrer nicht. Und nun nehmen sie uns den Pfarrer weg unter dem Vorwand, dass er sich weiterbilden muss. Unsere Welt wird von allen Seiten zerstört.

Ich habe mich auf den Weg zur Frau Reitbauer gemacht, fuhr der Esel fort. Und wen treffe ich auf dem Hof? Die

Gretel. Sie schlingt ihre Arme um meinen Kopf, liebkost mich und ruft: Wo ist der Moritz? Wo ist denn der Moritz? Ich vermisse ihn so. Alarmiert von dem Geschrei, kommt Frau Reitbauer herbeigelaufen. Der Esel kommt ohne Moritz, sagt Gretel, was hat das zu bedeuten? Ist Moritz ein Unglück zugestoßen? Mutter, ruft sie, ich muss mit dem Esel sofort nach Kapfenberg, um zu sehen, was passiert ist. Das geht nicht, sagt Frau Reitbauer streng, du musst noch deine Wäsche waschen, morgen in der Früh fährst du zurück nach Graz.

Der Esel machte eine lange Pause. Dann sagte er: Wenn wir morgen zeitig aufstehen und auf den Frauenberg gehen, treffen wir Gretel vielleicht noch an. Sie würde sich sehr freuen. Moritz schüttelte den Kopf, dann erwiderte er: Vielleicht. Vielleicht auch nicht. Und wenn wir sie treffen, muss sie auch gleich zum Zug rennen. Nein, ich gehe nicht auf den Frauenberg. Das alte Pferd hat recht, sagte der Esel, den Frauenberg als kleine, schöne Welt, wie wir ihn gekannt haben, gibt es nicht mehr. Aber, widersprach Moritz, den Frauenberg als Traumwelt gibt es und wird es immer geben. Ich kenne mich mit Träumen aus, sagte der Esel, ich träume immer von ein und demselben: von Rüben. Das Schlechte an Träumen ist, dass man, wenn sie am schönsten sind, daraus erwacht. Ich, erwiderte Moritz, erwache aus meiner Traumwelt niemals. Erschöpft ließ der Esel den Kopf aufs Stroh sinken.

Ab Anfang November redete Moritz' Mutter nur mehr davon, dass ihr Sohn in einem Monat im Vortragssaal der Musikschule spielen würde. Du wirst dort öffentlich auftreten, sagte sie. Öffentlich! Du kannst nicht mit den alten Sachen, die du immer trägst, auf dem Podium stehen. Sie hatte sich in den Kopf gesetzt, Moritz solle einen Anzug bekommen, und beriet sich deshalb mit ihrem Mann. Moritz, meinte sie, sei ein Wunderkind, nicht nur ein ausgezeichneter Schüler, er trete auch bald in der Musikschule öffentlich auf. Es wird schon so sein, erwiderte ihr Mann, kaufen wir ihm also einen Anzug.

Nun gab es in Kapfenberg kein Geschäft, in dem man Anzüge für Schulbuben bekam, also ging die Mutter mit Moritz zu einem Schneider, der so tat, als wäre es für ihn das Selbstverständlichste, für einen Buben einen Anzug zu fertigen. Er legte einen Katalog mit Stoffmustern auf den Tisch, begann zu blättern, ganz vorne sah man einen schwarzen, danach wurden die Stoffe jeweils eine Spur heller, der Schneider zeigte auf einen dunkelblauen. Nein, sagte Moritz mit solcher Entschiedenheit, dass die Mutter und der Schneider einander erstaunt ansahen. Weiter, sagte Moritz, blättern Sie weiter, das ist alles viel zu dunkel. Nach einer Weile rief er: Halt! Diesen Stoff – er war beige – nehmen wir. Moritz erinnerte sich, dass der Architekt Schuster einen Anzug aus einem solchen Stoff getragen hatte. Gut gewählt, sagte der Schneider, ich habe vor einem Jahr für den Herrn Architekten Schuster einen Anzug aus diesem Stoff gefertigt. Ich weiß, sagte Moritz.

Ende November stand Moritz im Atelier des Schneidermeisters vor dem Spiegel, im neuen Anzug, mit weißem Hemd und Krawatte. Er erkannte sich nicht wieder, ihm schaute kein Schulbub entgegen, sondern ein eleganter junger Mann. So trat er zur Freude seiner Eltern bei der Vorspielstunde auf – und auch bei der Weihnachtsfeier in der Schule. Stelzhammer hatte gefragt, ob jemand ein Instrument spiele und in der letzten Deutschstunde vor den Feiertagen Weihnachtslieder vortragen könne. Moritz hatte sich gemeldet. Er kam mit der Geige und einem Notenständer.

Und als er vor der Tafel stand und spielte, setzte Stelzhammer sich in die erste Bankreihe und musterte Moritz erstaunt und argwöhnisch. Ein Arbeiterkind aus Kapfenberg in einem Maßanzug, das war ihm suspekt.

Als Moritz von der Schule heimkam, ging er sofort zum Esel, der Moritz noch nie im Anzug gesehen hatte. Was sagst du jetzt?, fragte Moritz. Der Esel betrachtete ihn genau. Dann sagte er: Ich habe den Architekten Schuster zur Probe gehen sehen. Du siehst ihm sehr ähnlich. Tatsächlich!, rief Moritz, sag das noch einmal. Der Esel schüttelte den Kopf. Morgen, fuhr Moritz fort, ist Heiliger Abend, da kann man sich etwas wünschen. Ich wünsche mir neue Eislaufschuhe. Und du? Ich, erwiderte der Esel, wünsche mir eine Rübe und Ruhe.

Das erste Schuljahr im Gymnasium ging für Moritz genau so zu Ende, wie der Esel es geplant hatte. Der war sehr dahinter, dass Moritz sich in Deutsch keine Blöße gab. Auf Diktate gab es jedes Mal ein Sehr gut. Doch dann folgten die Aufsätze. Da hatte Stelzhammer, anders als bei den Diktaten, einen Spielraum: Er beurteilte nicht nur Rechtschreib- und Grammatikfehler, sondern auch den Inhalt. Ob der Schüler das, wie Stelzhammer sich ausdrückte, Thema verfehlt habe oder nicht. Lautete das Thema: Besuch bei der Großmutter, konnte Stelzhammer bekritteln, der Schüler habe zwar den Weg zur Großmutter und den Rückweg beschrieben, über den Besuch selbst aber fast nichts gesagt. Und schon hatte man ein Nicht genügend.

Moritz musste auf Drängen des Esels Aufsätze schreiben, zum Beispiel wie die Krähen vor dem Haus der Gestapo in Leoben die Meisen dazu brachten, herauszufinden, ob Moritz' Vater noch am Leben war. Oder wie Gretel und er neben dem Landgasthaus gekegelt hatten. Diese Aufsätze musste er dem Esel vorlesen, dem es wichtig war, dass Moritz sich nicht in Nebensächlichkeiten verlor. Dieserart geschult, bekam Moritz auch für die Aufsätze gute Noten, sodass er am Ende der ersten Klasse unter den besten Schülern war. Sechs mussten mit zwei Nicht genügend die Klasse verlassen. Gute Arbeit von Stelzhammer, sagte der Esel, wer hilft ihm dabei? Der Mathematiklehrer, erwiderte Moritz. Hast du keine Probleme in diesem Fach?, fragte der Esel. Dieser Professor, antwortete Moritz, hat keinen Spielraum. Zwei und zwei ist vier.

In der zweiten Klasse kam ein neuer Professor, er hieß Köppel und unterrichtete Geschichte. Ein Mitschüler von Moritz war der Sohn eines Professors am Realgymnasium und wusste zu berichten, dass Köppel nach 1945 als hoher Nazifunktionär wegen schwerer Vergehen zur Zwangsarbeit beim Bau des Kraftwerks Kaprun verurteilt worden war. Nun wirkte er als Lehrer in Bruck. In der zweiten Unterrichtsstunde, er erzählte etwas über die Anfänge der Habsburger in Österreich, alle schrieben mit, hielt er plötzlich inne, ging zweimal auf und ab, wandte sich an die Klasse, hob die Arme und rief: Es gibt, merkt euch das, zwei Teufel auf dieser Welt: Glenn Miller und Josef Stalin. Er hatte Mühe, sich zu beruhigen, schließlich konnte er den Bericht über die Habsburger fortsetzen.

Moritz kannte eine Schallplatte von Glenn Miller, er hatte sie bei einem Mitschüler gehört, dem er manchmal half, die Hausaufgaben in Mathematik zu lösen. Beide hatten denselben Gedanken: nach der Schule in Kapfenberg zum Elektrohändler Graf zu gehen und zu fragen, ob er eine Schallplatte von Josef Stalin habe. Das taten sie auch. Der Elektrohändler war ein freundlicher Mann und ließ sich von den Buben erklären, wie sie auf die Idee gekommen waren, dass es von

Stalin eine Schallplatte geben könnte. Sie erzählten ihm von dem Gefühlsausbruch des Lehrers. Das ist mir neu, sagte er, dass nun auch Verrückte am Realgymnasium unterrichten. Im Übrigen, fuhr er fort, Stalin ist der mächtigste Mann in der Sowjetunion. Wenn ihr etwas über ihn erfahren wollt, geht hinüber in die Burggasse, dort findet ihr das Parteilokal der Kapfenberger Kommunisten. Da werden hin und wieder Filme gezeigt oder Lichtbildvorträge gehalten. Ich habe einmal einen Film gesehen über Sibirien – wunderschöne Landschaftsaufnahmen.

Die Woche darauf ging Moritz in das Parteilokal. Er erfuhr nichts über Stalin, sah keine Landschaftsaufnahmen, vielmehr drei Filme zu je einer halben Stunde. Moritz war derart aufgewühlt, dass er, wieder daheim, gleich hinunter in den Keller lief und sich neben den Esel setzte. Er war außer Atem. Mit wem bist du um die Wette gelaufen?, fragte der Esel. Stell dir vor, erwiderte Moritz, in dem einen Film sieht man ein Stahlwerk. In Kapfenberg steht auch ein Stahlwerk, wir wissen, wie es aussieht, haben aber keine Ahnung, was drinnen vorgeht. Ganz anders ist es in dem Film. Es handelt sich wie in Kapfenberg um ein Edelstahlwerk. Drei Hochöfen stehen in der Halle, an jedem arbeiten zwei Frauen und zwei Männer. Jede und jeder, einer nach dem anderen, erklärt, was sie, was er zu tun hat, bis der Stahl geschmolzen ist und aus dem Ofen in stählerne Behälter gegossen wird. Ein Mann im Straßenanzug tritt hinzu. Er geht aus der Halle und weist auf eine Baustelle: Hier werde das nächste Stahlwerk gebaut. Man brauche sehr viel Spezialstahl allein für Schienen. Die Sowjetunion sei ein großes Land, man sei dabei, das Eisenbahnnetz auszubauen. Der Mann geht hundert Meter weiter und öffnet die Tür zu einer Halle. Man befinde sich hier im Walzwerk. Der erhitzte Stahl werde zu Schienen gewalzt, dieser Produktionsvorgang erfolge fast automatisch, nur wenige Leute seien hier beschäftigt.

Der zweite Film, sagte Moritz, und der Esel nickte ihm zu, belustigt darüber, dass Moritz mit solchem Eifer sprach, war eine kluge Weiterführung. Eine Frau im Schlossergewand steht vor einer Fabrikshalle und erklärt, dass das Schienennetz größere Städte verbindet, große und kleine Städte sind mit Straßen verbunden, auf denen die Güter transportiert werden. Womit? Die Frau im Schlossergewand öffnet das Tor und geht in eine riesige Fabrikshalle, in der Lastkraftwagen hergestellt werden von einer Größe, wie ich noch nie einen Lkw gesehen habe. Die Frau geht von einem Montageplatz zum anderen und spricht mit den Arbeiterinnen und Arbeitern, die erklären, was ihre Aufgabe ist. Die einen schweißen Stahltraversen für den Unterbau zusammen, andere montieren mithilfe eines Krans die Motoren auf den Unterbau. So ein Motor, sagt die Frau, wird in einer anderen Stadt hergestellt. Das war der Übergang zum dritten Film.

In einer Werkstätte, fuhr Moritz fort, die klinisch sauber wirkt, steht eine große Apparatur und drumherum ein Dutzend Frauen und Männer, die meisten im Arbeitsgewand, einige, sie erweisen sich als Ingenieure, tragen Arbeitsmäntel über dem Alltagsgewand. Ein Bub, vielleicht fünfzehn Jahre alt, tritt vor und sagt, er sei Lehrling und arbeite seit einem Jahr an diesem Projekt, mit dem die Kolleginnen und Kollegen seit vielen Jahren beschäftigt seien und das sich der Vollendung nähere. Es gehe um eine Drehbank, wahrscheinlich die größte der Welt, auf der in unzähligen Arbeitsgängen gleichzeitig Teile von Motoren hergestellt würden.

Nun ergreift einer der Ingenieure das Wort und sagt, man sei mit den alten Drehbänken nicht in der Lage, den Bedarf an Motorteilen zu decken, deshalb habe man sich entschlossen, diese neue Drehbank zu entwickeln. Er spannt mithilfe einiger Arbeiter mehrere Metallteile ein und setzt die Maschine in Gang. Im Nu werden aus den groben Blöcken fragile Teile, wie man sie für Motoren benötigt. Eine halbe Stunde lang wird den Zuschauern erklärt, wie die neue Drehbank funktioniert.

Ist das nicht großartig?, fragte Moritz. Jaja, sagte der Esel teilnahmslos. Moritz ließ sich davon nicht irritieren. Das ist großartig!, rief er. Wir sind in dieser Stadt von Werkshallen umgeben und wissen nicht, was drinnen vorgeht. Mein Vater ist Montageschlosser, er repariert Maschinen – aber welche? Er spricht nie davon. Tausende Menschen arbeiten hier, und wir erfahren nichts von ihnen. Warum gibt es über sie keine Filme? Warum gibt es Filme über die Arbeiterinnen und Arbeiter in der Sowjetunion? Wie erklärst du dir das?

Der Esel hob den Kopf und sagte: Man schätzt dort die Arbeit offenbar mehr als hier. Ich habe, erwiderte Moritz, die Frau, die die Zuschauer begrüßt hat, gefragt, ob du zur nächsten Vorführung mitkommen kannst. Selbstverständlich, hat sie gesagt, sie hat dich schon oft in der Stadt gesehen, wenn du kommst, wirst du als Ehrengast empfangen. Der Esel dachte lange nach, dann sagte er: Wie soll ich dir das erklären? Ich sage nicht, dass das, was Bilder zeigen, nicht der Wirklichkeit entspricht. Ich brauche aber keine Bilder. Ich habe den russischen Offizier kennengelernt, ich habe die russischen Soldaten beobachtet, vor allem aber: Ich habe mit den russischen Pferden viele Gespräche geführt, nicht nur über den Krieg, sondern auch über das Land, aus dem sie gekommen sind, und über die Menschen dort, wie sie leben, wie sie arbeiten. Moritz, mir hat gut gefallen, was du mir über die Filme erzählt hast, es hat mich aber nicht überrascht. Nun dachte Moritz lange nach. Dann wünschte er dem Esel eine gute Nacht.

Vor Weihnachten, man schrieb das Jahr 1952, kam die Mutter von Moritz' Mutter zu Besuch. Moritz hatte die Großmutter mütterlicherseits noch nie gesehen. Sie war größer als seine andere Großmutter, das glatte graue Haar war hinten zusammengeknotet, sie hatte einen breiten Hintern und keine Zähne. Sie drückte Moritz lange an sich und sagte: Ich habe oft von dir geträumt. Du siehst genau so aus, wie du mir im Traum erschienen bist. Moritz nahm die Großmutter an der Hand. Komm mit, sagte er und ging mit ihr in den Keller, wo er ihr den Esel vorstellte. Sie drückte den Kopf des Esels an sich, wie sie vorhin Moritz an sich gedrückt hatte. Wir machen morgen zu dritt einen Spaziergang, sagte Moritz. Das geht nicht, erwiderte die Großmutter, ich muss nach Haus, dort warten Hühner, Hasen, Gänse und Ziegen auf mich. Hast du einen Bauernhof?, fragte Moritz. Die Großmutter lachte. Nein, sagte sie, ich habe einen großen Garten und einen großen Stall. Du solltest morgen noch bleiben, erwiderte Moritz, damit wir die andere Großmutter besuchen können. Kennst du sie? Ja, war die Antwort, ich habe sie vor dem Krieg zweimal getroffen. Du hast recht, fuhr sie fort, wir besuchen sie. Ich will sie unbedingt wiedersehen.

Moritz' Mutter hatte ein Nachtmahl zubereitet, Frittatensuppe, danach gefüllte Paprika mit grünem Salat. Sie waren zu dritt, Moritz' Vater hatte Nachmittagsschicht, er würde erst um halb elf nach Hause kommen. Leider, sagte die Großmutter, machte eine lange Pause und wandte sich an ihre Tochter, leider habe ich keine guten Nachrichten. Dein Bruder Heinrich macht verbotene Geschäfte. Die Leute in Neurißhof wissen davon und erzählen es mir. Er hat sich mit dem Hantak, diesem Ganoven, zusammengetan. In einem alten Lieferwagen fahren sie übers Land, mit ihnen ein paar Hilfsarbeiter. Die Leute erzählen, dass Heinrich und seine Komplizen kaputte, oft auch vom Krieg zerstörte Lokomotiven, aber auch Militärfahrzeuge und Panzer suchen und dann Edelmetall ausbauen, Kupfer, Messing und solches Zeug. Angeblich kann man das um gutes Geld auf dem Schwarzmarkt verkaufen.

Das alles ist aber streng verboten, und nicht von der österreichischen, sondern der russischen Behörde. Ihr wisst ja, dass Niederösterreich von den Russen besetzt ist. Wenn Heinrich erwischt wird, kann es ihm passieren, dass er in der Sowjetunion in ein Straflager kommt – und das nach den vielen Jahren in der Kriegsgefangenschaft. Wenn ich ihn zur Rede stelle, winkt er ab, sagt, ich solle nicht auf die Leute hören, er tue nichts Unrechtes. Ich bin gekommen, sagte die Großmutter zu ihrer Tochter, um dich zu bitten, deinem Bruder einen Brief zu schreiben. Wenn er auf jemanden hört, dann auf dich. Die Mutter nickte. Auch ich habe eine Bitte, sagte sie. Wenn mein Mann zu Haus ist, reden wir nicht über meinen Bruder.

Am nächsten Nachmittag spazierten sie zu dritt zur Großmutter ins Redfeld. Die beiden alten Frauen verstanden sich sehr gut, sogleich redeten sie über die Zeit, als sie einander kennengelernt hatten. Moritz interessierte das nicht, also ging er in den Garten zum Esel und erzählte ihm, was er gestern über den Onkel Heinrich gehört hatte. Mach dir keine Sorgen, Moritz, sagte der Esel, dein Onkel ist ein gerissener Bursche. Gewiss macht er verbotene Geschäfte, aber ebenso gewiss wird er sich dabei nicht erwischen lassen.

Die zweite Klasse ging zu Ende wie die erste, Moritz war immer noch einer der besten Schüler. Stelzhammer hatte diesmal sein Pensum übererfüllt, elf Buben mussten die Klasse verlassen. Moritz' Mutter fuhr am letzten Schultag nach Bruck, holte Moritz vom Realgymnasium ab und ging mit ihm in eine Konditorei, wo er ein großes, die Mutter ein kleines Eis bestellte. Stell dir vor, sagte sie, er hat uns nichts gesagt. Ich rede von deinem Onkel Heinrich. Er hat sich im Redfeld ein Haus gekauft, ganz in der Nähe der Großmutter. Das Haus ist seit Monaten leer gestanden, die Pichlers sind nach Krieglach gezogen. Ich frage mich, woher Heinrich gewusst hat, dass dieses Haus zu kaufen war. Vielleicht aus der Zeitung, sagte Moritz. Ich lese gern die Annoncen, ich finde es lustig, was dort alles zum Kauf angeboten wird, Hirschgeweihe, frischer Pferdemist, Schneeschaufeln, und hin und wieder auch ein Haus. Übrigens, wohnt der Onkel schon in seinem Haus?, fragte Moritz. Die Mutter bejahte.

Am Nachmittag brachen Moritz und der Esel auf, um Onkel Heinrich zu besuchen. Moritz klingelte an der Tür, der Onkel öffnete, schüttelte Moritz die Hand und rief: Moritz, endlich sehe ich dich, ich habe viel von dir gehört! Dein Vater hat Schlosser gelernt, ich Automechaniker, aber du besuchst das Gymnasium. So weit hat es von uns niemand gebracht. Noch berühmter als du ist der Esel. So ein schönes Tier! Er klopfte dem Esel auf den Rücken. Wenn er Streifen hätte, fuhr der Onkel fort, was wäre er dann? Moritz wusste es nicht. Ein Zebra, antwortete der Onkel. Da weiß ich ein Gedicht:

Sagt Abraham zum Bebraham:
Geh endlich mit dem Zebra ham.

Moritz lachte. Kommt weiter, sagte der Onkel, wir gehen nicht ins Haus, sondern auf die Terrasse. Dort standen ein eleganter weiß lackierter Tisch und weiß lackierte Sessel mit blau-weiß gestreiften Polstern. Moritz nahm Platz, der Onkel ging ins Haus und kam mit einem Zeichenblock und einem Bleistift wieder, bat den Esel, so stehen zu bleiben, wie er gerade stand, und begann zu zeichnen. Als er fertig war, zeigte er die Zeichnung zuerst dem Esel, der zufrieden schnaubte, dann zeigte er sie Moritz, der sich nicht genug wundern konnte, so gelungen empfand er die Zeichnung. Ich bin als Lehrling, erklärte der Onkel, in Neurißhof einmal in der Woche zu einem Kunstmaler gegangen, der hat mir Zeichnen und Malen beigebracht. Wenn ich, fuhr er fort, auf den Körper des Esels Streifen zeichne – er tat es und zeigte Moritz das Blatt –, dann ist es ein Zebra. Er radierte die Streifen aus.

Es ist Zeit für eine Jause, sagte er unvermittelt und schlug auf den Tisch. Maria, rief er. Eine Frau kam aus dem Haus, sie war mittelgroß, dick, hatte ein aufgedunsenes Gesicht, kurzes, rötliches Haar und hervortretende kalte Augen. Das ist deine Tante Mitzi, sagte der Onkel. Und zu seiner Frau: Das ist der berühmte Moritz – und das der berühmte Esel. Die Frau gab Moritz kurz die Hand, wobei sie ihn nicht anschaute, den Esel ignorierte sie. Was hat der liebe Onkel, dachte Moritz, für eine grausliche Frau. Mach uns eine Wurstplatte, sagte der Onkel, wir essen drinnen. Und geh zu Moritz' Großmutter und hol eine Rübe für den Esel.

Der Onkel führte Moritz durch die Wohnung, die sehr schön eingerichtet war. Hier, sagte er, ist das Schlafzimmer, hier das Wohnzimmer und hier die Küche. Im ersten Stock gibt es noch zwei Zimmer, die wir aber nicht brauchen. Nimm doch Platz, fuhr er fort, Tante Mitzi hat etwas zu essen hergerichtet. Der Onkel holte aus einem Regal eine Flasche Rotwein, öffnete sie und trank ein Glas in einem

Zug leer. Kennst du Goethe?, fragte er. Moritz verneinte. Goethe war ein berühmter Dichter, fuhr der Onkel fort, ich habe nichts von ihm gelesen, aber ein Kriegskamerad, der mit mir verletzt im Spital gelegen ist und mir das Schachspielen beigebracht hat, war sehr belesen. Er hat mir erzählt, dass Goethe auf die Frage eines Besuchers, warum er schon am Nachmittag ein Glas nach dem anderen trinke, geantwortet hat: Lieber Freund, das Leben ist zwar kurz, die Tage aber sind lang. Ein genialer Mann, dieser Goethe, sagte der Onkel.

Während des Essens erzählte er, dass er in Niederösterreich in kurzer Zeit viel Geld verdient hatte, auf eine Weise, die von den russischen Behörden nicht gern gesehen wurde. Deshalb habe er sein Geld genommen und sich in Kapfenberg ein Haus gekauft. In der Steiermark habe die englische Besatzungsmacht das Sagen. Für den Fall, dass hier jemand frage, wovon er lebe – er werde in einer Autowerkstätte arbeiten. Du siehst, sagte er und lachte, es geht alles mit rechten Dingen zu.

Tante Mitzi kam zurück, warf dem Esel eine Rübe hin und setzte sich an den Tisch. Ich darf, sagte sie zu Moritz, von der Wurstplatte nichts essen, ich mache nämlich eine Reiskur. Moritz schaute sie ratlos an. Meine Frau, sagte der Onkel, isst zurzeit nur Reis, um abzunehmen. Sobald sie zwei Kilo abgenommen hat, macht sie sich über den Schweinsbraten her, nimmt drei Kilo zu, worauf sie wieder eine Reiskur beginnt. Auch so kann man sein Leben zubringen. Hör nicht auf deinen Onkel, sagte Tante Mitzi, stand auf und machte sich in der Küche zu schaffen.

Wir gehen wieder auf die Terrasse, sagte der Onkel und nahm den Wein und eine kleine Holzkiste mit. Der Esel hatte die Rübe aufgefressen und sich auf dem Boden ausgestreckt. Die Steinplatten wärmten ihn von unten, die Sonnenstrahlen von oben. Schon lange hatte er sich nicht mehr so wohlgefühlt. Der Onkel öffnete die Holzkiste, leerte kleine Figuren auf den Tisch und sagte: Ich bring dir das Schachspielen bei, das ist ein gutes Training fürs Gehirn. Er stellte die Figuren auf, erklärte, wie sie heißen und welche Funktion sie haben, machte mit einem Bauern den ersten Zug und riet Moritz, welchen Zug er machen sollte. Der Esel beobachtete mit einem Auge dieses Treiben. Holzfiguren auf einem Brett hin- und herzuschieben schien ihm idiotisch. Warum, fragte er sich, lehnen die beiden sich nicht im Sessel zurück und genießen die Sonne? Wieder einmal, dachte der Esel, zweifle ich am Verstand der Menschen. Und schlief ein.

8

Im Herbst 1953, Moritz ging in die dritte Klasse, öffnete sich ihm eine neue Welt. In Kapfenberg fanden Kulturtage statt, eine Ausstellung steirischer Maler war zu sehen, ein Streichquartett aus Wien und eines aus Graz gastierten, das Jugendorchester und das Orchester traten auf. Und es gab einen Klavierabend. Ein Pianist aus Wien spielte Klavierstücke von Arnold Schönberg. Moritz war außer sich vor Begeisterung. Nach dem Ende des Konzerts, die paar Zuschauer applaudierten, der Pianist verbeugte sich, blieb Moritz sitzen, es schien, als warte er, dass der Pianist sich wieder ans Klavier setzte und weiterspielte.

Als der Architekt Schuster ihn ansprach, schreckte er auf. Moritz, sagte Schuster, der Klavierabend ist zu Ende. Ich habe, antwortete Moritz, noch nie etwas so Schönes gehört. Ich auch nicht, erwiderte Schuster. Musst du nach Haus, oder hast du noch Zeit? Ich habe Zeit, sagte Moritz. – Dann komm mit, wir gehen ins Gasthaus gegenüber.

Er esse hier immer Wiener Schnitzel mit Reis und Gurkensalat, sagte Schuster. Das nehme er auch, erwiderte Moritz. – Ob er Alkohol trinke, Bier oder Wein? Ein Glas Bier, antwortete Moritz, trinke er gern. Was wir heute gehört haben, sagte Schuster, nachdem er beim Wirt bestellt hatte, ist revolutionär. Gegen Ende des vorigen Jahrhunderts – das ist gar nicht so lange her – ist es mit den Künsten nicht mehr weitergegangen. Man baute zum Beispiel neogotisch, im

Stil des 13. Jahrhunderts, und komponierte, indem man die Wiener Klassik auswalzte zu einem romantischen Brei.

Schuster griff nach dem Weinglas und prostete Moritz zu. Um 1900, fuhr er fort, haben in Wien zwei Architekten die Moderne geschaffen, Otto Wagner und Adolf Loos. Die Bauten der beiden, radikal neu, sind bis heute unübertroffen. In der Musik hat Schönberg radikal Neues geschaffen. Er nannte seine Art des Komponierens Zwölftontechnik – und bezeichnete sich als Schüler Mozarts. So gesehen ist es ein Glück, in diesem Land zu leben.

Die Speisen wurden serviert, die beiden ließen es sich schmecken. Kennen Sie meinen Freund, den Esel?, fragte Moritz. Selbstverständlich, war die Antwort. Er ist, fuhr Moritz fort, sehr an Musik interessiert. Bei den Proben des Jugendorchesters und des großen Orchesters steht er draußen vor dem Fenster und hört zu. Ich werde ihn nachher noch besuchen und ihm von der wunderbaren neuen Musik Schönbergs erzählen. Aber was ist das schon: erzählen? Der Esel kann diese Musik nicht hören. Das macht mich traurig. Schuster dachte nach. Dann sagte er: Das ist wirklich ein großes Problem. Ich habe eine Idee.

Du hast gewiss schon den Herrn Streck gesehen, fuhr er fort, er unterrichtet an der Musikschule Klavier. Vor allem aber ist er Komponist. Der Musikschuldirektor möchte, das hat er mir neulich anvertraut, neben dem großen Orchester ein Kammermusikensemble gründen. Im Übrigen, Moritz: Du wirst dabei sein. Unser Dirigent hat Streck beauftragt, ein Stück für das neue Ensemble zu komponieren. Streck hat gewiss die Noten von Schönbergs Klavierstücken. Ich werde zu ihm gehen und ihn, nachdem ich ihm das Problem mit dem Esel geschildert habe, bitten, ein Klavierstück von Schönberg für die Geige zu bearbeiten, und zwar so, dass das

Neue, das Revolutionäre an dieser Musik erkennbar wird. Außerdem soll er eine Bearbeitung für das Cello machen, damit auch ich sie spielen kann. Es war schon spät, als er nach Hause kam, dennoch ging Moritz in den Keller, schaltete das Licht ein und erzählte dem Esel, was er an diesem Abend erlebt hatte. Das Leben ist aufregend, sagte der Esel und wünschte Moritz eine gute Nacht.

Der Architekt Schuster hielt sein Wort. Bei der nächsten Orchesterprobe zeigte er Moritz, was der Komponist Streck zu Papier gebracht hatte: eine Seite in schöner Notenschrift für die Geige, eine für das Cello. Moritz, sagte Schuster, wenn du willst, komm morgen Nachmittag zu mir ins Atelier, und wir studieren ein, was Streck hier aufgeschrieben hat. Freudig stimmte Moritz zu. Als er am nächsten Tag ins Atelier trat, saß Schuster schon mit dem Cello vor seinem Notenständer und übte.

Zur Begrüßung sagte er: Das ist nicht leicht zu spielen, man muss Note für Note erarbeiten. Zwei Zeilen habe ich schon geschafft. Ich spiele sie dir vor. Moritz war begeistert. Das ist Schönberg, sagte Moritz. Nun, erwiderte Schuster, stand auf und machte Platz, nun probier du es. Moritz konnte die ersten zwei Zeilen bald in einem Zug spielen und wagte sich an die nächsten Zeilen. Halt, rief Schuster, du bist ein Teufelskerl. Bitte, spiel die ersten fünf Zeilen noch einige Male. Moritz tat es. Nun versuche ich es, sagte Schuster, und er kam, die Töne im Ohr, die Moritz gespielt hatte, gut voran.

Nach zwei Stunden waren die beiden so weit, dass jeder seinen Part passabel spielen konnte. Was für ein Talent, dieser Herr Streck, sagte Moritz. Er macht aus einem Klavierstück von Schönberg ein Stück für Geige und Cello und bewahrt dabei das Charakteristische von Schönberg. Der Architekt war erschöpft. Ich mache uns Kaffee, sagte er und ging zu einer chromblitzenden Maschine. Was ist das?, fragte Moritz. Ich bin extra nach Italien gefahren, antwortete Schuster, um mir diese Espressomaschine zu besorgen. Nach einer aufwendigen Prozedur rann eine schwarze Flüssigkeit in die Tasse. Moritz probierte davon. Köstlich, sagte er, kein Vergleich zu dem Kaffee, den meine Mutter macht. Ich gebe dir zwei Bücher mit, erwiderte Schuster. Wir haben im Gasthaus über die Revolution in der Musik gesprochen, und ich habe dir von der Revolution in der Architektur erzählt, von Wagner und Loos. In dem einen Buch siehst du Abbildungen von Wagner-Bauten, im andern Gebäude von Loos.

Als er wieder daheim war, ging Moritz in den Keller zum Esel, legte die Bücher und das Notenblatt auf einen Strohballen, holte aus der Wohnung den Notenständer, stimmte die Geige und ließ die Finger, um sie zu wärmen, ein paarmal über die Saiten laufen. Dann spielte er die Streck'sche Version eines Klavierstücks von Schönberg. Der Esel nickte. Du hast mir nicht zu viel versprochen, sagte er, das ist eine wunderbare Musik. Spiel das Stück bitte noch einmal. Moritz tat ihm den Gefallen. Ich habe noch einen Wunsch, fuhr der Esel fort. Ich würde gern die schöne alte Musik mit der schönen neuen vergleichen. Den ersten Satz der Händel-Sonate mit Schönberg.

Moritz wunderte sich, wie weit das Interesse des Esels an Musik reichte, holte aus der Wohnung die Noten der Händel-Sonate und spielte die Stücke hintereinander. Was für ein wunderbarer Kontrast, dachte er, legte die Geige weg und sagte zum Esel: Das war eine gute Idee von dir. War naheliegend, antwortete der Esel. Wie bitte?, fragte Moritz. Naheliegend, wiederholte der Esel. Herr Schuster hat mir zwei Bücher mitgegeben, sagte Moritz. Du hast nun neue Musik gehört, hier siehst du Abbildungen von neuer Architektur. Das zeigst du mir morgen, erwiderte der Esel. Außerdem: Du weißt, dass ich von Bildern nicht viel halte. Wir werden uns diese Bauten in Wien anschauen. Und wann?, fragte Moritz. Nach dem Gymnasium gehst du nach Wien, um zu studieren. Das weißt du jetzt schon?, fragte Moritz. Das ist mein Plan, war die Antwort.

Als Moritz drei Wochen später von der Schule nach Hause kam, blieb er erschrocken in der Tür stehen. Seine Mutter saß am Küchentisch und weinte. Was ist passiert?, fragte er. Sie stand auf, ging zum Herd und sagte: Heute gibt es nur Eiernockerln mit Salat. Während er aß, begann sie zu erzählen: Am Vormittag hat es geklingelt, ein Mann ist die Stiegen heraufgekommen, der Vater hat ihn vor der Küchentür empfangen und hereingebeten. Der Mann hat abgelehnt, er habe nur eine kurze Mitteilung zu machen. Sein Name sei Krummholz, Ingenieur Krummholz. Der Sportplatz und dieses Haus seien von der Stadtgemeinde verwaltet, nun aber dem früheren Eigentümer zurückgegeben worden. Er, Krummholz, sei Vertreter dieses Eigentümers, des Sportvereins Turnvater Jahn.

Kommen wir zur Sache, hat Krummholz gesagt. Der Kapfenberger Sportverein wird ein neues Quartier bekommen, und wir werden hier weitermachen, wo wir schon früher tätig gewesen sind. Für Sie, Herr Zaunschirm, hat das keine Folgen. Wir laden Sie ein, hier wohnen zu bleiben und weiterhin den Sportplatz zu betreuen. Der Vater hat Krummholz angestarrt und geschrien: Sie glauben doch nicht, dass ich für Nazis arbeite! Dann hat er ihm einen Schlag versetzt, dass er die Treppe hinuntergestürzt und unten verletzt liegen geblieben ist. Ich bin, fuhr die Mutter fort, zum Lebensmittelhändler gelaufen, der hat ein Telefon, ich habe die Rettung gerufen. Krummholz ist ins Krankenhaus gebracht worden. Er wird sicher Anzeige erstatten. Wir müssen hier ausziehen, der Vater muss vor Gericht und bekommt eine hohe Strafe. Wir sind erledigt. Beruhige dich, sagte Moritz und ging in den Keller.

Der Esel hörte Moritz aufmerksam zu. Dieser Sportplatz, sagte Moritz, und das Haus, in dem wir nun sitzen, hat einem deutschnationalen Sportverein gehört, dann den Nazis, so hat es der Vater erzählt. Nach dem Krieg sind der Sportplatz und das Haus von der Stadtgemeinde verwaltet worden. Die hat Platz und Haus dem Kapfenberger Sportverein zur Verfügung gestellt. Nun wird das alles dem früheren Besitzer, dem deutschnationalen Sportverein Turnvater Jahn, zurückgegeben.

Wir gehen sofort ins Krankenhaus, sagte der Esel, wir müssen Krummholz dazu bringen, dass er keine Anzeige erstattet. Der Portier des Krankenhauses informierte Moritz, dass der Herr Ingenieur im ersten Stock liege. Moritz sah einen Mann, dessen linker Arm eingegipst war, auf einem Bett sitzen, ging auf ihn zu und sagte: Mein Name ist Moritz Zaunschirm. Krummholz, erwiderte der Mann und streckte Moritz die Hand entgegen. Schickt dich dein Vater?, fragte Krummholz. Mich schickt niemand, antwortete Moritz. Dann ist es gut, erwiderte Krummholz.

In dem Zimmer ist es stickig, sagte Moritz, wollen wir uns nicht in den Garten setzen? Gute Idee, antwortete Krummholz. Sie gingen in den Garten und nahmen auf einer Bank Platz. Der Esel hatte es sich auf der Wiese gemütlich gemacht. Das ist mein Freund, der Esel, sagt Moritz. Ach, rief Krummholz, das ist also der berühmte Esel! Meine Frau hat mir von ihm erzählt. Sie hat ihn gesehen, wie er vor der Musikschule gestanden ist und zugehört hat, wie drinnen das Orchester musiziert hat. Ja, sagte Moritz, er hört uns zu. Ich spiele nämlich in dem Orchester. Ihre Frau hat ihn gesehen – wohnen Sie in der Nähe der Musikschule? Nein, antwortete Krummholz, ich habe in der Nähe der Musikschule eine kleine Firma, und meine Frau kommt dorthin, um die Buchhaltung zu machen. Es ist eine Kunstschlosserei, wir stellen schmiedeeiserne Türen her und Gitter, die vor Fenstern montiert werden. Sie sind also Kunstschlosser, sagte Moritz, mein Vater ist Montageschlosser in der Fabrik.

Womit wir, sagte Krummholz, bei deinem Vater wären. Ich darf Ihnen, erwiderte Moritz, unsere Lage schildern. Wir müssen die Wohnung am Sportplatz verlassen, das ist klar. Die Frage ist, ob Sie gegen meinen Vater Anzeige erstatten. Er würde verurteilt werden, wahrscheinlich zu einer Geldstrafe. Wir sind arme Leute, deshalb bitte ich Sie, dass Sie keine Anzeige erstatten.

Krummholz dachte nach, dann sagte er: Ich werde deinen Vater nicht anzeigen. Ihr müsst außerdem nicht sofort die Wohnung räumen, ich gebe euch ein halbes Jahr Zeit. Er schaute auf die Uhr. Ich muss aufs Zimmer, fuhr er fort, das Abendessen wird serviert. Moritz und der Esel schauten einander lange an. Das hast du gut gemacht, sagte der Esel. Es war deine Idee, erwiderte Moritz. Und nun schnell nach Haus, sagte der Esel. Moritz erzählte der Mutter von seinem Gespräch mit Krummholz. Sie zog sich Schuhe an und eine Jacke. Ich laufe in die Fabrik, sagte sie, das muss ich dem Vater berichten.

Ein paar Wochen später gingen Moritz und der Esel nach der Probe des Jugendorchesters nach Hause. Wir müssen ausziehen, sagte der Esel, weißt du schon, wohin? Nein, antwortete Moritz. Du wirst auf jeden Fall in der Hütte der Großmutter unterkommen, dort hast du dich ja sehr wohlgefühlt. Und ihr?, fragte der Esel. Wir werden in irgendeine Wohnung ziehen, erwiderte Moritz, mir ist es egal, wohin. Vielleicht in die Baracke, in der Frau Markel gewohnt hat. Das wäre lustig, sagte der Esel. Die beiden gingen in den Keller, um zu sehen, ob genug Rüben, Heu und Stroh vorhanden waren. Erstaunt blieb Moritz stehen. Sein Vater, den er noch nie hier gesehen hatte, saß auf einem Strohballen.

Ich muss dir etwas erzählen, sagte der Vater. Moritz setzte sich zum Esel auf den Boden und lehnte sich an seinen Rücken. Ich bin im Gemeindeamt gewesen, fuhr der Vater fort, und habe gesagt, dass wir eine Wohnung brauchen. Der Beamte hat in einer großen Mappe geblättert und schließlich gemeint, in der Hochschwabsiedlung sei eine Wohnung frei. In einer Schachtel hat er den Wohnungsschlüssel gefunden und sich angeboten, mir die Wohnung zu zeigen. Ich habe gesagt, ich könne diese Entscheidung nicht ohne meine Frau treffen, worauf er erwidert hat, er habe Zeit genug, wir könnten sie von zu Hause abholen. Die Besichtigung der Wohnung hat nicht lange gedauert. Diese Wohnung, hat deine Mutter festgestellt, komme nicht infrage, sie sei viel zu klein, eine winzige Küche, ein kleines Wohnzimmer, noch kleiner das Schlafzimmer, und das allerkleinste Zimmer für dich. Wir müssten, hat sie gesagt, die Hälfte unserer Möbel weggeben.

Größere Wohnungen, hat der Beamte geantwortet, habe die Gemeinde nicht zu vergeben. Auf dem Nachhauseweg, sagte der Vater, habe er versucht, seine Frau umzustimmen. Man könnte die Möbel verkaufen und mit dem Geld im Sommer, wenn er Urlaub habe, durch Österreich fahren, er würde gern Salzburg und Innsbruck sehen, aber auch den Wörthersee. Doch deine Mutter, fuhr der Vater fort, ließ nicht mit sich reden. Das war mir egal. Es steht fest, dass wir ausziehen müssen und dass die Gemeinde nur diese eine Wohnung hat. Also bin ich am Tag darauf wieder aufs Gemeindeamt gegangen und habe dem Beamten gesagt, ich sei froh, dass er mir die Wohnung in der Hochschwabsiedlung zugeteilt habe. In einem Monat, war die Antwort, könnten wir einziehen, vorher würden Wände, Türen und Fenster frisch gestrichen.

Am selben Tag, fuhr der Vater fort, ist deine Mutter zum Onkel Heinrich gegangen und hat ihm ihr Leid geklagt. Der habe, so hat sie mir am Abend berichtet, das Problem sofort erkannt: Wenn sie keine Wohnung findet, die ihr zusagt, muss sie ein Haus bauen. Ich habe, sagte der Vater, laut gelacht und gefragt, ob sie das ernst meint. Aber dann habe ich gedacht, ein Haus zu bauen sei gar nicht so schlecht, und ich habe zu meiner Frau gesagt: Dann bauen wir eben ein Haus. Und neben dem großen Haus, in dem wir wohnen, ein kleines für den Esel. Damit er endlich eine Unterkunft hat, die seiner würdig ist.

Und wo, fragte Moritz, bauen wir? Die Fabrik, antwortete der Vater, besitzt im Redfeld einige Grundstücke. Sie werden von einem Direktor verwaltet, der für alle Bauangelegenheiten zuständig ist, dem Ingenieur Flach. Er ist auch Obmann des Kapfenberger Sportvereins. Ich werde zu ihm gehen und ihn fragen, ob wir ein Grundstück kaufen können. Der Direktor Flach!, rief Moritz, den kenne ich. Als ich die ganze Sonate von Händel gespielt habe, war er unter den Zuhörern. Mein Geigenlehrer hatte gesagt: Was für eine Ehre! Der mächtige Direktor Flach kommt in die Vorspielstunde, um dich zu hören. Der Flach, fuhr Moritz fort, ist aber auch da gewesen, wenn das Jugendorchester oder das große Orchester aufgetreten sind. Er ist immer in der ersten

Reihe gesessen. Einmal habe ich ihm vom Podium aus zugewinkt, er hat gelacht und zurückgewinkt.

Ich werde zu ihm gehen, sagte Moritz zu seinem Vater, und zwar zusammen mit der Mutter. Der Flach ist gewissermaßen dein Vorgesetzter, du kannst nicht so unbefangen reden wie wir. Der Vater nickte. Um auch etwas beizutragen, ging er am Tag darauf zu Flachs Sekretärin und vereinbarte einen Termin. Zwei Tage später waren sie bei Herrn Flach. Er begrüßte Frau Zaunschirm als gnädige Frau und küsste ihr die Hand, dann ging er auf Moritz zu und umarmte ihn. Moritz schilderte mit wenigen Sätzen die Situation: die Wohnung in der Au verloren, keine passende gefunden. Wir würden gern ein Haus bauen, sagte die Mutter. Ich habe, sagte Flach, zwischen der Redfeldgasse Nummer 3 und Nummer 7 ein schönes Grundstück von ungefähr 800 Quadratmetern. Wenn ihr ein Haus baut mit einem Grundriss von etwa zehn mal zehn Metern, habt ihr noch einen großen Garten.

Moritz meldete sich zu Wort. Herr Direktor, Sie wissen, wir sind arme Leute. Ich gebe euch, sagte Flach, das Grundstück zum halben Preis. Das ist sehr großzügig, antwortete Moritz, aber bedenken Sie: Wir beginnen mit dem Hausbau, ohne Ersparnisse zu haben. Wir werden uns Geld borgen müssen, von Verwandten, vielleicht von der Bank. Ich will den Betrag für das Grundstück nicht auf einmal, sagte Flach, ihr bezahlt ihn auf Raten. Das ist ein großes Entgegenkommen, erwiderte Moritz. Aber wir werden, wenn das Haus fertig ist, einige Jahre lang das Geld zurückzahlen, das wir uns geborgt haben. Flach lachte, dann sagte er: Moritz, wäre das mein Grundstück, ich würde es euch schenken. Es gehört aber der Fabrik, und die will Geld sehen. Ob sie das Geld früher oder später sieht, spielt keine Rolle. Mein Vorschlag:

Ihr beginnt mit den Ratenzahlungen in zehn Jahren. Herr Direktor, antwortete Moritz, genau diesen Vorschlag wollte ich machen, habe es aber nicht gewagt. Schade, sagte Flach, dass du mit der Schule noch nicht fertig bist. Ich würde dich zu meinem Stellvertreter machen. Aber es ist besser, du wirst ein guter Geiger als ein gelangweilter Angestellter.

Moritz saß mit dem Esel im Keller. Es heißt Abschied nehmen, sagte der Esel, morgen sind wir nicht mehr hier. Ist mir egal, erwiderte Moritz. Fast alle Möbel, fuhr der Esel fort, sind schon im ersten Stock des Hauses von Onkel Heinrich untergebracht. Ihr werdet bei der Großmutter wohnen, dort gibt es, hast du mir erzählt, nur eine Küche und ein Schlafzimmer. Kein Problem, erwiderte Moritz, der Vater schläft auf einem Sofa in der Küche, die Mutter auf einem Sofa im Schlafzimmer und ich neben der Großmutter.

Ich hoffe, sagte der Esel, du wirst dort Ruhe finden, um zu lernen und Geige zu spielen. Notfalls, erwiderte Moritz, komme ich mit der Geige und den Büchern und Heften zu dir in deine Hütte. Übrigens, Stelzhammer unterrichtet uns jetzt nicht mehr in Deutsch, sondern in Latein. Er war ein guter Deutschlehrer, aber in Latein ist er noch besser. Ich liebe Latein. Diese klare Grammatik. Nun verstehe ich erst die deutsche Grammatik. Viele Mitschüler sehen das offenbar anders. Jedenfalls gibt es bei den Schularbeiten sehr viele Nicht genügend, sodass Stelzhammer sein Ziel, die Schülerzahl zu reduzieren, spielend erreichen wird.

Von der Wohnung der Großmutter bis zum Grundstück in der Redfeldgasse ging man nur zehn Minuten. Im März wurde begonnen, den Keller auszuheben – so nannte Moritz' Vater jene Arbeit, die darin bestand, auf einer Fläche von zehn mal zehn Metern und in einer Tiefe von zweieinhalb Metern die lehmige Erde mit einem Krampen zu lockern, in eine Scheibtruhe zu schaufeln und auf einer Reihe von Brettern, die aufgelegt worden waren, damit die Scheibtruhe nicht in der Erde versank, hinauszubefördern.

Moritz hatte sich rasch an einen neuen Rhythmus gewöhnt. Er wollte unbedingt ein bis zwei Stunden täglich auf der Baustelle arbeiten, also übte er statt einer nur eine halbe Stunde auf der Geige, machte die Hausaufgaben für die Schule schneller als bisher, und wenn er für eine Prüfung lernen musste, tat er das äußerst konzentriert. Dann fuhr er, um Zeit zu sparen, mit dem Fahrrad zum Grundstück, wo er in einer Ecke Schaufel, Krampen und Scheibtruhe abgestellt hatte. Er arbeitete allein. Die anderen – Mutter, Vater und Arbeitskollegen des Vaters – kooperierten, einer lockerte das Erdreich, ein anderer schaufelte es in die Scheibtruhe, wieder ein anderer fuhr es mit der Scheibtruhe weg.

Moritz konnte nicht mit anderen zusammenarbeiten, da er nur eine, bestenfalls zwei Stunden Zeit hatte, dann musste er in die Geigenstunde oder zur Orchesterprobe. In der kurzen Zeit arbeitete er, so schnell er konnte. Der Esel, der es genoss, ein derart großes Grundstück für sich zu haben, machte sich Sorgen um Moritz. Ich fürchte, sagte er, dass du dich überanstrengst. Keine Angst, erwiderte Moritz, die Arbeit auf der Baustelle macht mir Freude, außerdem ist sie notwendig. Der Keller soll im Sommer fertig sein. Dann wird mit dem Rohbau begonnen. Da wird die Hauptarbeit ein Maurer leisten, ich werde nicht mehr viel helfen können. Wenn du uns bei der Arbeit zuschaust, fuhr Moritz fort, findest du es nicht eigenartig, dass hier ein Haus entsteht, und zwar unser Haus? Wir armen Leute – und ein Haus! Und dazu noch, das ist das Wichtigste, ein kleines Haus für dich.

Im Spätsommer war der Keller fertig, Ziegel wurden geliefert, Moritz kam in die vierte Klasse. In der ersten Turnstunde wurden die Buben vom Schularzt untersucht. Sie nahmen in alphabetischer Reihenfolge Aufstellung, Zaunschirm war der Letzte. Um Himmels willen, rief der Schularzt, dein Brustkorb ist völlig verkrümmt. Was ist passiert? Hast du schwer gearbeitet? Moritz schilderte ihm, dass er beim Hausbau geholfen hatte. Hast du geschaufelt?, fragte der Schularzt. Ja, antwortete Moritz, fast jeden Tag mindestens eine Stunde. Ein Verbrechen, rief der Schularzt, da du noch im Wachsen bist, sind die Knochen des Brustkorbs weich und haben nachgegeben. Deine Eltern sollte man anzeigen.

Eine gute Idee, sagte Moritz. Meine Eltern haben kein Geld und bauen ein Haus. Eine Anzeige und eine Geldstrafe würden sie dringend brauchen. War nur ein Scherz, sagte der Schularzt. Er nahm ein Blatt Papier, begann zu schreiben, setzte schließlich Unterschrift und Stempel darunter und reichte Moritz das Blatt. Damit, fuhr er fort, gehst du auf das Kapfenberger Gemeindeamt. Wir haben Glück. Vor ein paar Monaten ist in Kapfenberg das Hallenbad eröffnet worden, das erste in der Steiermark. Ich glaube, sagte Moritz, das hat der Architekt Schuster entworfen. Wer sonst, erwiderte der Schularzt. Ein wunderbarer Bau. Hast du das Bad noch nicht gesehen? Ich war in letzter Zeit zu sehr beschäftigt, antwortete Moritz. Du gehst also, fuhr der Schularzt fort, mit diesem Schreiben auf das Gemeindeamt, wo du eine kostenlose Jahreskarte für das Hallenbad bekommst. Jeden Tag schwimmst du eine Stunde, Brust selbstverständlich. Nach einem Jahr sollte die Verkrümmung verschwunden sein.

Im Winter war der Rohbau fertig, und obwohl Moritz nicht jeden Tag Zeit hatte, zu schwimmen, sah man von der Verkrümmung fast nichts mehr. In der Schule begab sich Stelzhammer in die Zielgerade. Am Ende des Schuljahres hatte er das Soll übererfüllt: Von den achtundvierzig Buben blieben sechzehn übrig. Moritz sah diesem Wüten teilnahmslos zu. Der Esel war sehr zufrieden damit, dass Moritz die vierte Klasse ohne Probleme schaffen würde.

Der Stelzhammer kann es sich nicht verkneifen, erzählte Moritz dem Esel auf dem Weg zur Orchesterprobe, immer wieder die Bemerkung zu machen, ich soll doch in Kapfenberg in die Werkschule gehen und dort einen Beruf erlernen. Die Werkschule, die der Fabrik angeschlossen ist, würde einen ausgezeichneten Ruf genießen. Reagierst du darauf?, fragte der Esel. Ich sage jedes Mal: Sie haben vollkommen recht, Herr Professor. Du musst wissen, sagte der Esel, dass ein Arbeiterkind Arbeiter werden soll. Dafür sorgen die Eltern des Kindes, die nicht wollen, dass das Kind etwas anderes wird als sie, den Rest besorgen die Lehrer. Entkommt ihnen jemand, wie es in deinem Fall passiert, ist das ein Unglücksfall. Was für ein Glück, erwiderte Moritz, ein Unglücksfall zu sein.

Kommst du mit der Geige gut voran?, fragte der Esel. Aus mir wird kein guter Geiger, antwortete Moritz. Ich hätte eine Ausrede, will sie aber nicht gebrauchen. Du wirst beobachtet haben, dass ich in letzter Zeit Ziegel abgeladen habe. Eine Baustofffirma kommt mit einem Lkw samt Anhänger. Der Anhänger, voll beladen mit Ziegeln, wird neben der Baustelle geparkt, der Lkw fährt weg. Der Vater hilft dem Maurer, er reicht ihm die Ziegel, und wenn einer zu lang ist, zum Beispiel bei einer Fensteröffnung, macht der Maurer mit einer Kreide einen Strich, und der Vater hackt den Ziegel auseinander. Die Mutter rührt den Mörtel in einer Truhe und schöpft ihn in einen Kübel, den sie neben den Maurer aufs Gerüst stellt.

Und da irgendjemand die Ziegel abladen muss, fuhr Moritz fort, tue ich das. Nach einer Stunde sind meine

Finger blutig geschunden, und so gehe ich dann in die Geigenstunde oder zur Probe. Das könnte ich als Grund nennen, warum aus mir kein guter Geiger wird. Ich tue es nicht. Der wahre Grund ist: Ich habe keine Lust zu üben. Was wir im Orchester spielen, übe ich zu Haus, das spiele ich dem Geigenlehrer vor, der korrigiert mich, und so mache ich im Orchester eine gute Figur.

Was die Vorspielstunden betrifft, hat der Geigenlehrer einen fertigen Plan für die nächsten drei Jahre. Wenn ich fünfzehn bin, soll ich eine Sonate von Schubert, mit sechzehn eine von Mozart spielen. Dann, mit siebzehn, folgt die letzte Vorspielstunde, denn das Jahr darauf, hat der Geigenlehrer gesagt, ist Matura, da soll ich nicht zusätzlich belastet werden. Und nach der Matura werde ich nicht mehr in Kapfenberg sein. Für die letzte Vorspielstunde ist eine Sonate von Beethoven vorgesehen, die Frühlingssonate. Die Noten habe ich bereits zu Haus – eine Leihgabe der Musikschule. Ich habe alle Sonaten durchgespielt. Die von Beethoven ist wahnsinnig schwer. Das schaffe ich nicht, außer wenn ich von nun an jeden Tag mindestens drei Stunden übe. Aber das will ich nicht.

Ich will kein Geiger werden, deshalb ist es gleichgültig, ob ich gut oder schlecht spiele. Ich übe eine halbe Stunde, mehr zu üben ist vergeudete Zeit. Manchmal überlege ich, ob ich nicht mit sechzehn aufhören soll, um mir den Beethoven zu ersparen. Das wirst du nicht, sagte der Esel. Er sprach so laut, dass Moritz erschrak. Bist du verärgert?, fragte er. Ja, war die Antwort. Du wirst in der letzten Vorspielstunde die Frühlingssonate spielen, du wirst statt einer halben Stunde eine Stunde üben, ich werde vor dem Fenster stehen und dir zuhören. Den einen oder anderen falschen Ton werde ich dir verzeihen.

Die Musik, fuhr der Esel fort, wird nicht dein Lebensinhalt sein. Gibt es etwas anderes, das dich besonders interessiert? Ja, erwiderte Moritz. Ich hätte dir davon erzählt, wenn ich mir selbst im Klaren wäre. Es geht um Literatur, die ich gelesen und nicht verstanden habe, die mir aber gerade deshalb gefällt, weil ich sie nicht verstehe. Auch habe ich begonnen, kleine Geschichten zu schreiben, aber mit keiner bin ich zu einem Ende gekommen. Eine Baustelle also, sagte der Esel. Moritz lachte. Ist es verwunderlich, erwiderte er, dass man, wenn man auf einer Baustelle lebt, selbst zur Baustelle wird?

Ich bin müde und hungrig, sagte der Esel, ich gehe in meine Hütte. Das war ein anstrengender Tag. Ich habe das alte Pferd draußen in der Au besucht. Wie geht es ihm?, fragte Moritz. Für das Pferd ist die Welt untergegangen, antwortete der Esel, und besteht nur mehr als Spottgeburt fort. Für dich hingegen geht gerade eine neue Welt auf. Das eine passt gut zum anderen. Das verstehe ich nicht, wandte Moritz ein. Macht nichts, erwiderte der Esel.

Der Untergang der Welt, fuhr er fort, ist für das alte Pferd ein Faktum. Wir, die Pferde, hat es gesagt, haben lange dafür gesorgt, dass die Menschen ihre Güter von einem Ort zum anderen transportieren können. Im 19. Jahrhundert hat sich die Eisenbahn ausgebreitet. Sie war keine Konkurrenz für uns. Dann aber hat jeder seine eigene Eisenbahn bekommen, das Auto. Eine sinnlose, eine teuflische Erfindung. Das Auto hat die Pferde verdrängt und verbreitet Gestank. Es werden immer mehr Autos werden, die Menschen werden an dem Gestank ersticken. Sie werden zurückwollen zur Eisenbahn und zu den Pferden. Zu spät.

Mir kann das egal sein, hat das alte Pferd gesagt, die jungen Pferde aber tun mir leid. Sie werden als Reitpferde missbraucht. Kinder werden auf ihren Rücken gesetzt, die

Pferde werden von jungen Männern geführt, die offenbar für vernünftige Tätigkeiten zu blöd sind. Wie gesagt, fuhr der Esel fort, es war ein anstrengender Tag. Ich gehe jetzt. Bis morgen. Warte, rief, Moritz, wir haben denselben Weg. Ich gehe allein, erwiderte der Esel, ich muss nachdenken. Die Eisenbahn für jeden ist das Auto. Was bedeutet das? Sprach's und trabte davon.

9

In der fünften Klasse, die Moritz nun besuchte, war man schon jemand, man gehörte nicht mehr zur Unter-, sondern bereits zur Oberstufe. Die Schulpflicht endete mit vierzehn, man besuchte die Schule nun nicht mehr pflichtgemäß, sondern freiwillig. Man war kein Kind mehr, für etliche Professoren – Stelzhammer gehörte jedoch nicht zu ihnen – sogar ein Erwachsener. Sie sprachen einen mit Sie an. Moritz gefiel das. Stelzhammer hatte seine Klasse auf sechzehn Schüler reduziert, eine Mädchenklasse war auf achtzehn Schülerinnen geschrumpft, die beiden Klassen wurden zusammengelegt, so gab es für die Nachrückenden ein Klassenzimmer mehr.

Der Esel fragte Moritz, wie die Buben und die Mädchen miteinander auskämen. Zuallererst, Herr Esel, erwiderte Moritz, muss ich Sie darauf aufmerksam machen, dass wir erwachsen geworden sind und einander nun mit Sie ansprechen. Sehr geehrter Herr Zaunschirm, antwortete der Esel, Sie sind erwachsen und ein Depp. Ein erwachsener Depp. Ihre Weisheit reicht an die des alten Pferdes in der Au nicht heran. Und nun sag mir, wie die Mädchen mit euch zurechtkommen und ihr mit ihnen.

Moritz dachte nach. Da gibt es, sagte er schließlich, nicht viel zu erzählen. Die Mädchen sitzen zusammen, sie kennen einander, bei uns Buben ist es genauso. Ich finde, es ist fast so wie früher. Fast. Wir haben in jedem Fach schon eine

Schularbeit gehabt, die Mädchen hatten bessere Noten als wir. Vielleicht sind sie gescheiter, vielleicht fleißiger. Wahrscheinlich beides, sagte der Esel. Mag sein, erwiderte Moritz, wir aber haben ein Genie. Seit wann?, fragte der Esel.

Er hat sich erst jetzt, in der fünften Klasse, zu erkennen gegeben, erwiderte Moritz. Er ist ein Mathematikgenie. Der Professor hat die Hausübungen durchgesehen und festgestellt, dass der Eichhorn, so heißt unser Genie, neben die Angabe das Ergebnis hingeschrieben hat, ohne den Rechengang darzulegen. Das hat dem Professor nicht gepasst. Eichhorn hat sich gerechtfertigt: Er habe die Aufgabe im Kopf gelöst.

Daraufhin, fuhr Moritz fort, hat der Professor den Eichhorn zur Tafel geholt, das Mathematikbuch aufgeschlagen und eine Rechenangabe an die Tafel geschrieben. So, hat er gesagt, das rechnen Sie nun im Kopf aus. Eichhorn ist vor der Tafel gestanden, eine Minute, zwei Minuten. Ich habe die Angabe gelesen und nichts verstanden. Mein Gott, habe ich gedacht, wie kann der Professor dem Eichhorn so etwas antun. Doch da hat der Eichhorn schon die Kreide genommen und das Ergebnis hingeschrieben.

Aus Wut hat der Professor das Mathematikbuch auf den Katheder geworfen und gerufen: Richtig! Ich muss zugeben, es ist richtig. Setzen Sie sich. Eichhorn sitzt neben mir. Wir sind in den vergangenen Wochen enge Freunde geworden. Gratulation, habe ich gesagt. Ein Kinderspiel, hat er geantwortet. Der Eichhorn, sagte Moritz zum Esel, ist fast so klug wie du. Das wird sich weisen, war die Antwort.

Der Eichhorn hat mir erzählt, sagte Moritz, dass sein Vater in der Fabrik als Chemiker arbeitet, er hat sich spezialisiert auf die Herstellung besonders harter Edelstähle, die man für Bohrer im Tunnelbau benötigt, sein Vater ist in seinem Beruf sehr erfolgreich und verdient dementsprechend gut. Davon profitiert auch er. Er bekommt reichlich Taschengeld und investiert es in Bücher über Mathematik, er ist zurzeit auf dem Stand eines Studenten im vierten Semester einer Universität. Noch weiter in diese Wissenschaft vorzudringen ist nicht sein Plan, er weiß gar nicht, ob er wirklich Mathematik studieren wird, vielleicht entscheidet er sich für Philosophie.

Ich habe ihn gefragt, sagte Moritz, wie er darauf kommt. Er hat entdeckt, hat Eichhorn erwidert, dass die Fabrik eine für jedermann zugängliche Werksbibliothek besitzt, er hat in dem Katalog, in dem alle Bücher verzeichnet sind, geblättert und gesehen, dass sich darin die Werke der Philosophen des 19. Jahrhunderts befinden, er hat sich einen Band von Schopenhauer und einen von Nietzsche ausgeliehen. Sollte ich Interesse haben, würde er mit mir die Bibliothek besuchen.

Im Herbst war der Rohbau fertig. In einem Jahr, sagte Moritz' Vater, ziehen wir ein. Aber erst, wenn auch das kleine Haus für den Esel fertig ist. Ich freue mich schon, wenn wir endlich aus dem Haus der Großmutter ausziehen. Es ist einfach zu wenig Platz für vier Leute. Moritz nickte teilnahmslos. Er fühlte sich wohl in den zwei Räumen. Am Nachmittag hatte er die Küche für sich, um die Hausübungen zu machen und Geige zu üben. Die Eltern waren auf der Baustelle und die Großmutter, wenn sie nicht dort mithalf, saß im Erdgeschoß bei der Hausfrau, trank Kaffee und tratschte.

Am meisten beschäftigte Moritz in diesem Herbst ein Konzert eines Streichquartetts aus Graz. Gespielt wurden Werke von Haydn, Mozart und Beethoven. Sehr beeindruckt war Moritz von Beethovens Rasumowski-Quartett. Davon gab es, wie er im Programmheft las, drei. Er hörte das zweite. Angekündigt war ein weiteres Gastspiel, da würde das erste der Rasumowski-Quartette erklingen. Er musste unbedingt mit dem Esel darüber sprechen. Also ging er um sieben in der Früh, ehe er sich auf den Schulweg machte, in die Hütte, weckte den Esel und bat ihn, am Nachmittag in Großmutters Garten zu kommen.

Der Esel hatte aus der Hütte eine Rübe mitgenommen und knabberte daran, als Moritz sich an den Tisch setzte. Moritz erzählte ihm von dem Konzert, das er gehört hatte, und von jenem, das bevorstand. Vor ihm lag eine Zeitung, er tippte mit dem Zeigefinger darauf. Die Großmutter, sagte er, hat zwei Zeitungen abonniert, die »Neue Zeit«, das ist die Tageszeitung der steirischen SPÖ, und eine Wochenzeitung, ebenfalls von der SPÖ, die heißt »Der Obersteirer«, die erscheint nur in der Obersteiermark. Das ist sie. Er tippte noch einmal darauf.

Über jede Kleinigkeit, fuhr er fort, wird berichtet, wer beim Preisschnapsen gewonnen hat und wer beim Kegeln Erster geworden ist. Aber kein Wort über das Konzert. Wo, fragte der Esel, befindet sich die Redaktion? Moritz blätterte in der Zeitung, am Ende der letzten Seite fand er das Impressum. Bruck an der Mur, sagte er, Mittergasse 4. Morgen nach der Schule, erwiderte der Esel, gehst du dorthin und sagst dem Redakteur, dass du einen Artikel über das nächste Konzert schreiben wirst. Der Mann, sagte Moritz, wird mich hinauswerfen. Lieber Moritz, erwiderte der Esel, von den Menschen eine schlechte Meinung zu haben ist meine Sache, nicht deine.

Moritz ging am nächsten Tag zum Redakteur der Wochenzeitung. Der war hocherfreut über den Besuch. Ich weiß, sagte er, dass in Kapfenberg interessante Konzerte stattfinden, ich kann aber nicht darüber berichten, ich verstehe nichts von Musik. Wenn du das machst, wäre ich glücklich. Ich werde es versuchen, erwiderte Moritz. Ich bilde mir ein, etwas von Musik zu verstehen, ob ich allerdings auch darüber schreiben kann, wird sich weisen. Sollten Sie mit dem Artikel nicht zufrieden sein, werde ich Ihnen nicht böse sein. Du wirst es gut machen, sagte der Redakteur und schüttelte Moritz zum Abschied die Hand.

Endlich kam der Tag, an dem das Konzert stattfand. Schon Stunden davor zitterte Moritz vor Aufregung. Wieder begann das Quartett mit Haydn und setzte mit Mozart fort. Nach der Pause wurde das erste von Beethovens Rasumowski-Quartetten gespielt.

Der nächste Schultag begann mit Geografie. Der Lehrer hatte eine Karte von Europa über die Tafel gehängt, Thema waren die Flüsse Europas. Moritz hörte nur mit einem Ohr zu. Heute war die Rede von den Flüssen Russlands. Alle schrieben mit, auch Moritz schrieb – er aber machte sich Notizen zum gestrigen Konzert. In der nächsten Stunde war Mathematik, Moritz musste sich auf den Unterricht konzentrieren. Die Flüsse Russlands, dachte er. Wozu bin ich in dieser Schule? Aber wo sollte ich sonst sein? Zum ersten Mal hatte er das Empfinden, dass er hier ein Pflichtpensum absolvierte, von dessen Sinnhaftigkeit er nicht überzeugt war.

Am Nachmittag saß Moritz mit dem Esel im Garten der Großmutter, vor sich die Notizen. Die drei Quartette sind einander ähnlich, sagte Moritz, und doch sind sie sehr verschieden. Vielleicht hat das mit der Zeit zu tun, in der sie komponiert wurden. Darüber weiß ich nichts. Bei Haydn dominiert von den vier Instrumenten eines, die erste Geige. Bei Mozart ist das anders, die vier Instrumente sind gleichberechtigt, es ist, als würden vier Menschen miteinander reden, ohne dass einer den anderen übertrumpft. Spielt ein Instrument, hören die anderen aufmerksam zu, dann kommt das nächste Instrument, sagt, was es zu sagen hat, dann das nächste. Es ist ein unaufgeregtes, äußerst zivilisiertes Miteinander-Sprechen.

Und dann Beethoven. Die vier Instrumente sind ebenfalls gleichberechtigt. Doch das Miteinander-Sprechen ist ganz anders als bei Mozart. Es ist leidenschaftlich. Das Cello beginnt und trägt vor, was es zu sagen hat, sehr bestimmt und überzeugt. Die Erste Geige antwortet. Sie ist im Großen und Ganzen einverstanden mit dem, was das Cello gesagt hat, formuliert aber manches um Nuancen anders. Die Bratsche widerspricht nicht, hält aber andere Argumente für ebenso wichtig. Das Cello und die Erste Geige tragen weiterhin ihre Motive vor.

Nun, fuhr Moritz fort, meldet sich die Zweite Geige zu Wort. Sie ist in manchen Quartetten das Stiefkind, nicht hier. Sie widerspricht den drei anderen Instrumenten, parodiert die Motive des Cellos und der Ersten Geige und macht sich über die Argumente der Bratsche lustig. Ein Streit bricht los, alle reden durcheinander, das Miteinander-Sprechen droht im Chaos zu enden. Was tut Beethoven? Er ruft die vier Instrumente zur Ordnung. Sie verkünden laut und unisono, dass ihre erhitzten Gemüter sich abkühlen sollten. Kurz erklingen die Motive, das Argument und der Widerspruch der Zweiten Geige noch einmal. Dann atmen alle vier durch. Und danach? Es wird weitergestritten.

Worum geht es in diesem Streit?, fragte der Esel. Wenn ich das wüsste, antwortete Moritz, wüsste ich alles über diese Welt. Das soll der Schluss sein, sagte der Esel. Moritz verstand nicht. Der Schluss wovon?, fragte er. Der Schluss des Artikels, war die Antwort. Du musst jetzt das, was du mir erzählt hast, niederschreiben. Moritz nickte. Noch am selben Nachmittag machte er sich an die Arbeit. Sie fiel ihm nicht leicht. Am

Abend war eine Seite über Haydn und Mozart fertig. Er las sie dem Esel vor. Der war nicht zufrieden: Wie soll ich dir das erklären? Am Nachmittag habe ich zu dir gesagt, du sollst das, was du mir erzählt hast, niederschreiben. Nun merke ich, dass das nicht so einfach ist. Das gesprochene Wort ist nicht zu vergleichen mit dem geschriebenen. Der Esel dachte nach. Wir gehen Satz für Satz durch. Du liest ihn vor, ich spreche ihn nach. Dann ändern wir jeden Satz so lange, bis er dem Inhalt nach klar, insgesamt aber schön ist. Wörter haben ja auch einen Klang. Im zweiten Satz steht dreimal das Wort »spielen«. Lies das laut und du wirst hören, wie hässlich es klingt.

Sie machten sich an die Arbeit. Nach zwei Stunden hatte Moritz fünf Sätze zu Papier gebracht. Ich bin erschöpft, sagte er. Ich auch, erwiderte der Esel und zog sich grußlos in seine Hütte zurück. Wenn wir, dachte Moritz, in diesem Tempo weiterarbeiten, ist der Artikel in einer Woche noch nicht fertig. Zum Glück habe ich mit dem Redakteur keinen Termin vereinbart. Am nächsten Tag machte Moritz sich in der Schule zwar keine Notizen, die Arbeit an dem Artikel ging ihm aber nicht aus dem Kopf, und er hatte Mühe, sich auf den Unterricht zu konzentrieren. Am Vorabend hätte er sich auf die Lateinstunde vorbereiten sollen, Stelzhammer hatte der Klasse aufgetragen, zwei Seiten aus dem Lateinbuch zu übersetzen. Moritz war zu müde gewesen. Nun wurde er von Stelzhammer aufgerufen, er scheiterte kläglich. Zaunschirm, sagte der Professor, du hättest doch in die Werkschule gehen sollen. Es ist ja noch nicht zu spät. Warte nur, dachte Moritz, dir werde ich es zeigen.

Dem Esel erzählte er davon nichts. Die beiden arbeiteten weiter an dem Artikel. Nach eineinhalb Wochen waren sie fertig. Moritz ging zum Redakteur. Der las den Artikel einmal und noch einmal. Großartig!, rief er. Diesen Artikel schicke ich nach Graz. In der »Neuen Zeit« gibt es einen Kulturredakteur, einen sehr gebildeten Mann, der sich damit brüstet, in Frankfurt bei einem gewissen Adorno studiert zu haben. Dieser Redakteur wird Augen machen, wenn er deinen Artikel liest. Ich werde ihm schreiben, dass der »Obersteirer« nun einen ebenso guten Kulturteil hat wie die »Neue Zeit«. Ich zahle dir das Doppelte, vierzig statt zwanzig Schilling. Und bitte dich, weiter für mich über Konzerte zu schreiben.

Stolz berichtete Moritz dem Esel von dieser Begegnung. Das ist dein Werk, sagte er. Nur nicht übertreiben, erwiderte der Esel. Übrigens, du hast Geld bekommen, damit haben wir gar nicht gerechnet. Und wer Geld bekommt für das, was er schreibt, ist ein Berufsschriftsteller. Schon gut, sagte Moritz, ab heute muss ich mich auf etwas anderes konzentrieren. Du wirst mich eine Woche lang selten oder gar nicht sehen. Er ging in die Küche der Großmutter und begann Latein zu lernen. In einer Woche war die Schularbeit angesetzt. Moritz tat all die Tage nichts anderes, als sich intensiv darauf vorzubereiten.

Drei Tage nach der Schularbeit verteilte Stelzhammer die Hefte. Das war für ihn wieder ein Freudentag. Zuerst kamen die Nicht genügend. Jede Schülerin, jeden Schüler rief er einzeln auf. Man musste nach vorn gehen zum Katheder und bekam von Stelzhammer mit großer Geste das Schularbeitsheft überreicht, begleitet von dessen triumphalem Ausruf: Nicht genügend. Moritz hatte den Eindruck, dass fast die Hälfte der Klasse mit Nicht genügend benotet worden war.

Dann kamen die Genügend, die Befriedigend. Schließlich vier Gut. Moritz war noch immer nicht aufgerufen worden. Endlich: Zaunschirm. Sehr gut. Als Einziger hatte Moritz ein

Sehr gut bekommen. Der Esel war überrascht. Mein Problem ist, sagte Moritz, dass mich die Schule immer weniger interessiert. Ich habe mir gedacht, dass ich mich hin und wieder anstrenge, eine gute Note bekomme, danach kann ich mich anderen Dingen zuwenden. Vorsicht, erwiderte der Esel, bis zur Matura sind es noch ein paar Jahre.

Moritz' Eltern waren mit dem Hausbau so beschäftigt, dass sie den Sohn nie fragten, wie es ihm in der Schule erging. An diesem Tag aber, alle saßen in Großmutters Küche beim Abendessen, zeigte Moritz ihnen das Schularbeitsheft. Wir haben Lateinschularbeit gehabt, sagte er, schlug das Heft auf und zeigte ihnen das Sehr gut, das Stelzhammer mit rotem Stift auf die letzte Seite geschrieben hatte. Es hat nur ein einziges Sehr gut gegeben, fügte Moritz hinzu. Der Vater legte seinen Arm um Moritz' Schulter und sagte: Moritz, wir haben keine Zeit, uns um dich zu kümmern. Aber zum Glück wirkt sich das, wie ich sehe, nicht schlecht auf dich aus. Darüber bin ich sehr froh. Du gehst deinen Weg. Die Mutter hielt das Heft in der Hand, als wollte sie es liebkosen.

Ein paar Tage später ging Moritz mit Eichhorn in die Werksbibliothek. Eichhorn hatte sich je einen Band von Schopenhauer und Nietzsche ausgeliehen. Er hatte auf die Frage, ob die Lektüre von Schopenhauer und Nietzsche interessant sei, geantwortet, das könne er noch nicht sagen, er müsse die Bücher noch ein weiteres Mal lesen. Moritz lieh sich je einen Band von Schopenhauer und Nietzsche aus und begann daheim zu lesen. Er hatte den Nietzsche-Band durchgeblättert und war auf ein Kapitel gestoßen, das den Titel »Gott ist tot« trug. Nach einer Stunde klappte er das Buch zu und ging in die Hütte zum Esel.

Nachdem er ihm erzählt hatte, dass er mit Eichhorn in der Bibliothek gewesen war und ein paar Seiten von dem

Philosophen Nietzsche gelesen hatte, sagte er: So etwas ist mir noch nie passiert. Ich lese etwas und verstehe es nicht. Gerade deshalb interessiert es mich umso mehr. Worum geht es in dem Text?, fragte der Esel. Das Kapitel, antwortete Moritz, trägt den Titel »Gott ist tot«. Der Titel ist irreführend. Wir beide, fuhr Moritz fort, wissen, dass es keinen Gott gibt. Das weiß Nietzsche auch. Er beschäftigt sich damit, warum so viele Menschen an Gott glauben. Wir beide haben uns das nicht gefragt. Das interessiert mich auch nicht, erwiderte der Esel. Mich schon, sagte Moritz. Du wirst bald erkennen, erwiderte der Esel, dass es sinnlos ist, sich mit sinnlosen Fragen zu beschäftigen.

Eichhorn hatte Moritz' Artikel im »Obersteirer« gelesen. Er war sehr erstaunt, wie gut Moritz schreiben konnte. Ich beneide dich, sagte er. Ich kann das nicht. Du solltest meine Deutschaufsätze lesen – so etwas Plumpes. Ich geniere mich jedes Mal. Wenn du Philosoph werden willst, erwiderte Moritz, solltest du schreiben können. Eichhorn dachte nach. Dann sagte er: Du hast recht. Ich werde bei der Mathematik bleiben. Aber Philosophen zu lesen, das schaffe ich vielleicht. Es ist schwierig genug. Im Übrigen, fuhr er fort, vor einigen Tagen war ich Gast bei der sogenannten Literaturgruppe, das sind ein paar Schüler aus der siebenten Klasse. Sie schreiben Gedichte und lesen einander Gedichte vor, derzeit von Mallarmé und Rimbaud. Die haben im 19. Jahrhundert gelebt. Auf meine Frage, ob sie auch zeitgenössische Literatur lesen, sagten sie, ja, Sartre und Camus. Ich habe in der Buchhandlung Werke dieser Schriftsteller gekauft, von Sartre das Buch »Der Ekel«, von Camus den Roman »Der Fremde«. Den »Ekel« lese ich gerade, ich borge dir den Camus.

Jede freie Minute verwandte Moritz darauf, den Roman zu lesen. Er war begeistert. Das muss ich dir vorlesen, sagte er zum Esel, und so setzten sie sich an einem Nachmittag in der Hütte zusammen – draußen im Garten der Großmutter, es war inzwischen Winter geworden, war es zu kalt. Moritz las die letzten dreißig Seiten. Gespannt wartete er auf die Reaktion des Esels. Der zögerte. Dann sagte er: Ich kann deine Begeisterung nicht teilen. Der Autor kann nicht erzählen. Er will ein Exempel statuieren. Er zeigt uns einen Mann, der ein Verbrechen begeht und hingerichtet werden will – falls ich das richtig verstanden habe. Aber selbst wenn ich – du hast mir ja nur einige Seiten vorgelesen – den Inhalt des Romans nicht ganz verstanden habe, kann ich sagen, das ist keine Erzählung, sondern ein hysterisches Getue.

Tief enttäuscht blickte Moritz zu Boden. Schau nicht so traurig, sagte der Esel und stupste Moritz mit dem Kopf gegen die Schulter. Denk daran, wie wir an dem Artikel über die drei Quartette gesessen sind. Wir haben die bestmögliche Formulierung gesucht, das Ergebnis war der Satz in seiner schönsten Gestalt. Das haben wir während dieser Arbeit gelernt. In dem Roman, aus dem du mir vorgelesen hast, wird nicht erzählt, wird nicht Sprache gestaltet, sondern es wird Stimmung verbreitet, eine Propaganda für irgendwelche Thesen. Davon kann man sich beim Lesen fortreißen lassen. Danach sollte man aber darüber nachdenken, ob das gut ist, sich fortreißen zu lassen. Ich habe gesagt, wiederholte der Esel, du sollst nicht so traurig schauen. Moritz kniete sich vor den Esel, der auf dem Boden lag, und schlang die Arme um seinen Kopf.

Eines verschwieg Moritz dem Esel: dass er Gedichte schrieb. Er schrieb Gedichte, weil er verliebt war. Lange hatte er nachgedacht, doch er hatte keine Worte gefunden, mit denen er sich dem Esel hätte mitteilen können. Erika Deutschmann hieß seine große Liebe. Sie war Lehrmädchen beim Kaufmann Steinbrucker, eine zarte, blonde Gestalt. Sie wohnte in der Nähe der Baustelle, und wenn sie vorbeiging, begann Moritz' Herz so heftig zu schlagen, dass er tief durchatmen musste, um nicht schwindlig oder gar ohnmächtig zu werden.

Wie, fragte sich Moritz, redet man darüber, dass man verliebt ist? Der Esel weiß wahrscheinlich gar nicht, was das ist, verliebt zu sein. Ich könnte aber auch mit meinem Freund Eichhorn nicht darüber reden. Das ist wohl der Grund, dachte er, warum ich Gedichte schreibe. Es waren Gedichte, in denen er das Mädchen anhimmelte. Niemals, dessen war er sich sicher, würde er diese Gedichte jemandem zeigen.

Er selbst scheute sich vor dem, was er geschrieben hatte. Nur in den Gedichten wagte er es, das Mädchen anzusprechen. Nicht einmal im Traum hatte er versucht, sich Erika auch nur zu nähern. Las er in einem seiner Gedichte, dass er das Mädchen angesprochen hatte, schauderte ihn. Nein, beschloss er, ich kann mit mir selber nicht über meine Liebe zu Erika reden, wie sollte ich das dann mit dem Esel können?

Zum Glück gab es eine Abwechslung von dieser Seelenqual, als Michelangelo Maroni auf der Baustelle erschien. Es war Sommer geworden, das Schuljahr neigte sich dem Ende zu, und Moritz, das stand bereits fest, würde die fünfte Klasse mit einem guten Zeugnis abschließen. Der Rohbau ging zügig voran, Moritz' Vater bestand darauf, dass das Badezimmer – noch nie hatten die Zaunschirms ein Badezimmer gehabt – jetzt schon verfliest wurde.

Ehe Michelangelo Maroni zum ersten Mal auf die Baustelle kam, hatte der Vater Moritz und der Mutter einiges über den Mann erzählt. Zum Beispiel, dass jeder in der Fabrik ihn kannte. Er arbeitete im Stahlwerk, wo er als unabkömmlich galt. Die runden Hochfrequenzöfen, in denen Speziallegierungen hergestellt wurden, waren drei Meter tief in den Boden eingelassen und hatten einen Stahlmantel. Der hätte der hohen Hitze nicht standgehalten, deshalb musste er mit Schamott verkleidet werden. Der Schamott war keineswegs langlebig, nach einigen Wochen begann er zu bröckeln. Der Ofen wurde abgeschaltet, und sobald er halbwegs ausgekühlt war, konnte der Stahlmantel mit neuem Schamott versehen werden.

Das war der Zeitpunkt, hatte Moritz' Vater erzählt, zu dem Michelangelo Maroni gerufen wurde. Es galt, die flachen, viereckigen Schamottstücke so in dem runden Stahlmantel anzubringen, dass sie sich fugenlos anschmiegten. Dazu bedurfte es einer Meisterschaft, über die nur Michelangelo Maroni verfügte. Aus der ganzen Fabrik kamen Arbeiter, um ihm zuzusehen und ihn zu bewundern.

An einem Samstagabend saßen die Großmutter, die Mutter, der Vater und Moritz beim Essen, es gab Gulasch, Nockerln und Häuptelsalat. Der Esel lag im Gras und knabberte an einer Rübe. Morgen, sagte der Vater, kommt der Maroni auf die Baustelle. Nach dem Essen blieben Moritz und der Esel im Garten zurück. Sie redeten über Maroni, Moritz hatte dem Esel ja einiges über den Mann erzählt. Der bringt, sagte der Esel, viereckige Schamottziegel so im runden Ofen an, dass keine Fuge entsteht? Ich freue mich darauf, den Mann kennenzulernen. Ich auch, erwiderte Moritz. Für ihn wird es ein Leichtes sein, fuhr er fort, das Badezimmer zu verfliesen.

Moritz' Vater hatte neben der Baustelle einen Tisch und zwei Bänke aufgestellt. Um Punkt eins kam Maroni. Er war mittelgroß, um die fünfzig, wohlbeleibt, hatte den dunklen Teint eines Südländers und trug eine Schlosserhose und ein weißes Unterhemd. Die prall gefüllte Umhängetasche nahm er von der Schulter, stellte sie auf den Tisch, dann begrüßte er die Anwesenden mit Handschlag und informierte sie, dass er Michelangelo heiße und mit allen per du sei. Nun, sagte er – er sprach gut Deutsch, legte dabei aber großen Wert auf einen italienischen Akzent –, nun wird erst einmal gegessen und getrunken. Er holte aus der Tasche ein paar Aluminiumbecher, zwei Flaschen Wein, ein Schneidbrett, ein großes Stück Schinken, öffnete eine Flasche, schenkte jedem ein, auch Moritz, schnitt mit einem scharfen Messer den Schinken in dünne Scheiben und forderte alle auf, mit ihm anzustoßen und zuzugreifen. Er müsse erst einmal eine Zigarette rauchen.

Zaunschirm, so fuhr er fort, damit das eine klar ist: Ich verlange für die Arbeit nichts. Ihr baut ein Haus und habt kein Geld. Ich bin kein armer Mann. Ich werde von der Fabrik sehr gut bezahlt. Wir trinken ein paar Gläser, dann machen wir eine Pause, und du zeigst mir die Fliesen, die du gekauft hast. So geschah es. Moritz' Vater holte aus einem Verschlag, in dem vor allem Zement und Werkzeug aufbewahrt wurden, die in Kartons verpackten Fliesen und stellte sie neben den Tisch.

Maroni öffnete einen Karton. Stark verbilligte Ware?, fragte er. Moritz' Vater nickte. Wir werden sehen, sagte Maroni, nahm eine Fliese, hielt sie ans Ohr und klopfte mit dem Fingerknöchel dagegen. Dann sagte er: Gut, und legte sie rechts neben sich auf die Bank. Bei der sechsten Fliese sagte er: Kaputt, und legte sie nach links. Am Ende stellte sich heraus, dass ein Drittel der Fliesen schadhaft war. Die würden, sagte Maroni, in einem Jahr einen Sprung bekommen und nach einem weiteren Jahr von der Wand fallen. Wie transportieren wir sie zurück zum Baustoffhändler?, fragte Maroni.

Moritz lief zur Wohnung der Großmutter und holte den Leiterwagen.

Am nächsten Tag brachten Maroni und Moritz' Vater die kaputten Fliesen zum Baustoffhändler. Grüß dich, du alter Gauner, rief Maroni, du hast wieder einmal Mist verkauft. Das kannst du mit jemand anderem machen, aber nicht mit mir. Der Händler wollte sich entschuldigen, doch Maroni winkte ab, forderte neue Fliesen, prüfte jede einzelne, sortierte die kaputten aus. Die beiden Männer machten sich auf den Heimweg.

Nach der ersten Begegnung mit Maroni hatte der Esel zu Moritz gesagt, er solle sich Notizen machen über alles, was Maroni sagte und tat. Wozu?, hatte Moritz gefragt. Ich habe einen Plan, war die Antwort gewesen.

Am nächsten Nachmittag begann Maroni mit der Arbeit. Nach einer Stunde machte er eine Pause, wohl auch, weil er gesehen hatte, dass Moritz draußen allein am Tisch saß. Er begrüßte Moritz wie einen alten Freund, zeigte auf den Esel, der neben der Bank im Gras lag, und fragte: Ist der immer bei dir? Ja, antwortete Moritz, er ist mein bester Freund. Das ist gut, sagte er, er wird dich nicht verlassen. Es wird dir nicht so ergehen wie mir. Mich hat meine Freundin verlassen. Es ist Jahre her. Ich habe in einem Stahlwerk in Turin gearbeitet, habe dort Öfen mit Schamott verkleidet. Meine Freundin hat das für eine primitive Tätigkeit gehalten und mich gedrängt, eine höhere Position anzustreben. Also hat es Streit gegeben, darauf habe ich sie und sie hat mich verlassen. Ich bin von Stahlwerk zu Stahlwerk gezogen und schließlich hier in Kapfenberg gelandet. Eines Tages ziehe ich weiter.

Maroni griff nach Wein und Schinken und ließ es sich schmecken. Weißt du, sagte er zu Moritz, das Schamottieren ist eine schöne Arbeit, meine wahre Leidenschaft aber gehört dem Fliesenlegen. Unzählige tun es, kaum einer kann es. Die Fuge muss genau zwei Millimeter unter der Fliese liegen, die Fliesen müssen exakt auf einer Ebene sein. Vor einigen Jahrhunderten, fuhr er fort, hat es in Rom den bislang größten Meister des Fliesenlegens gegeben. Er hat Michelangelo geheißen. Ich habe seinen Namen angenommen. In Wirklichkeit heiße ich Paolo. Michelangelo hat im Vatikan gearbeitet, dort, wo die Päpste wohnen. Einen ganzen Raum, die Sixtinische Kapelle, hat er mit Fliesen ausgelegt, solchen, die er vorher bemalt hat. Man sagt, es sei das größte Kunstwerk, das je ein Mensch geschaffen hat. Dieser Michelangelo ist mein Vorbild. So, sagte er, nun arbeite ich noch eine Stunde. Morgen sehen wir uns wieder.

Und wirklich, als er Moritz und den Esel am nächsten Nachmittag im Garten sah, unterbrach er die Arbeit und setzte sich zu ihnen. Wir haben keine Wohnung gefunden, sagte Moritz, und bauen deshalb ein Haus. Wo wohnen Sie, Herr Maroni? Lieber Moritz, erwiderte Maroni, wir sind per du. Und zu deiner Frage: Ich habe keine Wohnung. Die Fabrik hat mir eine angeboten, in dem sogenannten Ledigenheim, das ist nicht weit von hier, du kennt es sicher. Dort gibt es Wohnungen für alleinstehende Arbeiter. Ich habe die Wohnung besichtigt, Zimmer, Küche, Bad, sehr komfortabel. Ich habe sie nicht genommen. Maroni zündete sich eine Zigarette an.

Darf ich fragen, erwiderte Moritz, warum du die Wohnung nicht genommen hast? Ich habe gezögert, antwortete Maroni, aber letzten Endes ist mir die Entscheidung leichtgefallen. Ich will nicht für immer in Kapfenberg bleiben. Eine Wohnung könnte mich dazu verführen, hierzubleiben. Ich will weiterziehen. Im Stahlwerk in Turin hatte ich mit Arbeitern aus Frankreich zu tun und habe rasch

Französisch gelernt. Das war für mich leichter als Deutsch. Ich möchte gern in Frankreich arbeiten, weiß aber nicht, wo es dort Stahlwerke gibt.

Das können wir herausfinden, sagte Moritz. Der Direktor des hiesigen Stahlwerks ist Konzertmeister in dem Orchester, in dem ich spiele, wir werden ihn fragen, wo es in Frankreich Stahlwerke gibt und welches er dir empfehlen kann. Maroni lachte. Der wird sagen, antwortete Maroni: Leider, keine Ahnung. Denn die Fabrik wird alles tun, damit ich nicht weggehe. Du wohnst also, sagte Moritz, nicht im Ledigenheim. Wo dann?

Maroni schenkte sich Wein ein und bat Moritz, sich ein Stück vom Schinken abzuschneiden. Ach, Moritz, sagte er dann, du wirst es nicht glauben. Ich wohne in der Fabrik. In der Halle, in der die Hochöfen stehen, habe ich einen kleinen Raum gefunden. Ich habe ein Bett hineingestellt, von mir selbst gezimmert, und ein Regal. So spare ich die Miete für eine Wohnung. Ich habe euch erzählt, dass ich gut verdiene. Ich lege Geld weg fürs Alter.

Einmal in der Woche, fuhr er fort, gehe ich ins Werksbad. Es befindet sich, du kennst es, neben dem Werkshotel. Werksbad, Werkshotel. In dieser Stadt gehört alles der Fabrik. Im Werksbad lasse ich Wasser in die Badewanne rinnen, gebe Duftkräuter hinein, vor allem Zitronenmelisse, bleibe eine halbe Stunde in der Wanne, dann dusche ich mich mit kaltem Wasser. Danach gehe ich zur Badefrau, gebe ihr die Schmutzwäsche von einer Woche und nehme die frische Wäsche entgegen.

Die Badefrau, sagte Michelangelo Maroni, ist mittlerweile eine gute Freundin von mir geworden. Ich habe ihr ein schönes Kleid gekauft, das trägt sie immer, wenn ich sie zum Essen einlade. Ich ziehe eine Schlosserhose an, eine, die frisch gewaschen und gebügelt ist, und trage ein weißes Leinenjackett. In Italien kleiden sich gern Künstler damit, vor allem Maler. Jeden Mittwoch besuchen wir das Restaurant im Werkshotel, jeden Samstag fahren wir nach Bruck und gehen ins Restaurant zum Schwarzen Adler, das als die beste Gaststätte weit und breit gilt. Zu Unrecht.

Maroni schenkte sich Wein ein und zündete sich eine Zigarette an. Wie gesagt, fuhr er fort, der Schwarze Adler gilt zu Unrecht als bestes Restaurant in der Obersteiermark. Das Essen ist mittelmäßig. Sonst ist alles sehr nobel, Tischtücher aus Damast, edle Gläser, die Kellnerinnen im Dirndl, die Kellner im Steireranzug. Zwischen Kapfenberg und Bruck gibt es ein kleines Stahlwerk, es kann sich mit dem Böhlerwerk nicht messen. Einige Ingenieure dieses Stahlwerks sind mit ihren Frauen jeden Samstagabend zu Gast im Schwarzen Adler. Sie haben mich schon einige Male gefragt, ob ich nicht bei ihnen arbeiten will. Ich habe geantwortet: Vielleicht. Sie kommen immer an unseren Tisch und grüßen ehrerbietig. Das gefällt meiner Freundin.

Moritz schaute auf die Uhr. Ich muss zur Orchesterprobe, sagte er. Was für ein Instrument spielst du?, fragte Maroni. – Geige. Mein Lieblingsinstrument!, rief Maroni. In Turin, fuhr er fort, habe ich Ziehharmonika gespielt. Nicht sehr gut. Ich habe alte Lieder gesungen und mich auf der Ziehharmonika begleitet. In der Nähe der Fabrik gab es ein Lokal, dort bin ich mit den Stahlarbeitern gegessen, danach habe ich gespielt und gesungen, einige haben eingestimmt, manche konnten sogar die zweite und die dritte Stimme dazu singen. Das war eine schöne Zeit. Ich habe die Ziehharmonika, aber auch meine Stimme in Turin zurückgelassen, in der Meinung, ich würde an einem anderen Ort beginnen, Geige zu spielen. Daraus ist nichts geworden. Moritz stand auf.

Bevor du gehst, sagte Maroni, eine Frage: Kannst du mir auf der Geige etwas vorspielen? Gern, erwiderte Moritz, ich übe gerade eine Sonate von Mozart. Wunderbar, rief Maroni, ich liebe Mozart! Verdi und Mozart, die sind für mich die Größten. Morgen, sagte Moritz, ist der letzte Schultag, ich bin schon zu Mittag daheim. Dann treffen wir uns um eins, erwiderte Maroni, stand auf und ging ins Haus, um Fliesen zu legen.

Der letzte Schultag war Zeugnistag. Der Esel wartete schon im Garten der Großmutter. Moritz las ihm das Zeugnis vor. Drei Befriedigend, sonst Gut und Sehr gut. Passabel, sagte der Esel, aber vergiss nicht: Du darfst nicht nachlassen, es sind noch drei Jahre bis zur Matura. Moritz ging hinauf in die Wohnung, wo Großmutter, Mutter und Vater beim Essen saßen. Moritz zeigte dem Vater das Zeugnis, der überflog es und sagte: Moritz, du bist ein Teufelskerl. Ich bin stolz auf dich. Die Mutter nahm das Zeugnis und las es wieder und wieder. Die Großmutter interessierte es nicht, wie Moritz in der Schule abschnitt. Sie wusste nur, dass er nach Bruck in die Schule ging, was sie lächerlich fand, da es auch in Kapfenberg eine Schule gab. Für sie war wichtig, dass Moritz das Essen schmeckte, das sie zubereitete. Nun servierte sie ihm fünf gefüllte Paprika, im Nu hatte er sie verschlungen, sie legte noch zwei auf seinen Teller und schaute ihm mit einem glücklichen Lächeln beim Essen zu.

Moritz nahm die Geige, die Noten und den Notenständer. Ich habe Maroni versprochen, sagte er, ihm etwas vorzuspielen. Dann kommen wir später, sagte der Vater. Moritz, ich trinke ein Glas Bier auf dich. Moritz ging in den Garten. Der Esel war nicht mehr da. Er lag auf der Baustelle neben dem Tisch, an dem Michelangelo Maroni es sich bei Wein und Schinken gut gehen ließ. Moritz stellte den Notenständer auf, stimmte die Geige und spielte ein paar Tonleitern. Dann begann er mit der Mozart-Sonate. Maroni lauschte entzückt, Tränen liefen über seine Wangen. Der Esel stand auf und rieb seinen Kopf an Michelangelos Schulter.

10

Am Montag, dem ersten Ferientag, stand Moritz um fünf Uhr früh auf und fuhr mit dem Rad in die Fabrik, wo er sich um halb sechs in der Gesenkschmiede beim Meister meldete. Der wusste Bescheid. Du bleibst, sagte er, auf jeden Fall zwei Wochen bei uns. Du hast immer Frühschicht. Wenn du willst, kannst du auch Samstag und Sonntag arbeiten. Auf jeden Fall, erwiderte Moritz. Gut, sagte der Meister, ging mit Moritz zu einem Arbeiter und sagte: Hier ist unser Ferialpraktikant, der Moritz. Er ist übrigens der Sohn vom Zaunschirm. Ach, rief der Arbeiter, ich hab gar nicht gewusst, dass der einen Sohn hat! Er schüttelte Moritz die Hand. Ich bin der Franz Fasching, sagte er, wir werden uns gut verstehen.

Und jetzt, fuhr der Arbeiter fort, zeige ich dir, was in der Gesenkschmiede zu tun ist. Fangen wir bei diesem Ofen an. Hier werden wir beide arbeiten. Der Kollege, mit dem ich sonst zusammen bin, ist seit heute auf Urlaub. Du siehst auf dem Boden einen Haufen Stahlblöcke, Edelstahl. Wir ziehen mit diesem kleinen Kran einen Block in die Höhe, öffnen den Deckel und versenken den Block im Ofen. Den schalten wir ein, der Block wird auf 1.200 Grad erhitzt.

Komm näher, sagte der Arbeiter. Hier, an den Außenwänden des Ofens, siehst du eine Reihe von Knöpfen und Reglern. Damit stellen wir die sogenannten Sägen ein, von denen der glühende Block zerschnitten wird. Nur so kann er weiterverarbeitet werden. Ich stehe auf der einen Seite und schneide den Block der Länge nach, du stehst auf der anderen Seite und zerteilst ihn der Breite nach. Aus einem Block machen wir zehn Teile. Wenn wir damit fertig sind, öffnen wir die Vorderseite des Ofens. Dann beginnt unsere eigentliche Arbeit. Jeder von uns nimmt eine von den langen Zangen, die hier auf dem Boden liegen. Ich packe das glühende Stahlstück vorne, du hinten. So ziehen wir es aus dem Ofen, legen es auf den Wagen, der hier steht, und fahren hinüber, wo das Gesenkschmieden passiert.

Schauen wir uns das an, sagte der Arbeiter und ging voran. Hier siehst du die Vorrichtung, in die wir das Stahlstück hineinlegen. Zurzeit produzieren wir Kurbelwellen für Autos. Eine Kurbelwelle überträgt die Kraft des Motors auf die Räder, sie wird besonders beansprucht und muss aus Edelstahl sein. Wir legen also das vierkantige Stahlstück hinein. Du siehst oben das sogenannte Obergesenk, unten das Untergesenk. Ein schwerer Hammer drischt drauf, Ober- und Untergesenk drücken das Stahlstück zusammen und formen es zu einer Kurbelwelle.

Der Meister hat gesagt, fuhr der Arbeiter fort, das ist ein Großauftrag, wir werden bis zum Herbst mit Kurbelwellen beschäftigt sein. Wie lange bleibst du bei uns?, fragte er Moritz. Der antwortete: Sechs Wochen. Was, rief der Arbeiter, die ganzen Ferien! So schlimm ist es nicht, erwiderte Moritz, die Ferien dauern zwei Monate. Viel Zeit zur Erholung, sagte der Arbeiter, bleibt dir jedenfalls nicht. Ich brauche das Geld, antwortete Moritz. Meine Eltern bauen ein Haus, sie müssen jeden Groschen zweimal umdrehen, und ich möchte mir im Herbst neue Kleider kaufen, deshalb arbeite ich so lange. Ich werde mit dem Meister reden, sagte der Arbeiter, damit du die ganze Zeit bei mir bleiben kannst. Das lässt sich sicher machen. Und jetzt an die Arbeit!

Am Nachmittag wartete schon der Esel in Großmutters Garten. Moritz musste ihm genau erzählen, was er in der Gesenkschmiede zu tun hatte. Ich habe eine Frage, sagte der Esel. Wenn ihr mit Zangen glühenden Stahl in das Untergesenk legt und wenn dann das Obergesenk mit einem Hammer draufgepresst wird, dann müssen doch die beiden Gesenke aus einem Material sein, das noch mehr Hitze verträgt, sonst würden sie mit dem glühenden Stahl verschmelzen. Was ist das für ein Material? Moritz dachte nach. Du hast recht, erwiderte er. Ich werde den Herrn Fasching fragen.

Moritz, sagte der Esel, du arbeitest jeden Vormittag, aber nachmittags hast du frei. Diese Zeit sollten wir nutzen. Du hast einige sehr gute Artikel über Musik geschrieben. Nun gehen wir einen Schritt weiter. Wir versuchen, eine Erzählung zu schreiben. Wenn du Schriftsteller werden willst, musst du erzählen können. Wer sagt, wandte Moritz ein, dass ich Schriftsteller werden will? Ich sage das, antwortete der Esel. Meine Aufgabe ist es, dafür zu sorgen, dass die Begabung, die in dir steckt, sich entfaltet. Und meine Aufgabe, erwiderte Moritz, ist, dir zu folgen. Nein, deine Aufgabe, sagte der Esel, ist, mir zuzuhören.

Du erinnerst dich, fuhr er fort, dass ich dich gebeten habe, dir Notizen zu machen über alles, was Maroni sagt und tut. Moritz nickte. Ich habe, sagte er, ein ganzes Heft vollgeschrieben. Was hältst du davon, fragte der Esel, wenn wir den Sommer mit dem Versuch verbringen, eine Erzählung zu schreiben mit dem Titel »Michelangelo Maroni«? Versuchen können wir es, antwortete Moritz. Und nach einer Weile: Eine Geschichte erzählen, das würde ich gern tun. Noch dazu eine Geschichte über Maroni. Der ist ein Mann, den gibt es, und doch gibt es ihn nicht. Wie meinst du das?, fragte der Esel. Wenn ich erzähle, erwiderte Moritz, dass ein

Mann keine Wohnung haben will und im Stahlwerk wohnt, dass er sich Michelangelo nennt nach seinem Vorbild, einem Künstler, der vor mehreren Jahrhunderten eine Kapelle der Päpste mit Fliesen ausgelegt hat, so gibt es diesen Mann zwar, doch was er tut, ist so außergewöhnlich, als wäre er eine Person in einem Märchen.

Der Esel nickte zustimmend. Märchen, sagte er. Dann dachte er nach. Erinnerst du dich, fuhr er schließlich fort, wie Gretel auf dem Frauenberg beim Wunderbaum die Geschichte von Schneewittchen und den sieben Zwergen erzählt hat? Alles völlig unglaubwürdig, und doch habe ich Gretel jedes Wort geglaubt. Erzählen ist Märchenerzählen. So ist es, erwiderte Moritz.

Gut, sagte der Esel, beginnen wir in Turin. Dort hat Maroni mit einer Frau zusammengelebt. Wie hat sie geheißen? Wir haben, erwiderte Moritz, im Englischunterricht ein Theaterstück von William Shakespeare gelesen, es heißt »Romeo und Julia«. Wir nennen sie Julia. Sie arbeitet im Turiner Stahlwerk in der Buchhaltung als Chefin. Sie ärgert sich, dass Maroni in Stahlöfen Schamottziegel legt. Er verdient zwar mehr als sie, die höhere Angestellte, doch seine Arbeit scheint ihr primitiv zu sein. Sie behauptet, Einfluss genug zu haben, um ihm zu einer anderen Position in der Fabrik, vielleicht sogar als Angestellter, verhelfen zu können.

Erschöpft hielt Moritz inne. Maroni, sagte der Esel, lehnt dieses Angebot ab. Wie wir wissen, verlässt er seine Julia. Aber nicht gleich. Wir lassen sie noch eine Zeit lang zusammen sein. Gute Idee, erwiderte Moritz. Wo wohnen sie?, fragte der Esel. Moritz dachte nach. Dann sagte er: Die beiden verdienen gut. Das Stahlwerk liegt in der Ebene. Die Stadt ist umgeben von Hügeln. Der Esel unterbrach ihn. Wir sind in Italien, sagte er, die Hügel sind Weinberge. Umso besser, erwiderte Moritz. Zwischen den Weingärten gibt es Streifen, auf denen zweistöckige Häuser gebaut worden sind. In einem dieser Häuser haben die beiden eine Wohnung mit Terrasse. Dort sitzen sie am Abend, schauen hinunter auf die Stadt, trinken Wein, essen Schinken, und Maroni erzählt Julia, dass im Stahlwerk einige Franzosen arbeiten, dass er sich bemüht, von ihnen Französisch zu lernen und dass er sich mit dem Gedanken trägt, eines Tages nach Frankreich zu gehen, um dort zu arbeiten.

Wäre ich die Julia, erwiderte der Esel, würd ich sagen: Geh doch gleich nach Frankreich, von dem Stahlwerk hier in ein Stahlwerk dort. Für etwas anderes ist in deinem Kopf ohnehin kein Platz. Moritz war nicht dieser Ansicht. Nein, sagte er nach einer Weile, das tut sie nicht. Wegen der Ziehharmonika. Ach ja, die Ziehharmonika, erwiderte der Esel und dachte nach. Leider, fuhr er fort, fällt mir dazu keine Geschichte ein. Wir wissen, sagte Moritz, dass Maroni nach der Arbeit mit einigen Kollegen in ein Gasthaus geht. Dort wird gegessen, dann nimmt Maroni die Ziehharmonika, er spielt und singt, die anderen stimmen ein. Julia kommt dorthin, wann immer ihre Arbeit es erlaubt. Sie setzt sich neben Maroni, es freut sie, dass er der Mittelpunkt in diesem Lokal ist, sie ist entzückt von den Liedern, die er spielt, und singt mit. Die Leute mögen sie, und sie mag die Leute. Diese Nachmittage in dem Lokal, fuhr Moritz fort, sind der Grund, warum die beiden es eine Zeit lang miteinander aushalten. Das leuchtet mir ein, erwiderte der Esel und schaute nachdenklich zu Boden.

Die Frage ist, fuhr er fort, wie du das zu Papier bringst. Das kann ich dir nicht sagen, antwortete Moritz. Ich weiß auch nicht, ob ich mich morgen noch an alles erinnern kann. Heute jedenfalls mache ich mich nicht mehr an die Arbeit.

Vielleicht spiele ich noch ein bisschen auf der Geige. Die Frühlingssonate, rief der Esel. Ach, erwiderte Moritz, ich kann das Wort nicht mehr hören. Du wirst es noch oft hören, sagte der Esel. Es wird Zeit, dass du dich mit dieser Sonate beschäftigst. Vielleicht kannst du mir in den nächsten Tagen den Anfang vorspielen. Moritz stand auf. Ich bin müde, erwiderte er. Morgen muss ich wieder um fünf aus dem Bett. Ich verstehe nicht, sagte der Esel, warum man um sechs Uhr zu arbeiten beginnt. Ich auch nicht, antwortete Moritz.

Am nächsten Tag setzte Moritz sich hungrig zu Tisch. Heute gibt es Gulasch mit Nockerln, sagte die Großmutter. Nun, da du so schwer arbeitest, koche ich für dich nur das Beste. Zufrieden beobachtete sie, wie Moritz das Essen verschlang. Wie ist es in der Fabrik?, fragte sie. Moritz stand auf und öffnete das Fenster. Hörst du?, fragte er. Das sind die Hammerschläge aus der Fabrik. Die Großmutter nickte. Ich arbeite in der Gesenkschmiede, fuhr Moritz fort, wir legen glühende Stahlteile in ein Gesenk, der Hammer schlägt drauf, und es entsteht eine Kurbelwelle, die sieht aus wie ein Stab und wird für die Herstellung von Autos gebraucht.

Im Garten wartete schon der Esel. Ich habe den Arbeiter gefragt, sagte Moritz, aus welchem Material die Gesenke sind. Er hat es nicht gewusst. Ich habe den Meister gefragt, der hat es auch nicht gewusst. Er hat gesagt, er werde den Betriebsleiter fragen. Ich habe den Arbeiter gefragt, wer der Betriebsleiter ist. Der sitzt irgendwo in einem Büro, man sieht ihn selten hier in der Gesenkschmiede, hat der Arbeiter gesagt. Ein Betriebsleiter leitet also den Betrieb, ist aber selten in diesem Betrieb anzutreffen.

Ich werde wohl nie erfahren, meinte der Esel, aus welchem Material die Gesenke sind. Das fürchte ich auch, erwiderte Moritz. Warum willst du das überhaupt wissen? Für mich, antwortete der Esel, ist das ein interessantes Problem. Aber, wie man sieht, eines, das nicht leicht zu lösen ist. Beschränken wir uns also auf das Problem, das wir lösen können: Wie beginnen wir mit der Erzählung?

Entschuldige, sagte Moritz, ich möchte vorher noch über etwas anderes mit dir sprechen. Maroni hat uns erzählt, dass er von Stahlwerk zu Stahlwerk gezogen ist, ehe er hierherkam. Ich habe im Schulatlas nachgeschaut. Maroni könnte zuerst nach Florenz und dann nach Udine gegangen sein. Ich weiß nicht, ob es dort Stahlwerke gibt. Ich behaupte es einfach. Die Frage ist, warum er diese Städte wieder verlassen hat. Mein Vorschlag: In Florenz haben sich die Kollegen nach der Arbeit zerstreut, es gab kein Lokal, in dem man beisammensaß und sich das Essen schmecken ließ. In Udine hat es zwar ein Lokal gegeben, in dem man sich nach der Arbeit traf, der Wirt hatte sogar eine Ziehharmonika und Maroni spielte darauf und sang seine Lieder. Doch die wollte man in Udine nicht hören. Dort waren ganz andere Lieder populär, sie wurden in einem Dialekt gesungen, den Maroni kaum verstand. Und er dachte sich, da könne er ja gleich ins Ausland gehen.

Klingt nicht schlecht, sagte der Esel. Aber so weit sind wir noch nicht. Ich weiß, sagte Moritz. Ich werde mich an die Arbeit machen und versuchen, jeden Tag ein paar Sätze zustande zu bringen. Die gehen wir dann Wort für Wort durch, so wie wir das tun, wenn wir einen Artikel über ein Konzert schreiben. Ich würde sagen, wandte der Esel ein, wenn du einen Artikel schreibst. Warum so bescheiden?, fragte Moritz. Also geh an die Arbeit, war die Antwort.

Am Freitag gab es schon etliche Sätze, Moritz las sie dem Esel vor, der nickte zufrieden. Maroni in Turin, sagte er, das ist der Beginn der Erzählung. Die ersten Sätze sind die wichtigsten. Wenn die nicht interessant sind, will ich die weitere Geschichte gar nicht hören. Morgen, erwiderte Moritz, würde ich gern eine Pause machen und endlich wieder auf die Baustelle gehen. Gut, antwortete der Esel. Am Samstagnachmittag, Moritz wollte sich gerade im Garten neben der Baustelle auf die Bank setzen, der Esel hatte sich schon auf den Boden gelegt, da rief Maroni aus einem Fenster des Rohbaus, Moritz solle ins Haus kommen, er wolle ihm etwas zeigen.

Schau dir das an, sagte Maroni, diese eine Wand ist fertig. Moritz stand bewundernd davor. Schau dir die Fugen an, fuhr Maroni fort, sie liegen exakt zwei Millimeter unter der Oberkante der Fliese. Und die Fliesen selbst – komm hierher und betrachte sie von der Seite –, die Fliesen sind auf einem Niveau, keine ist höher, keine tiefer. Michelangelo, erwiderte Moritz, du bist ein Künstler. Ich sehe das auch so, antwortete Maroni. Mein Vorbild jedoch, der Michelangelo, der im Vatikan gearbeitet hat, ist ein großer Künstler gewesen.

Und jetzt, fuhr er fort und packte Moritz bei der Schulter, trinken wir ein Glas. Im Garten schenkte er Moritz und sich Wein in die Becher. Im Haus hörte man jemanden hämmern. Frau Zaunschirm, Herr Zaunschirm, rief Maroni, was ist mit euch, kommt zu uns! Später!, rief Moritz' Mutter zurück. Was machen sie?, fragte Moritz. Sie legen elektrische Leitungen, war die Antwort. Maroni prostete Moritz zu, dann zündete er sich eine Zigarette an.

Moritz, sagte Maroni, schau hinauf, siehst du die Kirche dort? Ja, antwortete Moritz, das ist die Wallfahrtskirche auf dem Frauenberg. Kennst du die?, fragte Maroni. Moritz nickte und erzählte ihm, dass er vor Kriegsende mit seiner Mutter einige Monate im Pfarrhaus neben der Kirche gewohnt hatte. Ich würde gern einmal auf den Frauenberg gehen, sagte Maroni. Diesen Ausflug machst du morgen, sagte Moritz. Du sollst die schönen Dinge nicht ewig vor dir herschieben. Du hast recht, antwortete Maroni. Weißt du, fragte Moritz, wo der Weg auf den Frauenberg beginnt? Maroni nickte. Morgen um neun, fuhr Moritz fort, ich bin leider in der Fabrik, wartet hier der Esel auf dich. Du gehst mit ihm bis zum Beginn des Aufstiegs auf den Berg. Von dort aus wird er dich weiterführen. Er kennt den Weg, er bringt dich zuerst zur Kirche und geht dann mit dir weiter zu einem Bauernhof. Dort lebt die Frau Reitbauer, sie kennt den Esel sehr gut. Ich werde dir einen Brief für sie mitgeben. In einer Stunde bin ich wieder hier.

Daheim riss Moritz zwei Blätter aus einem Heft und begann zu schreiben. Zuerst erklärte er Frau Reitbauer, dass er sie nicht besuchen könne, weil er jeden Tag, also auch am Wochenende, in der Fabrik arbeitete. Dann schilderte er, wer Michelangelo Maroni war und wie er ihn kennengelernt hatte, und ging ausführlich auf die außerordentlichen Fähigkeiten Maronis ein. Schließlich faltete er die zwei Blätter zusammen, suchte in der Lade des Küchentisches, in der Großmutter allerhand Krimskrams aufbewahrte, ein Kuvert, fand aber keines.

Am nächsten Abend wartete Moritz neugierig in Großmutters Garten. Endlich kam der Esel, erschöpft warf er sich ins Gras. Ich habe drei Rüben fressen müssen, sagte er, sonst wäre Frau Reitbauer beleidigt gewesen. Sehr interessant, erwiderte Moritz. Verschnupft drehte der Esel sich weg, hatte dann aber doch Verständnis für Moritz und fuhr fort: Wir sind auf den Bauernhof gekommen, Frau Reitbauer ist aus dem Haus gelaufen, hat ihren Kopf gegen meinen gedrückt und gerufen: Ach, du lieber Esel, dass ich dich endlich wiedersehe!

Dann, sagte er, hat sie sich Maroni zugewandt, ihn verwundert betrachtet, der hat schnell den Brief aus der Umhängetasche gezogen, ihn der Bäurin gegeben, sie hat sich auf die Bank vor dem Küchenfenster gesetzt und Maroni gebeten, ebenfalls Platz zu nehmen. Dann hat sie zu lesen begonnen. Sie hat den Brief einmal, dann noch einmal gelesen, sich schließlich Maroni zugewandt und voll Respekt gesagt: Mein Herr, Sie sind ein Genie. O nein, hat Maroni erwidert, mein Vorbild, der Michelangelo, der vor vielen Jahrhunderten im Vatikan gearbeitet hat, der ist ein Genie gewesen. Ich bin ein gewöhnlicher Künstler. Ich würde sagen, hat Frau Reitbauer entgegnet, dass Sie ein bescheidenes Genie sind. Maroni hat sich sehr geschmeichelt gefühlt.

Und dann?, fragte der Esel sich selbst. Ach ja, dann hat Frau Reitbauer gesagt: Es ist Mittagszeit, ich mache uns etwas zu essen. Wenn ich gewusst hätte, dass ich so hohen Besuch bekomme, hätte ich einen Schweinsbraten zubereitet. So aber gibt es nur Faschiertes und Erdäpfelpüree. Und selbstverständlich frischen Endiviensalat, der ist heuer besonders gut. Vorher aber bekommt der Esel eine Rübe. Als sie aus dem Stall zurückgekommen ist, hat Maroni gesagt: Ich helfe Ihnen in der Küche, und die Bäurin hat geantwortet: Wir decken den Tisch hier im Garten, damit der Esel nicht allein ist.

Nach der Hauptspeise, fuhr der Esel fort, doch er unterbrach sich: Stell dir vor, als sie bei Tisch gesessen sind, waren die beiden per du. Sie hat ihn Michelangelo genannt, er hat sie liebevoll mit Hanna angesprochen. Nach der Hauptspeise hat es Kaffee und Marillenkuchen gegeben und für mich wieder eine Rübe. Frau Reitbauer hat von Gretel erzählt: Meine Tochter, hat sie gesagt, studiert in Wien. Ein Jahr lang hat sie – ich kann mir das Wort nicht merken: Astrophysik?

Gibt's das? Maroni hat genickt. Astro, hat er gesagt, das kann etwas mit Sternen zu tun haben. Ja, hat Frau Reitbauer erwidert, etwas mit Sternen, das hat die Gretel ein Jahr lang studiert, dann hat sie damit aufgehört. Mit diesem Studium, hat sie gesagt, kann man beruflich nichts anfangen. Ich könnte an der Hochschule bleiben, Assistentin und später Professorin werden. Nun studiert die Gretel Statik, hat Frau Reitbauer gesagt.

Statik!, hat Maroni gerufen, das ist gut und wichtig. Der Architekt entwirft ein Gebäude, dann kommt der Statiker und prüft, ob es richtig konstruiert ist, damit es nicht zusammenbricht. So gesehen ist der Statiker wichtiger als der Architekt. Nun weiß ich endlich, hat Frau Reitbauer erwidert, was die Gretel tut. Und in den Ferien arbeitet sie in einem großen Büro als Statikerin. Meine Eltern, hat Maroni gesagt, hätten gerne gehabt, dass ich studiere. Doch das ist nichts für mich gewesen. Weißt du, Hanna, ich bin ein durch und durch fauler Mensch. Er hat sich eine Zigarette angezündet, berichtete der Esel, aus seiner Umhängtasche eine Flasche Wein und zwei Becher geholt und eingeschenkt. Nicht so viel, hat Frau Reitbauer gerufen, ich bin Wein nicht gewohnt. Du wirst dich daran gewöhnen, hat Maroni geantwortet. Bevor ich betrunken bin, hat Frau Reitbauer gesagt, hole ich für den Esel noch eine Rübe. Wenig später, sagte der Esel, ist Maroni aufgebrochen, nachdem er Frau Reitbauer versichert hatte, bald wiederzukommen. Der Esel wirkte erschöpft. Was sagst du jetzt?, fragte er. Nichts, war die Antwort.

Die beiden kamen mit der Erzählung so gut voran, dass der Esel vorschlug, Moritz solle beginnen, die Frühlingssonate einzustudieren. Am Tag darauf trafen sie sich im Garten der Großmutter, Moritz hockte sich neben den Esel. Hier, sagte er, sind die Noten nur für die Geige und hier die

Noten für Klavier und Geige. Die schauen wir uns jetzt an. Du siehst, das Klavier beginnt. Moritz stand auf, legte den Geigenpart auf den Notenständer und spielte das Hauptmotiv, am Anfang etwas ungelenk, deshalb spielte er die paar Takte einige Male. Ist das schön!, rief er, der Frühling klingt aus jeder Note. Wunderschön, sagte der Esel. Moritz setzte sich mit den Noten in der Hand wieder zum Esel. Bevor die Geige einsetzt, sagte er, beginnt das Klavier. Das ist in der ganzen Sonate so, stets gibt das Klavier den Ton an, die Geige antwortet. Dann wieder begleitet die Geige nur, das sieht technisch sehr schwierig aus, ist aber kein Vergleich zu den äußerst schwierigen Läufen des Klaviers. Ich vermute, dass Beethoven ein sehr guter Pianist war, aber nicht Geige spielen konnte.

In den Violinsonaten von Mozart ist das anders, fuhr Moritz fort. Die Geige beginnt, das Klavier antwortet. Von Mozart weiß ich, dass er ein ausgezeichneter Pianist war, vermutlich konnte er aber auch Geige spielen. Interessant, erwiderte der Esel. Ich versuche nun, sagte Moritz, die erste Seite einzustudieren. Wenn wir in diesem Sommer mit dem ersten Satz einigermaßen zurechtkommen, wäre das gut. Wenn die Schule wieder beginnt, habe ich ohnedies wenig Zeit zu üben. Im nächsten Sommer studiere ich den zweiten und den dritten Satz ein. Und im darauffolgenden Frühjahr, wahrscheinlich im Mai, erwiderte der Esel, findet das Abschlusskonzert statt. Das wird das Ende meiner Karriere als Geiger sein, sagte Moritz. Erinnerst du dich, wie alles begonnen hat, in der Baracke bei der Frau Markel? Der Esel nickte. – Ich erinnere mich sehr gut.

Nach sechs Wochen endete für Moritz die Arbeit in der Fabrik. Woche für Woche hatte er in einem Büro des Verwaltungsgebäudes das Papiersäckchen mit seinem Lohn abgeholt und das Geld in der Lade von Großmutters Küchentisch aufbewahrt. Nun konnte er es ausgeben. Gleich an seinem ersten freien Tag, einem Montag, setzte er sich in Großmutters Garten mit dem Esel zusammen und weihte diesen in seinen Plan ein. Noch vor den Ferien, sagte er, bin ich auf dem Weg in die Redaktion vom »Obersteirer« gewesen. Da habe ich in einem Schaufenster des Modegeschäfts Lenhart ein Sakko gesehen, das mir sofort gefallen hat.

Wie du weißt, fuhr Moritz fort, trage ich, wenn es Herbst wird, einen der beiden Pullover, die die Großmutter gestrickt hat. Bei den Vorspielstunden trete ich im Hemd auf, die anderen Geigenschüler tragen ein Sakko. Als ich das beim Lenhart gesehen habe, ist mir durch den Kopf gegangen, dass es nicht schlecht wäre, ein Sakko zu haben, hin und wieder für die Schule, aber auf jeden Fall zum Vorspielen der Frühlingssonate. Wenn ein Sakko, dann dieses.

Der Stoff ist außergewöhnlich, sagte Moritz, dunkelrot mit schwarzen Einsprengseln, dadurch ist die Oberfläche nicht ganz glatt. Ich bin ins Geschäft gegangen und habe das Sakko probiert. Wie angegossen, hat der Verkäufer gesagt. Ich habe ihm meine Lage geschildert: dass ich Gymnasiast bin, sechs Wochen in der Fabrik arbeiten werde und dann erst das Geld habe, um das Sakko zu kaufen. Ich habe ihn gebeten, es für mich wegzulegen. Meinetwegen, hat er gesagt.

Also fahr nach Bruck, erwiderte der Esel, und kauf das Sakko. So einfach ist das nicht, antwortete Moritz. Ich habe dir gesagt, dass das Sakko außergewöhnlich ist. Ich möchte aber nicht, dass es extravagant wirkt. Das kann ich allein nicht beurteilen, dazu brauche ich deinen Rat. Nun gut, sagte der Esel, den Weg sind wir schon einmal gegangen, über den Emberg, dann hinunter ins Tal und über den Kreker nach Bruck. Die Wanderung hat mir gut gefallen, damals haben uns die Krähen geleitet, diesmal kommen wir allein zurecht.

Und so spazierten die beiden los. Im Modegeschäft Lenhart brachte der Verkäufer das Sakko. Probier es noch einmal, sagte er. Moritz zog es an. Der Verkäufer führte ihn zu einer Koje, in der zwei Spiegel hingen. Hier siehst du, sagte er, wie du von hinten aussiehst: elegant. Ich muss Sie um einen Augenblick Geduld bitten, erwiderte Moritz, ich habe einen guten Freund, einen Esel, er wartet draußen auf mich. Ich möchte ihm das Sakko zeigen. Wenn es ihm gefällt, was ich sehr hoffe, dann nickt er. Gleich bin ich wieder hier. Der Verkäufer griff sich an den Kopf und setzte sich nieder, Moritz ging hinaus. Ohne zu zögern sagte der Esel: Das ist sehr schön. Du brauchst zu dem Sakko aber auch eine ordentliche Hose. Hier im Schaufenster, die hellgraue, siehst du sie? Die wäre ideal zu dem Sakko.

Moritz ging ins Geschäft, probierte die Hose, sie passte. Der Verkäufer packte alles ein, Moritz zahlte und machte sich mit dem Esel auf den Heimweg. Der Esel bestand darauf, durch die Mittergasse zum Hautplatz zu gehen, er wollte den eisernen Brunnen und das Kornmesserhaus wiedersehen, Moritz hatte keine andere Wahl, als seinem Freund zu folgen. Der Esel schaute sich alles genau an, dann ging er Richtung Kreker. In Kapfenberg beschloss er, der Baustelle einen Besuch abzustatten. Moritz musste vorher in Großmutters Wohnung, wo er Sakko und Hose in den Kasten hängte. Dann ging auch er auf die Baustelle.

Maroni eilte ihm entgegen und umarmte ihn. Hilfe, schrie Moritz, du erdrückst mich ja! Moritz!, rief Maroni, so laut, dass die Nachbarin, die im Gemüsebeet Unkraut jätete, aufstand und erschrocken herüberschaute, Moritz, ohne dich hätte ich Frau Reitbauer nicht kennengelernt. Komm, setzen wir uns und trinken wir ein Glas Wein. Er schenkte ein und zündete sich eine Zigarette an. Erzähl, sagte Moritz, wie war es? Nun ja, erwiderte Maroni, ich habe mir alles genau angeschaut. Das Bauernhaus ist in einem einigermaßen guten Zustand. Hier und da gehört der Außenputz erneuert. Ich würde den gesamten Außenputz abschlagen, neu auftragen und dann die Mauern weiß streichen. Das Bauernhaus würde weiß leuchten inmitten der grünen Wälder.

Aber der Stall, fuhr Maroni fort, ist in einem sehr schlechten Zustand. Die Dachziegel zerbröckeln, der Dachstuhl ist morsch. Das ganze Dach muss noch vor dem Winter erneuert werden, es würde, wenn viel Schnee fällt, einstürzen. Wer soll das machen?, fragte Moritz. Ich, antwortete Maroni, wer sonst? Hat Frau Reitbauer, fragte Moritz weiter, genug Geld, um das zu bezahlen? Keine Sorge, erwiderte Maroni, darum kümmere ich mich. Ich kaufe beim Baustoffhändler seit Jahren die Schamottziegel, die ich im Stahlwerk brauche. Der wird mir für die Dachziegel und das Holz einen guten Preis machen. Außerdem wird er das Zeug mit seinem Lastwagen auf den Frauenberg liefern.

Maroni trank den Becher Wein leer und zündete sich die nächste Zigarette an. Der Besuch bei Frau Reitbauer, sagte Moritz, hat beachtliche Folgen für dich. Weißt du, erwiderte Maroni, ich habe mich noch nie mit einem Menschen so gut verstanden wie mit Hanna. Wenn mein Gefühl mich nicht trügt, beruht das auf Gegenseitigkeit. Und was den Stall betrifft: Der wird kaum genutzt. Zwei Kühe, zwei Schweine. Platz ist dort für mindestens zwanzig Tiere. Und hinter dem Stall könnte man viel mehr Gemüse, Rüben und Erdäpfel anbauen. Könnte man, könnte man. Hanna allein kann das natürlich nicht. Das wirst du in die Hand nehmen, sagte Moritz. Maroni schüttelte den Kopf.

11

In den wenigen Tagen bis zum Schulbeginn übte Moritz vormittags auf der Geige. Er erreichte zwar sein Ziel, den ersten Satz einzustudieren, war aber mit dem Ergebnis nicht zufrieden. Spielte er wieder einen der vielen Sechzehntel-Läufe, verhaspelte er sich und erwischte nicht den richtigen Ton. Er setzte sich im Garten der Großmutter auf die Bank, um zu verschnaufen, und wandte sich dem Esel zu, der sich ostentativ wegdrehte. Warum so ruhig?, fragte Moritz. Es ist besser, wenn ich nichts sage, antwortete der Esel. Moritz stand von der Bank auf. Ich habe es schon immer gewusst, sagte er, es wird ein Debakel.

Es wird kein Debakel, erwiderte der Esel. Du musst anders üben. Nicht den ersten Satz immer wieder vom Anfang bis zum Ende durchspielen. Konzentriere dich auf die schwierigen Läufe. Besonders diejenigen auf der E-Saite, wo du in die dritte und vierte Lage hinaufmusst. Die klingen fürchterlich. Ich werde es versuchen, sagte Moritz. Im Übrigen kommt es nicht infrage, erwiderte der Esel, dass du dich während des Schuljahrs nicht mit der Frühlingssonate beschäftigst. Wenn du es sagst, war die Antwort.

Die Nachmittage waren der Erzählung vorbehalten. Sie war im Großen und Ganzen fertig. Nun gingen sie den Text noch einmal Satz für Satz durch. Sie waren so geübt, dass sie, wenn sie auf eine schlechte Formulierung stießen, gleichzeitig riefen: Halt, so geht das nicht! Alsbald war eine Alternative gefunden.

An einem Abend spazierten sie zur Baustelle. Maroni war nicht da, die Mutter und der Vater halfen dem Maurer im Haus, der, nachdem alle elektrischen Leitungen bereits verlegt waren, die Wände verputzte. Moritz und der Esel waren allein. Ich muss über etwas reden mit dir, sagte Moritz. Erwartungsvoll schaute der Esel auf. Mir spukt etwas im Kopf herum, fuhr Moritz fort. Eine neue Erzählung. Viel weiß ich noch nicht. Die Geschichte spielt in der Fabrik. In der Gesenkschmiede. Moritz dachte nach.

Wie geht es weiter?, fragte der Esel. Wenn ich das wüsste, war die Antwort. Es gibt einen Ferialpraktikanten, fuhr er fort. Der hat eine Ähnlichkeit mit dir, sagte der Esel. Ja, antwortete Moritz. Und es gibt einen Arbeiter. Der allerdings, sagte der Esel, hat keine Ähnlichkeit mit dem Herrn Fasching. Woher weißt du das?, fragte Moritz. Ich kann mir nicht vorstellen, erwiderte der Esel, dass man mit diesem Mann, der Tag für Tag seiner Arbeit nachgeht, eine Geschichte entwickeln kann.

Das ist das Problem, sagte Moritz. Bei der Erzählung über Michelangelo Maroni hatten wir eine Person, die wir kennen. Für die Erzählung über die Fabrik muss ich einen Arbeiter erfinden, wie es in dieser Fabrik noch keinen gegeben hat. Wie es noch keinen gegeben hat?, fragte der Esel. Diese Frage richtete er an sich selbst. Er hatte aber auch eine Frage an Moritz: Wie alt ist dieser Mann? Zehn Jahre älter als ich, war die Antwort. Gut, erwiderte der Esel. Und dieser junge Arbeiter ist unzufrieden. Womit?

Moritz dachte nach. Schwer zu sagen, antwortete er. Der junge Mann beobachtet die Zustände in der Fabrik genau. Einfache Arbeiter wie er machen die eigentliche Arbeit, sie stellen in der Gesenkschmiede aus Stahlblöcken Kurbelwellen her. In einem anderen Betrieb werden – auch wieder von einfachen Arbeitern – die Gesenke produziert. Diese Leute, das hat der junge Mann bald herausgefunden, verdienen am wenigsten. Der Meister, der Betriebsleiter, nicht zu reden vom Direktor, der über den beiden steht, werden wesentlich besser entlohnt.

Woher weiß der junge Mann das?, fragte der Esel. Er hat sich an den Betriebsrat gewandt, erwiderte Moritz und erklärte dem Esel, was ein Betriebsrat ist. In Österreich, sagte er, vertritt eine Gewerkschaft die Interessen der Arbeiter und Angestellten. In der Gewerkschaft gibt es Fraktionen, eine steht der SPÖ nahe, eine der ÖVP, eine der KPÖ. Der Beitritt zur Gewerkschaft ist freiwillig, ist man Mitglied, und der junge Arbeiter ist Mitglied, kann man Betriebsräte wählen. Die haben einen Vorsitzenden, den Betriebsratsobmann.

Der Betriebsrat, der für den jungen Arbeiter zuständig ist, fuhr Moritz fort, arbeitet nicht in der Gesenkschmiede, sondern in dem Betrieb, wo Gesenke gefertigt werden. In einer Arbeitspause geht der junge Mann zu dem Betriebsrat, einem Mann um die fünfzig, der ihm genau Auskunft geben kann über das Einkommen der Vorgesetzten und ihn fragt, warum er sich dafür interessiert. Ich finde das ungerecht, antwortet der junge Mann. Ach, ruft der Betriebsrat, das ist ein großes Thema. Ich rede gern mit dir darüber, aber nicht hier. Und sie verabreden sich für den Nachmittag in einem Gasthaus.

Sehr aufregend, sagte der Esel. Der Spott in seiner Stimme war nicht zu überhören. Moritz schaute beleidigt zu Boden. Entschuldige, fuhr der Esel fort, aber ich sehe nicht, worauf diese Geschichte hinauslaufen soll. Sei nicht so ungeduldig, erwiderte Moritz, wir werden darüber reden. Zuerst aber begleiten wir die beiden ins Gasthaus. Der junge Arbeiter sagt zum Betriebsrat: Du hast eine große Familie, drei

Kinder. Du musst mir erlauben, dass ich dich einlade. Der Betriebsrat nickt. Hier gibt es, fährt der junge Arbeiter fort, ein gutes Gulasch. Darf ich auch für dich eines bestellen? Gern, antwortet der Betriebsrat. Der junge Arbeiter bestellt zwei Gulasch und zwei Bier.

Und nun zu unserem Thema, sagt der Betriebsrat. Darüber, dass die Oberen viel mehr verdienen als wir, habe ich früher auch nachgedacht. Jetzt nicht mehr?, fragt der junge Arbeiter. Nein, antwortet der Betriebsrat. Ich behaupte nicht, sagt der Arbeiter, dass der Meister und die anderen nichts zu tun haben. Wahrscheinlich gib es viel zu organisieren. Der Hammer in der Gesenkschmiede hält nicht ewig, die Gesenke auch nicht, die Stahlblöcke müssen herbeigeschafft, die fertigen Produkte abtransportiert werden. Das ist alles unbestritten. Tatsache bleibt, dass wir die schwere Arbeit machen und weniger bezahlt bekommen als die anderen. Warum das so ist, das frage ich mich – und dich.

Die eigentliche Frage, sagt der Betriebsrat, ist doch die, wie man das ändern kann. Hast du darauf eine Antwort? Ja, erwidert der junge Arbeiter und schlägt mit der Hand auf den Tisch, man kann das ändern, indem man sich zuerst einmal entschließt, es ändern zu wollen. Und dann?, fragt der Betriebsrat. Und dann, antwortet der Arbeiter, sucht man jemanden, der das ebenfalls will, und nach und nach finden sich Hunderte Mitstreiter in der Fabrik.

Gut, sagt der Betriebsrat, und was machst du mit deinen Mitstreitern? Ihr könnt die Arbeit niederlegen und streiken. Oft schon haben Arbeiter gestreikt, um mehr Lohn zu bekommen. Aber darum geht es dir nicht. Wie oft soll ich es dir noch sagen?, erwidert der junge Arbeiter. Mir geht es um Gerechtigkeit. Selbstverständlich habe ich nichts dagegen, wenn ich mehr Lohn bekomme. Ich bin aber dagegen, dass wir, die die schwere Arbeit machen, viel weniger verdienen als unsere Vorgesetzten. Verstehst du das endlich?

Der Betriebsrat seufzt. Wie kann man sich nur so in diese Idee verbeißen?, sagt er. Warum redest du darüber mit mir und nicht mit deinen Kollegen in der Gesenkschmiede? Ich habe es versucht, ist die Antwort, aber sie haben mich nicht verstanden. Der Betriebsrat lacht und klopft dem Arbeiter auf die Schulter. Ich sage es ja!, ruft er. Du darfst mich nicht missverstehen, junger Freund, fährt er fort, ich respektiere deinen Unmut. Aber die Ungerechtigkeit, die du in deinem Betrieb siehst, herrscht überall. Dieses Oben und Unten ist allgegenwärtig. In der Schule, im Krankenhaus, im Gemeindeamt. Die ganze Gesellschaft ist so aufgebaut. Um in deinem Betrieb etwas verändern zu können, müsstest du gleichzeitig die Gesellschaft verändern. Warum nicht?, sagt der junge Arbeiter. Der Betriebsrat schüttelt den Kopf über so viel Starrsinn.

Moritz lehnte sich zurück. Weiter bin ich noch nicht mit dieser Geschichte, sagte er. Moritz, fragte der Esel, willst du die Welt in Brand stecken? Nicht jetzt, antwortete Moritz, da Frau Reitbauer und Michelangelo Maroni zusammengefunden haben. Wenn ich mich richtig erinnere, sagte der Esel, gibt es in dieser Geschichte auch einen Ferialpraktikanten, also dich. Ja, war die Antwort, und ich werde den Praktikanten Moritz nennen. So gibt es doch eine Person, die wir kennen. Sie ist aber nicht die Hauptperson. Hat die einen Namen?, fragte der Esel. Zu einem der Arbeiter, die an den Gesenken stehen, sagen die Kollegen Charly. Nennen wir also die Hauptperson Charly.

Wie kommen die beiden zusammen?, fragte der Esel. Ich möchte, war die Antwort, die Geschichte so beginnen: Der Praktikant, also Moritz, kommt während der Arbeit mit Charly ins Gespräch. Moritz lädt Charly ein, ihn im Garten zu besuchen. Dort stellt er Charly den Esel vor. Charly ist von dem Esel begeistert. Nach und nach beginnt Charly all das zu erzählen, was ich bereits berichtet habe: was ihn ärgert und wie das Gespräch mit dem Betriebsrat verlaufen ist. Der Einfachheit halber spreche ich von dem Moritz der Geschichte als von mir. Ich also und du kennen nun Charlys Probleme. Und schon bist du, mein Freund, Teil der Geschichte. Wann immer Charly und ich nicht weiterwissen, werden wir dich um Rat fragen. Ich werde schweigen, antwortete der Esel.

Das glaube ich nicht, erwiderte Moritz, es geht um große Probleme. Ich aber, sagte der Esel, bin für die kleinen Probleme zuständig. Und die wären?, fragte Moritz. Die Maroni-Erzählung, antwortete der Esel, hast du in Hefte und auf lose Zettel geschrieben. Wenn du nach der Matura in Wien bist und dich umschaust nach einer Zeitschrift, die deine Erzählung druckt, wirst du der Redaktion wohl nicht einen Haufen handgeschriebener Zettel auf den Tisch legen. Daran habe ich auch schon gedacht, erwiderte Moritz. Bei meinem Freund Eichhorn habe ich gesehen, dass er, wenn er sich Notizen macht, eine Schreibmaschine benutzt. Ich habe überlegt, mir eine auszuborgen.

Unsinn, sagte der Esel, die Maschine brauchst du ständig. Wenn du während des nächsten Schuljahrs zwischendurch eine halbe Stunde Zeit findest, setzt du dich hin und tippst ein paar Sätze der Erzählung in die Maschine. In welche?, fragte Moritz. Nach meiner Rechnung, antwortete der Esel, müsste noch Geld da sein. Du hast recht, sagte Moritz, ich habe längst nicht alles ausgegeben. Nur weiß ich nicht, was eine Schreibmaschine kostet. Das werden wir morgen herausfinden, erwiderte der Esel.

Am nächsten Tag gingen sie in die Stadt, aber sie fanden kein Geschäft mit einer Schreibmaschine im Schaufenster. Der Herr Graf, sagte Moritz, ist ein freundlicher Mensch, ich gehe zu ihm und frage ihn. Er betrat die Elektrohandlung. Herr Graf konnte sich noch an Moritz erinnern, dem er den Rat gegeben hatte, sich Filme der Österreichisch-Sowjetischen Gesellschaft anzuschauen. Nein, sagte Herr Graf, in Kapfenberg und Bruck gibt es kein Geschäft, wo man eine Schreibmaschine kaufen kann. Wenn du willst, besorge ich dir eine in Graz.

Komm mit, fuhr Herr Graf fort und führte Moritz in sein Büro. Hier siehst du eine Schreibmaschine, die ist ziemlich groß und kostet über tausend Schilling. Für dich wird eine kleinere genügen, eine um etwa sechshundert Schilling. Sehr gut, sagte Moritz, mehr Geld habe ich auch nicht. Hast du in den Ferien gearbeitet?, fragte Herr Graf. Moritz nickte. Ich fahre morgen nach Graz, um einzukaufen, ich bringe dir eine Schreibmaschine mit. Sollte sie ein paar Schilling mehr kosten – mach dir keine Sorgen.

So geschah es auch. Moritz lud Eichhorn in Großmutters Garten ein, und der Freund instruierte ihn, wie die Schreibmaschine zu handhaben war. Herr Graf hatte auch Schreibmaschinenpapier mitgeliefert – nebst dünnem, sogenanntem Durchschlagpapier und Kohlepapier, das man brauchte, um einen Durchschlag herzustellen. Eichhorn spannte die Blätter ein und schrieb: Moritz Zaunschirm denkt sich Geschichten aus und schreibt sie hier nieder.

In der nächsten Woche begann die Schule, Moritz kam in die sechste Klasse. Noch drei Jahre, sagte er zum Esel, wie soll ich das überstehen? Du wirst so viel zu tun haben, antwortete der Esel, dass die Zeit wie im Flug vergehen wird. Im Übrigen, hast du gesehen, dass dein Vater und der Maurer begonnen haben, das kleine Haus für mich zu bauen? Im Spätherbst werden wir übersiedeln.

Maroni hatte Moritz aufgesucht und gesagt: Gehen wir ins Haus, ich möchte noch einmal einen Blick ins Badezimmer werfen. Dort standen die beiden verzückt, und Maroni sagte: Ich habe mir besonders viel Mühe gegeben. Man sieht es, erwiderte Moritz, das Badezimmer ist der schönste Raum im ganzen Haus, ich werde hier wohnen. Maroni lachte. Du bist ein lieber Bub, sagte er, komm, setzen wir uns in den Garten.

Dort zündete er sich eine Zigarette an. In eineinhalb Wochen, fuhr er fort, am Sonntag, gibt es in Hannas Garten ein großes Fest. Ihr, du und der Esel, müsst unbedingt kommen, darauf bestehen nicht nur Hanna und ich, sondern auch der Pfarrer und der Lehrer. Die beiden hast du auch schon kennengelernt?, rief Moritz. Ohne den Pfarrer und den Lehrer, antwortete Maroni, hätte ich den Dachstuhl des Stalls nicht erneuern können. Der Lehrer hat vier Männer aus seinem Chor mitgebracht, tüchtige Handwerker. Wird auch Gretel bei dem Fest sein?, fragte Moritz. Die kann leider nicht kommen, antwortete Maroni, sie muss für eine Prüfung lernen. Dem Lehrer tut das besonders leid.

Wieso dem Lehrer?, fragte Moritz. Der Lehrer hat mir erzählt, sagte Maroni, dass er von Gretel immer noch Nachrichten bekommt. Sie hat ihm in der Volksschule das Universum erklärt. Er bedauert, dass Gretel das Studium der Astrophysik abgebrochen hat. Da habe ich ihm widersprechen müssen, sagte Maroni. Es ist langweilig, das Universum zu erforschen. Das hat für die Menschheit keinen Nutzen. Was Gretel nun tut, nämlich Statik zu studieren, ist hingegen von außerordentlichem Nutzen. Er wolle sich mit mir nicht streiten, hat der Lehrer gesagt, sondern mich fragen, ob ich bereit wäre, bei unserem Fest einige italienische Lieder zu singen. Frau Reitbauer habe ihm erzählt, dass ich schön singen kann.

Ich habe dem Lehrer berichtet, fuhr Maroni fort, wie ich in Turin nach der Arbeit mit Kollegen gesungen und dazu auf der Ziehharmonika gespielt habe. Auf der Ziehharmonika!, hat der Lehrer gerufen, bei ihm stehe eine ungenutzt herum, seit Jahren habe er nicht mehr darauf gespielt. Schon am nächsten Tag hat er sie Hanna gebracht, und ich habe nach vielen Stunden harter Arbeit am Dachstuhl meinen Helfern Lieder vorgesungen und mich auf der Ziehharmonika begleitet.

Als Hanna und ich allein waren, sagte Maroni, hat sie einen Vorschlag gemacht: Es wäre doch eine Überraschung, würdest du bei unserem Fest auch ein steirisches Lied singen. Warum nicht, habe ich gesagt und zuerst den Text der ersten Strophe gelernt. Moritz, sagte er, trinken wir doch ein Schlückchen, und er schenkte ein. Der Text geht so:

Hinter unserer Stadltür
Steht ein alter Musketier,
Spielt auf seiner Bassgeige auf,
Ist keine Saite drauf.

Das ist lustig, sagte Moritz. Sehr lustig, meinte Maroni. Dann aber geht es im Dialekt weiter:

Oans, zwoa, drei, vier,
Hoit di stad.

Und so weiter. Den steirischen Dialekt, sagte Maroni, kann ich nicht, noch nicht. Das macht nichts. Hanna wird weitersingen, ich begleite sie auf der Ziehharmonika.

An dem Sonntag, als das Fest stattfand, brachen Moritz und der Esel schon früh auf. Während sie dahingingen, sagte Moritz: Mir lässt die Geschichte mit Charly keine Ruhe. Mir auch nicht, erwiderte der Esel, es ist alles offen. Zu offen. Ich sehe nicht, wie die Geschichte weitergehen könnte. Wir sollten eine einfache Lösung suchen, sagte Moritz, eine, bei der Charly die Kollegen in der Gesenkschmiede überzeugen kann. Zum Beispiel?, fragte der Esel.

Werfen wir einen Blick auf die Leute, die an den Gesenken arbeiten, antwortete Moritz. Sie stehen dort, wo der Hammer auf die Gesenke drischt und einen Höllenlärm verursacht. Sie leiden allesamt an Schwerhörigkeit. Um sie vor dem Lärm zu bewahren, würden sie einen Gehörschutz benötigen. Entweder gibt es so etwas schon oder aber man müsste es entwickeln lassen. Warum aber sollte man Geld ausgeben, wenn die Leute sich ohnedies mit den Missständen abfinden? Charly wird zu ihnen sagen, ihr werdet hier zu Krüppeln gemacht, lasst euch das nicht gefallen.

Das klingt gut, sagte der Esel. Aber gibt es etwas, das Charly selbst betrifft? Selbstverständlich, erwiderte Moritz. Doch ich finde es besser, wenn er sich zuerst der Dinge annimmt, die nicht unmittelbar mit ihm zu tun haben. Hat er die Kollegen, die bei den Gesenken arbeiten, einmal für sich gewonnen, kommt er auf seine Probleme zu sprechen. Der Ofen, an dem er arbeitet, strahlt eine ungeheure Hitze ab. Der Schweiß rinnt einem in Strömen aus dem Körper. Dämmmaterial sollte an dem Ofen angebracht werden. Und dann der Wagen, auf dem die glühenden Eisenstücke zu den Gesenken geschoben werden. Das ist immerhin eine Strecke von zehn Metern. Der Boden ist uneben, es ist äußerst mühsam, den Wagen zu schieben. Von dem Ofen bis zu den Gesenken gehören Schienen verlegt, auf denen der Wagen dahinrollen kann.

Sehr gut, sagte der Esel. Charly gewinnt die Kollegen für sich. Sie stellen Forderungen. Nun kann die Geschichte sich entwickeln. Das sehe ich auch so, erwiderte Moritz. Sie stellen Forderungen – an wen?, fragte der Esel. Zuerst an den Meister. Wie reagiert der? Er sagt, das geht ihn nichts an, sie sollen sich an den Betriebsleiter wenden. Das ist aber, fuhr der Esel fort, gar nicht so einfach. Charly und zwei Kollegen finden endlich das Büro des Betriebsleiters. Im Vorzimmer sitzt eine Sekretärin. Sie bescheidet ihnen, dass der Herr Betriebsleiter beschäftigt ist. Wir warten, sagt Charly. Und da es in dem Vorzimmer keine Sessel gibt, setzen die drei sich auf den Boden.

Nach einer Weile sagt Charly zur Sekretärin: Wir arbeiten in der Gesenkschmiede. Nun, da wir hier sind, steht die Produktion still. Meines Wissens soll die Fabrik Kurbelwellen für Autos liefern. Je länger wir hier sitzen, desto größer der Schaden. Da erhebt sich die Sekretärin und geht in das Büro des Betriebsleiters. Der stürzt heraus und brüllt: Was erlauben Sie sich! Nur mit der Ruhe, sagt Charly, wir haben einiges mit Ihnen zu besprechen. Kommen Sie in mein Büro, herrscht der Betriebsleiter die drei an. Nein, erwidert Charly, wir besprechen das in unserem Betrieb. Gehen Sie voraus, sagt der Betriebsleiter, ich komme nach.

Was sagst du jetzt?, fragte der Esel. Ich bin sprachlos, antwortete Moritz. Du weißt sicher schon, wie die Geschichte weitergeht, vielleicht sogar, wie sie endet. Du wirst sie mir erzählen, ich werde sie niederschreiben. Unsinn, sagte der Esel, wir stehen erst am Anfang. Der Betriebsleiter kommt in die Gesenkschmiede, der Meister eilt ihm entgegen und sagt: So etwas ist mir in meinem Leben noch nicht untergekommen. Mir auch nicht, erwidert der Betriebsleiter.

Die Arbeiter, fuhr der Esel fort, umringen den Meister und den Betriebsleiter. Charly trägt den beiden vor, was in dem Betrieb verbessert werden muss. Der Betriebsleiter erwidert, dass er zu den Forderungen nichts sagen kann, sie würden Geld kosten, es stehe nicht in seiner Macht, die Wünsche der Arbeiter zu erfüllen. Charly sagt, dass er und seine Kollegen sich nicht für dumm verkaufen lassen. Sie würden dem Betriebsleiter eine Woche Zeit geben, dann erwarte man eine Antwort. Sollte die negativ sein, werde man die Arbeit niederlegen.

Bald weiß ich nicht mehr weiter, sagte der Esel. Der Betriebsleiter und der Meister gehen zum Betriebsrat und berichten, was vorgefallen ist. Der Betriebsleiter meint, es gebe nur ein Problem, das sei dieser Charly. Der habe die anderen aufgehetzt. Man werde ihn kündigen. Der Kündigungsgrund: Er habe während der Arbeitszeit den Betrieb verlassen, die Produktion dadurch beeinträchtigt und so der Firma Schaden zugefügt. Man erwarte vom Betriebsrat, dass er der Kündigung zustimmt. Der aber sagt: Nein. Charly hat nichts Unrechtes getan.

Das erstaunt mich, sagte Moritz. Mich auch, erwiderte der Esel, aber auch wieder nicht. Der Betriebsrat hat resigniert, er tut nichts mehr für seine Kollegen. Aber er ist kein schlechter Mensch. Er wird zu seinem Vorgesetzten, dem Betriebsratsobmann, befohlen. Der macht ihm bittere Vorwürfe. Einen solchen Aufruhr habe es in der Fabrik noch nie gegeben, man wolle hier in Ruhe arbeiten, der Rädelsführer, dieser Charly, müsse weg. Meine Zustimmung, sagt der Betriebsrat, bekommt ihr nicht. Dann müsst ihr beide weg, schreit der Betriebsratsobmann, du und der Charly. Ich, werter Genosse, sagt der Betriebsrat, bin gewählt worden. Du wirst dich noch wundern, sagt der Betriebsratsobmann. Du hoffentlich auch, erwidert der Betriebsrat.

Wie schön, sagte Moritz. Der Esel schaute ihn verständnislos an. Was heißt schön?, erwiderte er. Da braut sich etwas zusammen. Der Betriebsratsobmann und der Betriebsleiter stehen dem Betriebsrat, Charly und dessen Kollegen gegenüber. Wer ist stärker? Gewiss nicht der Betriebsrat und die Arbeiter. Und das bedeutet?, fragte Moritz. Das bedeutet, antwortete der Esel, dass diejenigen, auf deren Seite wir stehen, den Kampf verlieren werden. Der Betriebsrat wird kaltgestellt, sodass er gegen Charlys Kündigung nichts mehr ausrichten kann, Charly wird gekündigt, alles bleibt beim Alten, unsere Geschichte ist zu Ende.

Es sei denn –, fuhr der Esel fort. Er schwieg und dachte nach. Es sei denn?, fragte Moritz. Was meinst *du*?, fragte der Esel zurück. Moritz dachte nach, dann sagte er: Wir haben diese Geschichte nicht begonnen, damit sie schlecht endet. Die Geschichte, erwiderte der Esel, hat jetzt schon märchenhafte Züge. Wir müssen darauf achten, dass das Märchen nicht den Bezug zur Wirklichkeit verliert. Meiner Ansicht nach kann Charly letzten Endes den Kampf gegen die Fabrik nicht gewinnen. Und dennoch soll die Geschichte gut ausgehen. Wie lösen wir dieses Problem?

Das kann ich dir nicht sagen, antwortete Moritz. Es drängt uns nichts, sagte der Esel, wir haben Zeit. Außerdem: Da vorne ist der Bauernhof von Frau Reitbauer. Ich freue mich schon auf das Fest. Eine Frage noch zu unserer Geschichte, sagte Moritz, sie wird länger als die Erzählung über Michelangelo Maroni. Der Meinung bin ich auch, erwiderte der Esel, das wird ein Roman. Aber er hatte von diesem Thema genug und trabte davon.

Was für ein Hallo, als er in den Hof lief! Der Pfarrer stürmte ihm entgegen und halste ihn, der Lehrer tat es ihm gleich. Dann stellte er den vier Männern aus seinem Chor den Esel vor als jemand, der zum Frauenberg gehöre wie die Wallfahrtskirche. Schließlich kam auch Moritz in den Hof und begrüßte einen nach dem anderen. Eine große Tafel war gedeckt, Frau Reitbauer erklärte Moritz, man sei noch beim Frühstück. Moritz vermisste Michelangelo und fragte, wo er sei. Der hörte die Frage und rief aus dem Inneren des Hauses: Moritz, der Platz eines ordentlichen Mannes ist in der Küche.

Moritz setzte sich neben den Pfarrer und fragte ihn, ob das Grabkreuz, das er für Herrn Reitbauer gefertigt habe, sich noch auf dem Friedhof befinde. Daran kannst du dich erinnern?, fragte der Pfarrer. Selbstverständlich, antwortete Moritz. Sie haben gesagt: Jeder aus meiner Pfarrgemeinde bekommt ein Kreuz auf einem Grabhügel, auch wenn er weitab von hier im Krieg gefallen ist. Frau Reitbauer, erwiderte der Pfarrer, hat jahrelang gehofft, dass ihr Mann eines Tages nach Hause kommt. Nun hat sie die Hoffnung aufgegeben, besucht regelmäßig das Grab und zündet eine Kerze an.

Endlich erschien Michelangelo im Hof. Er stellte viele Flaschen Rotwein und Gläser auf den Tisch und rief, es sei schon spät am Vormittag, also höchste Zeit, ein Glas Wein zu trinken. Man prostete einander zu. Dann sagte er, immer noch im Stehen: Wo ich bin, ist man per du. Frau Reitbauer wandte sich mit erhobenem Glas an Moritz und sagte: Ich bin die Hanna. Verlegen stieß Moritz mit ihr an und erwiderte: Hanna, trinken wir auf Gretel. Ja, sagte Frau Reitbauer, wenn die Gretel hier ist, fragt sie immer nach dir. Frau Reitbauer setzte sich zu den vier Männern vom Chor, die nach ihr gerufen hatten.

Moritz wandte sich dem Pfarrer zu. Hat die Gretel, fragte er, schon einmal das Grab ihres Vaters besucht? Meines Wissens nicht, antwortete der Pfarrer. Ich wollte sie schon fragen, warum sie nie dorthin geht. Sie haben sie aber nicht gefragt?, sagte Moritz. Nein, erwiderte der Pfarrer, ich traue mich nicht. Ach, sagte Moritz und schaute ihn erstaunt an. Weißt du, antwortete der Pfarrer, die Gretel ist ein sehr herzlicher Mensch. Sie ist aber auch unnahbar. Unnahbar, wiederholte Moritz, nickte zuerst, dann schüttelte er den Kopf.

Und nun das Mittagessen, rief Michelangelo. Moritz und der Lehrer räumten das Frühstückgeschirr ab, Michelangelo trug Schweinsbraten, Erdäpfelpüree und Endiviensalat auf. Man ließ es sich schmecken. Der Esel lag in der Sonne und knabberte an einer Rübe. Nach dem Essen holte Michelangelo die Ziehharmonika. Moritz und der Lehrer trugen das Geschirr in die Küche, wuschen und trockneten es ab. Draußen sang Michelangelo italienische Lieder.

Dann rief er in die Küche: Moritz und du, Lehrer, heraus mit euch! Nun kommt der Höhepunkt unserer Vorstellung. Die beiden, sie waren mit der Arbeit beinahe fertig, setzten sich zu den anderen. Michelangelo begann, das steirische Lied zu singen, nach der ersten Strophe, als es im Dialekt weiterging, sang Frau Reitbauer, Michelangelo begleitete sie. Die beiden wurden mit großem Jubel bedacht. Also standen sie auf und verbeugten sich. Und nun, sagte Michelangelo, gibt es Kuchen. Er ging ins Haus, Moritz folgte ihm. Euch hat mir der Himmel geschickt, rief Michelangelo. Ich habe gedacht, dass ich das Geschirr waschen muss, um genug Teller für den Kuchen zu haben. Und was sehe ich? Ihr habt die Arbeit schon gemacht.

Michelangelo hatte Apfelkuchen gebacken. Aus unseren Äpfeln, sagte er. Eure Äpfel?, fragte Moritz, bist du hier schon so zu Haus, dass du sagen kannst: Unsere Äpfel? Was soll ich dir antworten?, fragte Michelangelo zurück und fuhr fort: Ich bin hier zu Haus und nicht zu Haus. Das ist typisch für dich, erwiderte Moritz. Versteh ich nicht, sagte Michelangelo. Macht nichts, erwiderte Moritz. Komm, die Leute warten auf den Kuchen.

Nach der Jause sagte Moritz: Wir haben einen weiten Weg vor uns, wir brechen auf. Und er verabschiedete sich. Der Esel war aufgestanden, und nun wandten sich alle ihm zu. Liebevoll streichelten die einen seinen Kopf, andere klopften ihm auf den Rücken. Da das Abschiednehmen kein Ende zu finden schien, verließ Moritz allein den Hof und ging den Weg hinunter.

Der Esel lief ihm nach. Das gefällt dir wohl, sagte Moritz, im Mittelpunkt zu stehen. Manche, erwiderte der Esel, sind wie geschaffen dafür. Nach einer Weile sagte er: Ich habe eine Bitte. Ich weiß, erwiderte Moritz. Du kannst Gedanken lesen?, fragte der Esel. Manche sind dafür wie geschaffen, antwortete Moritz. Meine Bitte lautet?, fragte der Esel. Kein Wort über Charly, antwortete Moritz. Der Esel nickte. Also gingen sie schweigend nach Hause.

12

Im November bezogen die Zaunschirms das neue Haus. Das sogenannte kleine Haus daneben war rechtzeitig fertig geworden, sodass auch der Esel übersiedeln konnte. Er lebte nun nicht mehr in der Hütte im Garten der Großmutter, dennoch bestand diese darauf, den geliebten Esel weiterhin mit Stroh, Heu und Rüben zu versorgen. Moritz' Eltern hatten im neuen Haus ein eigenes Schlafzimmer, Moritz schlief nebenan im Wohnzimmer, hier übte er auch auf der Geige, die Hausaufgaben aber machte er, da es im Wohnzimmer noch keinen Tisch gab, in der Küche.

Moritz' Vater merkte, dass sein Sohn nicht sonderlich erfreut darüber war, in dem neuen Haus zu leben. Er versicherte Moritz, dass er sich sogleich daranmachen würde, im ersten Stock, wo laut Plan vier Zimmer vorgesehen waren, ein Zimmer auszubauen. Spätestens in einem Jahr würde Moritz ein Zimmer für sich haben, mit eigenem Bett, Tisch und Kasten.

Moritz besuchte den Esel in seinem neuen Quartier. Ich habe, sagte Moritz, dem Stelzhammer vorgeschlagen, am letzten Schultag vor Weihnachten eine Mozart-Sonate und ein paar Weihnachtslieder zu spielen. Großartig, hat Stelzhammer geantwortet und gefragt: Warum haben wir in den vergangenen Jahren keine Weihnachtsfeier gemacht? Die Antwort hat er sich selbst gegeben: Ich bin alt geworden. Bei der Weihnachtsfeier werde ich, sagte

Moritz zum Esel, zum ersten Mal das neue Sakko und die neue Hose tragen.

Der Esel schaute teilnahmslos zur Seite. Was ist mit dir?, fragte Moritz. Nichts, antwortete der Esel. Und nach einer Weile: Die alte Krähe war hier. Sie hat mir berichtet, dass meine Mutter gestorben ist. Das tut mir leid, sagte Moritz und drückte seinen Kopf gegen den des Esels. Hat die Krähe erzählt, fragte Moritz, wie deine Mutter gestorben ist? Der Esel nickte. Sie hat gestern Abend die Krähe gerufen und zu ihr gesagt: Ich bin alt und müde und erschöpft. Ich lege mich in den Stall, werde einschlafen und nicht mehr aufwachen. Du fliegst morgen zu meinem Kind. Ich weiß von dir, dass es ihm gut geht. Ich werde glücklich sterben.

Moritz musste weinen. Sie ist glücklich gestorben, sagte der Esel, und du weinst? Ich weine, weil sie tot ist, erwiderte Moritz. Ach, antwortete der Esel, wir Esel machen um das Leben und Sterben kein solches Getue wie die Menschen. Wie wäre es, fragte Moritz, wenn du einen kleinen Esel zur Welt brächtest? Du weißt doch, war die Antwort, dass ich ein männlicher Esel bin, ich könnte einen Esel zeugen. Die Eselin würde ihres Weges gehen, den Kleinen zur Welt bringen, und ich würde es nicht einmal erfahren. Ich weiß ja auch nicht, wer *mein* Vater war, wahrscheinlich wusste es auch meine Mutter nicht. Ach, sagte Moritz, ihr seid beneidenswerte Geschöpfe. Er setzte sich auf einen Strohballen und sinnierte vor sich hin.

Moritz fand während des Schuljahrs immer wieder Zeit, die Maroni-Erzählung in die Maschine zu tippen. Das ging anfangs sehr langsam. Moritz suchte mit einem Finger eine Taste, hatte er sie endlich gefunden, schlug er drauf. Nach und nach konnte er mit zwei Fingern arbeiten. Und als er zwanzig Seiten ins Reine geschrieben hatte, zeigte er das Resultat stolz dem Esel.

Nachdem die kalte Jahreszeit vorbei war, nahm Moritz die Geige, den Notenständer und die Noten, ging ins kleine Haus zum Esel und spielte, wie der ihm aufgetragen hatte, die schwierigen Stellen aus dem ersten Satz der Frühlingssonate. Der Esel war im Großen und Ganzen zufrieden, in einigen Passagen aber, sagte er, gäbe es noch unreine Töne, und er bestand darauf, dass Moritz gleich an diesen Passagen arbeitete. Nach einer Stunde ging es besser. Es wird Zeit, sagte er, dass du mit dem zweiten Satz beginnst. Und er fragte, ob Moritz daran gedacht habe, seinem Freund Eichhorn den Anfang der Maroni-Erzählung vorzulesen. Gute Idee, antwortete Moritz.

Eichhorn lauschte gespannt. Einmal unterbrach er Moritz und sagte: Du liest großartig, ein Schauspieler könnte es nicht besser. Als Moritz fertig war, bat Eichhorn: Lies doch weiter. Was denn?, fragte Moritz. Mehr habe ich noch nicht getippt. Was ich eben gehört habe, sagte Eichhorn, das ist Literatur, die mir gefällt. Dein Urteil ist mir wichtig, erwiderte Moritz. Wenn ich zum Studium in Wien sein werde, möchte ich die Geschichte einer Zeitschrift anbieten. Du gehst nach Wien?, fragte Eichhorn. Moritz nickte. Ich, war die Antwort, gehe nach Heidelberg. Ich habe von einem Mathematikprofessor der dortigen Universität ein interessantes Buch gelesen, dem Professor geschrieben und Verbesserungsvorschläge gemacht. Er hat mir geantwortet, er würde sich freuen, mich als seinen Studenten begrüßen zu dürfen.

Moritz fand auch Zeit, die Charly-Geschichte, soweit er sich an die Gespräche mit dem Esel erinnerte, zu Papier zu bringen. Drei Hefte hatte er bereits vollgeschrieben, zum Teil mit Sätzen, zum Teil mit Stichwörtern. Er notierte aber auch

Fragen. Mit wem lebt Charly zusammen? Mit Lisa. Sie ist erst zwanzig. Was macht sie beruflich? Sie ist Kindergärtnerin. Wo wohnen sie?

Das Schuljahr ging zu Ende, Moritz arbeitete in den Ferien wieder sechs Wochen in der Gesenkschmiede, im Herbst kam er in die siebente Klasse. Nur noch zwei Jahre. Er hatte mit dem Esel einen Plan ausgearbeitet. Im Mai des nächsten Jahres würde die Vorspielstunde stattfinden. Moritz müsste bis dahin alle drei Sätze der Frühlingssonate einstudiert haben. Nach der siebenten Klasse würden Moritz und der Esel sich ganz auf die Charly-Geschichte konzentrieren. Nach der Matura sollte der Roman fertig sein.

Der Herbst begann gut. Der Vater hatte Wort gehalten und im ersten Stock ein Zimmer für Moritz ausgebaut, sogar ein Ofen stand darin. Als Moritz einzog, übermannte ihn ein Glücksgefühl. Ein Zimmer ganz für ihn allein! Am Tag darauf kam er von der Schule nach Hause und ging sogleich hinauf, um die Schulsachen abzulegen. Moritz, rief die Mutter, komm schnell. Was ist passiert?, rief Moritz zurück, die Mutter war aber schon in der Küche verschwunden. Also lief er hinunter. Die Mutter schwang ein Kuvert und sagte: Ein Brief für dich. Das ist nicht möglich, antwortete er. Wer, fragte er sich, soll mir einen Brief schreiben? Und er fuhr fort: Der Brief muss für dich oder den Vater sein. Schön wär's, erwiderte sie, wir haben seit ewiger Zeit keinen Brief bekommen.

Moritz nahm das Kuvert und las: Herrn Moritz Zaunschirm, Redfeld, Kapfenberg. Das war mit schöner Handschrift geschrieben worden. Auf der Rückseite des Kuverts stand gedruckt: Der Botschafter der Sowjetunion in Österreich. Moritz schnitt das Kuvert mit einem Küchenmesser auf und begann zu lesen. Unser Offizier!, rief er, das muss ich dem Esel erzählen. Der freute sich über die Maßen. Der russische Offizier, sagte der Esel. Wer hätte gedacht, dass wir von dem noch einmal etwas hören?

Er lebt vor unserer Haustür, erwiderte Moritz, nicht in Russland, sondern in Wien. Sein Name ist Bachtin, Sergej Bachtin. Er ist Botschafter der Sowjetunion. Das ist ein riesiges und mächtiges Land. Er vertritt dieses Land, schreibt er, in Österreich. Vor allem, weil er gut Deutsch spricht. Aber auch, weil er ein tüchtiger Offizier gewesen ist. Er bittet mich, so bald wie möglich zu antworten. Das tue ich, sagte Moritz, lief in die Trafik, kaufte zehn Kuverts und Briefmarken und setzte sich in seinem Zimmer an seinen Tisch. Wie schön, dachte er, endlich ungestört schreiben zu können, und er begann den Brief, indem er auf Bachtins Frage einging, wann Moritz ihn in Wien besuche werde.

In zwei Jahren, schrieb Moritz, würde er das Gymnasium abschließen und zum Studium nach Wien gehen, dann hätten Bachtin und er Gelegenheit, über die gemeinsame Zeit in Kapfenberg zu sprechen und darüber, was sie in den vielen Jahren danach erlebt haben. Eines stehe fest: Er werde den Esel, der ihm immer mehr ans Herz wachse, mit nach Wien nehmen. Er zerbreche sich schon jetzt den Kopf, wo der Esel in der Großstadt untergebracht werden könne.

Vier Tage, nachdem Moritz den Brief in den Postkasten geworfen hatte, kam die Antwort. Bachtin schrieb, Moritz sei nun ein junger Mann, er möge ihn doch Sergej nennen. Im Übrigen sei das Problem mit dem Esel bereits gelöst. Sergej bewohne die sogenannte Residenz im dritten Bezirk, das sei eine große Villa, die inmitten eines Parks liege. Die Botschaft, wo die Geschäfte erledigt würden, befinde sich anderswo. Die Residenz diene ihm als Wohnung, sie sei aber vor allem für Empfänge vorgesehen, zu denen andere Botschafter und hohe österreichische Politiker geladen würden. Der Park werde das Reich des Esels sein. Sergej habe ihn ja auch liebgewonnen. In den nächsten Tagen schon würden Zimmerleute am Rand des Parks einen komfortablen Stall errichten.

Moritz las dem Esel den Brief vor. Der Offizier, sagte der Esel, war ein lieber Mensch. Was mich für ihn eingenommen hat: Er war freundlich zu den Soldaten. Und dass du jetzt ein Quartier in Wien hast, was sagt du dazu?, fragte Moritz. Und er fuhr fort: Das größte Problem für mich war, wo du in Wien unterkommen wirst. Hast du dich das nicht gefragt? Nein, antwortete der Esel, ich frage mich nicht, was in zwei Jahren sein wird. Wenn es um mich geht, erwiderte Moritz, planst du über Jahre. – Ich kümmere mich um dich und nicht um mich, war die Antwort.

In diesem Herbst traf Moritz sich öfter mit Karla – nicht ohne Hintergedanken. Er hatte ein starkes sexuelles Bedürfnis. Und er hatte ein eigenes Zimmer. Beides verband sich zu dem Wunsch, mit Karla zu schlafen. Er hatte in den Jahren zuvor wenig Kontakt zu ihr gehabt. Waren sie sich zufällig begegnet, hatten sie kurz miteinander geplaudert. Anders als Moritz war Karla stets gesprächig gewesen. Sie habe eine dreijährige Schneiderinnen-Lehre abgeschlossen, sei nun im Modehaus Gollob als Änderungsschneiderin beschäftigt, sie fühle sich dort wohl, werde von den Kundinnen, insbesondere den wohlhabenden Frauen der Direktoren und Ingenieure der Fabrik, sehr geschätzt. Sie passe ihnen die Kleider, seien sie zu groß oder zu klein, genau an, aber auch im Verkaufsraum werde sie als Beraterin herangezogen. Herr Gollob sei zufrieden mit ihr und bezahle sie gut.

Moritz hatte sie auf ein Eis in die Konditorei Hannecker eingeladen, dann in sein Zimmer auf ein Glas Wein, welchem sie nicht abgeneigt war, und als er sie geküsst hatte, hatte sie sich nicht widersetzt. Beim nächsten Besuch schliefen sie miteinander. Moritz war glücklich, er war aufrichtig in Karla verliebt. Schließlich fand er auch Worte, dem Esel alles zu erzählen. Moritz hatte Angst vor diesem Gespräch gehabt. Der Esel, das wusste Moritz, war Karla nicht zugetan, und Karla konnte den Esel auch nicht leiden. Nachdem er Moritz zugehört hatte, meinte der Esel: Ich sage nichts dazu. Ich habe es befürchtet, antwortete Moritz. Du sollst, erwiderte der Esel, mit Karla eine Zeit lang glücklich sein. Eine Zeit lang?, fragte Moritz, was meinst du damit? Ich meine damit: eine Zeit lang, war die Antwort.

Am Sonntag saß die Familie beim Mittagessen. Moritz erzählte von seinem Briefwechsel mit Bachtin. Nun erst erfuhren seine Eltern, dass Moritz vorhatte, nach der Matura zum Studium nach Wien zu gehen. Kommt nicht infrage!, rief die Mutter. Moritz und der Vater schauten sie erstaunt an. Wozu haben wir das Haus gebaut?, fuhr sie fort. Und zu Moritz: Du gehst nach Leoben, studierst dort an der Montanistischen Hochschule, wirst Diplomingenieur, bekommst einen tollen Posten in der Fabrik und wohnst hier im ersten Stock.

Der Vater blieb ruhig, trank einen Schluck Bier und wandte sich an seine Frau. Wir haben wenig Zeit gehabt, uns um Moritz zu kümmern. Ohne unser Zutun absolviert er das Gymnasium, sogar in der Musikschule ist er erfolgreich. Er ist seinen Weg gegangen, wir sollten ihm dafür dankbar sein, statt ihm vorzuschreiben, was er tun soll. Die Mutter schluchzte. Ich sehe das nicht so, sagte sie. Wozu haben wir die vier Zimmer im ersten Stock? Damit Moritz dort wohnt.

Der Vater wurde ärgerlich. Vier Zimmer, erwiderte er, können doch nicht den weiteren Lebensweg eines Menschen bestimmen. Und wozu, wandte die Mutter ein, hast du das kleine Haus für den Esel gebaut? Das ist das geringste Problem, antwortete der Vater. Ich wollte an das kleine Haus eine Holzhütte anbauen für Hasen und Hühner. Das kann ich mir jetzt sparen. Ich werde die Tiere in dem kleinen Haus unterbringen. Die Frau schaute ihren Mann herausfordernd an. Einen Trumpf hatte sie noch auszuspielen. Und das Geld?, fragte sie. Welches Geld?, fragte der Vater zurück. Das Studium in Leoben kostet nichts, antwortete die Mutter. Moritz würde hier leben. Das Studium in Wien kostet Geld. Du hast recht, erwiderte der Vater, Geld können wir Moritz nicht viel geben, er wird sparsam leben müssen. Die Mutter stand auf. Ihr habt euch gegen mich verschworen, sagte sie, lief ins Wohnzimmer und warf die Tür hinter sich zu.

Moritz ging in den Garten und erzählte dem Esel, was vorgefallen war. Das wird mir die Mutter nie verzeihen, sagte er. Was?, fragte der Esel. Dass ich nicht Diplomingenieur werde und einen hohen Posten in der Fabrik einnehme, antwortete Moritz. Ich wäre, fuhr er fort, für ein technisches Studium gar nicht geeignet. Im Augenblick habe ich ein Problem mit einem neuen Fach: Darstellende Geometrie. Schon ein einfaches Beispiel bereitet mir Schwierigkeiten. Ich soll einen Würfel zeichnen, der von der Seite betrachtet wird. Was ist sichtbar, was nicht? Ich kann mir das nicht vorstellen. Frag den Eichhorn, erwiderte der Esel.

Keine Sorge, sagte Eichhorn. Er baute aus Papier einen Würfel. Wo sind, fuhr er fort, die sichtbaren und die nicht sichtbaren Teile des Würfels? Nun mach nach diesem Modell die Zeichnung. So gelang es Moritz, die Aufgabe zu lösen. Ich habe mir ein Lehrbuch gekauft, sagte Eichhorn, »Darstellende Geometrie für Anfänger«. Der Professor geht nach diesem Buch vor. Schau, hier im Buch der Würfel, er hat genau die Maße, die wir als Hausaufgabe bekommen haben.

Als Nächstes kommt: Ein Körper durchdringt den anderen. Und als Beispiel für eine Schularbeit: Ein Kegel durchdringt mit der Spitze einen Würfel. Sogleich machte Eichhorn sich daran, ein Papiermodell zu bauen. Ohne Mühe zeichnete Moritz das Modell in sein Heft. Er fragte Eichhorn, ob der ihn am nächsten Tag zu einem Quartett-Abend begleiten wolle. Du belohnst mich fürstlich, sagte Eichhorn.

Nach dem Quartett-Abend war Moritz so aufgewühlt, dass er beschloss, wieder einmal einen Artikel für den »Obersteirer« zu schreiben. Frühe Quartette von Mozart und Schubert waren gespielt worden, nach der Pause Haydns berühmtes Kaiserquartett. Das hatte Moritz besonders begeistert. Bis tief in die Nacht machte er sich Notizen. Am folgenden Nachmittag setzte er sich zum Esel. Im Zentrum von Haydns Quartett, sagte Moritz, ohne sich um einleitende Worte zu bemühen, steht ein berühmtes Motiv. Moritz summte es vor sich hin. Aufregend, ja abenteuerlich ist der Weg zum Zentrum. Bis der Komponist dort ankommt, bedarf es eines schnellen und eines langsamen Satzes, in denen die Töne des Hauptmotivs nach und nach zusammengesucht werden.

Endlich sind sie alle beisammen, und das Motiv erklingt, manchmal ganz, dann wieder stückweise, teils wird es anmutig, teils übermütig variiert. Am Ende folgen zwei Sätze, in denen alles, was in den Anfangssätzen zusammengesucht wurde, sich auflöst und verloren geht. Was ist mit dir?, fragte Moritz den Esel, der vor sich hin starrte. Ich lausche dir atemlos, war die Antwort. Das muss nun zu Papier gebracht werden, sagte Moritz, ich bitte dich, mir dabei zu helfen. Der Esel nickte kaum merklich.

Im Mai fand die Vorspielstunde statt. Moritz hatte einen Blick in den gut besuchten Vortragssaal geworfen. In der ersten Reihe, er traute seinen Augen nicht, saßen

Michelangelo Maroni und Hanna Reitbauer. Neben ihnen Baudirektor Flach, der in ein Gespräch mit Maroni vertieft war. Dann der Geigenlehrer, der Musikschuldirektor und der Architekt Schuster. In der letzten Reihe Moritz' Eltern, die sich wegen ihrer armseligen Kleidung genierten. Moritz ging ins Künstlerzimmer und versuchte vergebens, seine Hände zu trocknen. Er schwitzte vor Nervosität. Ob er wollte oder nicht, er musste auftreten. Zittrig ging er hinter der Pianistin aufs Podium. Er spielte wie in Trance. Starker Beifall folgte, die Künstler mussten viermal zurück aufs Podium, um sich zu verbeugen. Es folgte eine Pause, nach der ein anderer Schüler auftrat.

Moritz' erster Weg war ins Freie, wo der Esel – ein Fensterflügel war vom Musikschuldirektor vorsorglich geöffnet worden – zugehört hatte. Gratuliere, sagte er, das hast du gut gemacht. Die beiden begleiteten Maroni, Frau Reitbauer und Moritz' Eltern bis zum Werkshotel, wo Maroni einen Tisch reserviert hatte. Nachdem sie gegessen hatten, sagte Maroni, Hanna und ich übernachten im Werkshotel. Moritz und der Esel gingen nach Hause. Ich bin erschöpft, sagte Moritz. Ich auch, erwiderte der Esel.

In der nächsten Geigenstunde sagte der Lehrer zu Moritz: Das war ein schöner, ein würdiger Abschied. Die Frühlingssonate ist schwierig, du hast sie sehr schön gespielt. Was heißt Abschied?, fragte Moritz. Ich muss dir etwas sagen, antwortete der Geigenlehrer, behalte es für dich. Der Musikschuldirektor ist an Krebs erkrankt, er wird nicht mehr lange leben. Moritz schaute den Lehrer fassungslos an. Ich werde, fuhr dieser fort, nur bis zum Ende des Schuljahres hier sein. Ich habe eine Stelle in Graz angenommen. Und das Schülerorchester?, fragte Moritz. Wird es nicht mehr geben, war die Antwort. Und auch kein Orchester und kein

Kammerorchester. Höchste Zeit, sagte Moritz, dass ich nach Wien gehe.

Gern hätte Moritz dem Esel die traurigen Nachrichten überbracht, doch der war weder im Garten noch im kleinen Haus zu finden. Erst am späten Nachmittag tauchte er auf. Ich habe das alte Pferd in der Au besucht, sagte er. Was gibt es Neues?, fragte Moritz. Von der alten Krähe, hat das Pferd erzählt, habe ich erfahren, dass deine Mutter gestorben ist. Da ist mir durch den Kopf gegangen, dass ich uraltes Pferd immer noch lebe, wo ich doch längst unter die Erde gehöre. Seitdem sehe ich alles mit anderen Augen.

Was mich früher geärgert hat, belustigt mich nun. Wenn bisher über dem Stahlwerk alle paar Stunden dreckige Rauchschwaden aufgestiegen sind, habe ich die Fabrik verflucht. Nun denke ich mir: Was für ein nettes Schauspiel die veranstalten, und das alles für mich. Ein anderes Beispiel: Hinter dem Bauernhof, auf einem Grundstück, das nicht meinem Bauern gehört, ist Schotter gefunden worden. Mittlerweile ist eine Schottergrube entstanden. Ein Bagger bohrt sich hinein, ein Lkw nach dem anderen fährt hin, wird beladen und donnert hinter dem Bauernhof vorbei. Der Bauer hat den Leuten gedroht, sie zu erschießen, er ist vom Gendarmen verwarnt worden. Ich aber stehe am Zaun und empfinde das alles als willkommene Abwechslung.

So ging das dahin, sagte der Esel. Ich habe dem Pferd sagen müssen, dass es nicht nur alt, sondern auch langweilig geworden ist. Und dass ich mich gern an die Zeit erinnere, als es an allem etwas auszusetzen gehabt hatte. Du bist zu jung, hat das Pferd geantwortet, du kannst da nicht mitreden. Es hat sich von mir abgewandt und ist zum Zaun gegangen, um das Treiben in der Schottergrube zu beobachten. Ich werde, fuhr der Esel fort, das Pferd nicht mehr besuchen.

Moritz dachte nach, dann sagte er: Kannst du dem Verhalten des Pferdes nicht auch etwas Gutes abgewinnen? Der Esel sagte: Nein. Das Pferd hat resigniert. Resignation heißt, das früher als schlecht Erkannte nun gut zu finden. Ich hoffe, erwiderte Moritz, nicht alt zu werden und dabei zu resignieren. Resignation, sagte der Esel, ist nicht ans Alter gebunden. Auch ein junger Mensch kann resignieren. Mit dir, antwortete Moritz, ist heute nicht gut Kirschen essen. Apropos essen, sagte der Esel, schnappte sich eine Rübe und knabberte daran.

Moritz erzählte, was er vom Geigenlehrer erfahren hatte. Schrecklich, sagte der Esel. Und nach einer Weile: Ich verdanke der Musikschule sehr viel. Wie oft bin ich vor dem Fenster gestanden und habe den Orchesterproben gelauscht! Die Frühlingssonate war also der Abschluss. Wer hätte das gedacht! Die Musikschule, erwiderte Moritz, war ein Teil meines Lebens. Ein schöner Teil. Dienstags bis freitags war ich in der Musikschule, zweimal Geigenstunde, einmal Jugendorchester, dann Kammerorchester und großes Orchester. Ohne die Musikschule hätte ich den Architekten Schuster nicht kennengelernt. Ohne die Musikschule hätte ich das Wissen nicht gehabt, um Musikkritiken schreiben zu können. Über diese Zeit, sagte der Esel, werden wir noch oft reden.

In der nächsten Geigenstunde sagte der Lehrer: Moritz, heute wird nicht musiziert. Wir gehen in die Konditorei Hannecker, essen ein Stück Torte und trinken ein Glas Wein. Dort sagte der Geigenlehrer: Ich habe deine Artikel im »Obersteirer« gelesen. Großartig. Du hast das Zeug zum Musikkritiker. Es hat mir Freude gemacht, erwiderte Moritz, diese Artikel zu schreiben, ich werde aber sicher kein Musikkritiker. Ich habe neben diesen Artikeln eine Erzählung geschrieben, das interessiert mich mehr.

Eine Erzählung?, fragte der Lehrer. Darf ich sie lesen? Ich muss sie erst in die Maschine tippen, antwortete Moritz, das dauert lange, ich bin noch ungeschickt im Schreiben mit der Maschine. Eine Erzählung, sagte der Lehrer vor sich hin. Wo wirst du sie veröffentlichen? Keine Ahnung, erwiderte Moritz. Ich arbeite von Dienstag bis Freitag in Kapfenberg, zu Hause bin ich aber in Graz. Fast jedes Wochenende treffe ich einen Freund, der gibt eine Zeitschrift heraus, die heißt »manuskripte«, das ist die beste und wichtigste Literaturzeitschrift in Österreich, sie wird auch in Deutschland gern gelesen. Ich geb dir die Adresse meines Freundes. Der Lehrer schrieb sie auf einen Zettel. Du solltest ihm deine Erzählung schicken und dich auf mich berufen. Und ich werde ihm von dir erzählen.

Das Schuljahr ging zu Ende, Moritz schloss die siebente Klasse dank der Hilfe seines Freundes Eichhorn mit einem Gut in Darstellender Geometrie ab. Vom ersten Ferientag an arbeitete Moritz wieder sechs Wochen lang in der Gesenkschmiede. Der Sommer war nicht mehr belastet mit dem Üben der Frühlingssonate, Moritz und der Esel konnten sich ganz auf die Charly-Geschichte konzentrieren.

Beginnen wir, sagte Moritz, mit einer Szene, über die wir schon gesprochen haben. Der Betriebsleiter und der Meister stehen in der Gesenkschmiede, umringt von den Arbeitern. Charly trägt die Forderungen nach Verbesserung der Arbeitsbedingungen vor und sagt zum Betriebsleiter: Wir lassen uns von Ihnen nicht für dumm verkaufen. Wir erwarten innerhalb von acht Tagen eine Antwort auf unsere Forderungen.

Und dann?, fragte der Esel. Nach acht Tagen, antwortete Moritz, ruft der Meister die Arbeiter zusammen, ich bin unter ihnen, denn ich mache gerade Ferialarbeit in der Gesenkschmiede. Der Meister sagt: Ich teile euch im Auftrag des Betriebsleiters mit, dass eure Forderungen aus Kostengründen nicht erfüllt werden können. Charly wendet sich an seine Kollegen. Wir haben beschlossen, sagt er, dass wir in diesem Fall die Arbeit niederlegen. Doch die Kollegen sind dazu nicht bereit. Ihr Argument: Sie würden wegen Arbeitsverweigerung entlassen werden. Und dann?, fragte Moritz.

Dann, antwortete der Esel, nimmt Charly eine Eisenstange, schlägt auf den Ofen ein und zertrümmert ihn. Dann verlässt er die Fabrik. Moritz weiß, wo Charly mit seiner Freundin Lisa wohnt. Er geht dorthin und bittet Charly um ein Gespräch im Garten. Wir drei sitzen zusammen und beraten die Lage. Charly sagt: Ich musste sofort etwas tun, ich hatte nicht die Zeit, über die Folgen nachzudenken. Dass ich aus der Fabrik fliege, ist klar. Ich werde aber auch für den Schaden aufkommen müssen, den ich angerichtet habe. Mit einem Wort: Ich bin ruiniert.

Jetzt, sagte der Esel, bist du am Zug. Moritz dachte nach. Ich gehe, sagte er, zum Baudirektor Flach. Die Sekretärin meldet mich an, ich werde sogleich vorgelassen. Gratulation!, ruft Flach, die Frühlingssonate, du hast sie wunderbar gespielt. Was führt dich zu mir? Ich erzähle ihm von Charly, was er angerichtet hat, und dass er für den Schaden, den er verursacht hat, wird aufkommen müssen. Sein Leben lang wird er dafür bezahlen. Gut, dass du zu mir kommst, sagt Flach, das fällt in meine Kompetenz. Sag diesem Charly, er soll sich keine Sorgen machen. Und du, Moritz, übe fleißig, ich freue mich auf die nächste Vorspielstunde.

Damit, sagte Moritz, ist die Geschichte noch nicht zu Ende. Du hast recht, erwiderte der Esel. Charly hat keine Arbeit, also kein Einkommen. Zum Glück steht seine Freundin Lisa zu ihm. Sie verdient als Kindergärtnerin nicht viel, aber genug, um die Miete für die kleine Wohnung in der Hochschwabsiedlung zahlen zu können. Charly muss auch nicht hungern. Für ihn ist die Situation dennoch unerträglich. Er will Arbeit suchen. Aber wo? Sein Husarenstück in der Gesenkschmiede ist stadtbekannt. Wer, fragt er sich, gibt einem wie mir Arbeit?

Er besucht uns. Wir beide sitzen im Garten und genießen die Abendsonne. Charly setzt sich zu uns. Moritz, sagt er, du hast mich gerettet. Dass du zum Flach gegangen bist – ich unterbreche ihn: Das war doch selbstverständlich, reden wir nicht darüber. Charly, du hast keine Arbeit. Er nickt. Zwischen Kapfenberg und Bruck gibt es ein kleines Stahlwerk, fahre ich fort, würdest du dort arbeiten wollen? Die nehmen mich sicher nicht, erwidert Charly. Wir reden in zwei Tagen weiter, antworte ich.

Am nächsten Tag, sagte Moritz, gehe ich nach der Arbeit in der Gesenkschmiede ins Stahlwerk und treffe Maroni an, wie er gerade Schamottziegel verlegt. Hast du am Abend Zeit?, frage ich. Für ein Glas Wein habe ich immer Zeit, ist die Antwort. Am Abend sitzen wir beisammen. Wie üblich zündet Maroni sich zuerst eine Zigarette an, dann schenkt er Wein ein und schließlich fragt er, was es Neues gibt. Es geht um Charly, antworte ich. Da Charly *das* Gesprächsthema in der Fabrik war, ist auch Maroni einiges zu Ohren gekommen.

Ich will, sagt er, genau wissen, was passiert ist. Ich erzähle es ihm. Ein toller Kerl, sagt Maroni, ich bewundere ihn. Solche Leute wie ihn müsste es mehr geben, dann sähe die Welt anders aus. Ich bin erstaunt, so kenne ich dich gar nicht, sage ich. Was hältst du von mir?, fragt er, glaubst du, dass ich ein Kapitalistenknecht bin? Ich komme aus Turin, dort sind die Arbeiter viel radikaler als hier. Zurück zu Charly, sage ich, er hat keine Arbeit. Du hast erzählt, dass du Ingenieure vom kleinen Stahlwerk kennst, die gern hätten, dass du bei ihnen arbeitest.

Eine gute Idee, sagt Maroni, schenkt Wein ein und zündet sich eine neue Zigarette an. Ich werde mit ihnen reden. Wir sehen uns morgen. So geschieht es auch. Freudestrahlend spaziert Maroni in den Garten. Ich habe mit den Ingenieuren geredet, sagt er, ich bin gleich auf Charly zu sprechen gekommen. Sie haben natürlich von dem Vorfall in der Gesenkschmiede gehört. Ich habe gesagt, dass ich mit Charly befreundet bin, dass ihm in der Fabrik übel mitgespielt worden ist und dass er deshalb durchgedreht hat. Dann habe ich gesagt, dass mich das sehr empört, sodass ich überlege, die Fabrik zu verlassen und im kleinen Stahlwerk zu arbeiten. Die Ingenieure sollten aber auch Charly beschäftigen, er sei ein guter Arbeiter, ich würde für ihn die Hand ins Feuer legen. – Was haben die Ingenieure gesagt? – Charly kann am nächsten Montag bei ihnen zu arbeiten beginnen. – Heute, sagt Maroni, gibt es keinen Wein mehr, ich bin mit Hanna im Werkshotel verabredet. Und er eilt davon.

Die beiden saßen da und schwiegen. Nach einer Weile sagte der Esel: Das kann aber nicht das Ende des Romans sein. Moritz nickte. Charly, fuhr der Esel fort, hat versucht, etwas zu verändern. Er ist gescheitert, ist aber nicht vernichtet worden. In ihm lebt das Bedürfnis, etwas zu verändern, fort. So, wie er gehandelt hat, geht es nicht. Was aber soll er tun?

Was hältst du davon, fragte Moritz, wenn wir Charly mit dieser Frage nicht allein lassen? Wir treffen uns an einem Nachmittag im Garten von Frau Reitbauer: Charly und Lisa, Michelangelo und Hanna, du und ich. Wir gehen davon aus, dass Charly mit seiner Aktion einen wichtigen Anstoß gegeben hat, dass wir darauf aufbauen, dass wir gemeinsam eine Strategie der Veränderung entwickeln, die nicht von vornherein zum Scheitern verurteilt ist. Der Esel dachte nach. Das ist ein guter Schluss für den Roman, sagte er. Mach dich an die Arbeit.

13

In der achten Klasse, der letzten vor der Matura, arbeitete Moritz am Roman. Der Titel stand fest: »Charlie«. Aber auch für die Matura war viel zu lernen, zuerst für die schriftlichen, dann für die mündlichen Prüfungen. Du solltest den Roman beiseitelegen, sagte der Esel, der sich mit Moritz im Garten aufhielt, und dich auf die Matura konzentrieren. Wenn du jetzt versagst, musst du die Matura im Herbst nachholen. Zu der Zeit wollen wir aber schon in Wien sein. Ja, erwiderte Moritz, im Herbst sind wir in Wien. Er büffelte Tag und Nacht und schaffte die Matura ohne Probleme.

Jetzt machen wir einen Plan, sagte der Esel. Ich arbeite, erwiderte Moritz, ab morgen wieder sechs Wochen in der Gesenkschmiede. Ich werde das Geld, das vom Vorjahr und das, was ich dieses Jahr verdienen werde, zusammenlegen. Damit kann ich in Wien eine Zeit lang leben und muss den Vater nicht um Unterstützung bitten. So weit sind wir noch nicht, sagte der Esel.

An den Nachmittagen, fuhr er fort, arbeitest du am Roman. Moritz unterbrach ihn. Arbeiten *wir* am Roman, sagte er. Oder hast du Ausflüge vor, vielleicht zu Frau Reitbauer? Du weißt, antwortete der Esel, dass mir die Arbeit mit dir Freude macht. Wie weit bist du übrigens mit der Erzählung? Ich habe erst die Hälfte des Textes in die Maschine getippt, antwortete Moritz. Ob du willst oder nicht, sagte der Esel, wir müssen doch einen Plan machen. Wann brechen wir nach Wien auf? Ich denke, im September, antwortete Moritz. Ich weiß nicht, wann die Vorlesungen an der Universität beginnen. In den nächsten Tagen werde ich Bachtin einen Brief schreiben und ihn fragen. Außerdem werde ich ihn bitten, mir die Adresse einer Jugendherberge zu nennen. Du hast es besser, du bist bei Bachtin luxuriös untergebracht. Einen Unterschied zwischen einem Menschen und einem Esel muss es schließlich geben, sagte der Esel.

Gewiss, erwiderte Moritz und fuhr fort: Wie sieht dein Plan aus? Nach den sechs Wochen Ferialarbeit, antwortete der Esel, hast du zwei Wochen frei. Dann ist es Ende August. Bis dahin ist der Roman fertig. Leider nur handschriftlich. Aber das macht nichts. Sobald du in Wien bist, musst du die ganze Maroni-Erzählung in die Maschine tippen, denn du willst sie an die Zeitschrift »manuskripte« schicken. Dann kommt der Roman an die Reihe. Den allerdings, erwiderte Moritz, kann ich nicht an eine Zeitschrift schicken, dafür sind Buchverlage zuständig.

Dein Geigenlehrer, sagte der Esel, hat erzählt, dass die »manuskripte« auch in Deutschland gelesen werden. Was machst du, wenn dort in einem Verlag jemand deine Erzählung liest und dir schreibt, sie habe ihm gefallen, solltest du noch andere Texte haben, bitte er dich, ihm diese zuzusenden? Schreibst du ihm zurück: Ich habe einen Roman, muss ihn aber erst in die Maschine tippen, das dauert zwei Jahre? Ich setze dir eine Frist. Bis Ende des Jahres existiert eine maschinengeschriebene Fassung von dem Roman.

Moritz nickte. Das lässt sich machen, sagte er. Es gibt allerdings ein Problem, für das ich keine Lösung habe. Wie kommst du nach Wien? Wie oft habe ich dir gesagt, erwiderte der Esel: Kümmere dich nicht um mich. Wenn du

Bachtin schreibst, sag ihm, dass ich am 16. September um 15 Uhr vor der Residenz stehe. Die alte Krähe hat alles bis ins Kleinste organisiert, die Wege, die ich abseits der Straßen gehen werde, die Plätze, wo ich frisches Gras finden, die Wälder, wo ich schlafen werde. Und am Stadtrand von Wien werden Krähen warten, die mich bis zur Residenz geleiten. Auf diese Weise, erwiderte Moritz, könntest du durch die ganze Welt wandern. Was mich, sagte der Esel, allerdings nicht interessiert.

Moritz schrieb Bachtin, wann der Esel ankommen würde, und bat ihn um die Adresse einer Jugendherberge. Von der Herberge aus werde er sich um ein Zimmer kümmern. Bachtin antwortete, er sei fasziniert, wie Tiere einander helfen, in diesem Fall die Krähen dem Esel. Das sollten die Menschen sich zum Vorbild nehmen. Er fürchte aber, dass diese das nicht schaffen würden. Er vermute, die Tiere seien höher entwickelt als die Menschen. Deshalb sei er kein Humanist. Der Humanismus stelle den Menschen in den Mittelpunkt. Das sei barbarisch. Für ihn, Bachtin, stehe die Kreatur im Zentrum.

Dann kam er auf Moritz' Bitte zu sprechen, ihm die Adresse einer Jugendherberge zu nennen. Lieber Moritz, schrieb er, ich habe mir erlaubt, in der Nähe der Residenz eine kleine Wohnung für dich zu mieten, und ich werde es mir nicht nehmen lassen, die Miete zu zahlen. Als Botschafter der Sowjetunion verdiene ich sehr gut. Ich weiß, dass du aus einer Arbeiterfamilie kommst und dass es deinen Eltern nicht leichtfällt, deinen Aufenthalt in Wien zu finanzieren. Mein Vorschlag: Du kommst zwei Tage, bevor der Esel in Wien eintrifft. Wir werden ein Fest veranstalten. Schade, dass Gretel nicht dabei ist. Ich habe Kontakt zu ihr – das erzähle ich dir in Wien.

Moritz las Bachtins Brief einige Male. Er konnte es nicht fassen, dass dieser Mann ihm dermaßen helfen wollte. Dann erst ging er zum Esel und las ihm den Brief vor. Der Esel hörte interessiert zu. Dann sagte er: Der russische Offizier ist die intelligenteste Person, mit der wir beide es je zu tun gehabt haben. Nicht der Mensch steht im Mittelpunkt, sondern die Kreatur. Ich habe das gewusst, fuhr der Esel fort, dass aber auch ein Mensch das weiß, erstaunt mich.

Im September stellte Moritz sich die Frage, wie er seine paar Kleider nach Wien transportieren sollte. Die Eltern besaßen keinen Koffer. Frag die Großmutter, riet der Vater. Die konnte tatsächlich aushelfen. Ich schenke dir den Koffer, sagte sie, ich habe ihn nie gebraucht und werde ihn auch nicht mehr brauchen.

Moritz traf Karla jeden zweiten Tag in seinem Zimmer. Das entging seinen Eltern nicht. Also setzte er sich zu ihnen und erzählte, dass er verliebt war in Karla. Schon ihretwegen werde er zweimal im Monat nach Hause kommen. Von einem Abschiednehmen könne also, wenn er nach Wien aufbreche, nicht die Rede sein. Und zu seinem Vater gewandt: Ich habe das Geld, das ich im Sommer verdient habe, beiseitegelegt. Du brauchst mir in nächster Zeit nichts zu geben.

Zwei Tage vor der Ankunft des Esels stand Moritz mit seinem Koffer vor der Residenz. Bachtin umarmte Moritz und küsste ihn immer wieder auf die Wangen. Was für ein Glück, rief er, dass wir wieder zusammenfinden! Er nahm den Koffer und trug ihn ins Haus. Dann führte er Moritz durch die weiträumige Villa. Im ersten Stock befand sich Bachtins Wohnung, daneben lagen vier kleinere Wohnungen, eine für die Frau, die sich um Bachtins Wohnung kümmerte, eine für den Sekretär, dessen Arbeitsplatz Bachtins Büro war, eine für den Kellner, der, wenn zwei, drei Besucher kamen, sich um diese zu kümmern hatte, und eine Wohnung für den Gärtner. Der, sagte Bachtin, werde dafür sorgen, dass der Esel immer frisches Stroh und Heu und natürlich genug Rüben habe.

Sie gingen ins Erdgeschoß. In diesem Saal, sagte Bachtin, finden die großen Empfänge statt, da stehen die Leute stundenlang herum, Kellner reichen ihnen Getränke und Brötchen. Meine Aufgabe ist es, die Leute mit Namen anzusprechen. Ohne die Hilfe meines Sekretärs, der mir die Namen zuflüstert, würde ich das nicht schaffen. Die Leute machen mir Komplimente, loben die Politik meines Landes, dessen Vertreter in Österreich ich ja bin, und hinter meinem Rücken schimpfen sie, wie ich vom Sekretär weiß, über die Sowjetunion. Gehen wir weiter. Hier, im kleinen Saal, werden auserwählte Gäste zum Abendessen eingeladen. Ein gern gesehener Gast ist der Botschafter der USA. Ich sitze immer neben ihm. Wir haben uns noch nie über Politik unterhalten, am liebsten reden wir über Literatur. Ich schwärme von William Faulkner, er von Maxim Gorki.

Jetzt ist es aber Zeit für eine Jause, sagte Bachtin, wir gehen hinauf in meine Küche. Rate, was es zu essen gibt. Frankfurter Würstel, erwiderte Moritz. Bachtin lachte. Du kannst dich also noch erinnern, sagte er. Und in der Küche fragte Bachtin: Wie werden sie zubereitet? Sie werden, antwortete Moritz, nicht in kochendes Wasser gelegt, sie werden gesotten. So, sagte Bachtin, hat der Fleischhauer Kolland es uns beigebracht. Und geradezu feierlich, als würde es sich um eine Zeremonie handeln, legte er vier Paar Würstel ins Wasser.

Während sie aßen, sagte Bachtin: Die Würstel sind nicht so gut wie die vom Kolland, aber man kann sie essen. Ausgezeichnet sind in Wien die Semmeln, man nennt sie nicht umsonst Kaisersemmeln. Im Übrigen: Ein Paar Würstel ist für mich, drei Paar sind für dich. Ich habe nichts dagegen, erwiderte Moritz. Du bist sehr schlank, sagte Bachtin. Ich habe im Sommer, antwortete Moritz, in der Fabrik bei großer Hitze gearbeitet, da nimmt man nicht zu. In der Fabrik, sagte Bachtin, du bist tüchtig. Ich brauche das Geld, um ihn Wien leben zu können. Mein Vater kann mir nicht viel geben. Ein Fabrikarbeiter, sagte Bachtin, bekommt nicht viel Lohn.

Dazu kommt, erwiderte Moritz, dass ein Arbeiter auch wenig Ansehen hat. Ganz anders –. Er unterbrach sich. Ich muss dir etwas erzählen, fuhr er fort. Als Gymnasiast, ich war vielleicht zwölf Jahre alt, habe ich in Kapfenberg Veranstaltungen der Österreichisch-Sowjetischen Gesellschaft besucht. Da habe ich Filme gesehen, in denen Arbeiter in der Fabrik gezeigt wurden, nicht zwei Minuten, sondern eine Stunde lang, die Arbeitsvorgänge waren im Detail zu sehen. Arbeiter und Arbeiterinnen sind im Mittelpunkt gestanden. Und ähnliche Filme über die Tätigkeit der Bauern. Das hat mich sehr beeindruckt. Immer wieder geht mir das durch den Kopf.

Moritz, sagte Bachtin, du hast erfasst, worum es bei uns geht. Die Sowjetunion ist ein Land der Arbeiter und Bauern, angeführt von der kommunistischen Partei. Die hat eine Revolution gemacht, durch die neue Verhältnisse geschaffen wurden. Wie sich das entwickeln wird, weiß niemand. Eine Revolution machen und sich dann ausruhen, das ist gefährlich. Eine Revolution muss ständig fortgeführt werden. Ich habe Zweifel, ob das in der Sowjetunion geschieht. Von hier aus kann ich darauf keinen Einfluss nehmen. Deshalb ist es besser, ich halte den Mund. Resignation?, fragte Moritz. Nein, antwortete Bachtin.

Er geleitete Moritz hinaus in den Park. Da drüben ist der Stall, sagte Bachtin. Was Moritz sah, war größer als das kleine

Haus im Garten der Eltern. Der Stall war aus massivem Holz gezimmert. Wir gehen hinein, sagte Bachtin. Er drückte gegen die Tür, sie sprang auf. Eine Türschnalle wäre sinnlos, sagte Bachtin, ich habe mir diese Lösung ausgedacht. Der Innenraum, fuhr er fort, ist mit Brettern verschalt zum Schutz vor der Kälte. So komfortabel, sagte Moritz, hat der Esel noch nie gewohnt. Er verdient es, antwortete Bachtin.

Nun, fuhr er fort, bringen wir deine Sachen zu dir hinüber. Nach ein paar Hundert Metern blieb er stehen. Hier wohnst du, sagte er. Es ist ein schönes altes Haus aus dem Ende des 19. Jahrhunderts, die Wiener nennen so etwas Gründerzeithaus. Sie gingen in den zweiten Stock, Bachtin sperrte auf und gab Moritz den Schlüssel. Hier, sagte Bachtin, das Vorzimmer, links das Klo, rechts der Waschraum mit Dusche, nun gehen wir weiter in die Küche, da findest du auch eine Waschmaschine, und anschließend dein Zimmer, wo auch ein Bett für dich steht. Was soll ich dazu sagen?, fragte Moritz. Gar nichts, antwortete Bachtin. Du holst mich um sieben von der Residenz ab.

Sie saßen in einem italienischen Restaurant, Bachtin aß Fisch, Moritz Spaghetti, dazu tranken sie Chianti. Ich bin schon sehr neugierig, sagte Moritz. Bachtin schaute ihn fragend an. Moritz sagte nur ein Wort: Gretel. Bachtin lehnte sich zurück und dachte lange nach. Was Gretel mir erzählt hat, sagte er schließlich, ist ein Gewirr von Geschichten. Dazwischen hat sie oft wiederholt: Ich habe Moritz gegenüber ein schlechtes Gewissen. Er hat so viel für meine Mutter getan, und ich habe ihm nie dafür gedankt. Als Kinder sind wir sehr enge Freunde gewesen, ich habe mir nicht vorstellen können, jemals einen besseren Freund zu haben. Dann haben wir uns aus den Augen verloren. Ich war in Graz im Internat, habe aber doch hin und wieder die Mutter besucht.

Bei dieser Gelegenheit hätte ich versuchen können, Moritz zu sehen. Ich habe es nicht getan. Ich wage gar nicht, ihm gegenüberzutreten.

Sergej, sagte Moritz, hör auf, sonst fang ich an zu weinen. In Wirklichkeit ist es nicht Gretels Schuld, dass wir uns nicht gesehen haben, sondern meine. Ich habe ihr etwas vorspielen wollen und bin mit der Geige an einem Samstag zum Hof der Reitbauers gegangen. Gretel ist an jenem Wochenende nicht nach Hause gefahren, sie wollte, hat ihre Mutter gesagt, erst am darauffolgenden Samstag kommen. Ich bin wütend gewesen, schließlich habe ich wochenlang ein Stück eingeübt, nur für Gretel, und die ganze Zeit habe ich mich darauf gefreut, es ihr vorzuspielen. Und dann ist sie nicht gekommen. Aus Trotz bin dann nicht mehr auf den Bauernhof gegangen, und so habe ich Gretel nicht mehr gesehen.

Zum Glück, sagte Bachtin, bist du nicht aus Verzweiflung gestorben. Das liegt daran, erwiderte Moritz, dass ich nie Zeit gehabt habe, verzweifelt zu sein. Damals auf dem Frauenberg, sagte Bachtin, ist mir aufgefallen, dass Gretel und du einander sehr ähnlich seid. Außerdem wart ihr unzertrennlich. Und nun, wie ihr damit umgeht, dass ihr euch aus den Augen verloren habt – wieder eine große Ähnlichkeit. Moritz schmerzte das Gespräch über Gretel, deshalb fragte er: Was weißt du über Gretels Mutter? Alles, antwortete Bachtin. Ich weiß, wie sie Maroni kennengelernt hat, ich weiß, dass Maroni im Stahlwerk arbeitet, dass er im Haus deiner Eltern Fliesen verlegt hat, dass er mit Gretels Mutter in der Vorspielstunde war, wo du die Frühlingssonate zum Besten gegeben hast. Gretel hat gemeint, dass ihre Mutter und Maroni verliebt ineinander sind, darüber sei sie glücklich.

Bachtin bestellte noch eine Flasche Wein. Und nun zu dir, sagte er. Du bist in Wien, um zu studieren. Hast du dich schon für eine bestimmte Richtung entschieden? Moritz schüttelte den Kopf und dachte, zum Glück kommt bald der Esel, damit ich mich mit ihm beraten kann. Zu Bachtin sagte er: Ich werde neben dem Studium mit vielen anderen Dingen beschäftigt sein. Ich habe eine Erzählung geschrieben mit dem Titel »Michelangelo Maroni«, die muss ich in die Maschine tippen, außerdem bin ich dabei, einen Roman fertigzustellen. Ich bin sprachlos, erwiderte Bachtin. Er lachte. Du arbeitest mit der Sprache, fuhr er fort, und ich bin sprachlos. Wann hast du zu schreiben begonnen? Moritz erzählte ihm, dass er für eine Wochenzeitung Musikkritiken geschrieben hätte. Die will ich lesen, sagte Bachtin. Ich habe sie nicht hier, erwiderte Moritz. Aber in zwei Wochen fahre ich nach Hause, dann bringe ich sie dir. So bald, sagte Bachtin, fährst du wieder nach Kapfenberg?

Moritz zögerte mit der Antwort. Dann erzählte er, dass er sich in eine junge Frau verliebt hätte, sie heiße Karla, er kenne sie seit Kindertagen, sie arbeite als Schneiderin. Auch ich habe mich verliebt, sagte Bachtin. Ich verdanke es Gretel, dass ich die junge Frau kennengelernt habe, sie heißt Agnes und ist Gretels beste Freundin. Sie studiert Architektur. Gretel, die Statikerin, Agnes, die Architektin. Die beiden passen gut zusammen. Agnes kommt übrigens auch aus Kapfenberg. Wie heißt sie mit Familiennamen?, fragte Moritz. Hannecker, war die Antwort. Hannecker!, rief Moritz, ist sie die Tochter des Konditors Hannecker? Bachtin nickte.

Am Tag darauf ging Moritz zur Universität, um sich ein Vorlesungsverzeichnis zu besorgen. Er spazierte die Ringstraße entlang, vorbei an den Prachtbauten aus der zweiten Hälfte des 19. Jahrhunderts, die im Stil vergangener Zeiten erbaut worden waren. Pompös, dachte Moritz, und nachdem er ratlos vor der Oper gestanden war, entdeckte er zu seiner

Freude den Burg- und den Volksgarten, ehe er auf das Burgtheater stieß, von dem es nicht weit zur Universität war. Nachdem er eine Zeit lang den gewaltigen Bau betrachtet hatte, dachte er, in Wien müsse jedes Gebäude ein Prunkbau sein.

Moritz empfand das Innere der Universität als noch prachtvoller als das Äußere, ein mit Marmor verkleidetes Foyer, breite Treppen, hohe Gänge. Unter einer der Treppen fand Moritz ein Buffet, nicht größer als ein Zimmer, hier aß er eine Knackwurst mit Bratkartoffeln. Wie beruhigend, dachte er, draußen riesige Räume, die nur der Repräsentation dienen, und hier ein kleiner Bereich, der einen Nutzen für die Menschen hat. Er wunderte sich, wie wenig er für das Essen zu zahlen hatte. Und er erfragte gleich auch, wo man ein Vorlesungsverzeichnis kaufen konnte.

Den Heimweg nahm Moritz über die Innere Stadt, denn er wollte den Stephansdom sehen. Lange verweilte er vor dem romanischen Tor des gotischen Doms, betrachtete die rätselhaften Figuren, ins Innere aber wollte er ein anderes Mal gehen. Er nahm eine falsche Straße und stand plötzlich vor einem Gewässer. Die Donau, dachte er, kann das nicht sein. Er ging zu einer Eisverkäuferin und sagte: Ich bin hier fremd. Können Sie mir sagen, was das für ein Fluss ist? Das ist kein Fluss, antwortete die Frau, das ist der Donaukanal. Dort, wo Wien beginnt, zweigt der Kanal ab, so liegt Wien, wenn schon nicht an der Donau, so zumindest am Donaukanal.

Wie komme ich, fragte Moritz, von hier in den dritten Bezirk? Ganz einfach, antwortete die Frau, Sie folgen dem Kanal, nach einem Kilometer sind Sie mitten im dritten Bezirk. Moritz dankte für die Auskunft und wollte weitergehen. Warten Sie, rief die Frau. Sie nahm ein Stanitzel, füllte es mit Eis und reichte es Moritz. Das ist ein Einstandsgeschenk, sagte sie. Und fühlen Sie sich wohl in Wien. Sie wandte sich einem Kunden zu. Was für freundliche Menschen, dachte Moritz im Weitergehen.

Am nächsten Tag stand der Esel pünktlich um 15 Uhr vor der Residenz. Wie er das geschafft hatte, war Moritz ein Rätsel, denn der Esel, das wusste Moritz, konnte die Zeit von einer Uhr nicht ablesen. Also mussten die Krähen über diese Fähigkeit verfügen. Bachtin druckte seinen Kopf gegen den des Esels und liebkoste ihn. Wie habe ich dich vermisst!, rief er. Komm, ich zeige dir deine Unterkunft. Die beiden gingen zum Stall, Moritz folgte ihnen. Im Stall schaute sich der Esel um und nickte zufrieden. Er schnappte sich eine Rübe, legte sich vor dem Stall in die Wiese und verzehrte sie mit sichtlich großem Appetit. Er hatte ja während der langen Reise auf seine Leibspeise verzichten müssen.

Bachtin und Moritz setzten sich auf eine Bank. Heute Abend, sagte Bachtin, findet ein Empfang statt. Hast du Lust, zu kommen? Moritz schüttelte den Kopf. Ich habe viel Arbeit, erwiderte er. Dann sehen wir uns morgen, sagte Bachtin, ich muss noch einiges für den Abend vorbereiten. Endlich war Moritz mit dem Esel allein. Erzähl, sagte er, wie war die Reise? Lieber Moritz, erwiderte der Esel, ich bin sehr müde und freue mich, endlich wieder auf einem frischen Strohbett schlafen zu können. Nun sind wir ja wieder beisammen und werden genug Zeit haben, über alles zu reden.

Moritz arbeitete bis in die Nacht hinein. Zeile für Zeile tippte er die Erzählung in die Maschine. Am nächsten Vormittag klingelte es an seiner Tür. Bachtin stand davor. Moritz bat ihn in die Wohnung, der zeigte ihm, wie die Kaffeemaschine funktionierte, und machte Kaffee für sie. Ich konnte nicht warten, bis du mich besuchst, sagte Bachtin. Moritz schaute ihn erwartungsvoll an. Dieser Esel, fuhr Bachtin fort. Schade, dass du nicht bei dem Empfang warst. Der Abend war mild, bald strömten die Gäste aus dem Saal in den Park. Auf einmal ging die Tür des Stalls auf, der Esel kam heraus und mischte sich unter die Gäste.

Was für eine Freude!, sagte Bachtin, eine Gruppe von Gästen hat den Esel umringt, sie haben seinen Kopf gestreichelt und ihm auf den Rücken geklopft, andere Gäste, ebenfalls angetan vom Esel, haben mich gefragt, wie ich zu dem Tier gekommen sei, und ich habe geantwortet, es wäre ein Geschenk des Außenministeriums in Moskau, also ein russischer Esel. Das war schnell hingesagt, fuhr Bachtin fort, aber gar nicht dumm. Denn nun genießt der Esel gewissermaßen diplomatischen Status. Der Esel wird also, sagte Moritz, in die Residenz einziehen, und du wirst im Stall wohnen. Und du, erwiderte Bachtin, wirst mich mit Essen versorgen, denn Rüben gehören nicht zu meinen Lieblingsspeisen. Jedenfalls, fuhr er fort, hat sich den ganzen Abend alles um den Esel gedreht. Er ist, als wäre er ein versierter Diplomat, von einem Gast zum andern gegangen und hat sich hofieren lassen. Da nicht nur ausländische Botschafter, sondern auch viele österreichische Politiker anwesend waren, ist der Esel zurzeit einer der prominentesten Bewohner Wiens.

Am Nachmittag besuchte Moritz den Esel. Der begrüßte ihn mit den Worten: Schade, dass du nicht auf dem Empfang warst. Du hättest mit dem neuen Sakko und der neuen Hose gute Figur gemacht. Das bezweifle ich, erwiderte Moritz, Bachtin hat mir erzählt, dass du der Mittelpunkt des Abends warst. Ach, sagte der Esel, nach der langen, einsamen Reise hat es mich gefreut, wieder unter Menschen zu sein. Und nun zu dir: Wie weit bist du? Mit der Erzählung?, fragte Moritz. Der Esel schüttelte den Kopf. Anfang Oktober beginnt das

Studium, sagte er. Ich war nicht untätig, erwiderte Moritz. Hier – ich habe ein Verzeichnis aller Vorlesungen besorgt.

Hast du etwas gefunden, das dich interessiert?, fragte der Esel. Das will ich mit dir besprechen, antwortete Moritz. Sehr viele Vorlesungen finden sich im Fach Germanistik. Was ist das?, fragte der Esel. Deutsche Literatur, war die Antwort. Brauchen wir nicht, sagte der Esel. Oder Philosophie, fuhr Moritz fort, griechische Philosophie, Platon, Sokrates, Aristoteles. Das sind Leute, die haben vor zweitausend Jahren gelebt. Woher weißt du das?, fragte der Esel. Das habe ich im Gymnasium gelernt, erwiderte Moritz. Der Esel überlegte. Alte Philosophen zu lesen, sagte er, kann nicht schaden. Du kannst vergleichen, ob sie klüger sind als die heutigen. Also nimm Philosophie.

In dem Vorlesungsverzeichnis steht, sagte Moritz, dass man ein Hauptfach und zwei Nebenfächer haben muss. Das Hauptfach steht fest, was nehmen wir als Nebenfächer? Er las Seite für Seite aus dem Vorlesungsverzeichnis vor. Der Esel dachte nach. Wir müssen eines bedenken, sagte er: Du sollst zwar das Studium absolvieren, das darf dich aber nicht allzu sehr anstrengen. Du brauchst Zeit zum Schreiben. Wenn die Erzählung in der Zeitschrift erscheint, woran ich nicht zweifle, und wenn sich dann ein Verlag findet, der den Roman veröffentlicht, woran ich ebenfalls nicht zweifle, wirst du dich gleich an das nächste Projekt machen.

Warum bist du dir dessen so sicher?, fragte Moritz. Wir haben gut gearbeitet, antwortete der Esel. Nehmen wir, fuhr er fort, als erstes Nebenfach Theaterwissenschaft. Du wirst vermutlich alle Stücke lesen, die in den vergangenen Jahrhunderten geschrieben worden sind. Und als zweites Nebenfach nehmen wir Kunstgeschichte, du wirst die wichtigsten Gemälde kennenlernen. Wenn du dich mit

Literatur beschäftigst, ist es von Nutzen, dich auch mit den anderen Künsten zu befassen. Moritz war erleichtert. Nun stieß Bachtin zu den beiden. Komm, sagte er zum Esel, wir machen einen Spaziergang in den Prater.

Nach zwei Wochen sagte Moritz zum Esel: Ich fahre nach Hause. Du fährst?, fragte der Esel. Bis zu deiner Wohnung sind es doch nur ein paar Hundert Meter. Ich fahre nach Kapfenberg, erwiderte Moritz. Mit anderen Worten, sagte der Esel, du fährst zu deiner Karla. Ich will mit dir nicht über Karla reden, antwortete Moritz. Warum nicht?, fragte der Esel, ich habe doch nichts gegen sie. Ich weiß, erwiderte Moritz, du bist ein guter Lügner. Zufrieden schaute der Esel zu Boden. Ich fahre aber auch deshalb nach Hause, fuhr Moritz fort, weil ich Bachtin versprochen habe, ihm die Musikkritiken zu lesen zu geben. Die liegen in meinem Zimmer in der Redfeldgasse.

Als Moritz wieder zurück in Wien war und Bachtin die Kritiken gelesen hatte, eilte er zu Moritz und rief schon in der Wohnungstür: Großartig! Ich lese den Text über Haydn und höre die Musik. Wie machst du das? Moritz konnte ihm nicht sagen, dass die Ideen zwar von ihm stammten, dass er aber die Arbeit, aus den Ideen Sätze zu formen, gemeinsam mit dem Esel getan hatte. Deshalb kam er auf Schönberg zu sprechen, auf die Klavierstücke, die er vor Jahren gehört hatte.

Schönberg, sagte Bachtin und zog ein Notizbuch aus seinem Sakko. Nächste Woche am Mittwoch, fuhr er fort, gehen wir in ein Konzert. Du wirst bald merken, dass Wien im Allgemeinen, insbesondere aber, was die Kunst betrifft, sehr konservativ, um nicht zu sagen rückständig ist. Mit einer Ausnahme. Einige Musiker haben sich zu einem Ensemble zusammengefunden, es trägt den Namen »die reihe«. Der

Dirigent ist ein junger Mann, der im Geist der musikalischen Moderne komponiert. Man spielt die Klassiker der Moderne, Schönberg, Berg, Webern, aber auch Zeitgenossen. Bei dem Konzert am Mittwoch werden wir unter anderem »Pierrot lunaire« von Schönberg hören, angeblich ist das Schönbergs einziges atonales Stück. Ich liebe es.

Nach dem Konzert hätte Moritz jauchzen wollen vor Begeisterung, so stark war die Wirkung der Schönberg'schen Komposition. Beim Abendessen im italienischen Restaurant sagte er: »Pierrot lunaire«, das ist eine Welt, von der ich nicht einmal zu träumen gewagt habe. Und er fragte Bachtin, ob er etwas über Schönbergs Leben wisse. Ich habe gelesen, war die Antwort, dass Schönberg in einem Interview auf die Frage nach seinen Vorbildern gesagt hat: Ich bin ein Schüler Mozarts. Moritz dachte nach, dann sagte er: Wie recht er hat.

Nach einem Glas Wein erzählte Moritz, dass der Esel sehr an Musik interessiert war, dass er in Kapfenberg immer, wenn in der Musikschule eine Orchesterprobe stattgefunden hatte, draußen gestanden war und zugehört hatte. Gibt es, fragte er Bachtin, eine Möglichkeit, dem Esel Schönberg vorzuspielen? Gewiss, antwortete Bachtin, ich kann ein Tonband besorgen. Und mit einem Abspielgerät gehst du dann zum Esel in den Stall.

So geschah es auch. Der Esel bestand darauf, »Pierrot lunaire« dreimal hintereinander zu hören. Dann sagte er: Mir fehlen die Worte. Moritz nickte. Sie saßen da und schwiegen. Schließlich fragte der Esel: Was macht das Studium? Am kommenden Dienstag beginnt ein Seminar in Theaterwissenschaft. Ich habe mir ein Buch gekauft mit den neuesten Theaterstücken. Warte, ich hole es. Er eilte in seine Wohnung und kam mit dem Buch in den Stall zurück. Eines der Stücke, sagte Moritz, ist völlig anders als die anderen.

»Endspiel« ist der Titel, der Autor heißt Samuel Beckett. Moritz las dem Esel einige Szenen vor. Sehr komisch, sagte der Esel. Komisch?, fragte Moritz. Ja, antwortete der Esel, die Leute in den Mülltonnen, das ist komisch. Aber auf Dauer langweilig. So habe ich das nicht empfunden, sagte Moritz. Dann lies es noch einmal, erwiderte der Esel. Muss ich immer deiner Meinung sein?, fragte Moritz. Der Esel schüttelte den Kopf.

14

In der zweiten Oktoberwoche des Jahres 1958 besuchte Moritz zum ersten Mal eine Lehrveranstaltung an der Universität, es war keine Vorlesung, sondern ein Seminar in Theaterwissenschaft. Etwa zwanzig Studentinnen und Studenten saßen in dem kleinen Raum. Schließlich trat ein junger Mann ein, er stellte sich als Assistent des Professors vor. Das Thema in diesem Semester, sagte er, lautet: Szenenanmerkungen in Theaterstücken. In einem Drama, fuhr er fort, wird nicht nur gesprochen. Die Szenen finden an bestimmten Orten statt, die Schauspieler bewegen sich auf der Bühne. Die Dramatiker notieren das in Szenenanmerkungen, manche wollen alles genau festlegen, andere begnügen sich mit wenigen Worten. Wir werden das im Seminar anhand verschiedener Beispiele diskutieren.

Außerdem, sagte der Assistent, wird jede und jeder von Ihnen eine Arbeit schreiben über Szenenanmerkungen eines Stückes Ihrer Wahl. Die Arbeit wird von Ihnen vorgelesen, was nicht länger als fünfzehn Minuten dauern soll, dann diskutieren wir darüber. In der nächsten Stunde ersuche ich Sie, mir mitzuteilen, für welches Stück Sie sich entschieden haben. Moritz hob die Hand. Bitte, Herr Kollege, sagte der Assistent. Ich nehme das »Endspiel« von Beckett, erwiderte Moritz. Der Assistent lachte. Endlich habe ich einen Grund, dieses Stück zu lesen.

Nach dem Seminar wandte sich ein Kollege an Moritz. Falls Sie das interessiert, sagte er, ich habe einen Essay von

Adorno gelesen, der heißt: »Versuch, das Endspiel zu verstehen«. Moritz notierte den Namen des Autors und den Titel des Essays in seinem Schreibheft. Das Buch heißt »Noten zur Literatur«, ergänzte der Kollege. Auch das schrieb Moritz in sein Heft. In der nächsten Buchhandlung kaufte er das Buch, am Abend las er darin. Den Essay über das »Endspiel« fand er klug, vor allem sehr gut geschrieben. Ein brillanter Autor, dachte er. Was ihn störte, war dessen Enthusiasmus. Genauso enthusiastisch, erinnerte er sich, war ich nach der ersten Lektüre. Dann aber haben die Bemerkungen des Esels mich skeptisch werden lassen.

Viel interessanter fand Moritz Adornos Essay über Karl Kraus. Karl Kraus – diesen Namen hatte Moritz noch nie gehört. Am nächsten Tag ging er in die Buchhandlung, in der er am Tag zuvor gewesen war. Der Buchhändlerin, einer älteren, freundlichen Frau, die sich an ihn erinnern konnte, erzählte er, dass er in dem Buch, das er am Vortag gekauft hatte, auf einen interessanten Essay über Karl Kraus gestoßen war, und fragte sie, ob es Werke von diesem Autor gebe. Die Buchhändlerin bat Moritz an einen kleinen Tisch, ersuchte ihn, auf einem Hocker Platz zu nehmen und machte für beide Kaffee. Kunden, die ins Geschäft kamen, wurden von zwei jungen Mitarbeiterinnen betreut.

Die ältere Dame fragte ihn, was er in Wien treibe. Er berichtete, dass er aus der Obersteiermark stammte, nun in Wien studieren würde und von einem Studienkollegen den Tipp bekommen hatte, die »Noten zur Literatur« zu lesen. Die ältere Dame erzählte, wer Karl Kraus gewesen war, welche Rolle er in Wien und welche seine Zeitschrift »Die Fackel« weit über Österreich hinaus gespielt hatte. Gestorben ist er, sagte sie, 1936, so ist ihm erspart geblieben, den Einmarsch Hitlers zu erleben. 1936!, rief Moritz, hätte er länger gelebt, hätte ich ihn kennenlernen können. Die ältere Dame erwiderte: Wäre ich früher gestorben, wäre ich Napoleon begegnet. Moritz schaute sie verdutzt an.

Sie holte einige Bücher von Karl Kraus und breitete sie auf dem Tischchen aus. Moritz nahm eines in die Hand. »Dritte Walpurgisnacht«, sagte er, was für ein Titel! Das ist, erklärte ihm die Dame, eine Anspielung auf den zweiten Teil von Goethes »Faust«. Kraus hat das Werk 1933, also nach der Machtergreifung Hitlers, geschrieben. Als ich es gelesen habe, war mein Eindruck, das Werk sei nach dem Ende des Zweiten Weltkriegs verfasst worden. Doch Kraus hat alle Gräuel des Naziregimes schon 1933 aufs Eindringlichste dargestellt. Moritz dankte der Dame, versicherte ihr, sie bald wieder zu besuchen, und ging mit der »Dritten Walpurgisnacht« nach Hause.

Am Abend begann er zu lesen, am frühen Morgen fiel er todmüde ins Bett. Der erste Satz lautete: Mir fällt zu Hitler nichts ein. Die Genialität dieses Satzes erschloss sich Moritz erst später. Die triviale Form des Satzes wäre: Zu Hitler fällt mir nichts ein. Karl Kraus aber sagt: Mir fällt nichts ein. Euch allen fällt etwas ein, mir nicht. Moritz las einen Satz, las ihn noch einmal. Er las zwei Sätze, las sie mehrmals. O Gott!, rief er, und er fand, das war wirklich ein Anlass, Gott anzurufen. Diese Sätze!, dachte er, betörend schön, erschreckend wahr. Hier wird Sprache nicht verwendet, es wird aus der Sprache geschöpft. Werde ich, fragte er sich, in meiner Arbeit je an diese Prosa herankommen?

Nach wenigen Stunden Schlaf nahm Moritz das Buch und ging damit zum Esel in den Stall. Du siehst schlecht aus, sagte er Esel. Ich habe kaum geschlafen, erwiderte Moritz. Er hielt ihm das Buch hin und setzte sich auf einen Strohballen. Der Autor, sagte er, heißt Karl Kraus, ich erzähle dir ein andermal über ihn. Was er schreibt, vor allem, wie er schreibt – das hat mich umgeworfen. Lies mir vor, erwiderte der Esel. Moritz begann zu lesen. Nach einer Seite bat der Esel, Moritz möge diese Passage wiederholen. Es ergeht dir wie mir, sagte Moritz. Beim ersten Lesen erschließt sich der grobe Sinn. Man weiß aber, das ist nicht alles. Dann erst erkennt man die Schönheit des Textes – eine eigenartige Schönheit, gepaart mit philosophischer Einsicht. Ich habe den Text genauso empfunden, erwiderte der Esel. Lies bitte weiter.

Nach zwei Stunden waren beide erschöpft. Ich fürchte, sagte Moritz, dass ich niemals die Qualität eines solchen Textes erreichen werde. Du irrst, erwiderte der Esel. Moritz schaute ihn erstaunt an. Wer wie du, fuhr der Esel fort, so tief in einen Text eindringt, ist imstande, Ähnliches zu schaffen. Du bürdest mir viel auf, sagte Moritz und legte sich auf den Strohballen. Ich habe heute noch kein Frühstück gehabt, erwiderte der Esel und begann an einer Rübe zu knabbern.

Nachdem er den ärgsten Hunger gestillt hatte, sagte er: Ich bin mit dem russischen Offizier im Prater gewesen, im Wurstelprater. Wir haben unseren Rundgang beim Riesenrad begonnen und sind dann bis ans Ende spaziert, wo unter einem Rundbau aus Holz einige Pferde gestanden sind. Ich bin zu ihnen hingeeilt und habe sie gefragt, was sie hier tun. Wie kommst du hierher?, hat ein junges Pferd gefragt. Zu den vier jungen Pferden, die vor mir gestanden sind, haben sich zwei alte gesellt, und ich habe ihnen erzählt, dass ich aus der Steiermark gekommen und einige Tage unterwegs gewesen bin, bis ich endlich Wien erreicht habe. In der Steiermark, habe ich ihnen erzählt, bin ich viele Jahre mit einem Buben zusammen gewesen, er heißt Moritz, der nun zum Studium in Wien ist. Moritz hat hier einen Freund, der besitzt einen Garten und eine Hütte, dort lebe ich.

Ein junger Mann, so fuhr der Esel fort, hat zwei von den jungen Pferden weggeführt. Zwei Kinder in Begleitung ihrer Großeltern haben schon gewartet, der junge Mann hat das eine Kind auf ein Pferd gesetzt, das zweite Kind auf das andere, und ist mit den Pferden im Kreis gegangen. Wie bist du hierhergekommen?, hat mich eines der alten Pferden gefragt. Mit dem Mann, habe ich geantwortet, bei dem ich wohne. Ich habe mich umgesehen – der russische Offizier hatte auf einer Bank Platz genommen. Dort sitzt er, habe ich gesagt.

Hast du dir den Prater genau angesehen?, hat das alte Pferd gefragt. – Nein. – Das solltest du tun. Wenn du wissen willst, was sich während der letzten zehn Jahre auf der Welt zugetragen hat, brauchst du nur den Prater zu studieren. Die alte Hochschaubahn wird abgerissen, eine neue, viel größere entsteht an ihrer Stelle. Das Ringelspiel verschwindet, es wird ersetzt durch eine Scheibe, die sich mit aberwitziger Geschwindigkeit dreht. An der Stelle der ehemaligen Holzrutsche steht ein Turm, von dem man in die Tiefe rast. Die früheren Besitzer der kleinen Betriebe sind verschwunden. Ich habe sie gekannt. Sie haben sich jeden Mittag in dem Gasthaus da drüben zum Essen getroffen. Unter ihnen ist der Mann gewesen, dem der Betrieb gehört, wo ich arbeite – der Mann sitzt, wie du siehst, an der Kasse. Sein Sohn führt die Pferde im Kreis. Der Betrieb existiert nur deshalb noch immer, weil er am äußersten Rand des Praters liegt. Entschuldige, der junge Mann winkt mir zu, ein Kind will auf mir reiten.

Ich habe den Eindruck, sagte Moritz, dass Pferde einen Hang zur Welterklärung haben. Der Esel dachte nach. Dann sagte er: Pferde sind Angeber. Das heißt aber nicht, dass das, was sie sagen, falsch ist. Der Esel wandte sich von Moritz ab und knabberte an der Rübe. Moritz hatte den Eindruck, dass der Esel das Gespräch nicht fortsetzen wollte, und verließ den Stall. Jemand rief: Moritz! Er schaute sich um. Bachtin hatte es sich im Schatten eines Baumes in einem Liegestuhl bequem gemacht. Moritz setzte sich in die Wiese. Bachtin stand auf, holte einen Sessel und meinte, auf diesem sitze man besser. Wenn du glaubst, sagte Moritz.

Er reichte Bachtin das Buch von Karl Kraus. Die »Dritte Walpurgisnacht« habe ich noch nicht gelesen, sagte Bachtin. Ich bin erst am Anfang, erwiderte Moritz. Eine Offenbarung. Jeder Satz von Karl Kraus ist eine Offenbarung, sagte Bachtin. Zuletzt habe ich »Sittlichkeit und Kriminalität« von ihm gelesen. Karl Kraus war seiner Zeit voraus. Moritz dachte nach, dann fragte er: Kann man seiner Zeit voraus sein? Nach einigem Überlegen antwortete Bachtin: Deine Frage ist berechtigt. Niemand kann seiner Zeit voraus sein. Karl Kraus ist auf der Höhe seiner Zeit gewesen. Eine tiefere Einsicht als er in das Phänomen Sittlichkeit und in die Welt der Sexualität hat man nicht haben können. Die Gesellschaft ist hinterhergehinkt. Moritz stand auf, er wollte zu Hause weiterlesen.

Ich habe dir noch nicht erzählt, sagte Bachtin, was ich im Prater erlebt habe. Der Esel hat einige Pferde gesehen, ist auf sie zugegangen und eine gute halbe Stunde mit ihnen beisammengestanden. Kann er sich mit Pferden unterhalten? Frag ihn doch, erwiderte Moritz, aber nicht jetzt, er frisst gerade eine Rübe. Gehen wir am Abend essen?, fragte Bachtin. Morgen sehr gern, sagte Moritz, heute muss ich lesen.

Am nächsten Vormittag besuchte Moritz den Esel. Ich habe das Buch zweimal gelesen, sagte er, ich will unbedingt über die »Dritte Walpurgisnacht« schreiben. Kannst du das nicht verschieben?, fragte der Esel. Nein, war die Antwort. Was ist mit der Erzählung?, fragte der Esel. Ich habe sie an die »manuskripte« geschickt, antwortete Moritz. Was ist mit dem Roman?, fragte der Esel eindringlich, offenbar wollte er Moritz in die Enge treiben. Der antwortete: Ich komme mit dem Tippen gut voran. Na gut, seufzte der Esel. Es wird ein längerer Artikel, fuhr Moritz fort. Adorno nennt seine Texte Essays, ich werde meine Arbeit auch so nennen. Viel Glück, sagte der Esel missmutig, es missfiel ihm, dass Moritz an dem Plan rüttelte, den er, der Esel, ausgearbeitet hatte.

Während des Abendessens mit Bachtin erzählte Moritz, dass er sich entschlossen hatte, einen Essay über die »Dritte Walpurgisnacht« zu schreiben. Ein Thema werde sich durch die ganze Arbeit ziehen: dass Kraus im Jahr 1933 die Verbrechen des Naziregimes dargestellt habe, dass man also damals schon alles über die bereits begangenen und die noch geplanten Untaten habe wissen können, und das in einem Land, in dem es nach 1945 üblich gewesen sei, zu beteuern, man habe von jenen Verbrechen nichts gewusst. Ich habe allerdings keine Ahnung, fuhr Moritz fort, wo ich den Essay veröffentlichen kann.

Wie lange, fragte Bachtin, wirst du daran arbeiten? Nicht länger als zwei Wochen, antwortete Moritz, ich muss noch den Roman fertigtippen. Sehr gut, sagte Bachtin. In Wien erscheint einmal im Jahr eine Zeitschrift, immer Anfang Dezember, sie heißt »protokolle«. Ich kenne den Herausgeber, ich habe für ihn russische Gedichte ins Deutsche übertragen. Morgen rufe ich ihn an. Hast du übrigens bemerkt, dass es in deiner Wohnung ein Telefon gibt? Moritz nickte. Ich wüsste nicht, sagte er, wen ich anrufen sollte. Er trank nach dem Essen noch ein Glas Wein, dann eilte er nach Hause, um zu schreiben.

Moritz arbeitete bis in den Morgen. Zu Mittag ging er mit dem, was er in ein Heft geschrieben hatte, zum Esel und las es ihm vor. So ein schöner Text, sagte der. Er erinnert mich an deinen Artikel über das Kaiserquartett von Haydn. Und auch an die Sätze von Karl Kraus. Du imitierst ihn nicht, aber du schreibst in seinem Geist. Wir gehen den Text noch einmal durch. Der Esel machte Verbesserungsvorschläge, Moritz notierte sie. So arbeiteten sie Tag für Tag. Als der Essay fertig war, sandte Moritz ihn an die Zeitschrift. Zwei Tage später klingelte das Telefon, es meldete sich der Herausgeber der »protokolle«. Großartig, sagte er, ein wichtiger Essay, er wird Furore machen. Das Honorar überweise ich per Post.

Die Erzählung, für die der Herausgeber der »manuskripte« herzlich gedankt hatte, erschien im November-Heft. Als Moritz es in Händen hielt, freute er sich, seinen Text in einer richtigen Zeitschrift und nicht nur in einer Zeitung gedruckt zu sehen. Er zeigte das Belegexemplar dem Esel. Recht schön, sagte der. Er schien nicht sonderlich beeindruckt zu sein und fragte: Was macht das Studium? Gut, dass du mich erinnerst, war die Antwort. Moritz hatte die Seminararbeit noch nicht geschrieben. An diesem Tag aber wollte er nicht arbeiten. Ich habe mir, dachte er, ein wenig Erholung verdient.

Er hatte sich einen Stadtplan gekauft, darin das Wort »Naschmarkt« entdeckt und sich auf den Weg gemacht. Er staunte über diesen großen, üppigen Markt inmitten der Stadt. Er nahm sich vor, hier Lebensmittel zu kaufen und in seiner Küche Kochen zu lernen, beginnend mit einfachen Gerichten wie Eierspeise oder Spaghetti, nicht zu vergessen die wunderbaren Salate, die es auf dem Markt zu kaufen gab. Moritz schlenderte von Stand zu Stand und stieß auf ein kleines Café, vor dem ein paar Tische aufgestellt waren. Er bestellte einen Cappuccino – dieses Getränk hatte er im italienischen Restaurant kennengelernt – und einen Apfelstrudel und suchte im Stadtplan sein nächstes Ziel. Er entschied sich für den Prater, mied aber den Wurstelprater, ging vielmehr die Praterhauptallee entlang, kam zu einem Lokal, es hieß Lusthaus, und stärkte sich dort mit einem großen Schnitzel und Gurkensalat.

Am Abend schrieb er die Seminararbeit, danach entschloss er sich, am nächsten Tag nach Kapfenberg zu fahren, er verabschiedete sich zuerst von Bachtin, dann vom Esel. Der sagte: Hab es schön mit deiner Karla. Da kannst du dir sicher sein, antwortete Moritz, er sagte das sehr bestimmt, um den Esel zu ärgern. Ich werde aber auch, fuhr er fort, von den zwei Exemplaren der »manuskripte« eines meinen Eltern schenken. Und Karla bekommt keines?, fragte der Esel. Nein, antwortete Moritz, sie ist ein Esel und kann wie du nicht lesen. Er streichelte den Esel, der wiederum drückte seinen Kopf gegen Moritz' Kopf, und so schieden sie in gutem Einvernehmen.

Moritz gab den Eltern die Zeitschrift, die Mutter las die Erzählung zuerst. Unwillig legte sie das Heft weg. Was du da alles über den Herrn Maroni zusammenschreibst, sagte sie, der wird keine Freude haben. Dann las der Vater die Erzählung, einmal und noch einmal. Das hast du sehr gut gemacht, sagte er. Moritz, du hast das Zeug zum Schriftsteller. Die Mutter stand auf. Mal den Teufel nicht an die Wand, sagte sie zu ihrem Mann. Am Abend beklagte Karla sich, dass Moritz nicht jede Woche zu ihr kam. Wahrscheinlich, sagte sie, hast du in Wien eine Freundin. Moritz war froh, als er wieder im Zug saß.

Anfang Dezember erschienen die »protokolle«. Moritz bekam zwei Belegexemplare mit der Post, es war ein dickes

Paket. Die Jahreszeitschrift umfasste zweihundert Seiten. Am Tag darauf überbrachte der Geldbriefträger Moritz vierhundert Schilling. Mit einem derart hohen Betrag hatte er nicht gerechnet. Einige Tage später fand Moritz in seinem Postkasten einen Brief und begann zu lesen. Sehr geehrter Herr Zaunschirm, gestatten Sie, dass ich mich vorstelle. Ich war von Beruf Ministerialbeamter, nun bin ich schon lange in Pension. Hin und wieder schreibe ich über ein neu erschienenes Buch, aber nur, wenn es mir gefällt. In den Dreißigerjahren hatte ich die große Ehre, zum Bekanntenkreis von Karl Kraus zu gehören. Er schätzte mein Urteil über Literatur. Dieser Tage habe ich Ihren Essay über die »Dritte Walpurgisnacht« gelesen. Er ist die erste Arbeit über dieses Werk, welches derart hellsichtig ist, dass man ihm in großem Bogen ausweicht. Dass Karl Kraus 1933 wusste, was man heute noch nicht zu wissen vorgibt, kann man ihm offenbar nicht verzeihen. Umso verdienstvoller ist Ihr Text. Sie haben keine öde germanistische Arbeit, sondern einen glanzvollen Essay geschrieben. Der Essay ist eine literarische Form. Seine Wahrheit besteht in seiner Schönheit.

Moritz las dem Esel den Brief vor. Wie gut, sagte der Esel, dass wir in Wien sind. Hier zu sein in dem Wissen, dass irgendwo in dieser Stadt jemand lebt wie dieser pensionierte Beamte, erfüllt mich mit tiefer Befriedigung. Es gibt Augenblicke, da denke ich mir, dass das Leben schön ist. Nur Augenblicke?, fragte Moritz. Man soll nicht übertreiben, war die Antwort. Moritz ging vom Stall in die Residenz und traf Bachtin in dessen Arbeitszimmer an. Störe ich?, fragte Moritz. Ja, antwortete Bachtin. Ich wollte gerade deinen Essay ein zweites Mal lesen. Großartig. Ganz außergewöhnlich. Moritz reichte ihm den Brief, Bachtin las ihn. Was für ein kluger Mann, sagte er schließlich. Er schreibt in

Zeitungen über Bücher. Ich werde meinen Sekretär bitten, sich auf die Suche nach Artikeln dieses Mannes zu machen.

Moritz ging nach Hause, um zu arbeiten, vorher wollte er sich vom Esel verabschieden. Der war nicht im Stall, Moritz suchte ihn im Park. Keine Spur vom Esel. Aufgeregt lief Moritz zu Bachtin. Beide suchten den Esel im Stall und im Park und fanden ihn nicht. Er ist allein weggegangen, sagte Moritz, sehr ungewöhnlich. Wenn er nach zwei Stunden nicht zurück ist, erwiderte Bachtin, lasse ich ihn von der Polizei suchen. Soll ich, fragte er, in Zukunft das Tor zum Park absperren? Auf keinen Fall, antwortete Moritz.

Der Esel hatte sich, als er mit Bachtin spazieren gegangen war, den Weg gut eingeprägt und schlenderte durch den Wurstelprater. Nicht weit vom Riesenrad stellten sich ihm zwei Polizisten entgegen. Soll ich, fragte sich der Esel, einfach weitergehen? Nein, entschied er, neugierig, wie diese Konfrontation enden würde. Ein Polizist rief ein paarmal: Wem gehört dieser Esel? Da kam ein älterer Herr gelaufen, begleitet von einem Mädchen, und sagte zu den Polizisten: Ich kenne den Esel. Die Polizisten nahmen Haltung an und salutierten. Sie standen dem österreichischen Außenminister gegenüber. Der hatte ein paar Tage Urlaub und besuchte mit seiner Enkelin den Prater. Er war auf dem Empfang bei Bachtin gewesen und hatte den Esel dort kennengelernt.

Der Außenminister erklärte den Polizisten, dass der Esel dem Botschafter der Sowjetunion gehöre, das Tier habe sich offenbar ohne Wissen des Botschafters entfernt. Er, der Außenminister, schlage vor, den Esel seines Weges gehen zu lassen, ersuche die Polzisten aber, den Esel im Auge zu behalten und, sollte der sich zu weit weg von der Stadt bewegen, zurück zur Residenz zu bringen. Der Esel konnte also seinen Spaziergang fortsetzen und war auch bald am Ziel: bei den Pferden.

Er erzählte dem alten Pferd, was vorgefallen war. Früher, sagte das Pferd, hat man im Prater nie einen Polizisten gesehen. Nun ist das anders. Schau dort hinüber. Siehst du den großen Einsatzwagen? In dem sitzen ein Dutzend Polizisten. Wozu?, fragte der Esel. In der Nähe des Praters, antwortete das Pferd, befindet sich ein Fußballstadion. Zurzeit spielen dort zwei Wiener Mannschaften. Jede hat eine fanatische Anhängerschaft, kräftige Burschen. Die Anhänger der einen Mannschaft sind mit denen der anderen verfeindet. Im Stadion sorgt die Polizei dafür, dass sie sich weit voneinander entfernt aufhalten, damit es nicht zu Prügeleien kommt. Ist das Match aber zu Ende, ziehen die Burschen in den Prater und fallen übereinander her. Deshalb die Polizei. Sie hat vor allem dafür zu sorgen, dass nicht auch noch Praterbesucher behelligt werden.

Ich an deiner Stelle, fuhr das Pferd fort, würde den Prater schleunigst verlassen, bevor die Rowdys auftauchen. Ich kann mich wehren, erwiderte der Esel. Ach, du lieber, kleiner Esel, sagte das Pferd, wie willst du dich wehren, wenn einer der Rowdys dir mit einer Eisenkette auf den Kopf haut? Aber noch ist das Match nicht zu Ende, ein paar Minuten können wir plaudern. Seit wann, fragte der Esel, herrschen hier solche Zustände? Ich vermute, antwortete das Pferd, dass man das, was sich hier abspielt, nicht isoliert betrachten darf. Ich habe dir das letzte Mal erzählt, dass das Geschäft hier im Prater immer brutaler wird. Ich sehe eine allgemeine Verrohung, weiß aber nicht, was die Ursache ist. Vielleicht kannst du darüber nachdenken. Der Esel nickte und verabschiedete sich. Auf dem Weg zurück beobachtete er, dass die beiden Polizisten, die ihn angehalten hatten, in einem

Respektabstand hinter ihm hergingen und sich erst entfernten, als er das Tor zum Park der Residenz durchschritt.

Der Außenminister hatte Bachtin angerufen und ihm mitgeteilt, dass er im Prater den Esel getroffen hatte, der von zwei Polizisten angehalten worden war, und dass er die Polizisten gebeten hatte, dafür zu sorgen, dass der Esel unbeschadet zurückkehre. Bachtin und Moritz hatten also unbesorgt im Park auf den Esel gewartet. Der ging, ohne sie zu beachten, an ihnen vorbei in den Stall, denn er war hungrig. Der tut so, sagte Bachtin, als gäbe es uns nicht. Er tut nur so, erwiderte Moritz. Bachtin zog sich in sein Arbeitszimmer zurück, Moritz folgte dem Esel in den Stall.

Der hörte auf, an der Rübe zu knabbern, und fragte Moritz: Was ist die Ursache für die allgemeine Verrohung? Moritz dachte lange nach, dann fragte er: Wann hast du festgestellt, dass eine allgemeine Verrohung herrscht? Vor zwei Stunden, war die Antwort. Der Esel erzählte, was das alte Pferd ihm berichtet hatte. Kräftige Burschen, sagte Moritz vor sich her, prügeln aufeinander ein, tragen Ketten mit sich, mit denen sie auch auf Unbeteiligte einschlagen. Das Pferd hat dich davor gewarnt. Das ist gewiss eine Verrohung. Kann man aber von einer *allgemeinen* Verrohung sprechen?

Das Pferd hat gemeint, fuhr der Esel fort, dass man so ein Phänomen nicht isoliert betrachten kann, und es hat darauf hingewiesen, dass das Geschäft im Prater immer brutaler wird. Es kennt aber die Ursache nicht. Und mir hat es aufgetragen, darüber nachzudenken. Du weißt, dass ich denkfaul bin, und so gebe ich die Frage an dich weiter.

Moritz dachte nach. Dann sagte er: Ich hole weit aus. Vielleicht zu weit. Während der Arbeit an dem Essay über die »Dritte Walpurgisnacht« habe ich mir oft überlegt, warum dieses Werk gemieden wird. Der naheliegende Grund: In

Österreich und Deutschland waren die meisten Menschen Nazis. Wer das Gewaltregime von Hitler nicht nur billigt, sondern unterstützt, hat einen Hang zur Gewalt. Nach dem Ende des Weltkriegs ist dieses Gewaltpotenzial nicht verschwunden, nur durfte es sich nicht zeigen, denn Österreich war nach 1945 zehn Jahre lang von den Siegermächten besetzt. Nun aber quillt die Gewalt wieder hervor. Ich weiß nicht, ob man die Rowdys im Stadion mit Nazis vergleichen kann, ihr Verhalten ist aber jedenfalls faschistisch. Du wirst sehen, Österreich steht politisch noch einiges bevor.

Danke, sagte der Esel, ich werde das dem Pferd berichten. Ich habe eine Bitte, erwiderte Moritz. Wenn du wieder in den Prater gehst, dann in Bachtins Begleitung. Auch ich würde gerne mit dir dorthin spazieren, um das Pferd kennenzulernen. Auf keinen Fall, sagte der Esel, ich komme allein zurecht. Da bin ich mir nicht sicher, entgegnete Moritz. Der Außenminister hat Bachtin angerufen und ihm erzählt, dass du von Polizisten angehalten worden bist und nur dank seiner Intervention weitergehen konntest. Nun aber, sagte der Esel, bin ich polizeibekannt und werde von den Polizisten beschützt. Da Moritz keine Möglichkeit sah, den Esel umzustimmen, verabschiedete er sich.

Zu Weihnachten besuchte er seine Eltern. Er blieb nur vier Tage und begründete das damit, dass er am Ende des ersten Semesters Prüfungen abzulegen hatte. Der Vater fragte, welche Fächer Moritz studiere. Mein Hauptfach, antwortete Moritz, ist Philosophie. In diesem Semester beschäftigen wir uns mit den antiken griechischen Philosophen Platon und Aristoteles. Der Professor behauptet, dass damals die Grundlagen geschaffen worden sind für alles, was später an Philosophie entstanden ist. Im nächsten Semester werde ich überprüfen können, ob das stimmt. Ich glaube es nicht.

Jede Zeit hat doch ihre Kunst und wohl auch ihre Philosophie. Im nächsten Semester beschäftigen wir uns mit Kant und Hegel, zwei Denkern aus dem 18. und 19. Jahrhundert.

Interessant, erwiderte der Vater, wir werden darauf zurückkommen. Und was gibt es außer dem Hauptfach? Kunstgeschichte, antwortete Moritz. Zurzeit informiert man uns über die wichtigsten romanischen Kirchen in Europa. Daneben studiere ich auch Theaterwissenschaft. Moritz erklärte dem Vater, was Szenenanmerkungen in Theaterstücken sind und dass er darüber eine Seminararbeit geschrieben hatte. Außerdem gäbe es Vorlesungen über Theatergeschichte, in diesem Semester über das Theater der Goethezeit. Theater der Goethezeit, sagte der Vater, das würde mich interessieren. Gibt es darüber ein Buch? Das weiß ich nicht, erwiderte Moritz.

Wozu, fragte die Mutter, soll das alles gut sein? Moritz überlegte. Schwer zu sagen, antwortete er. Man studiert Jus, sagte die Mutter, und wird Rechtsanwalt, man studiert Medizin und wird Arzt. Und was wird aus dir? Aus Moritz, erwiderte der Vater, wird ein Philosoph. Spar dir die dummen Witze, antwortete die Mutter. Dir wird das Lachen noch vergehen. Der Bub studiert lauter Unsinn, und am Ende des Studiums steht er vor dem Nichts. Moritz wollte sagen: Dann kann ich immer noch in der Gesenkschmiede arbeiten. Doch er schwieg.

Zweimal traf er Karla. Sie verbrachten leidenschaftliche Stunden im Bett und öde Stunden in der Konditorei Hannecker, in denen Karla Moritz vorwurfsvoll anschaute. Als er wieder in Wien war, sagte der Esel: Du wirkst niedergeschlagen. Du täuschst dich, war die Antwort. Der Esel schüttelte den Kopf. Moritz' Stimmung besserte sich erst, als Bachtin ihn fragte, ob er Lust habe, den Jahreswechsel mit ihm im italienischen Restaurant zu feiern. Er würde noch jemanden einladen. Agnes?, fragte Moritz, oder Gretel? Nein, antwortete Bachtin, Agnes und Gretel feiern mit Studienkollegen in Gretels Wohnung. Die arbeiten an einem Projekt. Sie arbeiten und feiern. Wir haben genug gearbeitet, wir feiern nur. Wen wirst du einladen?, fragte Moritz. Das soll eine Überraschung sein, war die Antwort.

Bachtin und Moritz saßen bereits im Restaurant, Bachtin hatte eine Flasche Wein bestellt, als ein Mann zu ihnen stieß – der Herausgeber der »protokolle«. Er kam sogleich auf Moritz' Essay zu sprechen und nannte die Arbeit bahnbrechend. Zu meiner Schande muss ich gestehen, sagte er, dass auch ich die »Dritte Walpurgisnacht« nicht gekannt habe. Als Entschuldigung kann ich anführen, dass ich mich nicht ausschließlich mit Literatur beschäftige, sondern vor allem mit Architektur und Malerei.

Mit Architektur?, erwiderte Moritz. Ich habe in Kapfenberg, woher ich komme, den Architekten Schuster kennengelernt. Er hat mir Bücher über Otto Wagner und Adolf Loos geborgt. Schuster!, rief der Herausgeber, den kennen Sie? Ich habe mit ihm, sagte Moritz, im Orchester gespielt, er ist ein ausgezeichneter Cellist. Im vorletzten Heft, fuhr der Herausgeber fort, habe ich einen Artikel über Schuster geschrieben und Fotos seiner wichtigsten Bauten gebracht. Er ist einer der wenigen, die nach dem Krieg im Geist der radikalen Moderne, wie Loos sie begründet hat, gebaut haben und bauen.

Das habe ich nicht gewusst, sagte Moritz. Bachtin schenkte jedem ein, man stieß miteinander an, und er schlug vor, für den Anfang einen Vorspeisenteller zu bestellen. Man war damit einverstanden. Bachtin winkte dem Kellner, machte mit den Armen einen Kreis, das bedeutete wohl:

Vorspeisenteller, der Kellner nickte. Bei aller Wertschätzung für Loos, sagte Bachtin, sollte man die Bedeutung Otto Wagners nicht vergessen.

Otto Wagner, erwiderte der Herausgeber, kommt eine Sonderstellung zu. Die Postsparkasse, ein Gebäude, das er vor dem Ersten Weltkrieg gebaut hat, ist, weltweit gesehen, der Beginn der Moderne in der Architektur. Dieses Gebäude ist von einer Klarheit und Schönheit, wie man sie nachher nicht mehr antrifft. Ich würde für die beiden Herren gern eine Führung machen. Das ist sehr liebenswürdig von Ihnen, sagte Bachtin. Moritz sagte nichts. Er dachte: Ich werde mir dieses Bauwerk mit dem Esel anschauen, so haben wir es vor langer Zeit vereinbart.

Zum Herausgeber sagte er: Sie haben vorhin erwähnt, dass Sie nicht nur an Architektur, sondern auch an Malerei interessiert sind. Der Herausgeber holte tief Atem. Ich bin, sagte er dann, nur an einem einzigen Maler interessiert. Österreich hat große Architekten, große Komponisten, Schönberg und seine Schüler, und große Schriftsteller, Karl Kraus und Robert Musil, hervorgebracht. Moritz unterbrach ihn. Robert Musil?, fragte er. Es ist keine Schande, antwortete der Herausgeber, dass Sie Musil nicht kennen, er wird gerade wiederentdeckt.

Zurück zur Malerei, fuhr der Herausgeber fort. Österreich hat keine Philosophen hervorgebracht. Und keine Maler. Mit einer Ausnahme: Richard Gerstl. Niemand kennt ihn. Er hat zum Freundeskreis von Arnold Schönberg gehört und sich mit vierundzwanzig das Leben genommen. Ich bin gerade dabei, eine Biografie über ihn zu schreiben, nachdem es mir gelungen ist, seine Werke, die dank einiger Sammler noch vorhanden sind, zusammenzutragen. Ich plane eine Ausstellung, zur gleichen Zeit soll die Biografie erscheinen.

Was ist das Besondere an diesem Maler?, fragte Moritz. Die drei hatten die Vorspeisen verzehrt. Der Kellner brachte – Bachtin hatte das bestellt, ohne seine Gäste zu fragen – Fisch, garniert mit köstlichem Gemüse. Nachdem der Herausgeber vom Fisch gekostet hatte, sagte er: Richard Gerstl war ein Revolutionär. Er hat den Gegenstand aufgelöst, ohne ihn zu zerstören. Bis heute hat ihm das niemand nachgemacht, auch Picasso nicht. Der ist einen anderen Weg gegangen, er hat den Gegenstand zertrümmert, ihn aber nie aus den Augen verloren. Gerstls radikalste Bilder sind farbenfroh und fröhlich, die Gegenstände, zum Beispiel die Personen, die er malt, sind erkennbar, insofern gehören sie dieser Welt an, sie lösen sich aber auch in Farbe auf, insofern gehören sie in die Welt der Malerei.

Gerstl, fragte Moritz, ist mit vierundzwanzig gestorben? Der Herausgeber nickte. Mit den österreichischen Genies, sagte er schließlich, hat es eine eigene Bewandtnis. Schubert wurde dreißig und hat ein gigantisches Werk hinterlassen. Richard Gerstl blieben dazu vierundzwanzig Jahre. Bachtin bestellte offenbar aus Angst, das Gespräch könnte in Trübsinn versinken, eine Flasche Champagner, außerdem war es bald Mitternacht, Zeit, auf das neue Jahr anzustoßen. Der Wirt schaltete das Radio ein, der Donauwalzer erklang, und der Wirt rief: Prosit Neujahr! Die Gäste erhoben sich, einer ging zum anderen, man wünschte einander ein gutes neues Jahr.

Erschöpft setzte sich der Wirt neben Bachtin. Herr Botschafter, sagte er, Sie sind mein bester und liebster Gast. Und Sie, erwiderte Bachtin, sind mein bester und liebster Wirt. Moritz mischte sich ein. Sie sind Italiener, sagte er, aus welcher Gegend kommen Sie? Aus Turin, antwortete der Wirt, ich habe als junger Mann dort im Stahlwerk gearbeitet. Ich kenne jemanden, sagte Moritz, der ebenfalls in Turin im Stahlwerk gearbeitet hat, er heißt Michelangelo Maroni.

Madonna mia!, rief der Wirt, Sie kennen Maroni? In unserem Stahlwerk ist er zumindest dem Namen nach jedem bekannt gewesen. Ich war oft in dem Lokal, in dem er auf der Ziehharmonika gespielt und mit seiner Freundin wunderbare Lieder gesungen hat. Was für eine schöne Zeit! Ich bin vom Stahlwerk weggegangen, fuhr er fort, mir ist die Arbeit zu schwer gewesen. Ich habe Koch gelernt, bin dann nach Wien gegangen, und nun, Sie sehen ja, gehört mir dieses Restaurant. Jetzt müssen Sie mir aber erzählen, woher Sie Maroni kennen. Er arbeitet, sagte Moritz, im Stahlwerk in Kapfenberg, das ist die Stadt, aus der ich komme. Nach der Arbeit hat er im Haus meiner Eltern Fliesen gelegt. Ich habe viel mit ihm geredet, ich würde sagen, wir sind Freunde geworden. Sie müssen mir versprechen, erwiderte der Wirt, Maroni nach Wien zu bringen, ich muss ihn unbedingt wiedersehen. Ich verspreche es, sagte Moritz. Der Wirt stand auf, er musste sich auch um andere Gäste kümmern.

Moritz wandte sich an den Herausgeber. Sie haben behauptet, sagte er, Österreich habe keine Philosophen hervorgebracht. So ist es, erwiderte der Herausgeber. In Österreich hat es drei Schriftsteller gegeben, die auch große Philosophen waren: Johann Nestroy, Karl Kraus und Robert Musil. Ihre Philosophie ist in ihrer Dichtung enthalten. Gewiss hat es einige Berufsphilosophen gegeben, die sich redlich bemüht und als Positivisten, wie sie sich genannt haben, einige Werke zustande gebracht haben, welche sich an der Mathematik orientierten. Alles gut gemeint, mit aufklärerischer Absicht, letztlich aber doch eindimensional.

Um vier Uhr früh brachen die letzten Gäste auf. Moritz war todmüde, ging aber nicht zu Bett, sondern machte sich Notizen über die Gespräche der vergangenen Stunden, um dem Esel alles genau berichten zu können.

15

Als Moritz am ersten Tag des Jahres 1959 gegen Mittag in den Stall trat, schlief der Esel noch. Du Faulpelz, rief Moritz, willst du nicht endlich aufstehen? Zum Teufel noch einmal, erwiderte der Esel, warum weckst du mich so früh? Es ist Mittag, antwortete Moritz. Der Esel schnaubte laut und drehte sich von einer Seite auf die andere. Dann sagte er: Weißt du, Moritz, das Schönste im Winter ist, zu schlafen, vor allem in einem so warmen Strohbett. Gib mir bitte eine Rübe. Moritz legte ihm eine Rübe vor die Schnauze. Doch der Esel knabberte nicht daran. Ich bin zu faul zum Fressen, sagte er. Im Übrigen, wie war die Silvesterfeier? Moritz zog ein Schreibheft aus der Tasche. Ich habe, erwiderte er, das Wichtigste, worüber diskutiert worden ist, noch in der Nacht aufgeschrieben. Können wir, bat der Esel, darüber ein anderes Mal reden? Ich würde gern weiterschlafen. Enttäuscht verließ Moritz den Stall.

Dennoch begann das Jahr für Moritz gut. In der ersten Jännerwoche erhielt er einen Brief aus Deutschland. Der Lektor eines Verlags schrieb: Ich habe in den »manuskripten« eine Erzählung von Ihnen gelesen und bin begeistert. Meine Frage: Haben Sie noch andere Erzählungen – wir könnten dann einen Erzählband machen –, oder arbeiten Sie vielleicht an einem Roman? Noch am selben Tag steckte Moritz den Roman »Charly« in ein Kuvert und trug es zum nächsten Postamt. Auf dem Heimweg dachte er: Alles ist so gekommen, wie der Esel es vorhergesagt hat. Moritz ging aber nicht in den Stall, er fürchtete, der Esel würde sagen: Lass mich doch bitte weiterschlafen.

Zu Hause sortierte er Mitschriften, die er in seinen drei Studienfächern angefertigt hatte, denn es war Zeit, sich auf Prüfungen vorzubereiten, die Ende Jänner, am Ende des Semesters, stattfinden würden. An diesem Tag las er, was er über romanische Kirchen in sein Heft geschrieben hatte. Das war nicht besonders inspirierend, eine Aufzählung von Kirchen, eine flüchtige Beschreibung der Architektur. Vermutlich, dachte Moritz, ist das eine Vorlesung für Erstsemestrige. Eine eingehende Beschäftigung wäre sicherlich interessant. Das allerdings hatte er keinesfalls vor.

Mit seinen Gedanken war er woanders. Wie, fragte er sich, wird der Lektor auf »Charly« reagieren? Schließlich ging es diesmal nicht um die Publikation einer Erzählung in einer Zeitschrift, sondern um das Erscheinen eines Romans in einem Verlag. Moritz war nervös. Zu seinem Glück kam nach zwei Wochen Post. Sehr geehrter Herr Zaunschirm, schrieb der Lektor, nicht nur ich, sondern auch meine Kollegen, vor allem aber der Verleger, finden Ihren Roman großartig. Unseres Wissens ist es der erste deutschsprachige Text nach 1945, der in einer Fabrik spielt, mit einem Arbeiter im Mittelpunkt, noch dazu einem rebellischen. Wir würden den Roman gern im Herbst herausbringen. Ich lege einen Vertrag bei, wenn Sie ihn unterschreiben und an uns schicken, senden wir Ihnen einen Vorschuss von 3.000 DM.

Moritz stockte der Atem. Er machte sich einen Kaffee. Danach ging es ihm besser. Der Roman erscheint im Herbst in einem deutschen Verlag, sagte er vor sich hin. Und damit nicht genug: Ich bekomme einen Vorschuss von 3.000 Mark. Das sind 21.000 Schilling. Er lief in den Stall und rief:

Faulpelz, spitz die Ohren! Dann berichtete er dem Esel die Neuigkeiten. Der nickte zufrieden und sagte: Wir haben gut gearbeitet. Nun bin ich, erwiderte Moritz, ein reicher Mann. Du bist ein armer Schlucker, erwiderte der Esel. Leg das Geld beiseite, du wirst es brauchen. Hast du, fragte er, schon eine Idee für den nächsten Roman? Moritz dachte lange nach, dann sagte er: Ja. Ich habe über einen Fabriksarbeiter geschrieben, nun schreibe ich über einen Bauarbeiter. Ich weiß, wie es auf einer Baustelle zugeht. Keine schlechte Idee, sagte der Esel und machte es sich wieder auf seinem Strohbett bequem.

Moritz ging zu Bachtin, der im Arbeitszimmer mit dem Sekretär arbeitete. Moritz fragte, ob Bachtin ein paar Minuten Zeit habe. Sie gingen in die Küche, Moritz erstattete Bericht. Wie ich mich für dich freue!, rief Bachtin und drückte Moritz fest an sich. Ich habe dir etwas mitgebracht, sagte er und überreichte Moritz den »Mann ohne Eigenschaften« von Robert Musil. Selbstverständlich, fuhr er fort, habe ich auch ein Exemplar für mich gekauft. Und ich habe schon zu lesen begonnen. Über diesen Roman werden wir noch viel zu reden haben. Fürs Erste aber hat es mir die Rede verschlagen. Was für ein Land, dieses Österreich! Es bringt zwei Schriftsteller hervor, Karl Kraus und Robert Musil, die alles überragen.

Soviel ich weiß, fuhr Bachtin fort, hat der Roman mit den französischen Aufklärern begonnen als eine Mischform von Erzählung und Essay, man könnte auch sagen: als philosophischer Roman. In dieser Tradition hat Goethe seinen »Wilhelm Meister« geschrieben. Und hundert Jahre später hat Musil sie fortgesetzt. Musil hat von der Literatur verlangt, sie habe intelligent zu sein. Moritz, du wirst viel von Musil lernen, und du wirst ein guter Schüler sein.

Beschämt schaute Moritz zu Boden. Es ist Zeit, dachte er, das Thema zu wechseln. Er war ja auch gekommen, um mit Bachtin über Geld zu reden. Sergej, sagte er, ich bekomme vom Verlag 21.000 Schilling, ich kann nun die Miete selbst bezahlen. Lieber Moritz, erwiderte Bachtin, ich verdiene im Monat 45.000 Schilling. Und das wird, da man in Moskau mit mir zufrieden zu sein scheint, von Jahr zu Jahr mehr. Ich habe kaum Ausgaben. Das Geld trage ich auf die Bank. Es hat sich bereits ein kleines Vermögen angesammelt. In einigen Jahren werde ich es brauchen.

In einigen Jahren?, fragte Moritz. Bachtin stand auf. Ich sage dem Sekretär, erwiderte er, dass die Arbeit für heute beendet ist. Als er wieder in die Küche kam, machte er für jeden von ihnen einen Toast mit Schinken und Käse, dann öffnete er ein Flasche Wein. Du erinnerst mich an Maroni, sagte Moritz, fehlt nur noch, dass du dir eine Zigarette anzündest. Gute Idee, antwortete Bachtin, ich rauche aber keine Zigaretten, doch hin und wieder, so wie jetzt, eine Zigarre. Ein Geschenk vom kubanischen Botschafter.

Ich brauche, fuhr er unvermittelt fort, das Geld in einigen Jahren. Dann kaufe ich mir ein Haus, und zwar in Stammersdorf, einem Ort, der zu Wien gehört und im Norden der Stadt liegt, jenseits der Donau. In diesem Straßendorf, nicht länger als zwei Kilometer, reiht sich ein Haus an das andere. Alle Häuser sind einstöckig. Betritt man eines, gelangt man in einen Hof, der beidseitig von Gebäuden flankiert wird. Dahinter erstreckt sich ein großer Garten mit Obstbäumen, und am Ende des Anwesens steht das Wirtschaftsgebäude, in dem der Besitzer, ein Weinbauer – denn alle Häuser dort gehören Weinbauern –, vom Traktor bis zur Weinpresse alles lagert, was er braucht.

Ein solches Haus, sagte Bachtin, kaufe ich mir. Du wirst also Weinbauer?, fragte Moritz. Das ist unwahrscheinlich, antwortete Bachtin, aber nicht ausgeschlossen. Du musst wissen, fuhr er fort, ich fahre seit Jahren mindestens einmal im Monat mit Agnes nach Stammersdorf. In jedem Haus befindet sich ein Lokal, Heuriger genannt, dort trinkt man den Wein des jeweiligen Winzers, vom Buffet holt man sich das Essen. Wir sind in ein Lokal eingekehrt, dessen Besitzer Wachtl heißt. Agnes hat dieser Name gefallen.

Mittlerweile, sagte Bachtin, sind wir Stammgäste, nein, wir sind beinahe ein Teil der Familie. Vor einem Jahr hat Herr Wachtl gesagt, er und seine Frau würden in fünf Jahren in Pension gehen. Da sie keine Kinder hätten, die den Betrieb übernehmen könnten, würden sie das gesamte Anwesen verkaufen. Sofort, fuhr Bachtin fort, habe ich zu Wachtl gesagt, dass ich an einem Kauf interessiert bin. Wir haben schon einen Notar engagiert. Ich habe Wachtl gefragt, was er mit dem Geld machen will. Eine Wohnung in der Stadt kaufen, hat er gesagt, seine Frau und er hätten das Landleben satt.

Agnes, sagte Bachtin, zeichnet bereits Pläne für den Umbau. Wo sich jetzt das Heurigenlokal befindet, werden zwei Gästewohnungen errichtet. Wir können dann deine Eltern einladen, die Eltern von Agnes und, nicht zu vergessen, Frau Reitbauer und Herrn Maroni. In den beiden Gebäudeteilen, die sich in den Hof erstrecken, kommt in den rechten Flügel eine Wohnung für Agnes, in den linken eine für mich. Du bist Kommunist, hat Agnes gesagt, du ziehst in den linken Flügel. Bist du Kommunist?, fragte Moritz. Ich bin, antwortete Bachtin, während des Krieges Kommunist geworden. Für mich. Ich bin nicht Mitglied der Partei. Parteimitglied zu werden ist schwierig, nicht viele schaffen das. Ich könnte das von hier aus gar nicht versuchen. Außerdem hat der Außenminister in Moskau zu mir gesagt, man lege keinen Wert darauf, dass sowjetische Diplomaten Parteimitglieder sind.

Ihr werdet, sagte Moritz, in Stammersdorf ein schönes Zuhause haben. Nicht nur wir, erwiderte Bachtin, auch der Esel. Im Vergleich zu dem Stall, in dem er hier wohnt, wird er dort in einem Palast residieren, und zwar im jetzigen Wirtschaftsgebäude. Der Esel wird dort in einem Raum leben, der größer ist als meine Stammersdorfer Wohnung. Das ist auch gut so. Unweit unseres Anwesens befindet sich ein Gestüt mit mindestens zehn Pferden, jungen und alten. Wir wissen, dass der Esel den Umgang mit Pferden sucht. In Stammersdorf wird er ein, zwei Pferde zu sich einladen können.

Sosehr Moritz das Gespräch darüber, wie es einmal sein würde, auch gefiel, er musste in die Gegenwart zurückkehren, Prüfungen in Philosophie, Kunstgeschichte und Theaterwissenschaft standen bevor. Deshalb verbat er sich, mit der Lektüre des »Mannes ohne Eigenschaften« zu beginnen. Nachdem er die Prüfungen absolviert hatte, begann er sogleich, Notizen zu seinem neuen Roman über den Bauarbeiter anzufertigen. Dann erst fuhr er nach Kapfenberg, um Karla und die Eltern zu besuchen. Stolz erzählte er Karla, dass im Herbst sein erster Roman in einem namhaften deutschen Verlag erscheinen würde. Karla freute das gar nicht. Moritz, sagte sie, wenn du erst einmal ein bekannter Schriftsteller bist, wirst du jedes Interesse an mir verlieren.

Moritz schaute sie ratlos an. Ich verstehe dich nicht, sagte er. Sie sagte nichts. Wir kommen beide aus Arbeiterfamilien, fuhr er fort, wir sind gemeinsam aufgewachsen. Ich bin eine einfache Schneiderin, erwiderte sie, du bist Schriftsteller. Das kommt doch oft vor, sagte Moritz, dass eine Frau und ein Mann verschiedene Berufe haben und dennoch gut zusammenleben. Ja, erwiderte Karla, das kommt vor. Vielleicht ist das bei uns auch so. Sehr zuversichtlich klingt das nicht, antwortete Moritz. Karla sagte nichts. Moritz fuhr alles andere als gut gelaunt zurück nach Wien.

Missmutig setzte er sich zu Hause an den Schreibtisch, vor ihm lag der »Mann ohne Eigenschaften«. Obgleich er keine Lust zu lesen hatte, schlug er das Buch auf. Nach dem ersten Absatz rief Moritz: Unfassbar! Geistreich, witzig, originell, dachte er und las weiter. Das Kapitel über den Wirklichkeits- und den Möglichkeitssinn las er zweimal. Ulrich, der Mann ohne Eigenschaften, meinte, die Möglichkeiten, welche in der Wirklichkeit stecken, diese Trivialität interessiere ihn nicht, er sei an den möglichen Wirklichkeiten interessiert.

Moritz lief mit dem Buch in den Stall, fand den Esel nicht vor, traf ihn aber draußen auf der Wiese. Moritz sagte, er habe ihm Wichtiges vorzulesen, hier heraußen wäre es unwirtlich, also gingen sie in den Stall. Nachdem Moritz einige Kapitel vorgetragen hatte, schaute der Esel konzentriert vor sich hin und schwieg. Schließlich sagte er: Moritz, dieses Buch wird uns ein Leben lang begleiten. Und nach einer Weile: Die möglichen Wirklichkeiten. Charly sucht nach einer möglichen Wirklichkeit. Er hat sie noch nicht gefunden. Wie wird das in deinem Bauarbeiter-Roman sein? Auch der Bauarbeiter, erwiderte Moritz, sucht eine mögliche Wirklichkeit. Er kommt zu dem Schluss, dass er sie nicht finden wird, und nimmt sich das Leben.

Moritz ging mit dem Buch zu Bachtin. Der bereitete gerade mithilfe seiner Haushälterin ein Essen zu. Als Moritz zu ihnen stieß, legte die Haushälterin noch eine Forelle in die Pfanne. Zu dritt ließen sie es sich schmecken. Moritz erzählte, dass er begonnen hatte, Musils Roman zu lesen, berichtete von seinen ersten Eindrücken und kam schließlich auf die möglichen Wirklichkeiten zu sprechen. Worüber reden Sie?, fragte die Haushälterin. Bachtin erwiderte, man unterhalte sich über einen Roman von Robert Musil. Was ich, sagte die Haushälterin, von Herrn Zaunschirm gehört habe, finde ich sehr interessant. Das Buch, erwiderte Bachtin, liegt in meinem Arbeitszimmer, Sie können jederzeit darin lesen. Das tue ich sofort, sagte die Haushälterin, stand auf und ging ins Arbeitszimmer.

Im Frühjahr arbeitete Moritz an seinem neuen Roman. Er las dem Esel die ersten Kapitel vor. Der schüttelte den Kopf. So geht das nicht, sagte er. Es ist deine Entscheidung, dass der Bauarbeiter sich am Ende der Geschichte das Leben nimmt. Du hast mir erzählt, dass er eine mögliche Wirklichkeit sucht, aber nicht findet. Das musst du ausführlich darstellen. Während dieser Suche hat der Bauarbeiter Hoffnung, die mögliche Wirklichkeit, die er anstrebt, zu finden. Ich als Leser hoffe mit ihm. Du beginnst die Geschichte aber so, dass er von Anfang an keine Chance hat. Das tragische Ende wird viel zu früh angedeutet. Damit nimmst du der Geschichte die Spannung. Das sah Moritz ein. Er ging nach Hause und arbeitete die ersten Kapitel um.

Vor dem Ende des Semesters lernte Moritz intensiv für seine Prüfungen. Er hatte vor, bei keiner einzigen zu versagen, denn sein Ziel war, das Studium rasch hinter sich zu bringen. Im Sommer arbeitete er am Roman. Der Esel war mit den geänderten und den folgenden Kapiteln zufrieden. Mit dem Bauarbeiter geht es bergauf, sagte er, das ist gut so. Er wechselt die Firma, bekommt mehr Lohn. Er verliebt sich in eine junge Frau, die beiden haben große Pläne.

Im Herbst erschien der Roman »Charly«. Der Lektor des Verlags sandte Moritz Rezensionen, die in deutschen Zeitungen erschienen waren. Darunter befanden sich sehr gute und gute, kein einziger Verriss. Kein Verriss, schrieb der Lektor, das überrascht mich. Ein paar Wochen später bekam Moritz Rezensionen österreichischer Zeitungen zugesandt. Er fand sie merkwürdig. Die meisten erschöpften sich in Inhaltsangaben, der Rest orientierte sich an dem, was in deutschen Zeitungen geschrieben worden war. In Österreich, dachte Moritz, gibt es keine Literaturkritik.

Zwei Monate später informierte der Lektor Moritz, dass »Charly« sich besser verkaufe, als man im Verlag erwartet habe. Sie müssen wissen, schrieb der Lektor, Leute, die Literatur lesen, gehören der gebildeten bürgerlichen Schicht an, die meisten Autoren ebenfalls. Sie schreiben für genau dieses Bürgertum. Dem aber sind materielle Probleme fremd. Da Literatur ohne Probleme nicht auskommt, treten an die Stelle materieller Fragen Beziehungsgeschichten zwischen Frau und Mann, die endlos ausgesponnen werden, garniert mit pseudophilosophischen Fragen wie jener nach dem Sinn des Lebens. Dass trotzdem so viele Menschen aus dem Bildungsbürgertum sich für »Charly« interessieren, erkläre ich mir damit, dass eine Erzählung über die Welt der Arbeiter für sie so exotisch ist wie ein Bericht über einen neu entdeckten Indianerstamm.

Nach langer Zeit fuhr Moritz wieder nach Kapfenberg. Karla teilte ihm mit, dass sie schwanger sei. Moritz beugte sich zu ihr und küsste sie lange. Das freut mich, sagte er. Sie schaute ihn erstaunt an. Du freust dich?, fragte sie. Ich habe befürchtet, dass du verärgert sein wirst. Hältst du mich für ein Scheusal?, fragte er zurück. Sie schüttelte den Kopf. Ich würde gern heiraten, sagte sie. Unser Kind soll Zaunschirm heißen. Das ist ein schöner Name. Warum nicht, sagte Moritz, ich gehe noch heute aufs Standesamt. Dort bekam er einen Termin für die Eheschließung.

Danach informierte er seine Eltern. Er wandte sich an die Mutter. Du bist es gewohnt, sagte er, dass ich Unsinn mache. Ich studiere Philosophie, ich schreibe einen Roman – er ist übrigens schon erschienen – und nun, als die logische Folge davon, heirate ich. Karla ist schwanger. Sie will, dass das Kind Zaunschirm heißt. Wie schön, rief der Vater. Du gründest also eine Familie, erwiderte die Mutter, das kostet Geld. Ist dir aufgefallen, fragte Moritz, dass ich bis jetzt keinen Groschen von euch gebraucht habe?

Drei Tage später wurde geheiratet. Moritz' Vater war Karlas Trauzeuge, Michelangelo Maroni ließ es sich nicht nehmen, Moritz' Trauzeuge zu sein. Nach der kurzen Zeremonie lud Maroni alle zum Essen ins Werkshotel ein. Karlas Eltern wussten mit dem dicken Italiener, der eine Flasche Wein nach der anderen bestellte und fortwährend rauchte, nichts anzufangen. Aber Karla fand Gefallen an Maroni. Er erzählte ihr lustige Geschichten aus Turin, wie er dort in einem Lokal die Leute mit seinem Gesang unterhalten hatte. Moritz hatte Karla noch nie so herzlich lachen sehen.

Am darauffolgenden Tag in Wien hatte Moritz dem Esel einiges zu erzählen. Ich bringe große Neuigkeiten, sagte Moritz. Sie betreffen Karla. Rate. Was gibt es da zu raten?, erwiderte der Esel. Karla bekommt ein Kind, ihr habt geheiratet. Weißt du das von den Krähen?, fragte Moritz. Dazu brauche ich keine Krähen, antwortete der Esel. Das sehe ich dir an. Du freust dich. Ich mich übrigens auch. Weißt du Moritz, fuhr er nach einer Weile fort, ich will mich nicht beklagen. Mit dir am Bauarbeiter-Roman zu arbeiten, mit dir über Karl Kraus und Robert Musil zu sprechen, ist mehr als ein Vergnügen. Ich bin aber kein so ernster Charakter wie du. Oft denke ich sehnsuchtsvoll an die Zeit zurück, als du ein Kind warst, an unsere Streiche, unsere Abenteuer.

Deshalb bin ich froh, dass wir Nachwuchs bekommen. Ein Kind wird bei uns heranwachsen, das wird schön.

Ehe Moritz Bachtin über die neue Situation in Kenntnis setzte, rief er seinen Lektor an und berichtete ihm, dass er im Begriff war, eine Familie zu gründen, und sich daher nach einem zusätzlichen Einkommen umschaute. Ein Freund von ihm würde die Hörspielabteilung des Süddeutschen Rundfunks leiten, sagte der Lektor. Moritz solle sich an ihn wenden. Das tat er. Alsbald hatte sich eine gute Zusammenarbeit entwickelt. Moritz fand Gefallen an der Form des Hörspiels, und sein Gegenüber im Rundfunk fand Gefallen an Moritz' Arbeit. Was Moritz nicht gewusst hatte: Die Arbeit wurde sehr gut honoriert.

Im Februar 1960 brachte Karla einen Buben zur Welt. Im Herbst wurde sie wieder schwanger, und im Jahr darauf gebar sie ein Mädchen. Deshalb trachtete Moritz, das Studium mit einer Doktorarbeit über Robert Musil so bald wie möglich abzuschließen. In dem Haus, in dem er wohnte, wurde im Erdgeschoß eine große Wohnung frei. Moritz mietete sie und zog dort ein. Nun galt es, für Karla in Wien Arbeit zu finden. Sie informierte ihren Arbeitgeber, Herrn Gollob, dass sie mit ihren beiden Kindern zu ihrem Mann nach Wien ziehen würde. Gollob rief seinen Cousin an, der in der Wiener Innenstadt ein Modegeschäft betrieb. Karla erhielt eine Anstellung bei ihm.

Nun lebte die Familie Zaunschirm zusammen. Karla arbeitete tagsüber im ersten Bezirk, sie war mit den Arbeitsbedingungen und der Entlohnung sehr zufrieden, und wenn wenig zu tun war, sagte der Chef am Nachmittag, sie solle doch nach Hause zu ihren Kleinen gehen. Moritz kam mit den Kindern sehr gut zurecht. Sie tollten in ihrem Zimmer herum, dann wieder balgten sie sich unter Moritz'

Schreibtisch. Nie fühlte Moritz sich bei der Arbeit gestört. Ich bin, dachte er, als Einzelkind aufgewachsen, nun habe ich endlich Kinder um mich. Manchmal kommt es mir so vor, als wären die Kinder meine Geschwister.

Als die beiden Kleinen schon gut zu Fuß waren, holte Bachtin sie ab. Der Esel wartete schon auf sie. Er stieß sie mit dem Kopf um, sie fielen ins Gras und kugelten sich vor Lachen. Mit Bachtin spielten sie im Park Verstecken. Mittags aßen sie miteinander. Wenn Karla früher nach Hause kam, musste Moritz die Kinder holen. Er konnte seine Frau nicht dazu bewegen, in die Residenz zu gehen. Als Moritz, damit Karla den Freund endlich kennenlerne, Bachtin zu sich nach Hause zum Essen einlud, war Karla derart einsilbig und abweisend, dass Moritz und Bachtin den Abend als frostig empfanden.

Der Bauarbeiter-Roman erschien. Das Buch war viel erfolgreicher als »Charly«. Den Esel wunderte das nicht. Charly, sagte er, ist ein rebellischer Arbeiter, der die mögliche Wirklichkeit, nach der er sich sehnt, zwar noch nicht gefunden hat, die Suche nach ihr aber nicht aufgibt. Er ist für das bürgerliche Publikum ein Ärgernis. Der Bauarbeiter gibt die Suche auf und nimmt sich das Leben. Er ist für die Bürger keine Gefahr. Diese Wirkung zu erzielen, erwiderte Moritz, war nicht meine Absicht.

Ein Regisseur, der durch einige Fernsehfilme bekannt geworden war, meldete sich telefonisch bei Moritz. Man traf sich in einem Café. Der Regisseur sagte, er wolle den Bauarbeiter-Roman unbedingt verfilmen. Ob Herr Zaunschirm bereit wäre, das Drehbuch dafür zu schreiben? Moritz nickte. Wenn Sie, fuhr der Regisseur fort, eine Kurzfassung der Geschichte, ein sogenanntes Treatment, schreiben, gehe ich damit zum Österreichischen Rundfunk, und wenn der damit einverstanden ist, können Sie mit dem Drehbuch beginnen.

Das Treatment wurde akzeptiert, Moritz begann mit der Arbeit. Er las dem Esel die ersten Seiten vor. Der war nicht zufrieden. Du schreibst Dialoge, sagte er. Das ist zu wenig. Ich habe noch nie einen Film gesehen. Ich weiß nur: Da ist eine Leinwand. Darauf sieht man Menschen agieren. Du musst das Drehbuch so schreiben, als würdest du dir den Film anschauen. Du musst den Ort genau beschreiben, also die Bilder, die man dann sehen wird. Wenn du den fertigen Film siehst, sollst du sagen können: Genau so habe ich das Drehbuch geschrieben. Es soll *dein* Film sein.

Moritz beherzigte die Ratschläge des Esels, nun machte ihm die Arbeit erst wirklich Freude. Als das Drehbuch fertig war, dachte Moritz, nun sei seine Arbeit erledigt. Weit gefehlt. Der Regisseur wollte über jedes Wort, jeden Satz diskutieren. Das imponierte Moritz. Dieser Mann, dachte er, nimmt seine Arbeit ernst. Da der Regisseur tagsüber sehr beschäftigt war – er drehte Werbefilme und machte Radiosendungen –, kam er erst am frühen Abend zu Moritz in die Wohnung. Die Kinder freuten sich über jeden Besuch, der Regisseur war lieb zu ihnen und brachte jedes Mal Süßigkeiten mit. Wenn die Arbeit gegen zehn Uhr abends beendet war, kochte Karla für die beiden eine Kleinigkeit, und man saß dann noch zu dritt bis Mitternacht beisammen. So ging das zwei Monate lang dahin.

Moritz lobte Karla gegenüber den Regisseur als einen gewissenhaften Künstler, der sich, bevor die Dreharbeiten begannen, selbst über das kleinste Detail im Klaren sein wollte. Ich habe den Eindruck, sagte Moritz, dass du dich gut mit ihm verstehst. Er hat sich sehr für deine Arbeit interessiert, und du hast ihm Dinge erzählt, die selbst mir neu waren. Ach, erwiderte Karla, dieser Mann ist nur freundlich zu mir, um dir einen Gefallen zu tun. Woher weißt du das?, fragte Moritz. Karla antwortete: Ich bin nur eine Schneiderin –. Moritz unterbrach sie. Wie oft, sagte er, hast du das schon gesagt? Was heißt: *nur* eine Schneiderin? Warum setzt du dich so herab? Mich bedrückt das. Tut mir leid, erwiderte sie. Ich fürchte, dachte Moritz, Karla wird sich nicht ändern.

Die Dreharbeiten begannen. Moritz hatte sich vorgenommen, möglichst oft dabei zu sein, um zu sehen, wie ein Film entsteht. Die meisten Drehorte lagen im Burgenland. Es faszinierte ihn, wie viele Menschen sich am Drehort versammelt hatten. Erst nach einigen Tagen verstand er, wer was zu tun hatte. Sehr wichtig war der Kameramann. Neben diesem stand sein Assistent, der schien ein Lichtmessgerät zu haben, aber was er damit anstellte, hatte Moritz noch nicht herausgefunden.

Um mit der Kamera den Bewegungen der Schauspieler zu folgen, war es mitunter erforderlich, Schienen zu legen, auf die ein Wagen gestellt wurde, welcher so schwer wog, dass vier Männer anfassen mussten, um ihn zu heben. Auf diesem Wagen wurde die Kamera befestigt, dann ein Sitz für den Kameramann festgeschraubt. Den Wagen schoben, als es ans Filmen ging, Spezialisten, die zum engeren Team des Kameramanns gehörten. Sie mussten exakt arbeiten, einmal schneller, einmal langsamer fahren, dann wieder stehenbleiben. Das wurde selbstverständlich mehrmals mit den Schauspielern geprobt. Was dann von der Kamera aufgenommen wurde, entsprach, das war Moritz' Eindruck, genau dem, was im Drehbuch festgehalten worden war.

Wenn Moritz am Abend heimkam, musste er dem Esel alles genau berichten. Der meinte: Ich könnte dir stundenlang zuhören. Der Film ist eine interessante Sache. So viele

Menschen arbeiten zusammen, damit schließlich ein Kunstwerk entsteht. Fuhr Moritz zu einem Drehort, brachte Karla die Kinder, bevor sie zur Arbeit ging, in den Kindergarten. Da sie nicht bis zum Abend bleiben wollten, holte Bachtin sie am frühen Nachmittag ab. Er war stets in Begleitung des Esels. Darauf legten die beiden großen Wert. Die anderen Kinder, die noch ausharren mussten, drängten sich an den offenen Fenstern, um zu sehen, wie ihre Spielgefährten auf den Esel zueilten und ihn begrüßten.

Besonders den Regisseur hatte Moritz im Auge, den es offenbar nicht irritierte, dass dieser oft bei den Dreharbeiten anwesend war. Der Regisseur probte jede Szene, ehe sie gedreht wurde, korrigierte einen Schauspieler, wenn er einen Satz anders gesprochen haben oder das stumme Spiel anders akzentuiert sehen wollte. Moritz, der Beobachter, dachte, er hätte genauso agiert.

Abend für Abend erzählte Moritz dem Esel, was er bei den Dreharbeiten beobachtet hatte. Ich vermute, sagte der Esel, hinter deinem Interesse an dem Film steckt eine Absicht. Du hast recht, erwiderte Moritz. Ich werde ein Drehbuch schreiben über den Bürgerkrieg in Österreich im Februar 1934. Mein Vater hat mir viel erzählt über die Kämpfe in der Obersteiermark, vor allem in Bruck und Kapfenberg. Er ist dabei gewesen. Ich weiß noch nicht, wie ich diese Geschichte erzählen soll. Wenn aber das Drehbuch fertig ist, sagte der Esel, wirst du auch Regie führen. So ist es, erwiderte Moritz.

16

Als Moritz seine Eltern besuchte, sagte der Vater: Deine Großmutter möchte dich sehen. Moritz ging zu ihr, das schlechte Gewissen plagte ihn, weil er sie so lange nicht besucht hatte. Die Großmutter umarmte ihn, dann sagte sie: Setz dich. Ich habe ein Gulasch für dich gekocht, deine Lieblingsspeise. Gedulde dich ein bisschen, ich muss es wärmen. Moritz sah, dass die Großmutter einen Gehstock benutzte und dass sie mit kleinen Schritten und stark gebückt ging. Hast du Schmerzen?, fragte er. Nein, antwortete sie, ich bin nur sehr alt und sehr müde.

Als das Gulasch warm war, schöpfte Großmutter es in einen Teller. Den holte sich Moritz und begann zu essen. Es schmeckt so gut wie früher, sagte er. Ich habe eine Bitte, erwiderte die Großmutter. Ich weiß, du bist Schriftsteller, verheiratet, hast Kinder. Du wirst keine Zeit haben. Das ist kein Unglück. Großmutter, sagte Moritz, ich werde deine Bitte erfüllen. Für dich habe ich immer Zeit.

Das ist lieb von dir, erwiderte die Großmutter. In drei Wochen findet wieder eine Tombola statt. Die würde ich gern mit dir besuchen. Ich freue mich darauf, sagte Moritz. Du darfst dem Esel nicht davon erzählen, erwiderte die Großmutter, er wäre sehr unglücklich darüber, dass er nicht mitkommen kann. Als er mit uns auf der Tombola war, hat er großen Gefallen an der Blasmusikkapelle gefunden, er hat sogar getanzt. Wir werden, sagte

Moritz, mit dem Taxi fahren. Kommt nicht infrage, erwiderte die Großmutter.

Also gingen sie drei Wochen später, Moritz trug den Tombolasessel, den weiten Weg zu Fuß. Moritz kaufte Lose, und die Großmutter gewann zu ihrer großen Zufriedenheit das, was sie immer gewonnen hatte, einen Schraubenzieher. Am Tag darauf fuhr Moritz nach Wien. Die Großmutter hatte ihm zwei Rüben für den Esel mitgegeben. Eine Woche später teilte der Vater Moritz telefonisch mit, dass die Großmutter gestorben war. Sie wurde in dem Grab beigesetzt, wo ihr früh verstorbener Mann lag. Als der Sarg in die Grube hinuntergelassen wurde, schluchzte Moritz derart, dass sein Vater ihn an sich drückte, aus Angst, Moritz würde zusammenbrechen.

In Wien saß Moritz lange schweigend mit dem Esel beisammen. Schließlich sagte der Esel: Was für eine wunderbare Frau. Sie hat mir zwei Rüben geschickt, dann ist sie gestorben. Moritz nickte, er hatte Mühe, nicht zu weinen. Erst Tage später konnte er wieder arbeiten. Er hatte einen Plan für einen neuen Roman, er wollte an »Charly« anknüpfen. Der hatte geheiratet, sein Sohn das Gymnasium absolviert und zu studieren begonnen. Er war also kein Arbeiter, aber nicht minder rebellisch als der Vater. Er hieß Harry.

Daneben machte Moritz Skizzen für ein Drehbuch über den Bürgerkrieg 1934. Zur selben Zeit teilte ihm Karla mit, dass sie wieder schwanger war. Moritz freute sich sehr. Endlich, dachte er, werden wir ein Kind haben, das von Anfang an bei mir ist. Karla brachte ein Mädchen zur Welt. Da im Geschäft gerade viel zu tun war, blieb sie nur zwei Wochen zu Hause. Moritz übernahm die Mutterrolle. Er gab dem Kind zu essen und wickelte es. Zum Glück schlief das Mädchen viel und gut, Moritz konnte bis Mittag arbeiten.

Dann legte er seine Tochter in den Kinderwagen, ging zum Esel, und sie spazierten zur Volksschule und holten die zwei älteren Kinder von dort ab. Mittlerweile hatte Bachtin, nicht selten mithilfe seiner Haushälterin, in seiner Küche ein Essen für alle zubereitet. Karla betrachtete diese Idylle mit großem Missmut. Du könntest doch bei uns zu Hause für die Kinder kochen, sagte sie. Moritz nickte und schwieg. Und dieser verdammte Esel, fuhr sie fort, muss der immer dabei sein? Die Kinder reden von ihm, als würde er zur Familie gehören. Moritz sagte nichts.

Moritz' Mutter teilte ihm am Telefon mit, dass der Vater an Krebst erkrankt war. Wenig später verstarb er. Nur wenige Jahre hatte er im Ruhestand verbracht. Ihm verdanke ich alles, sagte Moritz zum Esel. Er hat große Stücke auf mich gehalten, erwiderte der Esel, neben dem großen Haus hat er für mich ein kleines Haus gebaut. Die Welt wird leer, fuhr er fort, deine Großmutter ist tot und nun auch dein Vater.

Als Moritz zu Hause war, dachte er: Nun muss ich das Drehbuch über den Februar 34 schreiben, das bin ich meinem Vater schuldig. Die Arbeit zog sich über Jahre. Zuerst las Moritz Bücher über jene Zeit – warum Arbeiter am 12. Februar in Linz zu den Waffen gegriffen, wie die Kämpfe sich ausgebreitet, in welchen Städten sie stattgefunden hatten. Dann sammelte er alle Fakten über die Kämpfe in Kapfenberg und Bruck. Danach war er noch weit davon entfernt, ein Drehbuch schreiben zu können.

Er wollte ja keine Dokumentation machen, sondern eine Geschichte erzählen. Also musste er sich von den Fakten lösen, ohne sie zu vergessen, und Personen erfinden, einen jungen Arbeiter und die Tochter eines Arztes, die einander im Schiklub kennengelernt hatten – er war Schispringer, sie Slalomläuferin – und sich ineinander verliebten. Dem

Vater des Mädchens, einem Nazi, missfiel die Beziehung, der Großvater, obwohl Bürgerlicher, er war gegen die an der Macht befindlichen Klerikalfaschisten, freute sich darüber.

Stundenlang erzählte Moritz dem Esel, wie weit das Projekt gediehen war. Nicht schlecht, sagte der Esel. Zwei Personen spielen die Hauptrollen bei den Kämpfen in Bruck, zuerst gegen die Heimwehr, eine Miliz der Regierung, dann gegen das Militär: Koloman Wallisch, der Landesparteisekretär der Sozialistischen Partei, und der junge Arbeiter. Ich fände es gut, fuhr der Esel fort, wenn der Arbeiter aus der Partei austritt, weil die seiner Meinung nach die Repression gegen die Arbeiterschaft hinnimmt. Schon am Anfang des Films könnte es zu einer Begegnung zwischen Wallisch und dem Arbeiter kommen, bei der Wallisch den Arbeiter überreden will, an einem Treffen mit ihm und anderen revolutionär gesinnten Genossen teilzunehmen. Der Arbeiter lehnt ab. Moritz dachte nach, dann sagte er: Gute Idee. Wie endet der Film?, fragte der Esel. Die Arbeiter, antwortete Moritz, unterliegen dem übermächtigen Militär und fliehen. Wallisch wird verhaftet und einige Tage später gehängt. Dem jungen Arbeiter und seiner Freundin gelingt die Flucht.

Moritz konnte sich also an die Arbeit machen. Er schrieb das Drehbuch so genau, als würde er am Drehort stehen und Regie führen. Nach Jahren war er fertig. Das Baby war inzwischen zu einem jungen Mädchen herangewachsen und besuchte die Volksschule. Moritz hatte das Drehbuch an die Fernsehanstalt in Wien geschickt. Die Filmabteilung war zufrieden. Der Fernsehdirektor wandte sich in einem Brief an Moritz, er dankte ihm dafür, dass er sich dieses Stoffs angenommen hatte, es gäbe ja keinen Film über dieses für Österreich so wichtige Ereignis. Und die Presseabteilung der Fernsehanstalt machte eine Aussendung, sodass alsbald in allen Zeitungen zu lesen war, Moritz Zaunschirm habe ein Drehbuch über den Februar 34 verfasst, die Verfilmung werde eine der wichtigsten und wegen der zahlreichen gezeigten Kampfhandlungen eine der bisher kostspieligsten Produktionen der Fernsehanstalt werden.

Für diese Aussendung wurde die Presseabteilung später vom Fernsehdirektor scharf gerügt. Die Filmabteilung hatte Moritz mitgeteilt, dass man sich um einen geeigneten Regisseur umsehe; für eine Produktionsfirma, die in der Lage sei, dieses Großprojekt zu realisieren, habe man sich bereits entschieden. Moritz antwortete, man könne sich die Suche nach einem Regisseur sparen, da er selbst Regie führen werde. Darauf bat der Fernsehdirektor Moritz zu einem Gespräch. Herr Zaunschirm, sagte er, Sie wollen Regie führen. Warum auch nicht? Vielleicht beim nächsten Projekt. Aber nicht bei diesem. Mir liegt eine Kalkulation der Produktionsfirma vor. Der Film wird sehr, sehr teuer. Ich kann dieses Budget nicht jemandem anvertrauen, der noch nie Regie geführt hat.

Moritz antwortete: Herr Direktor, ich habe bis jetzt keinen Vertrag unterschrieben. Das Drehbuch gehört also noch mir. Wenn ich es nicht realisiere, wird es gar nicht realisiert. Ist das Ihr letztes Wort?, fragte der Direktor. Moritz nickte. Im Stall unterrichtete er den Esel über den Stand der Dinge. Du machst alles richtig, sagte der Esel. Im Drehbuch geht es auch um die Geschichte deines Vaters, also gewissermaßen um deine Geschichte. Die darfst du nicht aus der Hand geben. Ein paar Wochen später meldete sich am Telefon ein Redakteur der Filmabteilung. Ihre Sache steht nicht schlecht, sagte er. Aufgrund der Presseaussendung melden sich Zeitungsredakteure bei uns, die wissen wollen, wer die Hauptdarsteller sind, wer den Koloman Wallisch spielen wird, wann die

Dreharbeiten beginnen sollen. Von der Fernsehanstalt hörte Moritz von da an nichts mehr.

Er bekam jedoch einen Anruf von der Produktionsfirma. Uns wurde mitgeteilt, sagte ein Mann, dass Sie Regie führen. Das freut uns außerordentlich. Es ist Herbst, im Februar sollen die Dreharbeiten beginnen. Viel Arbeit wartet auf uns. Die Firma bestand aus dem Besitzer und einer Sekretärin. Der Chef hatte für den Film bereits einen Produktionsleiter, einen Aufnahmeleiter und eine Regieassistentin engagiert. Die Regieassistentin erwies sich als absolut fachkundig. Mit ihr stellte Moritz das Team zusammen, dann ging es um die Auswahl der Schauspieler. Die Treffen fanden in der Produktionsfirma statt, die allerdings, da Weihnachten bevorstand, das Büro am 21. Dezember zusperrte.

Die Arbeit musste weitergehen, also bat Moritz die Schauspieler in seine Wohnung. Am Heiligen Abend war die Familie selbstverständlich allein, aber schon am Tag darauf kamen eine Schauspielerin und ein Schauspieler, am zweiten Weihnachtstag eine Schauspielerin und zwei Schauspieler. Für die Kinder war das eine willkommene Abwechslung in den Weihnachtsferien. Karla hatte sich in die Küche zurückgezogen, die Kinder saßen auf dem Boden, Moritz besprach mit seinen Gästen die Rollen.

Der Eklat hatte sich nicht angekündigt. Karla stürmte ins Zimmer und schrie: Ich ertrag das nicht länger. Verschwinde mitsamt deinem Gesindel! Die Kinder saßen erschrocken da, die Schauspielerin und die beiden Schauspieler schlichen aus der Wohnung, Moritz folgte ihnen. Er ging in den Stall und sagte zum Esel: Es ist aus. Ich habe mit Schauspielern gearbeitet, Karla hat einen Wutanfall bekommen und uns hinausgeschmissen. Die armen Kinder haben das mitansehen müssen. Setz dich, sagte der Esel. Nimm es nicht zu schwer.

Es hat so kommen müssen. Du hast es vorhergesehen, nicht wahr?, erwiderte Moritz.

Wir zwei, sagte der Esel, sind gute Freunde. Karla kenne ich seit ewigen Zeiten, auf dem Frauenberg waren wir täglich beisammen. Hier hat sie mich kein einziges Mal besucht. Sie lehnt mich ab, weil wir zwei befreundet sind. Sie will dich allein haben. Sie geht dem russischen Offizier aus dem Weg, weil er dein Freund ist. Selbst fremde Leute wie die Schauspieler duldet sie nicht in ihrer Wohnung. Sie will dich für sich allein haben, weil sie Angst hat, dich zu verlieren. Schwer zu verstehen, erwiderte Moritz. Durchaus nicht, sagte der Esel. Und nun, fuhr er fort, gehst du in die Residenz zu deinem Freund, trinkst mit ihm eine Flasche Wein und nächtigst dort.

Am Tag darauf mietete Moritz in der Nähe eine kleine Wohnung und nahm die Arbeit mit den Schauspielern sofort wieder auf. Im Februar und März wurde in Kapfenberg und Bruck gedreht. Die Arbeit war für alle ein Vergnügen. Als das große Team Ende März auseinanderging, war das schmerzlich, einige weinten sogar. Die folgenden zwei Monate arbeitete Moritz in Wien mit der Cutterin, um das Filmmaterial zu schneiden, danach wurde die Musik aufgenommen, Ende Juni war der Film fertig. Moritz arrangierte eine Vorführung für Bachtin, und es wäre ohne Weiteres möglich gewesen, dass der Esel mitgekommen wäre, doch der war nicht daran interessiert. Ich kenne das Drehbuch, sagte er, also kenne ich den Film.

Ende Juni war Schulschluss. Die beiden älteren Kinder hatten genug Pläne für die Ferien. Die ersten beiden Wochen blieben sie in Wien. Sie fragten Bachtin, ob sie im Park der Residenz mit ihren Freunden Volleyball spielen durften. Bachtin kaufte zwei Stangen, ein Netz und den passenden

Ball. Die Mädchen und Buben spielten jeden Tag viele Stunden lang, Bachtin war der Schiedsrichter, der Esel ein begeisterter Zuschauer. Nach zwei Wochen fuhren die Geschwister zu Moritz' Mutter nach Kapfenberg. Die Großmutter unternahm Wanderungen mit ihnen, und einmal fuhren sie mit dem Autobus nach Seewiesen und standen dort am Fuß des mächtigen Hochschwabmassivs. Die Kinder waren außerordentlich beeindruckt. Nach der ersten Woche stiegen die drei wieder in einen Bus. Sie fuhren, organisiert von den Kapfenberger Naturfreunden, für zwei Wochen nach Italien ans Meer.

Die jüngste Tochter, sie war im Volksschulalter, wollte nicht dabei sein. Das Mädchen hatte anderes vor. Von Kleinkind an dem Vater besonders zugetan, wollte es mit ihm etwas unternehmen und schlug Moritz vor, in die Stadt zu spazieren, um dort Eis essen zu gehen. Sie nahmen in einem Eissalon Platz, das Mädchen fragte: Wie wäre es, wenn wir mit einem Boot die Donau abwärtsfahren würden? Warum nicht?, sagte Moritz. Noch am selben Tag kauften sie ein Schlauchboot, ein Zelt, zwei Luftmatratzen und zwei Seesäcke, in denen sie die ganze Ausrüstung verstauten. Am nächsten Tag fuhren sie mit dem Zug nach Budapest – man brauchte für Ungarn kein Visum mehr –, suchten dort eine leicht zugängliche Stelle an der Donau, bliesen das Schlauchboot auf und begannen ihre Fahrt. Sie dauerte vier Wochen.

Als sie wieder in Wien waren, musste Moritz dem Esel genau erzählen, was sie erlebt hatten, wie sie nicht selten zwei Tage warten mussten, bis sie am Donauufer eine Ortschaft fanden, wo es etwas zu essen gab. Eine Geschichte musste Moritz zweimal erzählen. Also, sagte der Esel, wie war das mit dem Manöver der Roten Armee? Das war so, erwiderte Moritz: Wir waren schon die zweite Woche unterwegs. Da kam uns ein Motorboot entgegen, gesteuert von einem russischen Soldaten. Er trug eine Kappe mit dem Sowjetstern. Er stoppte uns, gab uns zu verstehen, wir müssten hier warten.

Nach einer Viertelstunde tauchte am rechten Ufer ein monströses Gefährt auf, hoch wie ein zweistöckiges Haus. Von diesem Gefährt wurde eine Stahlplatte nach der anderen nach vorne abgeworfen, bis die Platten einen Ponton, eine Behelfsbrücke, bildeten. Kaum war der Ponton fertig, fuhren an die hundert Panzer darüber, begleitet von tief fliegenden Kampfbombern. Als der letzte Panzer das gegenüberliegende Ufer erreicht hatte, wurden die Stahlplatten wie von Geisterhand eingeholt. Der Soldat gab unser Boot frei, salutierte, und wir konnten weiterfahren. Ich sehe das alles vor mir, sagte der Esel.

Im Herbst, die Schule hatte wieder begonnen, griff Moritz nach langem Überlegen zum Telefon und rief Karla an. Er habe zwar nur eine kleine Wohnung, sagte Moritz, hätte aber gern, dass das jüngste der Kinder bei ihm wohne. Die Antwort kam prompt: Ich werde das gerichtlich verhindern. Was ist in diese Frau gefahren?, dachte Moritz. Ich mache einen Vorschlag, sie droht mit dem Gericht. Sie macht aus unserer Trennung einen kriegsähnlichen Zustand. Für die Kinder kann das nicht gut sein.

Moritz arbeitete an dem neuen Roman, dessen Titel schon feststand: »Harry«. Der rebellische Arbeiter Charlie und sein rebellischer Sohn, der Student. In manchem stimmten sie überein, in vielem nicht. Harry propagierte die Revolution, sein Vater war nicht dagegen, er fragte aber, wie und mit wem er eine Revolution machen wollte. Moritz berichtete dem Esel vom Stand der Arbeit, der Esel fand, das sei ein interessanter Konflikt, und fragte, wie er zu lösen sei. Keine Ahnung, antwortete Moritz, das Beste wird sein, ich lasse die

Arbeit eine Zeit lang liegen. Du wirst doch nicht faulenzen wollen?, fragte der Esel.

Ich habe, erwiderte Moritz, die Idee für einen Film. Es wird mein letzter sein. Einen Film zu drehen ist sehr anstrengend. Ich werde mich danach ganz der Literatur widmen. Diesen einen Film aber muss ich noch machen. Du weißt, die Arbeit über den Februar 34 gilt als der teuerste Film, den die Fernsehanstalt in Wien je hat produzieren lassen. Ich werde nun den billigsten Fernsehfilm aller Zeiten drehen. Der Titel steht schon fest: »Eine Heimkehrergeschichte«.

Diese Geschichte, fuhr Moritz fort, beginnt im Jahr 1945, als die deutsche Wehrmacht sich auflöst. Vier junge Soldaten beschließen, sich nach Wien durchzuschlagen. Die Häuser, in denen sie gewohnt haben, sind von Bomben zerstört, die Eltern umgekommen. Einer der vier ist vor dem Krieg Bühnentischler gewesen. Das Theater steht nicht mehr, aber die Bühnenwerkstatt, in der Dekorationen und Kostüme hergestellt wurden, ist unversehrt. Dort ziehen die vier ein. Aus Bühnendekorationen bauen sie sich Zimmer. An einer Wand sieht man Palmen, an einer anderen einen Palast.

Das wird ein wunderbarer Film!, rief der Esel. Du solltest aber auch erzählen, wie die vier es schaffen, nach Wien zu kommen. Sie machen Rast vor einem zerbombten Haus. Ein Flugzeug nähert sich und wirft eine Bombe ab. Die vier gehen in Deckung, werfen sich auf den Boden. Danach fehlt einer. Der Bühnentischler ist in eine Kalkgrube gefallen. Die anderen werden von einem verrückten deutschen Offizier mit einer Maschinenpistole bedroht. Der Bühnentischler steigt aus der Kalkgrube, er ist schneeweiß. Er klopft dem Offizier auf die Schulter, der dreht sich um und fragt entsetzt: Wer sind Sie? Der Bühnentischler sagt: Ich bin der Friede. Der Offizier lässt die Maschinenpistole fallen und rennt davon.

Du hast recht, sagte Moritz, das wird ein wunderbarer Film. Tag für Tag saßen Moritz und der Esel beisammen und entwickelten das Drehbuch. So intensiv hatten sie noch nie zusammengearbeitet. Schließlich ging es an die Realisierung. Einundzwanzig Drehtage wurden angesetzt, es gab keinen einzigen freien Tag. Für das Team war das eine anstrengende Zeit. Die Szenen waren aber so abwechslungsreich und komisch, dass jeder seine Arbeit gern machte. Am Ende rechnete die Filmproduktion die Kosten zusammen. Der Februar-34-Film kam auf dreißig Millionen Schilling, die Heimkehrergeschichte auf drei Millionen.

Danach arbeitete Moritz nicht gleich am Roman weiter. Er hatte Bertolt Brecht und Walter Benjamin gelesen und, angeregt von dieser Lektüre, einige Essays geschrieben, die der Verlag in einem Taschenbuch herausgab. Diese Arbeit war für Moritz außerordentlich befriedigend. Ich habe, dachte er, eine Liebesbeziehung zum Essay. Der Essay ist ein Versuch, ein Labor, in dem man Gedanken ausprobieren kann jenseits der Frage, ob sie richtig oder falsch sind. Nach dieser Arbeit fiel es Moritz leicht, den Roman abzuschließen. Der Konflikt zwischen Harry und seinem Vater löste sich auf, indem Charly nachgab. Er kam zu der Einsicht, dass ein Student wie er, der noch nicht ins Arbeitsleben eingespannt ist, durchaus die Revolution propagieren kann, ohne sich Gedanken machen zu müssen, wie sie zu verwirklichen sei.

Eines Abends traf Moritz seine ältere Tochter zum Essen beim Italiener. Sie erzählte ihm, dass ihr Bruder – er besuchte die siebente Klasse des Gymnasiums – immer öfter betrunken nach Hause kam. Am Tag darauf sprach Moritz den Buben darauf an. Der lehnte sich zurück und lachte. Moritz kannte diese Reaktion. Immer wenn der Bub mit Kritik konfrontiert wurde, wie zum Beispiel auch mit schlechten Leistungen in der Schule, lehnte er sich zurück und lachte. Das ist doch, sagte er, maßlos übertrieben. Hin und wieder trinke ich ein Glas Wein, das ist alles.

In derselben Woche erreichte Moritz eine zweite unerwartete Mitteilung. Er erhielt einen Anruf und erkannte die sonore Stimme sofort. Onkel Heinrich!, rief er. Gut, dass du dich meldest. Wie geht es dir? Das würde ich dir gern erzählen, erwiderte der Onkel. Sie verabredeten sich für den Tag darauf beim Italiener. Ich habe, erzählte der Onkel, das Haus in Kapfenberg verkauft und bin nach Baden übersiedelt. Bald danach ist meine Frau gestorben. Ich habe eine kleine Möbelhandlung erworben, das Geschäft ist gut gegangen, ich habe eine größere Möbelhandlung gekauft und schließlich das größte Einrichtungshaus der Stadt.

Ich bin, fuhr er fort, ein sehr vermögender Mann, ohne Frau, ohne Kinder. Wenn du willst, setze ich dich als Erben ein. Du müsstest aber nicht nur die bestehenden Geschäfte weiterführen, sondern auch das Geschäft in andere Bereiche erweitern. Sehr lukrativ sind zurzeit Hühnerfarmen. Aber was rede ich, sagte der Onkel und seufzte, wie ich dich kenne, hast du anderes vor, als Unternehmer zu werden. Ich hoffe, erwiderte Moritz, du bist mir nicht böse.

Unsinn, sagte der Onkel. Und nun erzähl mir von meiner Schwester. Ich habe gehört, dass ihr Mann gestorben ist. Meiner Mutter, erwiderte Moritz, geht es nicht gut. Es gibt Anzeichen von Demenz. Lange wird sie nicht mehr im Haus leben können, sie wird in ein Heim müssen. Ach, sagte der Onkel, deine Eltern haben das Haus unter großen Entbehrungen gebaut, und dann steht es leer. Du wirst es verkaufen. Ich will gar nicht daran denken, erwiderte Moritz. Schluss mit den deprimierenden Geschichten, sagte der Onkel, wir wollen einen schönen Abend verbringen. Und sie aßen und tranken bis zur Sperrstunde. Zwei Wochen später rief der Onkel wieder an. Moritz, sagte er, ich habe hier alles verkauft und über eine Agentur eine Villa in Südspanien erworben. Ich werde mich von dort melden. Moritz hörte nie wieder etwas von seinem Onkel.

Noch im selben Monat kam die Schreckensnachricht. Der Bub war betrunken und mit überhöhter Geschwindigkeit mit dem Auto eines Freundes unterwegs gewesen, in einer Kurve hatte er die Herrschaft über das Fahrzeug verloren. Das Auto war gegen einen Masten gekracht, wo es auseinandergebrochen war, der Bub war auf die Straße geschleudert worden und dort liegen geblieben. Er war querschnittgelähmt und fortan auf einen Rollstuhl angewiesen.

17

Karlas Wohnung lag im Hochparterre. Um mit dem Rollstuhl auf die Straße zu gelangen, musste man neun Stufen überwinden. Bachtin fand eine Lösung. Agnes wohnte bereits in Stammersdorf, im Haus Wachtl, wie sie zu sagen pflegte. Sie hatte ihr Studium abgeschlossen, ein eigenes Architekturbüro gegründet und bereits einige interessante Aufträge bekommen. Um die zu bewältigen, hatte sie zwei Mitarbeiter engagiert, die sie vom Studium kannte. Das Büro war provisorisch im Wirtschaftsgebäude untergebracht worden, da der Esel ja noch nicht dort lebte.

Bachtins Trakt, der noch nicht bewohnt war, konnte mit dem Rollstuhl ohne Stufen von der Straße über den Hof erreicht werden, in der Wohnung selbst mussten nur das Klo und das Bad behindertengerecht adaptiert werden. Das war bald geschehen, und der Bub konnte einziehen. Er fühlte sich, wie er Moritz versicherte, sehr wohl. Brauchte er Lebensmittel, um sich etwas zu kochen, und, ganz wichtig, etliche Flaschen Wein, wandte er sich an Agnes oder ihre Mitarbeiter um Hilfe. Als Moritz seinem Sohn ein behindertengerechtes Auto kaufte, konnte dieser auch in den Supermarkt fahren und sich selbst versorgen.

Der Bub begann ein Doppelleben zu führen. Er schlief lange, dann machte er sich etwas zu essen, am Nachmittag zeichnete und malte er. Dass er begabt war, hatten seine Eltern schon im Volksschulalter festgestellt. Am Abend kamen seine

Freunde – niemand fand je heraus, wer sie waren –, es wurde Haschisch geraucht und reichlich Wein getrunken. Moritz sprach mit seinem Sohn darüber. Der sagte: Ich brauche Betäubungsmittel. Ich kann mich nicht damit abfinden, gelähmt zu sein. Dagegen gab es kein Argument.

Eines Tages bekam Moritz einen Anruf von Gretel. Von diesem Augenblick an änderte sich sein Leben vollkommen. Die beiden verabredeten sich in Gretels Wohnung, sie standen einander gegenüber, umarmten sich, fielen ins Bett und schliefen miteinander. Um neun Uhr in der Früh, sie hatten kein Auge zugemacht, frühstückten sie. Danach ging Gretel zur Arbeit und Moritz zum Esel. Der fragte: Was ist mit dir? Ich war bei Gretel, sagte Moritz. Ich sehe es dir an, erwiderte der Esel.

Die beiden schwiegen. Dann fragte der Esel: Wie geht es ihr? Ich vermute, antwortete Moritz, dass sie so glücklich ist wie ich. Ach, rief er, war das eine Nacht! Willst du darüber reden?, fragte der Esel. Nichts lieber als das, erwiderte Moritz. Dann begann er zu erzählen. Wir liegen im Bett. Auf einmal sagt Gretel: Ich habe einen Freund, den Franzi, er sitzt wegen eines Raubüberfalls im Gefängnis. Übrigens nicht zum ersten Mal. Als ich ihn zuletzt besucht habe, hat er gesagt: Du wirst mit anderen Männern schlafen, das macht mir nichts aus. Ich möchte aber nicht, dass sie deine Brüste berühren. Und Gretel, fuhr Moritz fort, hat sich daran gehalten. Ich nicht. Es begann ein liebevolles Gerangel, und schließlich gelang es mir, eine von Gretels Brüsten zu streicheln.

Der Esel nickte zufrieden, dann sagte er: Es hat lange, sehr lange gedauert, bis ihr zueinandergefunden habt. Nun hat jeder von euch seinen Weg eingeschlagen, und ihr werdet eine Möglichkeit finden, um gemeinsam weiterzuleben.

Moritz lachte. Selten, sagte er, hast du so feierlich gesprochen. Unsinn, erwiderte der Esel. Übrigens: Gestern hat mich dein Sohn wieder einmal besucht. Er hat einige Zeichnungen und Gemälde mitgebracht. Was für ein großes Talent! Lange habe ich meinen Kopf an seinem Kopf gerieben, zum Zeichen, wie sehr ich ihn bewundere. Ich beneide dich, sagte Moritz. Der Bub hat nichts dagegen, wenn du seine Bilder anschaust, mir aber zeigt er sie nicht. Ich habe ihn nach dem Grund gefragt. Die Antwort war: Der Esel ist der Einzige, der meine Arbeit versteht.

Als Moritz seinen Sohn besuchte, erfuhr er, dass Gretel bei ihm gewesen war. Ich nehme an, sagte dieser, dass sie deine Freundin ist. Moritz nickte. Ich mag die Gretel, fuhr der Bub fort, sie hat mir zwei Stunden lang von eurer Zeit auf dem Frauenberg erzählt. So habe ich erfahren, dass ihr damals den russischen Offizier kennengelernt habt. Ich sehe Bachtin nun mit anderen Augen. Schade, fuhr der Bub fort, dass du nie mit uns darüber gesprochen hast. Ach, erwiderte Moritz, ich habe gedacht, dass euch diese alten Geschichten nicht interessieren. Nun, sagte der Bub, habe ich ja die Gretel, die mir alles erzählt. Und ich werde es meinen Schwestern weitererzählen. Moritz überkam ein Gefühl der Zuversicht, er ging auf seinen Sohn zu und küsste ihn.

Tags darauf traf Moritz seine ältere Tochter. Er berichtete ihr von Gretel und deren Besuch bei seinem Sohn. Dein Bruder, sagte er, hat sich beklagt, dass ich euch nichts über meine Kindheit und die Zeit auf dem Frauenberg erzählt habe. Interessiert dich das? Sehr, war die Antwort. Sie machten einen langen Spaziergang, die Praterhauptallee entlang bis zum Lusthaus, wo sie Kaffee tranken und ein Stück Kuchen aßen, und wieder zurück. Moritz begann seine Erzählung damit, wie er den Esel befreit und mit nach Hause genommen hatte. Dass der Esel mit ihm sprechen konnte, musste ein Geheimnis bleiben.

Moritz schilderte seiner Tochter, wie das Haus, in dem er mit seinen Eltern gewohnt hatte, durch eine Bombe, die im Nebenhaus eingeschlagen hatte, beschädigt worden war, wie sie auf den Frauenberg gebracht wurden, der Krieg schließlich zu Ende ging, die Russen kamen und der russische Offizier, der dann Botschafter in Wien wurde, vor ihnen stand. Wie es weitergegangen ist, erzähle ich dir das nächste Mal, sagte Moritz. Ehe sie sich trennten, fragte er seine Tochter, die die letzte Klasse des Gymnasiums besuchte, wie ihre Pläne für die Zukunft aussahen. Ich werde, sagte sie, Germanistik studieren. Willst du, fragte er, das Lehramt machen und Professorin an einem Gymnasium werden? Auf keinen Fall, erwiderte sie. Was dann?, fragte er. Willst du an der Universität bleiben und Wissenschaftlerin werden? Du fragst mich zu viel, sagte sie. Ich werde mit dem Studium beginnen, und wenn es mich nicht freut, mache ich etwas anderes.

Bachtin rief Moritz an. Wir waren, sagte er, schon lange nicht mehr gemeinsam essen. Heute Abend, erwiderte Moritz, beim Italiener. Als sie sich trafen, berichtete Bachtin, dass er auf einem Empfang in der Residenz mit dem ägyptischen Botschafter gesprochen hatte. Der hat mir, fuhr er fort, merkwürdige Dinge erzählt. Ihm ist zu Ohren gekommen, dass jemand mitten in der Wüste zwischen Kairo und Alexandria eine Farm gegründet hat. Dieser Mann, ein Ägypter, soll in Graz Maschinenbau studiert haben und mit einer Grazerin verheiratet sein. Mithilfe von Geologen der Montanistischen Hochschule Leoben soll er in der Wüste nach Wasser gebohrt haben und fündig geworden sein. Gewissermaßen, hat der ägyptische Botschafter gemeint, handelt es sich auch um eine österreichische Geschichte. Ich habe versucht, Wiener Journalisten dafür zu interessieren, doch die haben abgewunken. Eine Farm in der Wüste?, haben sie gefragt. Das klingt nach einem orientalischen Märchen.

Warum ich dir das erzähle?, sagte Bachtin. Du erinnerst dich, dass wir über Musils mögliche Wirklichkeiten gesprochen haben. Eine Farm in der Wüste ist vielleicht eine mögliche Wirklichkeit. Wir wissen nichts darüber. Aber wir müssen, erwiderte Moritz, etwas darüber in Erfahrung bringen. Zuallererst Name und Adresse des Mannes, dem die Farm gehört. Ich werde, sagte Bachtin, den Botschafter um seine Hilfe bitten. Das ist das eine. Das andere ist, dass ich deinen Sohn besucht habe.

Er ist, fuhr Bachtin fort, immer freundlich zu mir gewesen. Diesmal war er anders. Geradezu vertraulich. Und weißt du, warum?, fragte Moritz. Gretel ist bei ihm gewesen und hat ihm erzählt, wie wir dich auf dem Frauenberg kennengelernt haben und dass du seit unserer Kindheit unser Freund bist. Gretel hat kommen müssen, um dem Buben das zu erzählen. Ihr wart, sagte Bachtin, schon als Kinder ein Liebespaar. So ist es, erwiderte Moritz.

Ich habe also, fuhr Bachtin fort, deinen Sohn besucht. Du weißt, dass ich seine Zeichnungen und Bilder sehr schätze. Ich bin noch in Verbindung mit dem Herausgeber der »protokolle«. Durch ihn habe ich einen Mann kennengelernt, der im ersten Bezirk eine Galerie besitzt. Den habe ich gefragt, ob er Interesse hätte, die Arbeiten deines Sohnes auszustellen. Ich würde mit ihm nach Stammersdorf fahren, um ihm die Bilder zu zeigen. Das sei nicht nötig, hat er geantwortet, er vertraut meinem Urteil.

Ich habe deinen Sohn gefragt, was er von diesem Plan hält. Er war einverstanden. Ich habe ihm vorgeschlagen, dass er eine Auswahl trifft. Der Galerist habe in seinen Räumen

Platz für fünfzig Zeichnungen und fünfzig Gemälde. Dein Sohn hat versprochen, bis zum Ende der Woche hundert Bilder auszusuchen. Ich würde die Arbeiten nächste Woche abholen und rahmen lassen. Rahmen für hundert Bilder, hat dein Sohn gesagt, kosten ein Vermögen. Sie kosten gar nichts, habe ich geantwortet. Die Botschaft hat einen Tischler unter Vertrag, der für Renovierungsarbeiten in der Botschaft und in der Residenz herangezogen wird. Ich habe ihn gefragt, ob er Bilder rahmen kann. Bilder rahmen, hat er gerufen, endlich eine vernünftige Aufgabe!

Am Tag darauf besuchte Moritz den Esel und berichtete ihm von der Farm in der Wüste. Der Esel dachte lange nach. Dann sagte er: Moritz, zum ersten Mal bedaure ich, nicht reisen zu können. Diese Farm hätte ich gern gesehen. Oft habe ich mir gedacht: Die Menschen leben in uralten Ortschaften, in Bruck an der Mur zum Beispiel oder in Wien. Kapfenberg ist eine rühmliche Ausnahme. Diese Stadt besteht in erster Linie aus einem Stahlwerk. Drumherum leben die Arbeiter. Ich habe mich gefragt: Warum baut man nicht neue Städte mit neuer Architektur und neuen Industriebetrieben? Wahrscheinlich aus Gewohnheit und Faulheit und Dummheit. Du musst, fuhr er fort, unbedingt nach Ägypten fahren.

Mit Bachtins Hilfe, erwiderte Moritz, versuche ich, mit dem Gründer der Farm in Kontakt zu kommen. Ich weiß nicht, ob es gelingt. Dann erzählte er dem Esel, dass Bachtin es zustande gebracht hatte, eine Ausstellung mit den Bildern seines Sohnes zu arrangieren. Wenn der Bub das will, sagte der Esel, ist das gut so. Ich bin nicht dafür. Dein Sohn zeichnet und malt vor allem für sich. Er wird nicht damit fertig, dass er gelähmt ist. Deshalb trifft er am Abend seine Freunde, mit denen er Wein trinkt und Haschisch raucht.

Die Nachmittage aber, wenn er nüchtern ist, sind der Arbeit vorbehalten. Das rettet ihn vor dem körperlichen Verfall. Ich weiß nicht, ob es gut für ihn ist, wenn diese Intimität durch eine Ausstellung öffentlich gemacht wird.

Daran, erwiderte Moritz, habe ich nicht gedacht. Er hielt die Bedenken des Esels aber für nicht gewichtig genug. Zu Hause trödelte er vor sich hin. Er hatte mit den beiden Filmen einiges Geld verdient, und da er sehr sparsam lebte, musste er nicht arbeiten, um seinen Lebensunterhalt zu bestreiten. Angeregt von Adorno, las er Hegel und Marx. Er fand heraus, dass der scharfe polemische Ton, den Marx angeschlagen hatte, bereits bei Hegel zu finden war, ein Ton, den es in der Philosophie zuvor nicht gegeben hatte. Philosophie seit Hegel, dachte Moritz, ist Kampf. Marx ist ein würdiger Schüler Hegels.

Moritz besuchte den Esel und las ihm das Kommunistische Manifest vor, das Marx mit seinem Freund Engels verfasst hatte. Der Esel war begeistert. Dieser Text, sagte er, wird die Welt auf unabsehbare Zeit zerreißen – in ein kapitalistisches und ein sozialistisches Lager. Und was tue ich? Ich liege auf meinem Strohbett und fresse eine Rübe. Beschämend. Und was tue ich?, fragte Moritz. Ich besuche Gretel zweimal in der Woche und bin glücklich. Du bist, erwiderte der Esel, im Unterschied zu mir kein Revolutionär. Oh, sagte Moritz, das höre ich zum ersten Mal. Kannst du mir das erklären?, fragte Moritz. Nicht jetzt, antwortete der Esel und drehte sich weg zum Zeichen, dass er nun in Ruhe gelassen werden wollte.

Bachtin bemühte sich, mithilfe des ägyptischen Botschafters Name und Adresse des Begründers der Farm herauszufinden. Das dauerte ein Jahr. Der Botschafter schrieb an das Außenministerium in Kairo. Von dort kam eine Anfrage, wer denn in Wien die Daten erhalten wolle. Der Botschafter antwortete, es handle sich um einen zuverlässigen Mann. Nach Monaten fragte das Außenministerium, wer für dessen Zuverlässigkeit garantieren könne. Der Botschafter erwiderte, jener Mann sei ein Freund des sowjetischen Botschafters. Monate später wurden endlich Name und Adresse nach Wien gemeldet.

In der Zwischenzeit fand die Ausstellung statt. Dutzende Menschen drängten sich in der Galerie und warteten darauf, dass das Buffet eröffnet würde und sie sich auf Sekt und Brötchen stürzen könnten. Sie warteten geduldig. Denn der Herausgeber der »protokolle« sprach, nachdem er Moritz' Sohn vorgestellt hatte, so engagiert über dessen Arbeit, dass die Leute ihm gern zuhörten. Danach hielt er sich in der Nähe des Künstlers auf und schützte ihn vor Journalisten. Der junge Mann, sagte er, sei es nicht gewohnt, in der Öffentlichkeit zu stehen und Interviews zu geben. Dennoch konnte man in fast allen Wiener Zeitungen wohlwollende Berichte über ihn und seine Arbeit lesen.

Davon neugierig geworden, besuchte ein bekannter Maler, der als Professor an der Akademie der bildenden Künste wirkte, die Ausstellung. Er war von den Arbeiten so beeindruckt, dass er Moritz' Sohn einen Brief schrieb. Er, der Professor, sei sehr angetan vom Können des jungen Künstlers. Diese Begabung gelte es zu fördern. Er würde ihn sehr gern in seine Meisterklasse aufnehmen. Der Bub las dem Vater den Brief vor. Moritz war außer sich vor Freude. Der Bub aber sagte, er werde dem Professor nicht antworten. Er wisse selbst, dass er sich zwar nicht bei den Zeichnungen, aber in der Malerei verbessern müsse. Dazu brauche er keine Akademie.

Betrübt erzählte Moritz das dem Esel. Der war ganz auf der Seite des Buben. Für ihn, sagte der Esel, ist Zeichnen und Malen Therapie. Er will gute Arbeit machen, aber kein bekannter Künstler werden. Ich verstehe euch beide nicht, erwiderte Moritz. Er besuchte Gretel und klagte ihr sein Leid. Moritz, sagte sie, du machst einen Fehler. Du willst, dass dein Sohn so wird wie du. Du bist ehrgeizig, willst ein bedeutender Schriftsteller werden. Deinem Sohn fehlt dieser Ehrgeiz. Ach, erwiderte Moritz, du bist so gescheit. Du erinnerst dich, sagte Gretel, dass ich mich als Kind für das Universum interessiert habe. Wenn ich Rat brauche, frage ich die Sterne. – Und wenn ich Rat brauche? – Dann fragst du mich, erwiderte sie.

Die Ausstellung war vier Wochen geöffnet. In dieser Zeit wurden zwei Drittel der Arbeiten verkauft. Da der Besitzer der Galerie die Preise hoch angesetzt und nur fünf Prozent Provision einbehalten hatte, konnte Moritz' Sohn mit einem Haufen Geld rechnen. Zu selben Zeit erhielt Moritz endlich den lang erwarteten Brief vom Gründer der Farm. Der fragte, was Herrn Zaunschirm bewege, sich für die Farm zu interessieren. In seinem Antwortschreiben berief Moritz sich auf Robert Musils mögliche Wirklichkeiten. Dieses Thema sei im Zentrum seiner Romane gestanden. Die Farm in der Wüste scheine ihm die Realisierung einer solchen möglichen Wirklichkeit zu sein.

Der Brief aus Ägypten war verheißungsvoll. Lieber Freund, so war zu lesen, ich habe den Eindruck, Sie denken ähnlich wie ich. Ich schlage vor, dass Sie uns im Oktober, wenn es nicht mehr so heiß ist, besuchen. Ich werde mich in Kairo um ein gutes und kostengünstiges Hotel umschauen. Von dort aus können Sie die Farm mit einem Taxi zu einem Pauschalpreis erreichen. Mit sehr herzlichen Grüßen, Ihr Zacharias Sarani. Moritz las dem Esel den Brief vor. Wir haben, sagte der Esel, in Herrn Sarani einen Geistesverwandten getroffen. Du darfst nicht zu lange in Ägypten bleiben, damit du mir Bericht erstatten kannst. Ich bleibe nicht länger als vier Wochen, erwiderte Moritz. Es wird wohl nicht mein letzter Besuch sein.

Vor seiner Abreise fuhr Moritz nach Kapfenberg, um zu sehen, wie es seiner Mutter ging. Er fand sie in einem völlig verwahrlosten Zustand vor. Die Rettung brachte sie ins Krankenhaus, wo die Ärzte feststellten, dass die Frau auf keinen Fall weiter allein in ihrem Haus leben konnte. Moritz gelang es, in einem Pflegeheim in der Nähe von Kapfenberg einen Platz für seine Mutter zu bekommen. Er brachte sie dorthin, sie bezog ein Zimmer, in dem eine andere alte Frau im Bett lag, die nicht mehr ansprechbar war. Moritz' Mutter saß in einem Rollstuhl, es war Nachmittag, Kaffee wurde serviert. Sie setzten sich an einen Tisch auf dem Gang. Man sah auf einen Hügel, die Mutter rief: Schau, Moritz, siehst du die Kühe? Da waren keine Kühe, Moritz aber nickte und sagte: Schöne Tiere. Die Mutter erwiderte: Und nun zahlen wir und fahren nach Haus. Moritz sagte: Ich hole den Ober, stand auf, verließ das Pflegeheim und fuhr nach Wien.

Anfang Oktober reiste er nach Ägypten. Zweimal die Woche besuchte er die Farm. Er wollte Sarani nicht zu sehr beanspruchen, außerdem brauchte er viel Zeit, um niederzuschreiben, was er in Erfahrung gebracht hatte, außerdem wollte er Kairo kennenlernen. Nach einem Monat kehrte er nach Österreich zurück. Sein erster Weg führte ihn ins Pflegeheim bei Kapfenberg. Seine Mutter lag im Bett, sie war zu schwach, um im Rollstuhl zu sitzen. Sie schaute Moritz lange an, dann sagte sie: Wer sind Sie? Moritz nahm ihre Hand und weinte. Eine Woche später war sie tot. Gretel begleitete Moritz zum Begräbnis. Danach sagte er: Nun bin ich allein auf der Welt.

In Wien traf Moritz den Esel. Ehe ich dir alles über die Farm erzähle, treffe ich meine Kinder. Dein Sohn, sagte der Esel, hat mich besucht. Ich bin erschrocken, er war abgemagert und zittrig. Er hat eine Zeichnung mitgebracht, die völlig anders ist als seine übrigen Arbeiten. Auf dieser Zeichnung ist der Bub zu sehen, wie er von Schlangen attackiert wird. Moritz war vorgewarnt. Als er dann vor seinem Sohn stand, sagte er: Du siehst nicht gut aus. Der Bub lachte und sagte: Weißt du, ich war zu dick und habe ein paar Kilo abgenommen. Gibt es neue Arbeiten von dir?, fragte Moritz. Ja, erwiderte der Bub, ich will sie dir aber nicht zeigen, ich weiß nicht, ob sie was taugen.

Am Tag darauf traf Moritz seine ältere Tochter. Sie hatte Germanistik zu studieren begonnen, das Studium, sagte sie, interessiere sie aber nicht. Moritz nickte zustimmend. Vielleicht, fuhr sie fort, mache ich auch noch ein zweites Semester. Die Zeit nutze ich, um etwas zu finden, das für mich beruflich infrage kommt. Ich habe einiges in Aussicht, aber es ist zu früh, darüber zu sprechen. Das klingt gut, sagte Moritz und gab ihr einen Kuss. Die jüngere Tochter zu treffen war nicht einfach, sie hatte sehr viel zu tun. Sie war zur Schulsprecherin gewählt worden, eine wichtige Funktion, die sie in ständige Konfrontation mit dem autoritären Direktor brachte, außerdem gab sie mit anderen eine Schülerzeitung heraus, und sie gestaltete Beiträge für eine Jugendsendung im Radio.

Eines Tages fand sie doch Zeit, mit dem Vater einen Kaffee zu trinken. Nach ihren Plänen gefragt, sagte sie: Ich werde es so machen wie meine Schwester und nach der Matura ein Studium beginnen, wahrscheinlich Soziologie. Die Zeit werde ich nutzen, um mich beruflich zu orientieren. Ich würde gern fürs Radio arbeiten. Und wann, fragte Moritz, fahren wir wieder die Donau hinunter? Sie lachte und sagte: Ich fahre mit meinem Freund in den Ferien mit dem Zug durch Europa, nach Rom, Madrid und Paris, die Donau kenne ich ja schon. Aber die Ausrüstung von damals – Zelt und Luftmatratzen, untergebracht in einem Seesack – geht mit auf die Reise.

Endlich konnte Moritz dem Esel Bericht erstatten. Es war November und eiskalt, also trafen sie sich im Stall. Ich habe nicht geahnt, sagte Moritz, dass die Farm als sozialistische Genossenschaft organisiert ist. Wer ein Jahr dort gearbeitet hat und vorhat, länger zu bleiben, wird Mitbesitzer. Der Gründer der Farm hat eine Ausnahmestellung. Für die Anfangsarbeiten hat er Kredite aufgenommen, die nun zurückgezahlt werden müssen.

Auf großen Flächen, fuhr Moritz fort, werden Zucchini und Erdäpfel angebaut. Geerntet wird dreimal im Jahr. In einer großen Halle verpackt man das Gemüse in Kartons, es wird zum Flughafen transportiert und von dort nach London gebracht, wo ein Großabnehmer die Ware abholt. Auf einer kleineren Fläche wird Baumwolle gepflanzt, ohne sie, wie Sarani betont hat, mit Chemikalien zu behandeln, was äußerst ungewöhnlich ist. Die Baumwolle wird auf der Farm zu Stoff verarbeitet, den ein Modedesigner in New York zu einem sehr hohen Preis kauft.

Ich habe mich, sagte Moritz, vor allem für den wirtschaftlichen Ablauf interessiert. Die Farm floriert. Das ist wichtig, denn es wird nicht nur angebaut, auch soziale und kulturelle Einrichtungen werden geschaffen. Deshalb geht nur ein Teil dessen, was erwirtschaftet wird, an die Mitarbeiterinnen und Mitarbeiter. Die erwähnten Einrichtungen, fuhr Moritz fort, sind im Aufbau begriffen, ich werde sie bei meinem nächsten Aufenthalt studieren. Geplant sind ein Kindergarten, eine

Musikschule, ein Zahnambulatorium und eines für Allgemeinmedizin. Denn, so hat Sarani gesagt, der gesundheitliche Zustand der Leute ist miserabel.

Moritz ging nach Hause und rief Gretel an. Er wollte sich mit ihr in ihrer Wohnung verabreden, sie aber schlug vor, sich im Kaffeehaus zu treffen. Das machte ihn stutzig. Sie küssten und umarmten einander, doch Gretel war anders als früher. Komm, setz dich, sagte sie. Es geht um deinen Sohn. Er hat mit dem Verkauf seiner Arbeit viel Geld verdient. Dann ist es gekommen, wie es kommen musste. Er ist von Haschisch auf Heroin umgestiegen. Ich habe mit Ärzten gesprochen, die Erfahrung mit Drogensüchtigen haben. Sie sind der Meinung, dass die meisten Haschischkonsumenten mit der Zeit nach stärkeren Betäubungsmitteln verlangen. Wenn sie die nötigen finanziellen Mittel haben, wechseln sie zu Heroin. Oder sie werden kriminell, um sich das Geld zu beschaffen.

Zum Glück, fuhr Gretel fort, spricht dein Sohn mit mir über sein Problem. Ich bin seine einzige Vertraute. Halte du dich bitte heraus. Von den Ärzten weiß ich, dass Heroinkonsum immer in einer Katastrophe endet. Eine Spritze Heroin verschafft einen kurzen Genuss, alsbald verlangt der Körper unter starken Schmerzen nach der nächsten Dosis. Ich weiß, habe ich zu deinem Sohn gesagt, wie es dir geht. Du bist gefangen in einem Teufelskreis, aus dem du aus eigener Anstrengung nicht herauskommt. Eine Möglichkeit, dem zu entrinnen, ist ein Entzug in einer Klinik. Den mache ich auch, hat dein Sohn gesagt. Ich habe geantwortet, dass ich ihn in der Klinik anmelden werde, dass es aber eine Wartezeit von ein paar Wochen geben wird.

Moritz rief Bachtin an und entschuldigte sich, dass er noch keine Gelegenheit gefunden hatte, ihn zu treffen. Wir sehen uns beim Italiener, sagte Bachtin. Ehe Moritz sich auf den Weg ins Restaurant machte, kam ein Anruf von Gretel. Stell dir vor, sagte sie, wir haben einen Termin in der Klinik bekommen. In zwei Tagen bringe ich deinen Sohn dorthin. Im Restaurant sagte Moritz: Ich habe eine gute und eine schlechte Nachricht. Er berichtete Bachtin von der Heroinsucht des Sohnes und dass es Gretel gelungen war, einen Platz in einer Klinik zu bekommen, wo der Bub einen Entzug machen würde. Bachtin war sprachlos. Nach einer Weile sagte er: Ich fühle mich schuldig. Dein Sohn hat erst nach der Ausstellung mit dem Heroin begonnen. Ich hätte diese Ausstellung nicht organisieren dürfen.

Und ich, erwiderte Moritz, hätte nie von der Seite meines Sohnes weichen dürfen. Dann hätte er keinen Autounfall gehabt und wäre nicht gelähmt. Was wir nicht alles nicht hätten tun dürfen. Wenn wir diesem Motto folgen, landen wir bei jenen traurigen Philosophen, die meinen, es wäre besser, nicht geboren worden zu sein. Sergej, fuhr Moritz fort, du kennst diesen dummen, grausamen, sinnlosen Satz: Das Leben geht weiter. Bachtin nickte. Die Frage ist, erwiderte er, *wie* es weitergeht. Beide schwiegen. Dann sagte Moritz: Wahrscheinlich ist die Biologie, die bloße Natur des Menschen, stärker als das, was wir Geist und Bewusstsein nennen. Sonst würde der Mensch angesichts der Schrecken, die ihm widerfahren, den Verstand verlieren. Viele, erwiderte Bachtin, verlieren ihn ja auch. Wir beide, sagte Moritz, hoffentlich nicht. Dann sollten wir trotz allem, antwortete Bachtin, etwas essen und trinken.

Endlich konnte Moritz dem Freund von der Farm berichten. Eine mögliche Wirklichkeit, sagte Bachtin. Konntest du herausfinden, ob die Farm, wie immer sie sich entwickeln wird, als Insel konzipiert ist – oder als etwas, das hinauswirken soll ins Umfeld? Interessant, antwortete Moritz, dass du diese Frage stellst. Sarani, so heißt der Gründer der Farm, hat einige Male mit mir darüber gesprochen. Er hat die Farm keinesfalls als Insel konzipiert, im Gespräch aber erkennen lassen, dass die Farm eine Insel bleiben wird. Insofern, hat er gesagt, betrachte ich das Projekt jetzt schon als gescheitert. Die Leute, die hier arbeiten, würden am liebsten auf dem Areal Häuser bauen und hier wohnen. Ich habe auf sie eingeredet, hat Sarani gesagt, dass sie alles, was sie hier lernen, in ihren Dörfern praktizieren sollten, dass ich die Anfangsarbeiten wie das Bohren nach Wasser finanzieren und auch sonst jede Hilfestellung leisten würde. Kein Interesse.

Wann fährst du wieder nach Ägypten?, fragte Bachtin. Mein Sohn, antwortete Moritz, kommt in die Klinik, er wird dort einige Wochen bleiben und dann als geheilt entlassen werden. Ich kann also ruhigen Gewissens abreisen. Für mich gibt es noch viel zu erkunden. Ich möchte ein Buch schreiben, kein Sachbuch, sondern einen Roman. Der Titel: »Die Farm«. Es wird eine schwierige Arbeit werden. Ich habe Fakten über Fakten, aber keine Idee für eine Erzählung. Ehe du uns verlässt, sagte Bachtin, werde ich in der Residenz ein Essen geben. Ich werde deine Töchter einladen, außerdem Gretel und Agnes. Was für eine Schande, erwiderte Moritz, ich habe Agnes noch immer nicht kennengelernt.

Am Tag darauf besuchte Moritz den Esel im Stall. Ich werde, sagte er, meine Geige mit nach Ägypten nehmen. Ich sehe dich schon, erwiderte der Esel, wie du mitten in der Wüste die Frühlingssonate spielst. Als du auf der Farm gewesen bist, bin ich draußen im Park gelegen und habe zugehört, wie Agnes und der russische Offizier über die Wüste geredet haben: dass Kamele die wichtigsten Tiere für die Wüstenbewohner sind. Du wirst also auf der Geige spielen, und die Kamele werden herbeieilen und dir zuhören.

Und danach, fuhr Moritz fort, gehe ich in die Musikschule, die es auf der Farm gibt. Dort unterrichtet eine junge Musikerin aus Graz vier Mädchen und einen Buben auf der Geige, drei Mädchen und drei Buben auf dem Klavier, fünfzehn Kinder auf der Blockflöte, und alle zusammen erhalten Gesangsunterricht. Auf diesen legt Sarani größten Wert. Er behauptet, der orientalische Gesang sei, anders als der abendländische, stark an die Sprache gebunden. Deshalb sei es für die Kinder wichtig, auch den abendländischen Gesang zu erlernen. Und ich werde mit der Geige dazu spielen.

Das wird dein nächster Roman, sagte der Esel. Moritz seufzte. Mir ist noch keine Geschichte eingefallen, erwiderte er, mit der ich all das erzählen kann. Mir schon, sagte der Esel. Wie bitte?, fragte Moritz. Der junge Mann, fuhr der Esel fort, nennen wir ihn Moritz, verliebt sich in die Musikerin aus Graz. Sie investieren ihre ganze Kraft in den Ausbau der Musikschule. Immer mehr Schüler kommen. Das spricht sich herum. Moritz und die Grazer Musikerin werden vom Bürgermeister von Kairo eingeladen, eine Musikschule in der Hauptstadt zu gründen. Sie nehmen die Einladung an. Die Musikschule auf der Farm wird von einigen fortgeschrittenen Schülern weitergeführt, die Musikschule in Kairo floriert.

Die beiden werden eingeladen, fuhr der Esel fort, in Alexandria eine Musikschule aufzubauen. Die ersten Jugendorchester entstehen. Niemand in Ägypten spricht mehr von der Farm, alle von den großartigen Musikschulen. Eines Tages aber steht Gretel vor Moritz und fragt: Hast du mich vergessen? Ich weiß nicht, sagte der Esel, was Moritz antwortet. Weißt du es? – Moritz dachte lange nach, dann sagte er: Dieser Moritz entscheidet sich für Gretel und für die Musikschulen. Das ist doch, erwiderte der Esel, eine schöne Geschichte.

18

Was Bachtin in der Residenz veranstaltete, das war kein Abendessen, es war ein Festmahl. Er hatte mit dem Koch ein fünfgängiges Menü zusammengestellt, zwei Vorspeisen, Suppe, Hauptspeise, Nachspeise. Zu sechst saß man an einem runden Tisch. Zu den Vorspeisen wurde Champagner serviert. Nun, sagte Bachtin, gönnen wir dem Koch eine kleine Pause, und er zündete sich eine Zigarre an. Kann ich auch eine haben?, fragte Gretel. Bachtin reichte ihr eine Zigarre und gab ihr Feuer. Hast du gewusst, fragte Moritz die neben ihm sitzende Agnes, dass deine Freundin raucht? Agnes nickte. Die Gretel, erwiderte Agnes, raucht gern Zigarren und Zigarillos.

Moritz erzählte Agnes, dass er seinerzeit mit dem Geigenlehrer die Konditorei ihrer Eltern, die stadtbekannte Konditorei Hannecker, besucht hatte. Das Geschäft, sagte Agnes, trägt immer noch diesen Namen. Meine Eltern haben es aber verpachtet. Meine Mutter, sie war im Verkauf tätig, wollte und konnte nicht mehr arbeiten. Ihre Beine waren ständig geschwollen und haben geschmerzt. Die Kellnerin war eine Kusine von mir. Der Vater hat den ganzen Tag wunderbare Torten gebacken und das beste Eis hergestellt, das es weit und breit gegeben hat. Er hat vorgeschlagen, dass eine Angestellte die Arbeit seiner Frau machen soll. Mutter hat das abgelehnt. Wir sind ein Familienbetrieb, hat sie gesagt.

Das Geschäft, fuhr Agnes fort, ist also verpachtet worden. Der Vater lässt es sich aber nicht nehmen, im Betrieb mitzuarbeiten. Das ist schade. Ich habe im vorderen Trakt des Hauses Wachtl zwei Gästewohnungen bauen lassen, die stehen jetzt leer. Frau Reitbauer und Michelangelo Maroni könnten doch zu Besuch kommen, meinte Moritz. Gretel drängt die beiden schon die längste Zeit, aber sie haben gesagt, das sei im Augenblick nicht möglich, antwortete Agnes. Kannst du mir erklären, warum?, fragte Moritz. Maroni, antwortete Agnes, arbeitet nicht mehr im Stahlwerk, er ist in Pension und lebt bei Hanna auf dem Bauernhof.

Das habe ich nicht gewusst, sagte Moritz. Die beiden hätten also Zeit, uns zu besuchen. Du weißt also auch nicht, erwiderte Agnes, was Maroni auf dem Bauernhof macht? Er hat, zum Ärger der beiden Wirte auf dem Frauenberg, das Wirtschaftsgebäude zu einer Jausenstation ausgebaut. Maroni kocht feine Spezialitäten, serviert die besten Weine, zwischendurch spielt er auf der Ziehharmonika und singt italienische Lieder. Wenn er spielt und singt, schenkt der Pfarrer vom Frauenberg den Gästen Wein ein. An den Wochenenden ist der Andrang so groß, dass Maroni zusätzliche Hilfe braucht. Ein junger Arbeiter aus dem Stahlwerk, mit dem Maroni befreundet ist, und dessen Frau gehen ihm in der Jausenstation zur Hand. Woher weißt du das?, fragte Moritz. Maroni, erwiderte Agnes, hat ein Telefon einleiten lassen, sodass Gretel mit ihrer Mutter sprechen kann. Sehr gescheit, sagte Moritz. Er ist übrigens die Hauptperson in der ersten Erzählung, die ich geschrieben habe. Meine literarische Laufbahn hat gewissermaßen mit Michelangelo Maroni begonnen.

Die Suppenteller wurden abserviert, der Lammbraten aufgetragen. Moritz füllte Agnes' Weinglas und stieß mit ihr an. Hanna und Michelangelo, sagte er, sind nicht mehr die Jüngsten. Die beiden, erwiderte Agnes, haben an alles gedacht. Die Frau des jungen Arbeiters kommt tageweise auf den Bauernhof, wo Hanna ihr beibringt, was dort alles zu tun ist. Die junge Frau soll den Bauernhof einmal übernehmen. Und ihr Mann die Jausenstation. Die beiden Alten werden in ein neues Haus hinter dem Wirtschaftsgebäude ziehen. Die Pläne habe ich bereits fertig, im Frühjahr ist Baubeginn. Wenn die Mutter und Michelangelo gestorben sind, hat Gretel gesagt, werdet ihr dort, wo ihr einander kennengelernt habt, eure alten Tage verbringen. Gut zu wissen, erwiderte Moritz.

Gretel saß zwischen Moritz' Töchtern. Von dort ertönte plötzlich lautes Gelächter. Bachtin gesellte sich neugierig zu ihnen. Die ältere Tochter sagte: Gretel hat erzählt, dass unser Vater als kleiner Bub unbedingt Rauchfangkehrer werden wollte. Ich kann mich erinnern, sagte Bachtin, Gretel wollte das Universum erforschen und Moritz wollte Rauchfangkehrer werden. Gretel hat das sehr ernst genommen. Ich erforsche die Sterne, hat sie zu Moritz gesagt, und wenn du auf dem Dach stehst und den Rauchfang reinigst, bist du ebenfalls den Sternen nahe. Wir beide, sagte Gretel, sind nicht das geworden, was wir uns als Kinder gewünscht haben. Jammerschade, rief Moritz über den Tisch.

Nach der Hauptspeise, Gretel und Bachtin rauchten wieder Zigarren, setzte Moritz sich neben seine ältere Tochter und fragte, wie es ihrer Mutter gehe. Sie macht zweimal im Jahr Urlaub, antwortete die Tochter, im Frühjahr und im Herbst. Sie unternimmt jedes Mal eine Bildungsreise. Zwischen den Urlauben bereitet sie sich auf diese Reisen vor. Aber nicht allein. Jeden Samstag trifft sie in unserer Wohnung vier Frauen ihres Alters, mit denen sie die Reiserouten plant und unter Zuhilfenahme von Büchern Sehenswürdigkeiten aussucht. Moritz freute sich, das zu hören. Reist du nie?, fragte die Tochter. Doch, erwiderte Moritz, und erzählte ihr von seinen Erfahrungen auf der ägyptischen Farm und dass er bald wieder dorthin aufbrechen würde.

Zwei Tage später erhielt Moritz einen Brief von Sarani. Er ging damit in den Stall zum Esel. Merkwürdig, sagte Moritz, was mein ägyptischer Freund mir schreibt. Er setzte sich auf einen Strohballen und begann vorzulesen. Lieber Moritz, mir geht viel durch den Kopf. Ich möchte einen Weg finden, um über die Farm hinaus zu wirken. Sehr klug!, rief der Esel, der, das war Moritz' Eindruck, so tat, also wäre die Farm auch sein Projekt. Moritz las weiter: Wir können die landwirtschaftlichen Flächen beliebig ausweiten und die Erträge enorm steigern. Alles, was bisher geplant war, die Gesundheitseinrichtungen, die Musikschule, das Theater, ist bereits finanziert. Um das Inseldasein der Farm aufzubrechen, muss etwas Neues entstehen. Ich kann mir vorstellen, dass wir Facharbeiter ausbilden. Das Einzige, was in Ägypten repariert werden kann, sind Autos. Pfuscher flicken sie soweit zusammen, dass sie wieder ein paar Kilometer fahren.

Ein gesegnetes Land, sagte der Esel, ich würde diese Schrotthaufen gern sehen. Du hättest deine Freude daran, erwiderte Moritz. Der Autoverkehr in Kairo ist der Inbegriff dessen, was hier unter Chaos verstanden wird. Man ignoriert Verkehrsampeln und Einbahnregelungen. Dennoch gibt es kaum Unfälle, da die Hauptbeschäftigung der Fahrerinnen und Fahrer nicht das Fahren, sondern das Hupen ist. Ich sage ja, wiederholte der Esel, ein gesegnetes Land.

Ich lese weiter, sagte Moritz. Ist aber ein Kran kaputt, ruht die Arbeit auf der Baustelle, denn man muss einen Monteur einfliegen. Und ist ein Kühlschrank defekt, landet er, da es keine Elektriker gibt, auf dem Müll. Wir sollten also Fachkräfte ausbilden. Wer soll das tun? Zum Beispiel Facharbeiter aus Österreich. Wie bekommen wir sie hierher? Ich kann mir auch vorstellen, dass wir auf dem Gelände der Farm eine Produktionswerkstatt bauen, in der Sortiermaschinen für Kartoffeln hergestellt werden. Auch die Verarbeitung von Baumwolle in Stoff könnte, anders als jetzt, statt händisch maschinell erfolgen. Mit Maschinen, die ebenfalls von uns selbst gebaut und weiterverkauft werden. So könnte sich die Farm zu einem Industriebetrieb weiterentwickeln, wodurch das jetzige Inseldasein beendet wäre. Was hältst du davon? Dein Zacharias.

Also, fragte der Esel, was hältst du davon? Ich bin ratlos, antwortete Moritz. Ach, rief der Esel, ihr Menschen seid immer gleich ratlos. Es ist doch völlig klar, was zu tun ist. Und zwar?, fragte Moritz. Auf der Farm werden Quartiere für mindestens zehn Facharbeiter benötigt. Agnes ist Architektin. Sie wird erste Skizzen anfertigen, die schickst du nach Ägypten, damit Zacharias Vorbereitungen für den Bau treffen kann. Wenn du dann auf der Farm bist, wirst du die Arbeiten beaufsichtigen und mithelfen. Du hast genug Erfahrung. In zwei Monaten müssen die Quartiere fertig sein.

Ob das zu schaffen ist?, fragte Moritz. Das gesamte Projekt, antwortete der Esel, muss mit großem Schwung beginnen, und der darf nicht nachlassen, sonst scheitert der Plan gleich am Anfang. Lieber Esel, sagte Moritz, darf ich noch etwas fragen? Ausnahmsweise, war die Antwort. Welche Facharbeiter werden in die neuen Quartiere einziehen? Du fährst morgen nach Kapfenberg, sagte der Esel, triffst Maroni und bittest ihn um Hilfe. Er wird Kontakt mit Arbeitern aufnehmen, die er kennt. Sie sollen vier Jahre auf der Farm bleiben. Der Lohn, den sie hier bekommen, wird ihnen auch dort bezahlt. Außerdem haben sie zweimal im Jahr drei Wochen Urlaub, um nach Hause zu fahren.

Und was machen sie nach den vier Jahren?, fragte Moritz. Dieses Problem, erwiderte der Esel, muss in den nächsten Tagen gelöst werden. Der russische Offizier wird in der Residenz seinen Kollegen, den ägyptischen Botschafter, treffen, und sowohl der Außen- als auch der Wirtschaftsminister Österreichs werden dabei sein. Entschuldige, sagte Moritz, ich verstehe deinen Plan nicht. Der Außenminister, fuhr der Esel fort, kümmert sich darum, dass die österreichischen Arbeiter eine Aufenthaltsgenehmigung für vier Jahre bekommen. Der ägyptische Botschafter ist dabei behilflich.

Und der Wirtschaftsminister?, fragte Moritz. Der sorgt dafür, erwiderte der Esel, dass die Arbeiter nach den vier Jahren den Arbeitsplatz zurückbekommen, den sie davor gehabt haben. Der Minister nimmt mit den Betrieben Kontakt auf und lässt sich diese Vereinbarung schriftlich bestätigen. Und das wird funktionieren?, fragte Moritz. Ganz sicher, sagte der Esel. Die Sache ist im Interesse beider Länder. Verstehe ich nicht, erwiderte Moritz. Ägypten, sagte der Esel, ist stolz darauf, dass in der Wüste nicht nur eine Farm, sondern auch ein Industriebetrieb entsteht, und Österreich ist stolz darauf, dass es dabei hilft.

Bleibt die Frage offen, erwiderte Moritz, wie die österreichischen Arbeiter sich mit den jungen Ägyptern, die angelernt werden sollen, verständigen. Manchmal, sagte der Esel, hinkst du den Ereignissen hinterher, und er stupste Moritz freundlich mit der Schnauze. Diese Frage, fuhr er fort, hast du bereits selbst beantwortet. Du hast mir erzählt, dass dich in Kairo Professoren für Germanistik von verschiedenen Universitäten im Hotel angerufen und gefragt haben, ob du Lust hättest, Lesungen zu machen und mit Studenten zu diskutieren. Du hast geantwortet, du würdest dich bei deinem nächsten Aufenthalt in Kairo melden und gerne vor den Studenten lesen.

Außerdem hast du mir erzählt, dass es vier oder fünf Universitäten mit zahllosen Studentinnen und Studenten gibt. Denn während des Studiums erhalten sie Stipendien. Danach stehen die meisten vor dem Nichts und sind froh, wenn sie stundenweise als Taxifahrer arbeiten können. Also wird es nicht schwierig sein, einige zu finden, die vier Jahre lang als Dolmetscher auf der Farm arbeiten. Bauen wir, fragte Moritz, auch für sie Unterkünfte? Auf keinen Fall, antwortete der Esel, sie pendeln mit einem Bus auf Kosten der Farm zwischen dem Arbeitsplatz und Kairo, wo sie ja eine Unterkunft, wahrscheinlich bei ihren Eltern, haben. Dann ist der Plan ja komplett, sagte Moritz. So ist es, erwiderte der Esel. Und nun an die Arbeit.

Am Abend saß Moritz mit Bachtin beim Italiener und durfte nicht sagen, dass alles, was er dem Freund zu unterbreiten vorhatte, vom Esel ausgedacht worden war. Zuerst informierte er Bachtin von Saranis Idee, die Farm zu einem Industriebetrieb zu erweitern. Dann sprach er von den konkreten Plänen und davon, dass diese nur mit Bachtins Hilfe realisiert werden konnten. Der ägyptische Botschafter, der Außenminister, der Wirtschaftsminister, alles gute Bekannte und hilfsbereite Freunde, sagte Bachtin. Du kannst davon ausgehen, dass sie mitmachen.

Am Tag darauf fuhr Moritz nach Kapfenberg, er informierte Maroni, der sofort verstand, worum es ging, und versprach, die besten Leute für die Arbeit auf der Farm zu finden. In Wien fand Moritz endlich Zeit, Gretel zu sehen. Sie nahm sich frei, und die beiden verbrachten drei schöne Tage in Gretels Wohnung. Während er ein Mittagessen zubereitete, erzählte sie, dass das Geschäft gut gehe, dass sie ausgezeichnete Mitarbeiterinnen und Mitarbeiter habe und dass für große architektonische Projekte mit komplizierten statischen Problemen immer ihre Firma beauftragt werde.

Sie brauche, fuhr sie fort, mehr und größere Büroräume und glaube, im neunten Bezirk etwas gefunden zu haben. Sie könne dort in einem Neubau zwei Stockwerke mieten. Ihre Pläne würden aber noch weiter reichen. Sie werde, ebenfalls im neunten Bezirk, in einem Altbau eine große Wohnung mieten, groß deshalb, damit zwei Menschen, du und ich, dort wohnen können, ohne einander zu stören. Moritz nickte freudig. Du behältst, sagte Gretel, selbstverständlich deine Wohnung. Ich fände es aber schön, wenn du hin und wieder für ein, zwei Wochen zu mir kommst. Du wirst ein Arbeitszimmer haben und selbstverständlich ein Schlafzimmer. Du bist ja ein Nachtarbeiter, ich hingegen bin schon um sieben Uhr früh im Büro.

Moritz brach nach Ägypten auf. Er hatte seine Geige mitgenommen, fand allerdings in den ersten Wochen keine Gelegenheit, sich in der Musikschule zu den Schülerinnen und Schülern zu gesellen und mit ihnen zu musizieren. Er wohnte auch nicht wie früher in einem Hotel in Kairo, sondern, da auf der Farm so viel für ihn zu tun war, in Saranis Haus. Dort gab es eine Gästewohnung, Moritz war der Erste, der sie bezog.

Sogleich begannen er und Sarani mit dem Bau von Wohnungen für zehn österreichische Arbeiter. Einen Teil des Baumaterials hatte Sarani bereits herbeischaffen lassen, man konnte beginnen, die Fundamente zu betonieren. Agnes' Vorschlag war, containerartige Häuser zu bauen, die nach vier Jahren problemlos wieder abgetragen werden konnten. Moritz hatte Agnes informiert, Sarani wolle auf keinen Fall, dass die neu ausgebildeten Arbeiter auf der Farm leben. Sie sollten, das war seine Hoffnung, auf der Farm zwar Industrieprodukte herstellen und nebenbei andere junge Ägypter ausbilden, nach der Arbeit jedoch in ihre Dörfer zurückkehren und nach und nach mit Saranis finanzieller Unterstützung eigene Handwerksbetriebe gründen.

Das Problem ist, sagte Sarani zu Moritz, dass es in Ägypten Container, wie man sie in Europa zum Hausbau verwendet, nicht gibt. Außerdem wären sie hier unbrauchbar. Denn sie sind aus Metall und würden sich in der Wüstenhitze so stark aufheizen, dass man nicht darin leben könnte. Moritz rief Agnes an, er brauchte ihr nicht lange zu erklären, worum es ging. Ich habe eine Lösung, sagte sie. Nach einigen Tagen kamen mit der Post die Pläne samt Erläuterungen. Moritz und Sarani entnahmen ihnen, dass ausschließlich mit Holz gebaut werden sollte. Die Außenwände würden aus einer inneren und einer äußeren Schale bestehen, mit einem Zwischenraum von einem halben Meter. In die Wände sollten Löcher eingefräst werden, damit die Luft zirkulieren konnte. Außerdem konnten in dem Zwischenraum die Wasserrohre und die elektrischen Leitungen verlegt werden. Einen Meter über dem Dach sollte eine Plane gespannt werden, um die Hitze abzuhalten. Genial, sagte Zacharias. Moritz nickte.

Als die Fundamente fertig waren, kam die Holzlieferung, und man konnte zu bauen beginnen. Die Männer, die die Fundamente hergestellt hatten, zogen nun die Holzwände hoch. Moritz fräste Löcher ins Holz, Zacharias montierte die Wasserrohre und verlegte die elektrischen Leitungen. Als die erste Wohneinheit fertig war – sie bestand aus einem Wohnraum, einer Kochnische, einer Dusche und einem Klo –, machte Zacharias ein Foto und schickte es Agnes. Diese rief Moritz an und beglückwünschte das Bauteam zu seiner hervorragenden Arbeit. Moritz bat sie, Maroni anzurufen und ihn zu fragen, ob es ihm gelungen sei, Arbeiter zu finden, die bereit wären, auf der Farm junge Ägypter auszubilden. Schon am nächsten Tag kam die Antwort: Maroni hatte zehn ausgezeichnete Leute gefunden.

Moritz informierte Zacharias. Der sagte: Was für ein Glück, dass wir zueinandergefunden haben. Ohne dich wäre das alles nicht möglich. Du irrst, erwiderte Moritz, das war deine Idee. Ich werde mich nun darum kümmern, dass wir Dolmetscher finden, die für die Verständigung zwischen den österreichischen und den ägyptischen Arbeitern sorgen. Moritz rief vier Professoren von vier Universitäten an, mit denen er bereits Kontakt gehabt hatte. Er sagte, er wäre ab dem nächsten Tag in Kairo und würde sich freuen, vor den Studenten zu lesen und mit ihnen zu diskutieren. Die Termine dafür waren rasch vereinbart.

Moritz bezog das Hotel, in dem er schon früher gewohnt hatte. Er atmete auf. Endlich wieder in einer Stadt, dachte er. Ich könnte nicht wie Sarani ständig auf der Farm leben. Mich fasziniert das Projekt, das er zu realisieren versucht, ich helfe gerne mit, vergesse dabei aber nie, dass ich einen Roman über die Farm schreiben will. Ich habe ihm das auch gesagt, er hat es als selbstverständlich empfunden. Du bist Schriftsteller, hat er gesagt. Ich, dachte Moritz, empfinde das nicht als selbstverständlich. Wahrscheinlich ist die Farm die einzige Sache in meinem Leben, in die ich sowohl praktisch als auch literarisch involviert bin. Ich rede immer von der möglichen Wirklichkeit. Auf der Farm entsteht eine solche Wirklichkeit. Und ich bin dabei.

Das Telefon in seinem Hotelzimmer klingelte, ein Professor für Germanistik meldete sich. Ja, sagte Moritz, ich mache gern eine Lesung. Drei Kollegen von Ihnen an anderen

Universitäten, fuhr er fort, sind ebenfalls an Lesungen interessiert. Ich schlage vor, dass wir uns alle im Café meines Hotels treffen. Der Professor war einverstanden. Moritz machte einen Spaziergang zum Nil, setzte sich in einem kleinen Park auf eine Bank, schaute den Schiffen zu und überlegte, wie er den Professoren die Situation auf der Farm schildern und wie er ihnen erklären konnte, dass man dort Studentinnen und Studenten als Dolmetscher brauchte. Die werden, dachte Moritz, vier Jahre auf der Farm arbeiten. Und was wird dann aus ihnen? Moritz erinnerte sich an die Forderung des Esels, die österreichischen Arbeiter müssten nach vier Jahren wieder an ihren früheren Arbeitsplatz zurückkehren können. Ähnliches, dachte Moritz, muss ich für die Studenten erreichen.

Er traf die vier Professoren im Café des Hotels. Man vereinbarte Termine für Lesungen, zwei für die nächste, zwei für die übernächste Woche. Danach informierte Moritz die Professoren über die Farm und sagte, man werde dort für vier Jahre Studentinnen und Studenten als Dolmetscher benötigen. Die Professoren berieten sich. Einer sagte zu Moritz, selbstverständlich kämen nur Studentinnen und Studenten infrage, die das Studium in absehbarer Zeit beenden würden und die deutsche Sprache bereits sehr gut beherrschten. Eine Zeit lang unterhielten sich die Professoren in ihrer Sprache und kamen bald zu einem Ergebnis. Derjenige, der davor schon das Wort an Moritz gerichtet hatte, sagte, man habe sechs Studentinnen und vier Studenten im Auge, die man empfehlen könne. Moritz dankte den Professoren und sagte, man müsse auch darüber nachdenken, was mit den Leuten geschehen solle, wenn die Beschäftigung auf der Farm zu Ende sei.

Vielleicht ist es Ihnen möglich, sagte er, die Leute in Ihren Universitätsinstituten zu beschäftigen. Sie sind nach den vier Jahren perfekte Dolmetscher und hervorragende Deutschlehrer für die jungen Studenten. Das ist eine ausgezeichnete Idee, erwiderte der Wortführer, ich nehme zwei Studentinnen und zwei Studenten. Ich habe ohnehin vor, Deutschkurse für Fremdenführer einzurichten. Der Tourismus in Ägypten entwickelt sich rasant, es gibt aber zu wenige Guides, die Deutsch können. Seine Kollegen stimmten ihm zu. Sie würden die restlichen sechs aufnehmen. Moritz dankte den Professoren.

Er hatte nun drei Wochen Kairo vor sich. Schuldbewusst dachte er, Sarani und die anderen schuften beim Bau der Häuser, und ich liege hier auf der faulen Haut. Da erinnerte er sich, was der Esel einmal zu ihm gesagt hatte: Schuldgefühle sind Gefühle, an denen man selbst schuld ist. Er verließ das Hotel, fuhr hinaus zu den Pyramiden und verbrachte dort einen ganzen Tag. In die Bewunderung für die gigantischen Bauten mischten sich Zweifel. Wozu, fragte er sich, waren diese Pyramiden gebaut worden? Einzig, um den Pharao zu bestatten. Der war nicht nur König, sondern auch Gott. Zahllose Menschen hatten unter enormen Arbeitsqualen riesige Felsbrocken nicht nur zurechthauen, sondern auch übereinander türmen müssen. Und in der gewaltigen Pyramide befand sich dann das winzige Grab des Pharaos. Die gesamte ägyptische Gesellschaft war unter dem Joch der Errichtung eines Grabmals gestanden. Ich würde das, dachte Moritz, als Totenkult bezeichnen, werde mich aber hüten, dem Esel gegenüber von Totenkult zu sprechen. Der, das wusste Moritz, mochte es nicht, wenn man Dinge vorschnell interpretierte.

Als Moritz wieder auf die Farm kam, waren die zehn Wohnungen im Großen und Ganzen fertiggestellt. Er konnte sich endlich der Musik widmen. Er hielt sich einige Tage in der Musikschule auf und beobachtete, wie weit sich die jungen Geigerinnen, Geiger, Pianistinnen, Pianisten, Flötenspielerinnen und Flötenspieler entwickelt hatten. Er war überrascht von ihrem Können. Mit der Musikschullehrerin, die sich freute, dass Moritz seine Geige mitgebracht hatte, besprach er, in welchen Formationen er mit den Schülern würde spielen können. Die Lehrerin entschied, dass man mit einem Streichquartett von Telemann beginnen sollte. Eine sehr gute Schülerin würde die Viola spielen, sie, die Lehrerin, den Cellopart übernehmen. Wir werden, sagte sie, sobald die neuen Wohnungen fertig sind, mit diesem Quartett ein Eröffnungskonzert geben. Moritz war begeistert.

Die Musikschullehrerin wollte, dass Moritz nicht nur in diesem Quartett spielte, sondern auch mit den Flötistinnen und Flötisten. Nach Motiven eines Impromptus von Schubert schrieb sie ein kleines Stück für Flöten und Geige. Zuerst probte man das Quartett. Nach drei Tagen meinte die Lehrerin, das klinge schon ganz gut, und sie setzte die erste Probe mit den Flöten an. Schubert war nicht so leicht zu spielen wie Telemann. Die Flöten taten sich schwer.

Mitten in einer Probe kam Zacharias angerannt und rief: Moritz, beeil dich, Gretel ist am Telefon. Moritz legte die Geige weg und lief ins Haus. Gretel ruft an, dachte er, das bedeutet nichts Gutes. Zittrig und schweißgebadet kam er in sein Zimmer und griff nach dem Hörer. Moritz, sagte Gretel, dein Sohn ist gestorben. Ein paar Wochen nach dem Entzug hatte er einen Rückfall. Der Bub war darüber so verzweifelt, dass er noch mehr Heroin genommen hat. Das hat sein Körper nicht verkraftet. Er ist an Herzversagen gestorben.

Moritz warf sich aufs Bett und weinte zwei Tage und zwei Nächte. Dann reiste er nach Wien.

19

Gretel holte Moritz vom Flughafen ab. Sie bestand darauf, dass er einige Tage bei ihr wohnte. Sie tranken Wein, Gretel rauchte eine Zigarre. Wenn der Sohn, sagte Moritz, vor dem Vater stirbt, wie soll der dann weiterleben? Gretel schwieg lange, dann sagte sie: Er wird schlecht und recht weiterleben. Moritz nickte und sagte: Mehr schlecht als recht.

Am Tag darauf ging er zum Esel. Er drückte seinen Kopf gegen den des Esels, so verharrten sie. Dann sagte der Esel: Ich bin untröstlich. Der Bub hat mich öfters besucht. Das letzte Mal drei Tage vor seinem Tod. Er hat mir Zeichnungen mitgebracht und sie hiergelassen. Ich zeige sie dir später. Sie sind so schrecklich. Der Bub in der Mitte als ausgemergelte Figur, rund um ihn schreckliche Monster. Er hat gewusst, dass er gegen das Heroin keine Chance hat.

Der Esel wandte sich an Moritz. Was mache ich mit dir?, sagte er. Du siehst so verloren aus. Ich werde dich in die Welt zurückholen. Geh hinüber in die Residenz, dein Freund wartet auf dich. Bachtin saß da wie ein Häufchen Elend. Er sagte nichts. Moritz ging auf ihn zu und umarmte ihn. Sergej, sagte er, wir können vor Schmerz schweigen bis ans Ende unserer Tage. Das wäre aber ein dumpfes Leben. Ich glaube nicht, dass mein Sohn das billigen würde.

Bachtin dachte lange nach. Dann sagte er: Dein Sohn war ein großartiger Zeichner und Maler. Ich habe wunderbare Stunden mit ihm verbracht. Das ist Vergangenheit. Wie wird die Zukunft sein? Die Zukunft, erwiderte Moritz, liegt zuerst einmal in Ägypten. Er berichtete dem Freund, dass die zehn Wohnungen für die österreichischen Arbeiter fertiggestellt waren. Die Pläne, sagte Moritz, die Agnes angefertigt hat, sind großartig. Bachtin nickte. Sie und ich haben viel über dieses Projekt diskutiert, erwiderte er. Für Agnes ist das eine neue Aufgabe gewesen. Sie und ihr Team haben sich auf Schulbauten spezialisiert. Agnes hat gesagt, für die Kinder seien die Räume, in denen sie sich während der Schulzeit aufhalten, mindestens so wichtig wie der Unterricht. Ein offener Unterricht, wie er heutzutage angestrebt wird, bedarf offener Räume. Aber zurück zur Farm.

Moritz erzählte, wie es ihm gelungen war, mithilfe einiger Universitätsprofessoren Dolmetscherinnen und Dolmetscher zu finden. In wenigen Wochen würden die österreichischen Arbeiter ankommen. Da er überstürzt abgereist sei, kenne er die genauen Pläne Saranis nicht. Die letzten Tage auf der Farm, sagte Moritz, habe ich in der Musikschule zugebracht. Wie du weißt, hatte ich meine Geige mit. Wir haben ein Quartett einstudiert und waren gerade dabei, mit den Flötistinnen und Flötisten ein Stück zu proben, als die Schreckensnachricht kam. Wann, fragte Bachtin, wirst du wieder nach Ägypten reisen? Moritz dachte nach. Dann sagte er: Ich glaube nicht, dass ich auf der Farm noch gebraucht werde.

Zum ersten Mal nach seiner Rückkehr befand Moritz sich wieder in seiner Wohnung. Die einzige Möglichkeit, weiterzuleben, dachte er, wird sein, dass ich versuche, zu arbeiten. Er schrieb in ein Notizheft, wie die Wohnungen auf der Farm entstanden waren. Jedes Detail hielt er fest. Das ist zwar, dachte er, eine stumpfsinnige Arbeit, aber besser, als vor sich hin zu brüten. Also schrieb er weiter. Nach drei Stunden machte er eine Pause und trank ein Glas Wein. Das

Romanprojekt »Die Farm« gebe ich nicht auf, sagte er zu sich, auch wenn ich noch nicht weiß, wie ich die Geschichte erzählen soll.

Um sieben Uhr schrillte der Wecker. Moritz trank einen Espresso, dann ging er zum Esel. Der schreckte aus dem Schlaf, wollte sich auf die andere Seite drehen, überlegte es sich aber anders. Armer Moritz, sagte er, hast du nicht geschlafen? Der setzte sich auf einen Strohballen und erwiderte: Erinnerst du dich? Der Architekt Schuster hat mir einmal ein Buch gegeben, in dem Bauwerke von Otto Wagner und Adolf Loos abgebildet waren, die ersten Beispiele moderner Architektur nicht nur in Österreich, sondern weltweit. Du hast die Bilder nicht sehen wollen und gesagt, wir würden uns diese Bauwerke ansehen, wenn wir in Wien sind. Nun sind wir da.

Du hast recht, sagte der Esel und stand auf. Die beiden spazierten in die Stadt zum Michaelerplatz. Lange betrachtete der Esel die Vorderfront des Loos-Hauses, schließlich die linke und die rechte Seite des Bauwerks. Dieses Haus, sagte er, ist vollkommen. So etwas habe ich noch nie gesehen. Die beiden durchquerten den ersten Bezirk und kamen zum Gebäude der Postsparkasse von Otto Wagner. Moritz, der schon einige Male voll Bewunderung vor dem Gebäude gestanden war, setzte sich in dem kleinen Park auf eine Bank, der Esel umrundete das Bauwerk einmal, dann noch einmal, schließlich legte er sich neben Moritz auf die Wiese. Mir fehlen die Worte, sagte der Esel. Das Haus von Loos ist vollkommen, das von Wagner mit seinen großen Fenstern ist vollkommen schön.

Von hier, sagte Moritz, ist es nicht weit in den Prater. Hast du Lust, spazieren zu gehen? Der Esel nickte. Als sie den Wurstelprater erreichten, sagte Moritz: Du hast das alte

Pferd schon lange nicht besucht. Willst du es nicht wiedersehen? Der Esel ging Richtung Praterhauptallee, nicht in den Wurstelprater. Nein, erwiderte er, das alte Pferd erzählt immer nur schreckliche Geschichten. Die mögen stimmen, ich will sie aber nicht mehr hören. Verschließt du die Augen vor der Wirklichkeit?, fragte Moritz. Ach, die Wirklichkeit, antwortete der Esel, die tut so, als gäbe es nur sie. Das ist falsch. Wie wir beide wissen, gibt es auch die mögliche Wirklichkeit. Also eine Alternative zum realen Schrecken.

Die gibt es nicht immer, wandte Moritz ein. Wenn mein Sohn stirbt, ist das die Wirklichkeit und sonst nichts. Du irrst, sagte der Esel, unsere Erinnerung an deinen Sohn ist die mögliche Wirklichkeit. Er ist gestorben, aber nicht tot. Darauf wusste Moritz nichts zu sagen. Schau, rief der Esel, da vorn in der Wiese steht ein Kiosk. Du könntest dich dort hinsetzen und Kaffee trinken. Ich bin heute sehr früh aufgestanden und würde gern ein halbes Stündchen schlafen. Moritz setzte sich an einen Tisch, der Esel legte sich ins Gras und schlief auf der Stelle ein. Moritz aß ein Paar Frankfurter Würstel und trank ein Glas Wein.

Vor dem Stall verabschiedeten sich die beiden. Auch morgen, sagte Moritz, musst du früh raus. Warum?, fragte der Esel. Das erfährst du rechtzeitig, antwortete Moritz. In seinem Zimmer las er die Notizen durch, die er am Tag zuvor eher unwillig gemacht hatte. Nun fand er, was er über die von Agnes für die Farm entworfenen Wohnungen geschrieben hatte, sehr wichtig. Er überarbeitete und ergänzte die Aufzeichnungen. Dann stellte er den Wecker auf sieben Uhr früh.

Der Esel schlief noch. Als Moritz sich auf einen Strohballen setzte, schnaubte der Esel laut und fragte: Wo geht es heute hin? Agnes hat mit ihrem Team zwei Schulen gebaut.

Die hat Bachtin offene Gebäude für offenen Unterricht genannt. Wir werden diese Schulen besichtigen. Sie liegen im Westen von Wien. Ein weiter Weg.

Nach stundenlangem Marsch erreichten sie die erste Schule, die zweite war zum Glück nicht ganz so weit entfernt. Der Esel war hingerissen. Beide Gebäude, sagte er, sind im Geist von Otto Wagner und Adolf Loos errichtet. Ich finde es wunderbar, dass das Große, das die beiden in die Welt gesetzt haben, nicht vergessen wird, sondern eine Fortsetzung findet. Moritz nickte. Und nun, sagte er, gehen wir ein Stück hinauf in die Weinberge. Muss das sein?, fragte der Esel. Ja, erwiderte Moritz und schritt voran. Nach einer halben Stunde kamen sie zu einem Heurigen, der mitten in einem Weingarten lag. Moritz setzte sich auf eine Bank und bestellte ein Schmalzbrot mit Zwiebeln, dazu ein Glas Blauburger.

Er sagte zum Esel, der sich auf die Wiese gelegt hatte: Wir sind nicht hier, damit du ein Schläfchen machst. Schau dort hinüber. Du siehst die Donau und auf der anderen Seite den Bisamberg. An seinem Fuß liegt Stammersdorf. Wie du weißt, hat Bachtin dort einen Heurigen gekauft und ein Wirtschaftsgebäude, in dem du wohnen wirst, wenn Bachtin in Pension geht und sein Nachfolger in die Residenz einzieht. Das wird nicht so bald sein, erwiderte der Esel. Du irrst, sagte Moritz. Schrecklich, antwortete der Esel, dann werden wir so weit voneinander entfernt sein wie noch nie in unserem Leben. Durchaus nicht, sagte Moritz, ich suche gerade in der Nähe von Stammersdorf eine Wohnung mit Garten. Du kannst dann zu mir kommen wie damals bei der Großmutter. Ach, erwiderte der Esel, dann kann ich ja nun ein Schläfchen machen. Moritz bestellte noch ein Schmalzbrot und ein weiteres Glas Blauburger.

Ein paar Tage später traf er seine ältere Tochter. Sie hatte wie ihre Schwester inzwischen eine eigene Wohnung und war beim Fernsehen in der technischen Abteilung beschäftigt, die Arbeit gefiel ihr. Sie erzählte dem Vater, dass sie schwanger wäre und sich sehr auf das Kind freute. Ganz sicher werde sie nicht mit dem Vater des Kindes zusammenleben, sondern das Kind allein erziehen. Moritz gratulierte ihr zu dieser Entscheidung. Ich bin froh, sagte sie, dass ich die Anstellung beim Fernsehen habe. Nach der Geburt werde ich zwei Jahre zu Hause bleiben, danach allerdings wird das Kind in den Kindergarten müssen.

Am Tag darauf berichtete Moritz dem Esel die Neuigkeit. Endlich wieder ein Baby in unserer Familie!, sagte der Esel. Immer nur von Erwachsenen umgeben zu sein ist stinklangweilig. Danke für das Kompliment, erwiderte Moritz. Der Esel nickte. Am Abend traf Moritz sich mit Gretel. Sie bestand darauf, dass sie beim Italiener zu Abend aßen, nicht nur weil sie da noch nicht gewesen war, sondern auch – es war Dezember, das Jahr neigte sich dem Ende zu –, weil man plante, mit ihrer Mutter und Maroni Silvester in diesem Lokal zu feiern. Wir haben, sagte Gretel, in unserem Büro mitunter schwierige statische Aufgaben zu lösen. Das alles ist aber nichts, gemessen an der Schwierigkeit, meine Mutter und Maroni nach Wien zu bekommen. Ich wollte, dass die beiden schon zu Weihnachten hier sind. Doch das ist nicht möglich, wurde mir gesagt, denn die Stammkundschaft will am Christtag und am Stefanitag in Maronis Lokal feiern. Auf dem Frauenberg, erwiderte Moritz, scheint mehr los zu sein als in Wien.

Akribisch notierte Moritz in den folgenden Tagen alles, was er auf der Farm, aber auch in Kairo mit den Professoren erlebt hatte. Ein Anruf seiner jüngeren Tochter erlöste ihn aus diesem Trott. Sie trafen sich in einem Café. Die Tochter erzählte dem Vater, dass sie neben Arbeiten fürs Radio einige kleine Dokumentarfilme fürs Fernsehen gemacht hatte und dass sie irgendwann gern einen Spielfilm drehen würde. Sie fragte den Vater, der ja zwei Drehbücher geschrieben hatte, ob er bereit wäre, ihr beim Schreiben eines Drehbuchs zu helfen. Selbstverständlich, sagte er. Moritz bat sie, ihm zu erzählen, wovon ihre Dokumentarfilme handelten, und während sie sprach, hatte er die Idee zu einem Drehbuch. Ein Psychiater, so war in einer Zeitschrift gestanden, hatte in der Nazizeit Kinder, die er als schwer erziehbar und asozial einstufte, umgebracht. In der Zweiten Republik setzte er seine grausame Tätigkeit fort – nur ohne Todesfolgen.

Weihnachten war vorüber, Silvester stand vor der Tür, endlich würden Frau Reitbauer und Maroni nach Wien kommen. Moritz holte die beiden vom Bahnhof ab und brachte sie nach Stammersdorf in die Gästewohnung des Hauses Wachtl. Gretel hatte die Betten überzogen und Lebensmittel eingekauft. Maroni stand vor dem Haus, schaute sich um und sagte zu Moritz: Was für eine Stadt! Umgeben von Bergen. Wie Turin. Siehst du den Berg da drüben? Moritz nickte. Das ist der Leopoldsberg, sagte er. Dort müssen wir morgen hin, erwiderte Maroni. Ein Bild von der Stadt macht man sich am besten, wenn man von oben auf sie hinunterschaut.

Gretel und ihre Mutter hatten in der Zwischenzeit eine Jause gerichtet. Ein großes Brett mit Schinken, ein Korb mit Brot und einige Flaschen Wein standen auf dem Tisch. Maroni schenkte ein, man prostete einander zu. Gretel zündete sich eine Zigarre an. Bravo, Gretel!, rief Maroni, die Raucher sterben allmählich aus, und er suchte in seiner Umhängtasche nach der Zigarettenpackung. Morgen, sagte

Frau Reitbauer, führt uns der erste Weg zum Esel. Ich kann es nicht erwarten, ihn wiederzusehen. Siehst du die Tasche dort?, fragte sie Moritz. Der nickte. Was, glaubst du, ist da drinnen? Rüben, antwortete Moritz. Entschuldige, Hanna, sagte Maroni, zuallererst fahren wir auf den Leopoldsberg. Dort wird uns Gretel die Stadt erklären.

Später kam Agnes zu Besuch. Gretel stellte sie vor als Tochter des Konditors Hannecker. Mein Gott, rief Frau Reitbauer, die Konditorei Hannecker! Zweimal in meinem Leben bin ich dort gewesen. Es war wie im Paradies. Moritz brach auf. Er nahm die Tasche mit den Rüben und fuhr mit der Straßenbahn in die Stadt. Sein Auto überließ er Gretel, damit sie die beiden Alten auf den Leopoldsberg bringen konnte. Gretel nächtigte in der zweiten Gästewohnung. Nachdem Moritz die Tasche mit den Rüben abgestellt hatte, setzte er sich an den Schreibtisch. Ein erfüllter Tag, dachte er. So viele liebe Menschen um mich versammelt.

In der Früh ging er in den Stall. Hier, sagte er zum Esel, eine Tasche voll mit Rüben von Frau Reitbauer. Der Esel knabberte an einer Rübe und sagte: Die Rüben von Frau Reitbauers Acker sind die besten, die ich je gefressen habe. Moritz erzählte dem Esel, dass er seiner jüngeren Tochter versprochen hatte, mit ihr ein Drehbuch für einen Spielfilm zu schreiben, und berichtete, welche Geschichte ihm eingefallen war. Der Esel dachte lange nach. Dann sagte er: Die Frage ist, wie die Geschichte beginnt. Und zwar?, erwiderte Moritz. Wahrscheinlich, sagte der Esel, beginnt sie mit einem Bären. Mehr kann ich dir noch nicht sagen.

Gegen Mittag kamen die drei Besucher in den Stall. Frau Reitbauer drückte den Kopf des Esels an sich und weinte vor Freude. Maroni kniete vor dem Esel nieder und sagte: Ohne dich hätte ich Hanna nicht kennengelernt. Moritz wandte sich an Frau Reitbauer. Eine deiner Rüben, sagte er, hat er schon gefressen. Sie hat ihm sehr geschmeckt. Nun aber, fuhr er fort, müssen wir zu Bachtin, der wartet schon auf uns. In der Residenz eilte Maroni auf Bachtin zu und rief: Sergej, was für ein Wiedersehen! Alle schauten Maroni verwundert an, man wusste, dass er Bachtin noch nie gesehen hatte. Hanna hat mir so viel von dir erzählt, fuhr Maroni fort, und Gretel wird nicht müde, von dir zu berichten, also kenne ich dich schon seit Langem – insofern ist das heute ein Wiedersehen.

Endlich konnte Frau Reitbauer Bachtin begrüßen. Er bat seine Gäste zu Tisch, er hatte eine Minestrone zubereitet und Spaghetti. Noch nie, sagte Maroni, habe ich in Italien eine so gute Minestrone gegessen. Die Russen sind gewissermaßen die besseren Italiener. Wie meinst du das?, fragte Bachtin. Ach, antwortete Maroni, das ist ein Phänomen, das noch zu wenig erforscht ist. Frau Reitbauer wandte sich an Bachtin. Die Zeit mit Ihnen auf dem Frauenberg, sagte sie, werde ich nie vergessen. Es waren wunderbare Tage, erwiderte Bachtin. Erinnern Sie sich, wie die kleine Gretel mir das Universum erklärt hat? Ich weiß noch jedes Wort, sagte Frau Reitbauer.

Bis Silvester waren es noch drei Tage. Frau Reitbauer hatte in der Gästewohnung einen Bildband über das Kunsthistorische Museum gefunden, darin geblättert und Abbildungen von Gemälden der venezianischen Meister Tizian, Tintoretto und Veronese gesehen. Sie würde gern dieses Museum besuchen, sagte sie. Moritz verabredete sich mit ihr für den nächsten Tag. Maroni hingegen, der nur *einen* italienischen Künstler gelten ließ, nämlich Michelangelo, wollte lieber einen Ausflug mit dem Esel machen. Gretel war bereit, die beiden zu begleiten. Und so gingen sie am Tag darauf durch die Praterhauptallee bis zum Lusthaus, wo Maroni eine

Minestrone aß, von der er behauptete, sie sei noch besser als die von Bachtin.

Zu Silvester saßen sie alle beim Italiener, Hanna und Michelangelo, Agnes und Sergej, Gretel und Moritz. Der Wirt begrüßte Maroni überschwänglich, erzählte, dass er ihn in Turin erlebt hatte, als er auf der Ziehharmonika gespielt und dazu wunderschöne Lieder gesungen hatte. Ich habe für dich, sagte der Wirt, eine Ziehharmonika besorgt, hier steht sie. Zunächst, erwiderte Maroni, erzähl mir, wie du den Weg von Turin nach Wien gefunden hast.

Das war so, sagte der Wirt: Meine Mutter hat sehr gut gekocht. Wir haben eine große Verwandtschaft gehabt, und jeden Sonntag ist ein gutes Dutzend Leute zum Essen gekommen. Als Käse und Brot serviert wurden, begann Großmutter zu erzählen. Alle warteten schon darauf. Sie erzählte von ihren Eltern und Großeltern, sie hatten in der Gegend um Turin gelebt als Bauern und kleine Handwerker. Wir liebten an den Geschichten der Großmutter, dass sie jedes Mal anders ausfielen. Einmal war der Urgroßvater Schuster gewesen, dann wieder Schneider und ein anderes Mal Scherenschleifer.

Schon als Kind, fuhr der Wirt fort, stand ich in der Küche, und so lernte ich kochen. Mit sechzehn ging ich ins Stahlwerk. Die Arbeit dort war mir zu anstrengend. Die Mutter hatte erfahren, dass es im Fernsehen einen Wettbewerb für Amateurköche gab. Ich ging hin, war der weitaus Jüngste und als Koch der weitaus Beste. Zwei Tage später stand ich in der Küche eines Turiner Nobelrestaurants. Dann bin ich weitergezogen von Stadt zu Stadt und schließlich hier gelandet. Du hast mir, sagte Bachtin, die Geschichte, wie du nach Wien gekommen bist, ganz anders erzählt. Das habe ich, erwiderte der Wirt, von meiner Großmutter gelernt.

Um Mitternacht griff Maroni zur Ziehharmonika, stellte sich in die Mitte des Lokals und spielte ein lustiges Lied. Die Gäste standen auf und tanzten. Moritz drehte sich zuerst mit Hanna im Kreis, dann mit Gretel. Als alle wieder Platz genommen hatten, sagte Frau Reitbauer zu Bachtin: Ich bin im Kunsthistorischen Museum gewesen und habe immer wieder die Bilder von Tizian betrachtet. So etwas Schönes! Schade, erwiderte Bachtin, dass Sie schon übermorgen auf den Frauenberg zurückfahren. Wenn Sie wieder nach Wien kommen, gehen wir beide ins Museum und schauen uns die Werke der anderen Meister an, die in Venedig gewirkt haben. Es hat eine Art venezianische Schule der Malerei gegeben. Gewiss, Tizian ist der Größte gewesen, aber die anderen waren auch sehr bedeutend. Dass eine ganze Schule entsteht, ist selten in der Geschichte der Kunst. In Wien hat es so etwas in der Musik gegeben: Haydn, Mozart, Beethoven, Schubert.

Das neue Jahr war noch keine drei Monate alt, als Moritz' ältere Tochter ein Mädchen zur Welt brachte. Schon nach ein paar Wochen wurde das Baby in den Kinderwagen gelegt. Der Weg führte zum Esel. Jeden Nachmittag ging die Tochter zwei Stunden spazieren, begleitet vom Esel. Der steckte die Schnauze neugierig in den Kinderwagen, das Baby streckte ihm die Arme entgegen. Für das Mädchen war neben der Mutter der Esel bald das vertrauteste Wesen.

An einem Abend besuchte Moritz den Esel. Ich habe eine Neuigkeit, sagte er. Ich auch, erwiderte der Esel. Und zwar?, fragte Moritz. Ich habe heute die letzte Rübe von Frau Reitbauer gefressen, war die Antwort. Meine Neuigkeit ist weniger spektakulär, sagte Moritz. Der Siegl Hans ist in Wien. Der Siegl Hans!, rief der Esel und sprang auf. Was führt den nach Wien? Moritz machte es sich auf einem Strohballen bequem. Wie du weißt, sagte er, ist der Hans nach New York ausgewandert, in der Absicht, Architekt zu werden. Das dürfte ihm gelungen sein. Er hat sich an einem internationalen Wettbewerb beteiligt, dabei ist es um den Neubau eines Hotels in Wien gegangen. Hans hat den Wettbewerb gewonnen. Sein Entwurf ist äußerst waghalsig. Ein enormes Stahlgerüst wird in die Erde gerammt, das Gebäude wird in dieses Stahlgerüst gehängt und schwebt gewissermaßen über dem Boden.

Hat Hans dir die Pläne gezeigt?, fragte der Esel. Ich habe ihn noch gar nicht getroffen, antwortete Moritz. Woher weißt du das alles?, fragte der Esel weiter. – Von Gretel. – Von Gretel? Die kennen einander doch gar nicht, sagte der Esel. Sie haben sich, erwiderte Moritz, in Kapfenberg kurz gesehen. Hans ist ganz vernarrt gewesen in Gretel. Und wie sind sie nun wieder in Kontakt gekommen?, fragte der Esel. Hans, erwiderte Moritz, hat in New York Ausschau gehalten nach einer Firma in Wien, die in der Lage ist, die anspruchsvollen statischen Probleme seines Projekts zu bewältigen. Und so ist er auf Gretel gestoßen.

Die beiden arbeiten also schon zusammen, sagte der Esel. Nicht nur das, erwiderte Moritz. Gretel hat mir erzählt, dass sie ein paarmal mit Hans geschlafen hat. Oh, rief der Esel, und ist es ihm gelungen, eine von Gretels Brüsten zu berühren? Diese Frage, erwiderte Moritz, habe ich Gretel noch nicht gestellt. Ich frage mich aber, ob es richtig gewesen ist, dass sie mit Hans geschlafen hat. Der Esel murmelte vor sich hin: Ob es richtig gewesen ist, ob es richtig gewesen ist. Ich muss gestehen, fuhr er fort, ich verstehe diese Frage nicht. Wenn das so ist, dachte Moritz, dann stelle ich sie mir auch nicht mehr.

Einige Tage später trafen sie sich im Stall: Hans, Gretel, Bachtin und Moritz. Hans drückte den Kopf des Esels an sich. Ohne dich, sagte er, hätte ich Moritz nicht kennengelernt. Ach, sagte Hans, was haben Moritz und ich nicht alles erlebt! Und er erzählte, wie sie im Wald Pistolen und Munition gefunden, in einen Luftschutzbunker gebracht und dort Schießübungen gemacht hatten. Eines Tages hat Moritz gemeint, wir sollen dem Esel zeigen, wie gut wir schießen können. Und so sind wir, es ist Abend gewesen, zu dritt aufgebrochen. An der Hauptstraße sind uns die Keramik-Isolatoren auf den Strommasten ins Auge gestochen, und wir haben beschlossen, sie herunterzuschießen. Nicht jeder Schuss ist ein Treffer gewesen, aber nach und nach haben wir doch etliche Isolatoren getroffen. Und plötzlich ist es finster gewesen. Ein ganzer Stadtteil von Kapfenberg war ohne Strom. Gretel wandte sich an Bachtin und sagte: Was sind die beiden doch für Kindsköpfe.

Bachtin hatte in der Küche der Residenz eine Jause gerichtet. Moritz wollte von Hans wissen, wie es dessen Eltern gehe. Der Vater, sagte Hans, ist gestorben. Er lebt weiter in Gestalt seiner Bibliothek. Ich kenne niemanden, der so belesen ist, wie der Vater es war. Er hat nur die Hauptschule besucht. Und er hat euch vorgelesen, erwiderte Moritz, Homer, Sophokles, Shakespeare. Und ihr habt gestritten. Wer hat recht: Antigone oder Kreon? Du hast gesagt, weder sie noch er. Recht hat Theresias, der blinde Seher. Das weißt du noch?, sagte Hans. Ich kann mich an jedes Wort erinnern, antwortete Moritz.

Die Mutter, fuhr Hans fort, ist nach Slowenien ausgewandert. Sie lebt in Ljubljana gemeinsam mit Partisaninnen und Partisanen, die sie von früher kennt, in einem Haus. Der Kampf mit den Partisanen gegen die Nazis – das war für sie die wichtigste Zeit in ihrem Leben. Sie ist die Einzige in unserer Familie, die etwas von der Welt versteht. Ich werde sie besuchen, ehe ich nach New York zurückkehre. Ich begleite dich, sagte Moritz. Ich auch, erwiderte Gretel. Meine Herrschaften, sagte Bachtin, dem Botschafter der Sowjetunion steht eine Limousine mitsamt Chauffeur zur Verfügung. Wir fahren gemeinsam nach Slowenien.

Darauf stieß man an. Ich bin froh, sagte Hans, dass meine jüngeren Brüder sich gut verstehen. Sie sind in Kapfenberg geblieben, beide haben in Leoben an der Montanistischen Hochschule studiert und arbeiten im Stahlwerk als Diplomingenieure. Sie sind verheiratet und haben Kinder. Der eine wohnt im Bauernhaus, das er im Inneren etwas modernisiert hat. Im Zentrum befindet sich der Raum mit den Büchern des Vaters. Der andere hat sich auf dem großen Grundstück ein neues Haus gebaut. Im Andenken an die Eltern haben sie den Stall nicht aufgegeben, dort laufen ein paar Hühner und Gänse herum, zwei Ziegen und sogar eine Kuh. Ich werde meine Brüder demnächst besuchen.

Wenn du nach Kapfenberg fährst, sagte Moritz, musst du mit deinen Brüdern und ihren Familien einen Ausflug auf den Frauenberg machen. Dort findest du einen Hof, der Gretels Mutter, Frau Reitbauer, gehört. Sie lebt dort mit ihrem italienischen Freund, Michelangelo Maroni, der ein Lokal betreibt und behauptet, es gebe hier das beste Essen und die besten Weine weit und breit. Gut zu wissen, erwiderte Hans, Gretel wird uns anmelden, wir werden dort ein Fest feiern.

20

Es ist so weit, sagte Moritz zum Esel. Meine jüngere Tochter hat das verbrecherische Wirken des Nazi-Psychiaters genau recherchiert und mir erzählt, was sie an Fakten zusammengetragen hat. Nun gilt es, eine Geschichte für das Drehbuch zu entwickeln. Ich habe mir, erwiderte der Esel, in der Zwischenzeit Gedanken gemacht. Wenn du dich erinnerst, ist mein Vorschlag gewesen, dass ein Bär in der Geschichte eine Rolle spielt. Wie kommst du auf einen Bären?, fragte Moritz. Ich kenne alle deine Drehbücher, antwortete der Esel, in keinem einzigen kommt ein Tier vor. Das muss sich ändern.

Warum ein Bär und kein Esel?, fragte Moritz. Das wirst du gleich erfahren, erwiderte der Esel. Wir befinden uns im Jahr 1945. Wien wird bereits bombardiert. In einer Volksschule liest die Lehrerin den Kindern eine Geschichte vor, die sie selbst geschrieben hat. Ein Bub, nennen wir ihn Hans, lauscht fasziniert. Die Lehrerin erzählt: Es war einmal ein Bär, der ging für sein Leben gern ins Kino. Der Bub stellt sich die Szene vor, man sieht sie im Film. Ein Bär nähert sich dem Kino, Hans steht dort und grüßt den Bären, der grüßt zurück.

Du siehst, fuhr der Esel fort, es muss ein Bär sein und kein Esel. Der Bär geht aufrecht und kann im Kino Platz nehmen. Das kann ein Esel nicht. Die Lehrerin liest weiter. Eines Tages kommt der Bär wieder zum Kino, dort hängt eine Tafel: Wegen Krieg geschlossen. Der Bär denkt sich:

Das Kino ist wegen des Krieges geschlossen. Der Krieg muss etwas Fürchterliches sein. In diesem Augenblick stürmt der Volksschuldirektor in die Klasse, er hat noch den letzten Satz gehört. Er reißt der Lehrerin das Manuskript aus den Händen und brüllt: Was sagen Sie? Der Krieg muss etwas Fürchterliches sein? Das wird Konsequenzen haben. Außerdem, fährt er fort, es hat Fliegeralarm gegeben. Alle in den Keller.

Am Tag darauf wird die Lehrerin von zwei Gestapo-Männern abgeführt. Hans will das nicht dulden und wirft sich dazwischen. Der Volksschuldirektor bringt Hans auf ein Polizeikommissariat, gibt dort zu Protokoll, dass der Bub renitent, schwer erziehbar und asozial ist, und verlangt, dass Hans in die Klinik des berüchtigten Psychiaters gebracht wird. So geschieht es auch. Das, sagte der Esel, ist der Beginn des Films.

Moritz erzählte seiner Tochter, wie der Film beginnen könnte. Sie war begeistert. Die beiden machten sich an die Arbeit. Moritz wunderte sich, wie einfach das war. Die Tochter sagte einen Satz, Moritz fügte den nächsten an. Zwischendurch gab es selbstverständlich Debatten, wie die Geschichte sich weiterentwickeln sollte. Aber auch die verliefen, wie Moritz meinte, in großer Harmonie. Moritz hielt den Esel über den Fortgang der Arbeit auf dem Laufenden. Der Esel achtete vor allem darauf, dass seine Lieblingsfigur, der Bär, nicht zu kurz kam. Moritz nahm diese Hinweise sehr ernst, was dem Drehbuch guttat. So beginnt die Geschichte mit einem Bären und endet mit einem Bären. Zwei Jahre lang arbeitete Moritz mit seiner Tochter an dem Drehbuch. Dann wurde es vom Fernsehen produziert, den Film sandte man nach Frankreich zum größten internationalen Fernsehfilm-Wettbewerb. Moritz' Tochter gewann mit ihrem Erstling den Hauptpreis.

Moritz' ältere Tochter war zwei Jahre in Karenz gewesen, nun musste sie wieder zur Arbeit gehen. Das kleine Mädchen sollte in den Kindergarten. Es sträubte sich aber, schrie und strampelte. In ihrer Verzweiflung wandte sich die Tochter an den Vater. Der fuhr mit dem Mädchen im Kinderwagen zum Esel. Ich mach dir einen Vorschlag, sagte Moritz. Ich setz dich auf den Esel, du hältst dich mit einer Hand an der Mähne des Esels fest, mit der anderen Hand bei mir. So gehen wir in den Kindergarten. Das Mädchen nickte. Das probieren wir gleich aus, sagte Moritz. Der Esel machte mit Vergnügen mit, und so drehten sie einige Runden im Park der Residenz. Am nächsten Tag in der Früh holten der Esel und Moritz das Mädchen ab, brachten es in den Kindergarten, am Nachmittag spazierten sie zu dritt zurück. So ging das ein halbes Jahr. Das Mädchen hatte sich inzwischen so an den Kindergarten gewöhnt, dass es nichts dagegen hatte, von der Mutter hingebracht zu werden.

Bachtin bat Moritz zu einem Gespräch, sie trafen sich beim Italiener. Große Änderungen stehen bevor, sagte Bachtin. Wie du weißt, gibt es die Sowjetunion nicht mehr. Von einem sowjetischen Botschafter erwartet man, dass ihm bekannt ist, warum die Sowjetunion nicht mehr existiert. Ich weiß es nicht. Das Staatsgebilde heißt nun Russland. Ich bin über siebzig und hatte ohnedies vor, in Pension zu gehen. Das habe ich dem neuen Außenminister mitgeteilt. Der ist eigens nach Wien gereist. Er akzeptiere, hat er gesagt, dass ich in Pension gehe, er könne aber auf meine Dienste nicht verzichten. Ich hätte, was den Handel zwischen Österreich und Russland betreffe, die besten Beziehungen zu den für Russland interessanten Unternehmen. Er hat mich ersucht, diese Arbeit fortzusetzen und mir einen gut honorierten Beratervertrag angeboten.

Das heißt, fuhr Bachtin fort, ich werde die Residenz verlassen – und der Esel seinen Stall. Er wird in Stammersdorf in das Wirtschaftsgebäude einziehen. Der Stall war ein gutes Quartier, das Wirtschafsgebäude ist luxuriös. Das steht ihm auch zu, sagte Moritz. Bachtin nickte. Dann sagte er: Was wären wir ohne den Esel? Eine seelenlose Gemeinschaft. Hat nicht, fragte Moritz, Agnes in dem Wirtschaftsgebäude ihr Architekturbüro untergebracht? Das war, erwiderte Bachtin, ein Provisorium. Agnes hat hinter dem Wirtschaftsgebäude ein großes Atelier errichtet. Was mich bedrückt, fuhr Bachtin fort, ist, dass du so weit weg von uns wohnst. Das würde ich nicht ertragen, erwiderte Moritz. Ich habe in Stammersdorf, nicht weit von euch entfernt, eine kleine Wohnung mit Garten gefunden. Der Esel kann mich dort jederzeit besuchen.

Am Tag darauf besuchte Moritz den Esel im Stall. Es ist so weit, sagte er, wir müssen übersiedeln. Der Esel schnaubte unwillig. Mir passt das gar nicht, erwiderte er. Was ist, wenn das Mädchen sich wieder sträuben sollte, in den Kindergarten gebracht zu werden? Und wir sind nicht da – eine Katastrophe. Es sieht nicht so aus, sagte Moritz, als hätte die Mutter Probleme mit dem Kind. Du brauchst keine Angst zu haben, fuhr er fort, dass du das Mädchen vermissen musst. Meine Tochter hat ein Auto, sie wird uns mit dem Mädchen am Wochenende besuchen, das Mädchen könnte auch bei mir nächtigen, und wir könnten mit ihm schöne Spaziergänge durch die Weingärten machen. Bachtin wird die Residenz bald verlassen. Wann brechen wir auf? Morgen, antwortete der Esel.

Zeitig in der Früh holte Moritz den Esel ab. Der schaute sich noch einmal im Stall um, dann sagte er: Schön war es hier. Sie marschierten los, zuerst durch den Wurstelprater, dann über die Donaubrücke, sie durchquerten Floridsdorf und gelangten schließlich nach Stammersdorf ins Haus Wachtl. Hier, sagte Moritz, wohnt Agnes, gegenüber Bachtin, und dort in dem Wirtschaftsgebäude wohnst du. Moritz stieß die Tür auf, er ließ dem Esel den Vortritt, der schaute sich um und rief: Was für eine Pracht! Bachtin hatte die Wände mit Holz verkleiden lassen, sodass der große Raum winterfest war. In einer Ecke befand sich ein Bett aus Stroh, daneben standen drei Strohballen, in einer anderen Ecke Heu und in einem Korb frische Rüben. Soll ich dir noch zeigen, wo ich wohne?, fragte Moritz. Ich bin hungrig und müde, antwortete der Esel. Er nahm eine Rübe aus dem Korb und warf sich auf das Strohbett.

Moritz hatte vom Hausbesitzer die Erlaubnis erwirkt, die Wohnung umzugestalten. Der Hausbesitzer vermittelte ihm zwei pensionierte Maurer aus Stammersdorf, welche die Mauern der Wohnung entfernten, sodass diese nun aus einem großen Raum bestand. Danach organisierten die beiden Maurer einen Lieferwagen und halfen Moritz, seine Habseligkeiten aus der Stadt nach Stammersdorf zu bringen. Zum ersten Mal in seinem Leben fühlte Moritz sich in einer Wohnung wohl.

Agnes war zu Ohren gekommen, dass Moritz seine Wohnung hatte umbauen lassen, und so ging sie an einem milden Abend die paar Hundert Meter bis zu dem Siedlungshaus, in das Moritz sich eingemietet hatte, und klopfte an die Tür. Moritz zeigte ihr die Ein-Raum-Wohnung, dann bat er sie, mit ihm auf der Terrasse ein Glas Wein zu trinken. Du bist ein begabter Architekt, sagte sie. Moritz lachte. Sehr begabt, erwiderte er. Ich meine das ernst, sagte Agnes. Adolf Loos hat gemeint, es sei die Aufgabe des Architekten, Räume zu öffnen. Das hast du getan.

Vor allem hast *du* das getan, erwiderte Moritz. Sergej hat mir berichtet, fuhr er fort, dass du in Wien zwei Schulen gebaut hast. Ich bin dort gewesen. Ich war nicht unvorbereitet. Sergej hat gesagt, dass du offene Räume für einen offenen Unterricht geschaffen hast. Mich hat an deinen Bauten fasziniert, sagte Moritz, dass sie in der Tradition von Adolf Loos und Otto Wagner stehen. Mit der Tradition, entgegnete Agnes, hat es eine eigene Bewandtnis. Das ist mir bewusst, sagte Moritz. Du baust nicht wie Loos und Wagner, du stehst in dieser Tradition.

Agnes dachte nach, dann sagte sie. Sergej hat mir erzählt, dass Schönberg auf die Frage, von wem er beeinflusst würde, geantwortet hat: Ich bin ein Schüler Mozarts. Und noch etwas hat Sergej in diesem Zusammenhang gesagt: Der Tradition wird nur gerecht, wer sie bricht. Dieser Satz ist aber nicht von ihm. Sondern von Adorno?, fragte Moritz. Du hast recht, antwortete Agnes. Sie schenkte Moritz und sich Wein ein. Schön hast du es hier, sagte sie. Der Esel, erwiderte er, hat es noch nicht der Mühe wert gefunden, mich zu besuchen. Gefällt es ihm hier?, fragte Agnes. Er scheint sehr zufrieden zu sein, erwiderte Moritz.

Die beiden lehnten sich zurück und genossen die Abendsonne. Nun, sagte Moritz, da Sergej im Haus Wachtl wohnt, habt ihr wahrscheinlich mehr Zeit füreinander. Durchaus nicht, erwiderte Agnes. Sergej arbeitet viel. Er übersetzt. Er hat begonnen, die »Dritte Walpurgisnacht« von Karl Kraus ins Russische zu übertragen. Diese Arbeit hat er aber vorderhand beiseitegelegt. Ich bin erschöpft, hat er gesagt. Die Prosa dieses Buches ist derart konzentriert und tiefsinnig, die Sätze sind manchmal knapp, dann wieder sehr lang und wunderbar verschachtelt, sodass ich sie mehrmals lesen muss, um sie zu verstehen. In deutscher Sprache ist keine schönere Prosa geschrieben worden. Gerade deshalb ist sie so schwer zu übersetzen. Sie widersetzt sich gewissermaßen der Übersetzung. Vielleicht sollte ich das respektieren. Ganz aufgegeben habe ich diese Arbeit aber noch nicht. Merkwürdigerweise fällt es mir leichter, die Gedichte von Georg Trakl zu übersetzen.

Um mich zu erholen, hat Sergej gesagt, bin ich öfter in die Stadt gefahren, um das Kunsthistorische Museum zu besuchen. Du erinnerst dich: Gretels Mutter ist dort gewesen, sie wollte unbedingt Bilder von Tizian sehen. Ich habe ihr erzählt, dass es neben Tizian eine Reihe anderer bedeutender Maler gegeben hat. Mit Gretels Mutter habe ich vereinbart, dass wir bei ihrem nächsten Besuch in Wien gemeinsam ins Museum gehen. Darauf bereite ich mich vor. Ich habe herausgefunden, dass Tizian und Tintoretto sich verschieden entwickelt haben. Tizian konzentriert sich auf das Individuum, während beim späten Tintoretto das Individuum zum Ornament verkommt. Ich habe begonnen, darüber zu schreiben. Du siehst, hat Sergej gesagt, wenn man sich intensiv mit etwas beschäftigt, wird daraus Arbeit. Die schönste Form von Arbeit.

Am Tag darauf kam der Esel zu Besuch. In einer Arbeitspause, sagte er, ist Agnes mit ihren Mitarbeiterinnen und Mitarbeitern vor dem Atelier gesessen. Ich habe mich zu ihnen gesellt und es genossen, von ihnen gestreichelt zu werden. Agnes hat erzählt, dass du deine Wohnung umgestaltet hast, sie hat dich einen guten Architekten genannt. Nun zeig mir, was du zustande gebracht hast. Moritz führte ihn in die Wohnung, die aus einem Raum bestand. Der Esel nickte. Nicht schlecht, sagte er. Deine Wohnung kann sich aber mit meinem Quartier nicht messen. Das besteht auch aus einem Raum, der aber ist viel größer. So einen Luxus, erwiderte Moritz, kann ich mir nicht leisten.

Sie gingen auf die Terrasse. Der Esel legte sich auf die warmen Steine, Moritz setzte sich in einen Schaukelstuhl. Ich habe, sagte der Esel, die Pferde im Gestüt besucht. Es befindet sich gleich hinter dem Haus Wachtl. Ich habe zwei ältere und einige jüngere Pferde angetroffen. Eines von den älteren kam auf mich zu und begrüßte mich herzlich. Es hat sich gefreut, zu hören, dass ich seit Kurzem in unmittelbarer Nachbarschaft zu Hause bin, und sich entschuldigt, nicht sehr gesprächig zu sein, es war sehr traurig, denn das älteste Pferd ist vor Kurzem gestorben. Ich soll in ein paar Tagen wiederkommen.

Ich, fuhr der Esel fort, bin nicht traurig, aber besorgt. Es gibt das Romanprojekt über die Farm, und ich warte seit Langem, von dir etwas darüber zu hören. Ach, erwiderte Moritz, ich hab noch keine Möglichkeit gefunden, die Geschichte der Farm zu erzählen. Wie wäre es, fragte der Esel, wenn du erzählst, was du dort erlebt hast? Daran, antwortete Moritz, habe ich auch schon gedacht. Das wäre eine Lösung. Aber die billigste. Wie lang willst du noch warten?, fragte der Esel. – Gib mir noch ein wenig Zeit.

Gretel rief an. Ich habe von Agnes erfahren, sagte sie, dass du deine Wohnung umgestaltet hast. Wir haben uns immer bei mir getroffen. Was hältst du davon, wenn ich am Wochenende zu dir komme? Ich habe das vorschlagen wollen, erwiderte Moritz, es aber nicht getan, weil ich gefürchtet habe, dass du sehr viel Arbeit hast. Ach, die Arbeit, sagte Gretel, ich mache sie gern, will mich aber nicht von ihr versklaven lassen. Ich bin nicht mehr die Jüngste und möchte, wenn ich alt und gebrechlich sein werde, nicht sagen müssen, dass ich nur geschuftet habe.

Gretel fühlte sich in Moritz' Wohnung wie zu Hause. Nun aber, sagte sie, will ich sehen, wie der Esel lebt. Er hat mich besucht, erwiderte Moritz, und schien von meiner Wohnung nicht sehr beeindruckt. Seine Unterkunft ist wirklich schöner. Dann los, sagte Gretel. Sie gingen den kurzen Weg zum Haus Wachtl. Moritz stieß die Tür zum Wirtschaftsgebäude auf, der Esel lag auf dem Strohbett und döste vor sich hin. Als er Gretel sah, sprang er auf und eilte ihr entgegen. Gretel streichelte ihn lange, dann setzte sie sich auf einen Strohballen.

Was wären wir ohne den Esel?, sagte sie. Als ich dich auf dem Frauenberg kennengelernt habe, war er dabei. Was war das für eine Zeit! Der Lehrer in der Volksschule, der Pfarrer, und dann der russische Offizier. Eine schönere Kindheit ist nicht denkbar. Kaum ein Tag in meinem späteren Leben, an dem ich mich nicht daran erinnert habe. Mir geht es ähnlich, erwiderte Moritz. Hat man eine glückliche Kindheit gehabt, kann einen nichts mehr aus der Bahn werfen. Nun aber, fuhr er fort, gehen wir durch die Weingärten hinauf auf den Bisamberg. Der Esel schloss sich ihnen an.

Auf dem Bisamberg setzten sie sich auf eine Bank, der Esel legte sich ins Gras und schloss die Augen. Er schien erschöpft zu sein. Von hier, sagte Gretel, hat man die beste Aussicht auf Wien und die Umgebung. Schau nach links, siehst du diesen Höhenrücken? Das ist das Leithagebirge, erwiderte Moritz, es liegt im Burgenland und ist alles andere als ein Gebirge, aber in dem flachen Burgenland doch eine beträchtliche Erhebung. Und wenn du nach rechts schaust, siehst du den Wienerwald. Gretel nickte.

Nach einiger Zeit sagte sie: Meine Mutter hat mir erzählt, dass du mit der Geige auf unseren Hof gekommen bist, um mir etwas vorzuspielen. Ich bin nicht da gewesen. Du hast geweint, hat die Mutter mir erzählt, hast ihre Einladung, mit ihr zu Mittag zu essen, ignoriert und bist weggelaufen. Kannst du mir sagen, was du auf der Geige hast spielen wollen?

Das ist so gewesen, erwiderte Moritz: Ich habe zu meiner Geigenlehrerin gesagt, dass ich meiner Freundin Gretel etwas vorspielen will. Die Geigenlehrerin hat »Die Forelle« von Schubert vorgeschlagen, eine einfache Melodie. Für mich, der ich erst wenige Geigenstunden gehabt hatte, eine schwierige Aufgabe. Zwei Wochen lang habe ich Tag für Tag mehrere Stunden geübt. Dann habe ich die Geige genommen und bin auf den Frauenberg gegangen, um dir »Die Forelle« vorzuspielen. Nie zuvor habe ich mich auf etwas so gefreut.

Gretel umarmte Moritz und gab ihm einen Kuss. Ich bin nicht zu Hause gewesen, sagte sie, du hast geweint, bist weggelaufen und hast den Kontakt zu mir abgebrochen. Du bist ein sturer Kerl. Ich war sehr enttäuscht, erwiderte Moritz. Ich bleibe dabei, sagte Gretel, du bist ein sturer Kerl. Würdest du mir dennoch heute Abend »Die Forelle« vorspielen? Moritz nickte. Sie brachen auf, der Esel trabte hinter ihnen her. Als Gretel und Moritz in seiner Wohnung waren, briet Moritz für jeden ein Stück Fleisch, Gretel bereitete aus Paradeisern, Radieschen und Zwiebeln einen Salat zu. Nach dem Essen spielte Moritz auf der Geige »Die Forelle«. Danach gingen sie ins Bett. Was macht dein Freund Franzi?, fragte Moritz. Ich besuche ihn jeden Tag im Gefängnis, antwortete Gretel.

Moritz und Gretel erwarteten am Sonntag Gäste zu einem späten Frühstück. Moritz' Töchter sahen die neue Wohnung des Vaters zum ersten Mal. Das kleine Mädchen war enttäuscht. Wo ist der Esel?, fragte es. Du musst dich ein wenig gedulden, erwiderte Moritz. Der Esel ist ein Faulpelz, er schläft noch. In einer Stunde, wenn er wach ist, besuchen wir ihn. Er wohnt ganz in der Nähe. Die jüngere Tochter nahm das Kind an der Hand, sie gingen von der Terrasse in den Garten, wo einige Sträucher wuchsen. Was hältst du davon, fragte die Tochter, wenn wir für den Esel ein kleines Haus aus Ästen bauen? Das tun wir!, rief das Mädchen.

Die beiden brachen Äste von einem Gebüsch ab, kurze und lange, und legten sie nebeneinander. Wir brauchen, sagte die Tochter, eine Schnur, um die Äste zusammenzubinden. Kannst du den Großvater fragen, ob er eine Schnur und eine Schere hat? Wen?, fragte das Mädchen zurück. Den Großvater, erwiderte die Tochter. Ach, sagte das Mädchen, du meinst den Moritz. Es ging auf die Terrasse, Moritz kramte in einer Truhe, das Mädchen kam mit einer Rolle Spagat und einer Schere zurück. Nun begannen die beiden, die Äste miteinander zu verbinden. Als sich die Form eines Häuschens abzeichnete, schlug das Mädchen vor Freude die Hände zusammen. Was wird der Esel mit dem Häuschen anfangen, fragte die Tochter? Er braucht es dringend, antwortete das Mädchen. Er wird abends nicht mehr allein sein. Im Häuschen versammeln sich Mäuse und Igel und leisten ihm Gesellschaft.

Das Dach war noch nicht fertig. Die Tochter und das Mädchen fügten kurze Äste zusammen, das Dach nahm Gestalt an. Moritz brachte Schinken und Wein auf die Terrasse. Gretel fragte die ältere Tochter: Was machst du beruflich? Sie antwortete: Ach, das ist nicht besonders interessant. Gretel gab nicht nach: Bitte, erzähl es mir! Ich bin, sagte die ältere Tochter, Cutterin beim Fernsehen. Das heißt auf Deutsch: Schnittmeisterin, erwiderte Gretel. Schnittmeisterin!, rief die Tochter, das klingt gut. Die Reporter, fuhr sie fort, rücken aus und machen Reportagen. Das beliebteste Thema zurzeit sind Unwetterkatastrophen. Der

Kameramann filmt den Bach, der aus den Ufern getreten ist, das Haus, das unter Wasser steht, das Auto, das von den Fluten mitgerissen worden ist, der Reporter interviewt den Bürgermeister, den Feuerwehrhauptmann, dann die Frau, die vor dem Wasser in den ersten Stock geflüchtet ist, und den Mann, der mit einer Schaufel Schlamm aus dem Haus wirft.

Die Tochter rollte zwei Scheiben Schinken zusammen und biss hinein, Gretel schenkte ihnen Wein ein und zündete sich eine Zigarre an. Erzähl weiter, bat sie. Das Filmmaterial über das jeweilige Ereignis, sagte die Tochter, wird bei mir im Schneideraum abgeliefert. Nun gilt es, daraus eine interessante Sendung zu machen. Neben mir sitzt der verantwortliche Redakteur. Seine Aufgabe ist es, informative Zwischentexte zu schreiben.

Meine Tätigkeit am Schneidetisch gleicht einem Spiel. Ich füge das Material in verschiedener Weise zusammen. Gewissermaßen bin ich Cutterin und Regisseurin. Ich probiere aus, welche Sequenz am besten zu einer anderen passt. Wenn ich zufrieden bin, experimentiere ich weiter. Eine wunderbare Arbeit, sagte Gretel. Deine Tätigkeit, erwiderte die Tochter ist sicher interessanter. Nein, sagte Gretel. Ich berechne die Statik eines Baues, den ein Architekt entworfen hat. Was man sieht, ist das Bauwerk. Anders als von deiner Arbeit sieht man von meiner nichts.

Agnes kam über die Wiese gelaufen, sie war außer Atem. Was ist passiert?, fragte Moritz. Sergej, antwortete sie, hat einen Griller aufgestellt und die Kohle angezündet. Flammen sind in die Höhe geschlagen, es hat stark zu rauchen begonnen. Der Nachbar, ein Weinbauer, ist besorgt zu uns gekommen. Er hat die Flammen niedergeschlagen und die Sache in die Hand genommen. Dank seiner Hilfe wird Sergej allerlei Köstlichkeiten für uns grillen, Würste, Lammkoteletts, Forellen und Kartoffeln. Wozu dann die Aufregung?, fragte Moritz. Du hättest die Flammen sehen müssen, antwortete Agnes, und die starken Rauchschwaden.

Agnes!, rief das Mädchen, schau, was wir gebaut haben. Was für ein schönes Häuschen, sagte Agnes. Das ist für den Esel, erwiderte das Mädchen. Darf ich es bis zum Stall tragen?, fragte Agnes. Das Mädchen nickte. Alle brachen auf zum Haus Wachtl. Sergej stand am Griller und legte Würste auf. Schaut euch diese Glut an!, sagte er. Das hast du gut gemacht, erwiderte Moritz. Das Mädchen trug das Häuschen in den Stall. Das ist für dich, sagte es zum Esel. Am Abend werden Mäuse und Igel in das Häuschen kommen, sie werden dir Gesellschaft leisten. Sergej kümmerte sich um seine Gäste, Moritz half ihm, er wendete die Würste, damit sie auf allen Seiten gut gebraten waren, dann legte er die Koteletts auf den Griller. Am späten Abend löste sich die Gesellschaft auf.

Ein paar Tage später erhielt Moritz einen Brief von Sarani. Lieber Freund, schrieb er, ich habe Merkwürdiges zu berichten. Unser Projekt entwickelt sich sehr gut. Die österreichischen Arbeiter bilden junge Ägypter aus. Womit ich nicht gerechnet habe: Es haben sich auch einige Frauen gemeldet, die nun eine Ausbildung zu Facharbeiterinnen bekommen. Die jungen Frauen und Männer sollen, wie wir das geplant haben, Universalisten werden. Ist in Österreich ein Baukran kaputt, kommen mehrere Spezialisten, um ihn zu reparieren. Hier wird es so sein, dass eine Absolventin oder ein Absolvent unserer Werkstätten angefordert wird, und dann kommt jemand, der sowohl die mechanischen wie die elektrischen Probleme lösen kann.

Eingangs habe ich geschrieben, ich hätte Merkwürdiges zu berichten. Die Leute, die hier in der Landwirtschaft arbeiten, haben eine Frau und zwei Männer als Sprecher gewählt. Sie haben mich um eine Unterredung gebeten. Ich habe mich gefragt, was ihr Anliegen sein könnte, aber keine Antwort gefunden. Am nächsten Tag hat die Frau das Wort ergriffen. Wir sind der Meinung, hat sie gesagt, dass diese Werkstätten auf der Farm nichts verloren haben. Sie produzieren nichts. Dort werden Leute ausgebildet, die dann irgendwo anders arbeiten werden. Das kostet Geld, das wir erwirtschaften. Wir sind dafür, dass die Werkstätten geschlossen werden. Sollte das nicht geschehen, würden wir sogar streiken. Das ist der Stand der Dinge. Es grüßt dich sehr herzlich, Zacharias.

Moritz lief zum Esel und las ihm den Brief vor. Er war außer sich vor Freude. Nun, sagte er, kann ich den Roman schreiben. Der Esel schaute ihn verständnislos an. Ich beginne den Roman, fuhr Moritz fort, mit diesem Brief. Wir befinden uns in einem Konflikt zwischen den alteingesessenen Landarbeitern und den neu hinzugekommenen Facharbeitern. Der Konflikt scheint unauflösbar zu sein. Ist das nicht spannend? Der Esel schüttelte den Kopf. Dieser Konflikt, sagte er, ist vor allem besorgniserregend. Wie wird dein Freund damit fertigwerden? Keine Angst, erwiderte Moritz, mein Freund hat schon größere Schwierigkeiten gemeistert.

Du stellst also, sagte der Esel, diesen Brief an den Anfang des Romans. So ist es, erwiderte Moritz. Wir beginnen mit einem Konflikt, für den sich keine Lösung abzeichnet. Dann stellen wir dar, wie es zu diesem Konflikt gekommen ist. Dazu brauche ich deine Hilfe. Ohne dein Engagement wäre es nicht möglich gewesen, dass österreichische Arbeiter auf die Farm kommen. Aber irgendwann, sagte der Esel, erreichen wir die Gegenwart. Das wird aufregend werden, erwiderte Moritz. Der Esel schaute ihn fragend an. In der

Gegenwart, fuhr Moritz fort, prallen wir beide aufeinander. Der Esel dachte nach, dann fragte er: Wir beide? Ja, sagte Moritz. Wir haben vor uns zwei widerstreitende Gruppen. Ich ergreife Partei für die Landarbeiter, du als revolutionärer Kopf trittst für die Facharbeiter ein. Das wird in den letzten Kapiteln des Romans stattfinden. Darauf freue ich mich, erwiderte der Esel.

Am Tag darauf dachte der Esel: Nun ist genug Zeit verstrichen. Und er machte sich auf den Weg, um die Pferde zu besuchen. Das eine der beiden älteren Pferde, mit dem er zuletzt gesprochen hatte, schien auf ihn gewartet zu haben. Es lief ihm entgegen und drängte ihn in eine Ecke. Hier, sagte es, können wir uns ungestört unterhalten. Und es begann, von dem alten Pferd, das vor Kurzem verstorben war, zu erzählen. Der Esel lauschte gebannt. Nach einiger Zeit sagte das Pferd: Für heute ist es genug. Denk nach über das, was ich dir erzählt habe. Und komm bald wieder.

Der Esel ging nach Hause in seinen Stall, legte sich auf das Strohbett und fraß eine Rübe. Nein, dachte er, das kann ich nicht für mich behalten. Und er trabte hinüber zu Moritz' Wohnung, blieb auf der Terrasse stehen und rief: Moritz! Der rief zurück: Ich arbeite gerade an dem Roman. Daraufhin der Esel: Es gibt Wichtigeres als den Roman. Moritz kam heraus und sagte: Es gibt Wichtigeres als den Roman? Da bin ich aber neugierig. Der Esel legte sich auf die Steinplatten, Moritz setzte sich neben ihn auf den Boden. Ich war bei den Pferden, sagte der Esel. Eines der älteren Pferde hat mir erzählt, was es mit dem alten verstorbenen Pferd auf sich hatte.

Das alte Pferd, hat es gesagt, war gewiss eigenartig. Doch es war nicht verrückt, wie die jungen Pferde behauptet haben. Das alte Pferd hat damit geprahlt, dass es Professor für Geschichte an der Wiener Universität sei. Meine Vorlesungen, hat es mir erzählt, werden sehr gut besucht, nicht nur von Studenten, sondern auch von Professoren. Denn was ich vortrage, ist neu für sie. Ich erkläre ihnen, dass die Menschheit sich nur mithilfe der Pferde so entwickeln konnte, wie sie es getan hat. Die Pferde haben die Wägen der Menschen von einem Ort zum anderen gezogen, sodass die Waren, die in der einen Stadt hergestellt wurden, in eine andere Stadt gebracht und dort verkauft werden konnten.

Später, als die Menschen in Wien entdeckten, dass es auch in Frankreich eine große Stadt gibt, nämlich Paris, wollten sie dorthin fahren. Man baute Postkutschen und spannte Pferde davor. Und als die Menschen auf die Idee kamen, man könnte das Nachbarland überfallen und ausrauben, setzten sie sich auf Pferde und ritten in den Krieg. Diese Zeiten sind vorbei. Die Pferde wurden ersetzt durch Maschinen. Man reiste nun nicht mehr mit der Postkutsche, sondern mit der Eisenbahn oder dem Auto. Und zog man in den Krieg, dann mit dem Panzer. Der Krieg wurde zum Gemetzel. Das Reisen zum Stumpfsinn.

Solange Menschen und Pferde eine gemeinsame Geschichte hatten, ging es den Menschen gut. Danach versanken sie in Barbarei. Nicht wenige Zuhörer, hat das alte Pferd erzählt, brachen in Tränen aus, als sie meine Vorlesungen hörten. Ich habe sie getröstet, indem ich sagte, dass es keinen Trost gibt.

Der Esel hielt erschöpft inne. Moritz, tief beeindruckt, fand keine Worte. Als der Esel aufstand und wegging, rief ihm Moritz nach: Warte! Hast du Lust, durch die Weingärten auf den Bisamberg zu wandern? Der Esel nickte. Ohne ein Wort zu reden, spazierten sie den Berg hinauf. Oben legten sie sich in die Wiese. Nach einer Weile sagte Moritz: Wir beide sind ungefähr sechzig Jahre alt. Kann schon sein, erwiderte der Esel. Sechzig Jahre, fuhr Moritz fort. Esel werden normalerweise nicht so alt. Das ist so, war die Antwort: Wenn ein Kind einen kleinen Esel aus seinem Elend befreit, kann der Esel mit diesem Kind sprechen. Und solange dieses Kind lebt, bleibt auch der Esel am Leben. Das ist seit ewigen Zeiten so.

Michael Scharang

wurde 1941 in Kapfenberg geboren. Realgymnasium in Bruck an der Mur. Studium in Wien. 1965 Dissertation über Robert Musil. Seit 1966 freier Schriftsteller. Er verfasste Romane, Erzählungen, Essays, Drehbücher und ein Theaterstück sowie Artikel, u. a. in der Zeitschrift »Konkret«. Zuletzt: »Komödie des Alterns« (2010) und »Aufruhr« (2020).